FOLIO POLICIER

Thomas H. Cook

Les rues de feu

Traduit de l'américain
par Tom Nieuwenhuis

Gallimard

Titre original :

STREETS OF FIRE

Ancien professeur d'histoire et ancien secrétaire de rédaction, auteur d'une vingtaine d'ouvrages, Thomas H. Cook est né en 1947 en Alabama. Il a notamment publié en Série Noire *La preuve de sang* (2006), *Les ombres du passé* (2007) et *Les feuilles mortes* (2008).

BIRMINGHAM, ALABAMA
MAI 1963

1

Ben griffonnait des notes dans son calepin, le micro de sa radio coincé entre l'oreille et l'épaule.

— Je suis en surveillance, dit-il avec irritation, et King est toujours en train de parler.

Il leva les yeux vers l'église. Une foule compacte et survoltée se pressait sur les larges marches de ciment.

— Je suis obligé de te faire quitter ton poste un moment, dit le dispatcher. On nous a signalé un maccab sur le vieux terrain de sport de la Vingt-troisième rue.

— Sur la Vingt-troisième ? dit Ben. Est-ce que les Langley ne pourraient pas s'en charger ?

— Pas moyen de les serrer. Tu sais comment c'est le boxon au commissariat en ce moment.

Ben ne le savait que trop ; le spectacle de la foule qui se pressait sur les marches de l'église Baptiste de la Seizième rue lui rappela le chaos qui avait déferlé sur le commissariat central depuis le début des manifestations. Le mois de mai était chaud. Les prisons étaient d'ores et déjà bondées de prévenus de toutes sortes, depuis les dentistes et les avocats jusqu'à de vieilles femmes presque aveugles, et toutes les forces de police étaient mobilisées au maximum. Agents en tenue, policiers en civil, tout le monde dormait dans sa voiture de ronde ou dans les dortoirs de fortune que les responsables de la police avaient fait installer dans les couloirs et les magasins de l'hôtel de ville. Parfois, et Ben s'en était déjà plaint, on avait plus l'impression de se trouver dans un garni de la zone que dans les locaux d'une administration.

— Bien reçu, Ben ? demanda le dispatcher.

— Ouais, ouais, dit Ben d'un ton lugubre.

— Le vieux terrain de sport de la Vingt-troisième, hein, lui rappela l'autre.

— J'y vais aussi vite que possible, dit Ben.

Il éteignit la radio, remit le micro en place et démarra. Le moteur hoqueta dans l'air brûlant, attirant l'attention silencieuse de plusieurs des manifestants massés autour de la vieille église de brique dont les yeux bruns restèrent rivés sur l'auto qui s'éloignait.

*

Il ne lui fallut que quelques minutes pour traverser toute la ville jusqu'au terrain de sport. Il n'y avait presque pas de circulation et les rues étaient pratiquement désertes, comme si les faubourgs noirs avaient été vidés de tous leurs habitants, si bien qu'il ne restait là que le paysage fantomatique d'une ville morte. Les perrons de planches vermoulues étaient déserts, tout comme les cours envahies par les mauvaises herbes et les allées en terre battue desservant les baraquements de cheminots qui bordaient les rues étroites et défoncées. De loin en loin, un vieillard le saluait de la tête ou un enfant à demi nu lui faisait signe de la main, mais on aurait dit que tous les autres, c'est-à-dire la quasi-totalité de la population noire, s'étaient déversés entre les quelques pâtés de maisons compacts du quartier des affaires, dans le centre-ville. C'est là qu'ils se rassemblaient pour bloquer la circulation, occuper les cafétérias, ou simplement pour défiler en longs cortèges sombres, silencieux et déterminés ; certains gardaient les yeux rivés droit devant eux, d'autres jetaient partout des regards inquiets, comme pour chercher la masse menaçante du tank blanc que le préfet de police avait fait venir pour garder le contrôle de la situation.

Le terrain de sport de la Vingt-troisième rue n'était pas moins désert que le reste du quartier. On n'avait même pas envoyé de factionnaire pour surveiller le corps, et Ben se dit que quelqu'un avait tout bonnement dû trébucher dessus et signaler sa découverte par un coup de fil anonyme ; et qu'à part lui, tout à coup bombardé vengeur solitaire de Bearmatch, tout le monde était bien trop occupé pour se soucier d'une telle broutille.

Il secoua la tête avec mauvaise humeur, ôta son chapeau et essuya son front en sueur d'un revers de manche. De l'autre côté du terrain, le soleil de midi dardait vers lui ses rayons implacables, et il ne distinguait dans la lumière aveuglante que la silhouette floue du poteau de but branlant planté au fond du terrain.

Il se demanda l'espace d'un instant si ce n'était pas une blague, un coup de fil bidon, ou encore un vieil alcoolo à qui son imagination jouait des tours ; mais comme il progressait sur le terrain parsemé d'ordures, ses yeux se mirent à accommoder lentement sur une espèce de petite boule noire qui se détachait sur la terre rouge et nue au pied du poteau de but. Il continua à s'approcher, et la boule devint un petit poing brandi hors de la boue, les doigts repliés sur la paume comme pour saisir un objet invisible suspendu au-dessus du sol.

Il resta un moment à côté du poteau de but gris, à l'écouter gémir et grincer dans la brise estivale. Des bouts de papier traversèrent le terrain, poussés par le vent, et quand l'un d'eux vint se plaquer contre la petite main noire, il le dégagea du bout du pied pour qu'il poursuive sa course. Il entendit des mugissements de sirène retentir dans le lointain et comprit que ça avait commencé à chauffer dans le centre ; mais ce n'était qu'une rumeur lointaine comparée au murmure du vent dans les arbres autour de lui, à la chaleur enveloppante et à la petite main crispée, brandie hors de la poussière et qui semblait tendue vers lui.

*

Luther arriva quelques minutes plus tard ; il traversa le terrain d'un pas vif. Son large ceinturon noir ne parvenait pas à contenir sa bedaine.

— Alors, inspecteur, qu'est-ce que c'est ? demanda-t-il hors d'haleine en arrivant dans la surface de terre battue qui s'étendait sous le poteau.

— On dirait un gosse, répondit Ben.

Avec un grognement, Luther s'accroupit péniblement près de la main. Il tendit mécaniquement le bras pour toucher les doigts, mais se ravisa et retira sa main.

— Garçon ou fille, à ton avis ?

— Je ne sais pas.

Luther se releva.

— Bon, en tout cas, y doivent nous envoyer deux gars pour creuser, dit-il. Y vont pas tarder.

Il tira un paquet de cigarettes de sa veste et en offrit une à Ben.

Ben prit la cigarette et l'alluma.

— Doit pas y avoir de gogues, dans le secteur, dit Luther en embrassant le terrain d'un coup d'œil circulaire.

— Sans doute pas.

Les yeux de Luther revinrent se poser sur la petite main noire. Il secoua la tête avec lassitude.

— Ça pouvait pas tomber plus mal, dit-il. (Il leva les yeux vers Ben.) Y vont essayer de faire passer ça pour un truc raciste. C'est pour ça qu'on m'a envoyé ici : pour vérifier que c'est juste un bon vieux meurtre de

Bearmatch, qui n'a rien à voir avec les Blancs — même les petits Blancs. (Il lâcha trois gros anneaux de fumée qu'il transperça à chaque fois de son doigt trapu comme ils s'élevaient dans l'atmosphère.) Tu sais faire ça, Ben ?

Ben secoua négativement la tête.

— C'est mon vieux qui m'a appris. (Il recommença une fois son manège, puis s'appuya nonchalamment contre le poteau branlant.) Où t'étais quand y t'ont appelé ?

— J'étais en surveillance.

— T'étais sur quelqu'un en particulier ?

— King.

Luther parut surpris.

— Qui c'est qui t'a mis là-dessus ?

— Le préfet de police.

— Y m'a pas parlé de ça, dit Luther.

— Il m'a chopé dans le couloir ce matin, et c'est là qu'il m'a mis sur le coup, expliqua Ben.

Luther hocha la tête.

— Ouais, c'est bien son genre. Des fois, y bosse comme ça, dit-il avec un soupçon de contrariété dans la voix. Et de temps en temps, ça fait tout merder d'un bout à l'autre.

Ben hocha la tête, et ils restèrent un moment silencieux. De l'autre côté du terrain, sous le second poteau, un vieux Noir les observait avec circonspection ; un chapeau de paille en lambeaux masquait à demi son visage parcheminé.

— Pas un chat, reprit Luther au bout d'un moment. Tout ce monde-là doit être en train de foutre sa merde dans le centre.

— Ça y est, c'est parti ? demanda Ben.

— Ouais, ouais, dit Luther. Pour le moment, c'est toujours la même salade. Mais y paraît que bientôt, ça va chier pour de bon. (Il s'esclaffa.) Tu vois, Ben, c'est peinard d'être affecté à Bearmatch en ce moment. Bon Dieu, y a plus un pèlerin dans tout le quartier. (Ses yeux s'écarquillèrent un peu.) Y paraît que même les clandés sont déserts, du côté des voies. (Il rit à nouveau.) Non mais tu te rends compte, même les putes, les flambeurs et compagnie sont allés défiler.

Ben n'avait jamais fréquenté les bouges légendaires de Bearmatch, mais il en entendait parler depuis des années. Il les imaginait baignés d'une trouble lumière jaune, habités par les mélopées désaccordées d'un piano de bastringue ; ceux qui s'y étaient risqués n'en parlaient guère, ou bien de façon évasive, avec une sorte de crainte respectueuse, comme si la vie changeait du tout au tout lorsqu'on marchait vers le sud, du côté des voies. Près de l'enchevêtrement d'acier des rails de la gare de triage où les wagons de marchandises vides cuisaient dans la chaleur estivale, on entendait la plainte lancinante du blues qui s'élevait des clandés et des beuglants de Bearmatch. Son rythme lent et syncopé semblait s'élever nonchalamment dans l'atmosphère ; Ben l'avait souvent entendu dans sa jeunesse, lorsqu'il travaillait comme vigile sur les voies. Quand il fouillait les wagons ou qu'il patrouillait dans l'écheveau des rails entrecroisés. Il avait plus d'une fois tourné ses regards vers l'immense bidonville qui s'étendait juste derrière la haute palissade qui protégeait les voies des tempêtes. C'est de là que s'élevaient le son des cuivres mélancoliques, les éclats de rire subits, et parfois les coups de feu. Certains de ses camarades de travail s'y étaient parfois aventurés en quête d'un verre de whisky, d'une partie de cartes ou d'une femme, mais Ben était resté à l'écart de ces incursions, comme de toutes choses ou presque.

Luther lança un nouveau coup d'œil péremptoire à la petite main.

— Ici, y butent leurs gosses, dit-il platement. Des

fois, c'est papa qui s'en charge. D'autres fois, c'est la maman. (Il tira sur sa cigarette, puis la jeta par terre.) T'as qu'à demander à tous ceux qui ont tourné dans le secteur. Tu verras ce qu'y te diront. Ici, c'est une ville dans la ville. Y vivent pas sur la même planète que nous. (Il secoua la tête d'un air peiné.) Bien sûr, les gars de la Black Cat adorent. Mais ces deux-là, y-z-ont quelque chose de détraqué. (Il se frappa la tempe de son index plié.) Là-dedans, tu vois ce que je veux dire ?

Ben planta la pointe du pied dans la poussière et y traça un cercle irrégulier.

— Les gars devraient déjà être là, dit-il avec irritation. C'est pas correct de la laisser comme ça dans la mouise.

Il s'éloigna du corps et se mit à faire les cent pas, les yeux rivés sur le sol.

— Qu'est-ce tu fais ? demanda Luther au bout d'un moment.

— Je jette un coup d'œil, voilà tout, dit Ben.

Il s'avança encore un peu sur le terrain, fouillant du regard les touffes d'herbe grillée. A l'autre bout, il vit que le vieil homme était toujours appuyé au poteau qu'il enlaçait mollement de ses minces bras noirs.

— Qu'est-ce tu cherches ?

Ben haussa les épaules.

— Le genre de choses qu'on peut chercher auprès d'un cadavre.

Luther éclata de rire.

— T'as encore du pot d'avoir le cadavre. D'habitude, y le foutent carrément sur un train de marchandises, ou alors y sortent de la ville et y le balancent à la rivière. (Il haussa les épaules.) D'une façon ou d'une autre, ça sort de notre juridiction. Le truc flotte jusqu'au comté voisin ou il roule jusqu'au prochain état. Après, c'est eux que ça regarde.

Ben continua à s'éloigner lentement ; son regard

s'attachait aux capsules de bouteilles et aux bouts de papier qu'il rencontrait. Quand il leva à nouveau les yeux, le vieil homme avait disparu, et le poteau se dressait seul au bout du terrain.

Luther alluma une nouvelle cigarette et jeta l'allumette sur le sol.

— Notre problème à nous, c'est ceux qui sont pas morts, justement. (Il se tourna vers les lointains immeubles du centre.) A l'heure qu'il est, y doivent être en train de s'entasser dans la cafétéria de chez Woolworth. (Il se tourna vers Ben d'un air sentencieux.) C'est pour ça que t'es verni d'être de patrouille à Bearmatch, Ben. Dans les jours qui viennent, je préférerais être n'importe où plutôt qu'au centre-ville.

Ben examina le dernier bout de papier indéfinissable qui traînait à ses pieds, puis il leva les yeux et vit deux agents arriver de l'autre bout du terrain. Ils progressaient lourdement dans l'air brûlant et portaient chacun une pelle.

— Y vont adorer ça, dit Luther. (Il baissa les yeux sur la main.) Remarque, au moins il est tout frais. C'est pas l'odeur qui va les rétamer.

Les deux agents se mirent bientôt à creuser. Ils exhumèrent lentement le corps d'une petite fille. Elle était vêtue d'une robe à fleurs, de chaussettes blanches et de chaussures à boucles marron foncé. Ses yeux, son nez et ses cheveux étaient maculés de terre, et un unique filet de sang séché partait du coin de sa bouche.

— Retournez-la, dit doucement Ben lorsque le corps fut allongé sur le dos près de sa tombe improvisée.

Un des agents se baissa et retourna le corps, puis il se redressa et s'écarta.

Ben s'agenouilla près du corps. Les boutons qui fermaient la robe dans le dos manquaient et le col blanc s'était ouvert, révélant un dos noir. Il y avait un seul impact de balle, à la base du crâne.

— A tous les coups, c'est du vingt-deux, dit Luther en s'approchant vivement pour examiner le cadavre. Obligé : n'importe quel autre calibre lui aurait fait éclater le crâne. (Il se gratta lentement le menton.) Retrousse sa robe.

Ben lui jeta un coup d'œil furieux.

— Quoi ?

— Retrousse sa robe, répéta platement Luther.

Ben ne broncha pas.

Luther le regarda d'un air interloqué.

— Qu'est-ce t'as ?

Ben se ressaisit.

— Rien, dit-il.

Puis il retroussa lentement la robe. Elle était complètement nue en dessous, et ses parties intimes étaient rouges et écorchées. De petites croûtes de sang séché étaient collées à des touffes de poil noir à peine visibles.

— Tu vois ce que je veux dire ? demanda triomphalement Luther.

Ben hocha la tête.

Luther embrassa la fille du regard.

— Jolie môme, dit-il doucement. Dommage, ça aurait fait une belle poule. (Il se tourna vers les deux agents.) Hé les mecs, comment ça se fait que vous avez pas apporté de civière ?

Les deux gars échangèrent un regard gêné.

— Ah, laisse tomber, dit Luther avec un geste d'impuissance. Vous avez des couvertures dans votre bagnole. On n'a qu'à la charger dedans.

Les deux agents décarrèrent à toute vitesse, et Luther éclata de rire en les voyant traverser le terrain à toutes jambes.

— Y mettent le temps à se dessaler, pas vrai, Ben ?

Ben ne répondit pas. Il resta plongé dans la contemplation du corps menu de la petite fille étendue à ses pieds dans la poussière.

Plissant les yeux d'un air sarcastique, Luther regarda autour de lui.

— Bon, eh ben je vois pas de croix en flammes ; et toi, Ben ?

Ben leva les yeux.

— De quoi ?

— De croix en flammes ! répéta Luther en forçant la voix. Ou de quoi que ce soit qui laisse penser qu'il s'agit d'un crime raciste.

Ben secoua lentement la tête.

— Non, j'ai rien vu de ce genre.

Luther tira un petit appareil photo de sa poche de veste.

— Je fais pas ça d'habitude, dit-il, mais à l'heure qu'il est, les choses étant ce qu'elles sont... (il fit signe à Ben de s'éloigner du corps.) Recule un peu, j'en fais une vite fait...

Ben s'écarta du corps.

Luther prit la photo et se mit à traverser le terrain.

— Un instant, dit Ben.

Luther se retourna vivement vers lui.

— T'as trouvé quelque chose ?

— Non, répondit doucement Ben, puis il prit l'ourlet de la robe et le rabattit doucement sur les jambes brunes et élancées de la fille.

2

Le Bureau des Personnes Disparues n'avait jamais été plus qu'un vieux bureau métallique coincé dans le fond du local des inspecteurs. Comme d'une bonne partie de la paperasse de tout venant, Sammy McCorkindale en avait fait son domaine personnel, de sorte qu'en traversant le dédale de chaises et de bureaux disposés dans tous les sens, Ben put distinguer la masse imposante de McCorkindale au fond de la pièce. Renversé dans une chaise pivotante bien rembourrée, il expertisait la page des sports du Birmingham News.

— Salut, Ben, ça va ? dit-il comme Ben s'approchait du bureau. Comment ça se fait que t'es pas à la manif, comme tout le monde ? ajouta-t-il avec un sourire.

— J'étais en surveillance, répondit Ben, mais on m'en a retiré.

— Pourquoi ça ?

— Une petite fille a été trouvée morte. Une balle dans la tête.

— Et maintenant, où elle est ?

— Le corps a été emporté par les agents qui l'ont déterré. Il doit être arrivé à la morgue.

— Et t'as trouvé quelque chose qui permette de l'identifier ?

— Rien dans les parages. C'est pour ça que je voulais voir ça avec toi.

McCorkindale se rabattit lourdement en avant et ses coudes vinrent s'ancrer sur le bureau.

— Bon, envoie son portrait.

— Je dirais qu'elle devait avoir entre onze et treize ans, dit Ben.

McCorkindale prit du papier et un crayon et se mit à noter.

— Est-ce que tu as remarqué des signes particuliers ? Grain de beauté, verrue, des trucs comme ça ?

Ben secoua la tête.

— Bon, continue, dit McCorkindale.

— En blanc, robe à fleurs, chaussures marron, chaussettes blanches.

— D'accord. Parfait, dit McCorkindale, les yeux rivés sur son crayon dont la mine courait sur la page.

— Le corps a été trouvé enterré dans le terrain de sport de la Vingt-troisième.

La course du crayon se ralentit.

— Une Noire, précisa Ben.

Le crayon cessa de gratter le papier. McCorkindale leva les yeux.

— Tu veux dire que tu viens me gonfler pour une môme de Bearmatch ?

— C'est ça.

Le crayon tomba sur le bureau et McCorkindale se renversa dans son siège.

— T'as quel âge, Ben ? Trente-cinq ? Quarante ans ?

— Trente-sept.

— Et t'as toujours vécu à Birmingham ?

Ben hocha la tête.

— Alors tu devrais savoir que c'est pas la peine de perdre ton temps pour un truc pareil, dit McCorkindale. A Bearmatch, on ne signale pas les personnes disparues. (Il plissa un peu les paupières.) T'as jamais été de ronde là-bas ?

— Non.

McCorkindale secoua la tête.

— Eh ben, là-bas y font les choses à leur manière. Y s'adressent jamais à nous pour ce genre de trucs. Qu'ils soient en tort ou dans leur droit, ça leur viendrait pas à l'idée de s'adresser à nous. Si quelqu'un disparaît, y font les recherches eux-mêmes.

— Elle a bien des parents, cette petite.

— J' te dis pas le contraire. Mais ça revient au même, parce qu'on ne signale jamais les disparitions, à Bearmatch. (Il changea de position et les ressorts gémirent douloureusement sous son poids.) Ça fait combien de temps que t'es dans la police, Ben ?

— Cinq ans.

McCorkindale sourit avec suffisance.

— Eh ben ça fait bien plus longtemps que ça que je bosse à ce bureau que tu vois là, et on m'a encore jamais signalé la disparition de qui que ce soit de Bearmatch. Y s'adressent pas à nous pour ce genre de trucs, voilà tout.

— A vrai dire, c'est plus qu'une personne disparue, dit Ben. C'est une affaire de meurtre. On lui a tiré une balle dans la nuque, à cette petite fille.

— Et le mec qu'a fait ça, dit McCorkindale avec un sourire malin, finira lui aussi par s'en prendre une dans le citron, à moins qu'il ne se fasse couper en rondelles comme un bon vieux cervelas des familles. (Il eut un rire silencieux.) T'en fais pas, Ben, s'il a buté une petite fille, il l'emportera pas en paradis. Crois pas qu'il va s'en tirer comme ça. Pas à Bearmatch. Pasqu'y vont s'en occuper entre eux, et je vais te dire un truc, y-z-expédieront le boulot bien plus vite qu'on ne pourrait le faire.

Sceptique, Ben continuait à le dévisager.

— Non, je t'assure, c'est très sérieux, dit McCorkindale d'un ton catégorique. Y lui feront même un procès régulier, à cet enfoiré. Quelque part dans une ruelle ou dans l'arrière-boutique d'un clandé. Et pis y lui ouvriront sa putain de gorge, et ça sera fini.

— Bon, très bien, dit Ben d'un ton las. Mais si jamais tu as quelque chose là-dessus, pense à moi.

— Tu seras le premier à en entendre causer, Ben, assura McCorkindale. Le tout premier.

*

Ben retourna à son bureau et s'assit. A part McCorkindale, il était absolument seul dans la salle encombrée du local des inspecteurs. On avait installé plusieurs lits pliants en métal pour accueillir les renforts réunis pour faire face aux manifestations. Ils n'avaient pas été faits et la literie était tout en désordre, soit que les draps et les couvertures aient glissé à moitié sur le sol, soit qu'ils gisent en boule sur le matelas nu. Derrière les vitres sales qui laissaient filtrer une faible lumière, les sirènes résonnaient sans discontinuer tandis qu'un après l'autre, les paniers à salade descendaient l'avenue pour s'engouffrer après un virage sur les chapeaux de roue dans la rampe qui menait au sous-sol du bâtiment. Dans cette obscure caverne de béton, les manifestants seraient brutalement tirés de la fournaise des voitures et vivement menés dans les étages, puis enfermés dans les grandes cellules que le préfet de police leur avait fait préparer. Ça durait depuis des jours et des jours et tout le monde était à bout. Les manifestations s'étaient succédé sans relâche, et les choses n'avaient cessé de se durcir. Dans un premier temps, il avait été question de s'y prendre avec King comme l'avait fait la police d'Albany, en Géorgie : « remplir les taules, bien sûr », selon les propres termes de Luther, « mais poliment ». Cette approche avait d'abord séduit pas mal de monde au commissariat central, mais avec le temps, le meilleur de cette idée avait disparu sous un noir nuage de fatigue et de colère qui ne cessait de s'épaissir. Les sit-in dans les cafétérias ségrégationnistes des grands magasins et les défilés de masse en plein cœur du quartier des affaires avaient transformé la ville en zone d'émeute. Et maintenant, en laissant courir son regard sur les murs du local des inspecteurs, Ben sentait que Luther s'était durci, comme presque tout autour d'eux, que la ville tout entière s'était raidie et qu'on ne ferait de cadeaux à personne. Vers six heures du soir, quelques agents flapis rentreraient d'un pas lourd pour s'affaler sur les lits de camp et essayer de dormir trois ou quatre heures ; puis ils redescendraient sur le pavé, sales et puants, pour s'entasser à quatre dans une voiture pour une ronde dans les quartiers noirs ou pour se voir assigner la surveillance permanente de tel ou tel meneur dont ils contempleraient les croisées obscures d'un œil morne, stationnés devant son domicile ou sa chambre de motel, en agitant leurs tasses de café au-dessus des pétards posés sur leurs genoux.

— Si c'est pas un petit verni !

Ben se retourna et vit Harry Daniels qui passait les doubles portes toutes rayées du local.

— Tu veux me faire croire que dans tout ce merdier, y a un flic qui a rien de mieux à faire que de poser un cul ? ajouta Daniels d'une voix tonitruante. (Il se tourna vers son équipier pour le prendre à témoin.) Qu'est-ce que tu dis de ça, Charlie ?

Charlie Breedlove s'approcha nonchalamment du bureau de Ben.

— On t'a mis de ronde à Bearmatch, Wellman, à ce qu'on m'a dit ? fit-il.

Ben hocha la tête.

— Remarque, ces jours-ci, Bearmatch c'est presque toute la ville, ajouta Breedlove. (Il eut un sourire taquin.) Comme ça, tu risques pas de te sentir mis en quarantaine ni rien.

— Pas de problème de ce côté-là.

Lentement, Daniels prit une longue gorgée de Coca, puis il s'essuya la bouche d'un revers de main.

— Alors sur quoi que t'es, Ben ?

— Une petite fille qui a été trouvée sur le terrain de sport de la Vingt-troisième.

Daniels se pencha en avant, la main en cornet derrière l'oreille.

— Où ça ?

— Sur la Vingt-troisième, répéta Ben. Sur un terrain de sport.

Daniels se redressa lentement.

— Un terrain de sport ?

— Ouais.

— Qui c'est qu'a appelé, un des gars de la Black Cat ?

— Non, répondit Ben. Le téléphoniste a dit que c'était la voix d'un vieil homme de couleur.

— Quel âge a la môme ?

— Je sais pas exactement. Douze, treize ans, dans ces eaux-là.

— Elles sont assez grandes pour faire la pute à cet âge-là, à Bearmatch, dit Breedlove. Tu devrais voir avec Kelly, aux archives. Il en connaît un rayon sur les tapins du secteur. (Il rit.) Pour tout te dire, le bruit court qu'il a eu une affaire de cœur avec une d'entre elles, il y a quelques années. (Il passa son bras autour des épaules de Daniels et le guida doucement vers la rangée de lits de camp.) Viens piquer un petit somme, copain. La nuit sera longue.

Ils s'endormirent presque aussitôt, et même de là où il était, à l'autre bout de la pièce, Ben entendait

Breedlove qui ronflait comme un sonneur, couché à plat dos près de la fenêtre.

Ben resta un moment à son bureau. Il s'attendait à ce qu'on l'appelle pour lui confier une nouvelle surveillance ou l'envoyer faire une ronde dans Bearmatch, une ronde nonchalante comme celle qu'il avait faite en quittant le terrain de sport ; il avait fait quelques tours dans le quartier, et bien vite, il avait eu l'impression d'être un maton et non un inspecteur de police. Dans ce périmètre réservé, la vie continuait peut-être comme McCorkindale le lui avait expliqué. Mais au-delà, depuis les demeures en faux style colonial jusqu'aux sinistres aires de stationnement pour caravanes et aux gargotes de la zone industrielle, Ben sentait comme une vibration terrible dans l'atmosphère, qui était aussi perceptible au commissariat que sur les suffocantes pistes de dragsters enfumées de Bessemer et Irondale. C'était comme s'il y avait eu des milliers de pointes de couteau dans l'air, et au bout d'un moment, cette sensation l'arracha de sa chaise. Il sortit de la salle et plongea dans l'air brûlant du dehors.

3

Le téléphone sonnait avec insistance quand Ben s'arracha au sommeil. Il regarda son réveil. Il était rentré chez lui avec l'intention de faire un petit somme, mais il avait dormi plus d'une heure. Il se leva d'un bond et décrocha.

— Ben, ici le commissaire Starnes, glapit Luther. Où est-ce que t'étais passé, nom de Dieu ?

— J'ai attendu un moment au commissariat central, expliqua Ben. Et puis je suis rentré faire un somme.

— T'as qu'à faire ton somme au quart, comme tout le monde, dit Luther sans aménité. T'as loupé le discours du préfet.

— Quel discours ?

— Celui qu'il a décidé à l'improviste de faire à toutes les forces de police, répliqua sèchement Luther. (Il s'interrompit comme pour attendre une réponse puis reprit :) Et maintenant, rapplique immédiatement au commissariat central.

Ben hocha la tête avec lassitude.

— Oui, commissaire.

Quelques hommes traînaient encore dans la salle de conférence quand Ben arriva au commissariat. Des flics en civil et des agents en tenue tournaient en rond, ainsi que les huiles venues avec le préfet. D'épais nuages de fumée flottaient dans l'air, et l'on entendait distinctement claquer les sons stridents et sporadiques des radios de police par-dessus le murmure des conversations.

— Alors, tu as avancé sur l'affaire de la petite fille ? demanda Charlie Breedlove en venant à la rencontre de Ben. Il fumait un gros cigare noir qu'il tenait fermement serré entre ses dents.

Ben secoua la tête.

— Tu risques pas, d'ailleurs, dit Breedlove. C'est fini, classé.

Ben se tourna vers le fond de la pièce. Il vit le préfet qui mâchonnait son cigare. Un des frères Langley le suivait partout en buvant ses paroles.

— Le préfet a fait un malheur, dit Breedlove.

— Il sait leur causer, répondit Ben.

— Y nous a dit qu'on avait pas à se laisser emmerder par qui que ce soit. Là-dessus, moi je suis d'accord. (Breedlove dévissa le cigare d'entre ses dents et regarda le bout.) Il est éteint, dit-il. T'as du feu ?

Ben sortit une boîte d'allumettes et ralluma le cigare. Breedlove tira une grande bouffée, puis souffla un énorme nuage d'épaisse fumée bleue dans l'air déjà saturé.

— T'as pas vu Harry en venant, des fois ?

— Non.

— Il m'a fondu entre les doigts. C'est pas marrant d'avoir un équipier qui te fait tout le temps faux bond. Y t'ont déjà redonné un équipier ? Je veux dire, depuis que Gifford s'est cassé ?

— Non.

— Alors tu t'occupes tout seul de ton truc de Bearmatch, et c'est tout ?

— Ouais.

Breedlove haussa les épaules.

— De toute façon, y te redonneront un équipier

quand on en aura fini avec tout ce merdier. Y peuvent retirer personne de l'effectif pour le moment.

— Ça me gêne pas de travailler tout seul, dit Ben.

— T'es plutôt du genre solitaire, quoi ? demanda Breedlove.

— Sans doute.

Breedlove plissa un peu les yeux, comme pour le jauger.

— Et ben moi, je suis pas comme toi, dit-il enfin. J'aime bien bosser avec un équipier. A propos, faut que je mette la main sur cet enculé de sa race.

Il salua d'un rapide coup de tête et quitta la pièce ; sa carcasse fine et noueuse disparut dans le couloir vert pâle comme une épave emportée par le reflux.

Ben traîna encore un peu dans la pièce, s'attardant nonchalamment dans un coin tandis que les dernières personnes s'écoulaient dans le couloir. Comme toute chose en ce monde, elles semblaient évoluer par paire. Après avoir patrouillé avec leur équipier, ils rentraient chacun chez sa femme pour s'accoupler à nouveau. L'idée d'avoir quelqu'un à ses côtés l'avait parfois attiré. Mais chaque fois qu'il avait essayé de la réaliser, elle lui avait échappé. Une secrétaire des archives avait brusquement déménagé à Galveston. Une caissière de la First Bank of Alabama avait fini par se mettre avec un homme que Ben lui-même pensait valoir mieux que lui. Il l'avait bien pris à chaque fois, mais ça l'avait usé petit à petit, si bien qu'il ne faisait pratiquement plus aucun effort pour briser sa solitude depuis quelques années. Chaque soir, il se faisait à dîner, lisait le journal et s'endormait sur le canapé ou dans son grand relax orange, bercé par le grésillement discret de la mire de la télé en noir et blanc. Et chaque matin au réveil, il lui en fallait de moins en moins pour affronter la journée. Cette vie semblait lui convenir, et il n'éprouvait plus le besoin de la justifier ou de chercher à en changer.

Même la femme de Gifford avait fini par renoncer à le marier à Dieu sait quelle maîtresse-femme rencontrée en pressant des oranges à l'Atlantic & Pacific Tea Company. Il avait l'impression que c'était sa dernière chance qu'il avait laissé échapper avec elle, et que quand elle avait fini par laisser tomber, il avait pu se blottir dans sa solitude comme dans un lit douillet.

*

Quand Ben revint à son bureau, Luther l'y attendait. Il était assis à sa place et ses cheveux se soulevaient mollement à chaque passage du grand ventilateur pivotant installé au fond de la pièce.

— Où t'es allé en partant du terrain de sport, Ben ? demanda-t-il immédiatement.

— Je suis retourné à mon poste de surveillance, dit Ben.

Luther quitta lentement le siège et s'assit sur le bureau de Ben.

— King, tu veux dire ?

— Oui, dit Ben.

Il tira le petit carnet de sa poche de veste et le tendit à Luther.

Luther y jeta un coup d'œil distrait.

— Du nouveau ?

Ben secoua la tête.

Luther empocha le carnet.

— Et après, qu'est-ce que t'as fait ?

— Je suis revenu ici, dit Ben. Je suis allé voir Sammy.

— Pour ?

— La petite fille.

Luther parut satisfait.

— Bon. Et après ?

— Je suis rentré chez moi me reposer, et puis j'ai reçu un coup de fil.

— Alors t'es revenu au commissariat ?

— Ouais, dit Ben.

— D'ac, dit Luther d'un ton pensif.

— Qu'est-ce que ça veut dire, commissaire ? demanda Ben. Toutes ces questions, je veux dire ?

Luther regarda Ben comme s'il s'était trouvé en face d'un enfant en bas âge.

— Et ben, comme je t'ai dit l'autre jour, cette petite fille pourrait nous poser des problèmes. Si tu veux savoir, elle pourrait nous poser un tas de problèmes. (Luther leva la main et pointa un doigt en l'air.) Premièrement, y a des gens qui vont s'imaginer que c'est un coup du Ku Klux Klan ou quelque chose dans ce goût-là. Il faut qu'on s'assure du contraire. (Un deuxième doigt se dressa.) D'un autre côté, il faut qu'on enquête consciencieusement sur ce meurtre, histoire qu'on ait pas l'air d'écraser le coup sous prétexte que la victime est une personne de couleur. (Les deux doigts se replièrent dans le poing de Luther.) Tu vois ce que je veux dire ? Faut qu'on soit couverts des deux côtés. (Il sourit paisiblement.) Voilà pourquoi il faut que tu te donnes à fond dans cette affaire, Ben, ajouta-t-il. C'est pour ça que ça fait bien dans le tableau que tu aies fait tes vérifications avec Sammy. Mais c'est aussi pour ça que ça la fout mal que tu sois rentré faire un somme en revenant du terrain de sport. Ça donne l'impression que t'en as rien à branler de cette petite. (Il lança à Ben un regard appuyé.) Tu vois ce que je veux dire, hein, Ben ?

— Oui.

— Crois pas qu'on t'a dans le colimateur, dit Luther. Mais les choses étant ce qu'elles sont, on doit tous faire attention, voilà tout.

— Je comprends, dit Ben.

Luther se leva lentement, puis il serra chaleureusement le bras de Ben.

— J'en étais sûr.

Il commença à s'éloigner, mais s'arrêta tout à coup et se retourna vers Ben. Ses traits se tendirent et sa voix prit une inflexion inquiète.

— Ça va vraiment pas être de la tarte dans les jours qui viennent, Ben, dit-il, et franchement, plus tu t'en tiendras à cette petite affaire et mieux ça vaudra pour toi.

Il fit volte-face et s'éloigna cette fois sans s'arrêter, tête basse, légèrement voûté, en faisant claquer ses pieds sur le carrelage en damier.

4

Ben trouva un mot sur son bureau en revenant au local des inspecteurs. Rédigé sur une feuille de papier blanc ordinaire, il émanait de Léon Patterson, l'un des médecins légistes attachés au bureau du juge d'instruction. Il écrivait qu'il en avait terminé avec le 306 — Ben se dit que ce devait être le numéro attribué à la petite fille — et qu'il serait dans son bureau du Hillman Hospital jusqu'à six heures.

Patterson était en train de s'en aller quand Ben le croisa dans le couloir.

— Je venais te voir pour la petite fille, dit Ben.

Patterson bigla sa montre.

— Ecoute, Ben, est-ce qu'on peut remettre ça à demain ?

— Non.

Patterson parut déconcerté.

— Pourquoi ? Y a des huiles dans sa famille ?

— J'en sais rien, Léon, dit Ben. Mais je veux pas attendre jusqu'à demain.

Patterson haussa lourdement les épaules.

— Bon, bon, d'accord, dit-il d'un ton las. Entre, que je te montre ce que j'ai trouvé.

Patterson fit demi-tour et entra, suivi de Ben, dans une petite salle où deux tables en inox étaient disposées sous une rampe de tubes au néon. Un vieux Noir aux cheveux gris, un peu voûté, nettoyait au jet le sang répandu sur l'une d'elles. Le sang s'écoulait en grosses tresses liquides dans les rigoles qui bordaient la table pour se déverser dans deux seaux disposés au bout.

— Une femme, là-bas à Bush Hills, commenta Patterson. Mort subite. Y a une grosse assurance-vie à la clé. Le procureur a demandé une autopsie complète.

— Et la gosse, tu lui en as fait une complète ? demanda Ben.

Patterson éclata de rire.

— Arrête tes conneries, Ben. Pour quoi faire ? Comme si ça se voyait pas, ce qui lui est arrivé. (Il s'approcha d'un classeur métallique dont il sortit une enveloppe en papier bulle.) Tiens, lis ; t'en as pas pour longtemps. Ça doit faire trois lignes. Mort causée par une blessure par arme à feu. Note bien que t'aurais pu t'en douter.

— Je veux une autopsie complète, dit Ben.

Les yeux de Patterson s'écarquillèrent.

— Mais Bon Dieu, Ben, t'as pas vu sa nuque ?

— Autopsie complète, Léon, insista Ben. Ordre d'en haut.

Patterson plissa les yeux.

— D'en haut ? dit-il, incrédule.

— J'aimerais que tu le fasses tout de suite, Léon.

— Mais j'ai la femme à faire avant.

Ben secoua la tête.

— Va falloir qu'elle attende son tour.

Léon dévisagea Ben avec insistance.

— Mais qui c'est cette fille ?

— Je sais pas.

— Mon œil.

— Personne ne le sait.

— Ça, ça m'étonnerait, Ben, dit Patterson, mais de toute façon, je marche avec toi. (Il jeta un coup d'œil à sa montre.) Cela dit, tu comprendras que je ne peux te faire qu'un petit charcutage vite fait.

Ben secoua la tête.

— Pas moyen, Léon. Faut que tu me fasses ça à fond.

— A fond ?

— C'est ça, dit Ben d'une voix ferme.

Patterson haussa les épaules.

— Bon, je t'appelle dès que j'ai fini.

Ben resta immobile.

— Je reste ; je veux te regarder faire, dit-il.

Patterson sourit.

— Ah ouais ? T'as déjà assisté à une autopsie complète, Ben ?

— Non.

Le sourire de Patterson s'élargit.

— Tu vas te régaler, dit-il. (Il contourna Ben et interpella le vieil homme.) Amène-moi la petite fille qui est au frigo. (Il se retourna vers Ben ; son expression était maintenant franchement goguenarde.) Amène-toi, Ben ; tu veux une autopsie complète ? Eh ben tu vas l'avoir, Nom de Dieu ! (Il s'approcha d'une des tables et fit signe à Ben de le suivre.) Mais viens, dit-il d'un ton sarcastique. Je veux que tu sois aux premières loges.

Ben vint se poster à côté de Patterson et resta les mains croisées devant lui tandis que le préparateur allongeait soigneusement le cadavre de la fille sur la table. Elle était nue, et son corps semblait incroyablement noir et souple sur l'étincelante surface d'acier bleuté. La rigidité cadavérique avait déjà atteint son maximum, et commençait à diminuer, de sorte que les jambes étaient presque entièrement posées sur la table et que seul le dos présentait une légère cambrure.

— Bon, faut que je me prépare, dit Patterson.

Il passa une blouse blanche qui était posée sur un tabouret et enfila des gants en caoutchouc transparent.

— Tu commences à piger, Ben ? demanda-t-il avec un petit rire.

Ben garda le silence.

Patterson observa le corps un moment, puis l'embrassa d'un mouvement circulaire de la main.

— Eh bien comme vous le voyez, inspecteur, le corps ne porte aucune blessure mortelle. (Il posa ses grandes mains de part et d'autre du visage de la fille et lui tourna brusquement la tête vers la gauche.) Sauf ce trou-là. (D'un mouvement circulaire de l'index, il désigna le trou d'un noir rougeâtre.) Bien sûr, si vous le désirez, je ferai un frottis, dit-il, mais comme vous pouvez le constater, il y a des brûlures de poudre tout autour de la blessure, ce qui veut dire que le coup a été tiré de très près, sans doute guère plus de cinq centimètres. (Il plongea le doigt dans le trou.) Etant donné la taille, je dirais qu'il doit s'agir d'une balle de calibre .22, une courte ou bien une longue. Pour le savoir, il va falloir que j'aille la chercher. (Il leva les yeux vers Ben et sourit.) Prêt ?

Ben hocha la tête.

— Bon, fit Patterson.

Il prit un long scalpel effilé et le glissa dans le trou en l'enfonçant de plus en plus profondément avec de petits mouvements du poignet.

— Une pépite ! dit-il au bout d'un moment. (Il plongea alors une petite pince dans la blessure, la fit un peu jouer et la ressortit.) La voilà, dit-il en brandissant la balle sous le nez de Ben. Ça m'a tout l'air d'une balle de .22 longue, non ?

— Ouais.

Patterson eut un sourire taquin.

— Est-ce que tu crois que ça pourrait être la cause de la mort, des fois, Ben ?

Ben resta silencieux.

Patterson laissa tomber la balle dans le plateau métallique qu'il tendit au préparateur.

— Mets-moi ça dans un sachet étiqueté, dit-il. Affaire 306. (Il reporta son attention sur Ben.) Et maintenant, en avant pour la vraie rigolade ! (Il reprit le scalpel et le tint en suspens au-dessus du petit corps de la fille.) Tu veux une pince pour ton nez, Ben? demanda-t-il.

— Hein?

— Tu vois, pour moi, même de l'extérieur, le corps humain n'est pas joli-joli, dit Patterson, mais alors à l'intérieur, c'est carrément dégueulasse. (Il baissa les yeux sur la fille.) Il y a les aliments non digérés, la bile, les excréments. (Il s'interrompit et regarda Ben à nouveau.) Tu veux pas de pince?

Ben secoua la tête.

— Non.

Patterson haussa les épaules.

— A ton aise.

*

Quand Patterson en eut fini, le corps était comme déchiqueté par l'explosion d'une grenade à main. La poitrine, le ventre et le bas-ventre étaient incisés par le milieu et béants. De grands pans de peaux pendaient de part et d'autre comme des morceaux de tissu et un flot continu de sang et d'autres fluides s'écoulait dans les seaux par les rigoles.

Patterson arracha les gants en caoutchouc qu'il jeta dans la poubelle disposée sous la table de dissection.

— Bon, et bien nous avons découvert deux choses, Ben; j'aurais pu te dire l'une et l'autre sans en passer par tout ça. (Il regarda Ben avec hauteur.) Elle a été abattue d'une balle dans la tête. Et elle a été violée.

Ben resta perdu dans la contemplation du corps meurtri. Le visage était intact, mais la peau du crâne avait été entièrement épluchée, la boîte crânienne ouverte à la scie, et le cerveau retiré. Elle semblait encore plus nue ainsi, ouverte comme un fruit éclaté, ses petites fesses maintenant bien à plat sur le froid acier bleuté de la table de dissection.

— Qu'est-ce que tu as fait de ses vêtements ? demanda Ben en relevant les yeux vers Patterson.

— Ils sont à côté, dans une boîte, dit Patterson. (Il gagna son bureau et passa sa veste.) On les lui mettra pour l'enterrement.

— Ils ont été nettoyés ? demanda Ben.

Patterson s'esclaffa.

— Tu plaisantes, Ben. On s'en occupait comme de tous les autres avant que les huiles ne se mettent sur le coup. (Il rajusta son nœud de cravate.) Tu veux les nettoyer ? Vas-y, du moment que tu me les ramènes demain matin. (Il gagna la porte et l'ouvrit.) A moins que tu ne veuilles qu'elle soit enterrée dans un sac. (Il se tourna vers la pièce voisine.) J'ai fini, Davey, lança-t-il. Mets un drap dessus et rentre ça au frigo.

Le vieil homme apparut à la porte, fixant silencieusement Patterson de ses yeux noirs et laiteux.

— Je fais une pose, ajouta Patterson, et je reviens pour recoudre. (Il reporta son attention sur Ben et toucha poliment le bord de son chapeau.) Là-dessus, Ben, je te dis bonsoir.

Il eut un sourire fugace et disparut derrière la porte.

Ben resta debout près de la table ; le préparateur sortit de l'arrière-salle et s'approcha de la table de dissection.

— Je dois la retirer ? demanda-t-il.

— Oui, je crois, dit Ben.

Il recula d'un pas et regarda le préparateur couvrir le corps d'un drap blanc.

— On l'a trouvée sur la Vingt-troisième, dit Ben.

Le vieil homme parut n'avoir pas entendu. Il vint au bout de la table, la saisit par la poignée et se mit à la traîner vers l'arrière-salle.

— Tu habites dans quel quartier ? demanda Ben en l'accompagnant.

— Sur la Trente-deuxième rue, dit platement le préparateur.

— C'est pas très loin de là où on l'a trouvée, dit Ben. Tu vois le vieux terrain de sport ?

— Oui, monsieur.

— C'est là qu'elle était. Enterrée sous un poteau de but.

Le vieil homme garda le silence. Il continua à traîner lentement la table, manœuvrant avec précaution vers la porte ouverte derrière lui.

— Comment tu t'appelles ? demanda Ben.

— J' m'appelle Davey.

Ben saisit le bord de la table et l'immobilisa, puis il tira le drap pour découvrir le visage de la fille.

— Tu as déjà vu cette petite fille, Davey ?

Le vieil homme jeta un rapide coup d'œil au petit visage.

— Non, monsieur.

— Je sais pas moi, en train de jouer sur le terrain ? ou de marcher dans la rue ?

— J' l'ai jamais vue, dit l'homme.

Il détourna le regard du visage de la fille et tira un petit coup sur la table, à l'essai.

Ben la retint fermement.

— Qui est-ce qui fait tourner les affaires à Bearmatch ? demanda-t-il.

Le préparateur garda les yeux baissés.

— Les gars de la Black Cat, dit-il doucement.

— C'est pas d'eux que je parle, dit Ben, chez les tiens, je veux dire.

Le vieil homme resta silencieux.

— Il se passe plein de trucs, à Bearmatch, dit Ben. Doit y avoir quelqu'un qui contrôle tout ça.

Le préparateur secoua la tête.

— C'est pas mes affaires, dit-il doucement.

Il attendit un moment, puis exerça une nouvelle traction sur la table.

Ben la lâcha et la suivit dans la pièce du fond. Il s'appuya contre le mur et regarda le vieil homme ouvrir la porte de la chambre froide et y pousser la table. Quand il se retourna, il parut étonné de voir que Ben traînait encore dans la pièce.

— Allez donc le demander aux gars de la Black Cat, c' que vous voulez savoir, dit-il, vous êtes des leurs.

Ben sourit.

— Tu leur fais confiance, Davey ? Tu fais confiance aux gars de la Black Cat ?

Le vieil homme ne dit mot mais lança à Ben un regard éloquent.

— Moi non plus, dit Ben. C'est pour ça que je veux trouver quelqu'un d'autre pour me parler de cette petite fille. (Il marqua un temps pour laisser ses paroles pénétrer la conscience de son interlocuteur.) Donne-moi un nom, Davey. Un nom, c'est tout.

Les vénérables yeux bruns se plissèrent lentement comme le vieil homme pesait le pour et le contre.

— Cette petite fille va être enterrée demain matin, ajouta Ben. Je pense que ce serait bien que sa maman puisse être là.

Le vieil homme releva légèrement la tête, comme dans un sursaut de fierté.

— Roy Jolly, dit-il.

5

La nuit tombait déjà sur la ville quand Ben quitta enfin les couloirs blancs et glacials du Hillman Hospital. Le hululement de sirènes qui avait empli l'air toute la journée s'était tu, si bien qu'en retournant à sa voiture dans le crépuscule, il arrivait presque à se convaincre que le pire était passé. Il savait pourtant qu'il n'en était rien, et la paix du soir ne faisait que lui rappeler ses souvenirs de guerre et le calme qui régnait après une journée de combat, quand les Japonais et les Américains se retranchaient dans leurs campements pour attendre l'aube avec angoisse. Il savait qu'il avait affaire à quelque chose de comparable, aussi ne fut-il absolument pas surpris lorsqu'il s'engagea dans la bouche d'ombre du parking du commissariat central et découvrit des rangs de gendarmes en loques qui graissaient leurs fusils, vérifiaient leurs munitions ou rajustaient nerveusement les visières en plexiglass de leurs casques.

Il en salua quelques-uns d'un signe de tête en gagnant l'escalier de ciment qui menait au rez-de-chaussée, mais il ne s'arrêta pas pour discuter avec eux. L'atmosphère confinée du sous-sol avait toujours une petite odeur aigre, mais elle s'était considérablement renforcée, et Ben comprit qu'elle provenait des pneus surchauffés des paniers à salade dont le caoutchouc avait un peu fondu, peut-être à force d'avoir fait la navette à fond de train dans des rues écrasées de soleil.

Ça allait nettement mieux au-dessus, où les grands ventilateurs rotatifs ronronnaient sans discontinuer, et Ben prit une grande bouffée d'air frais quand il s'assit à son bureau du local des inspecteurs.

— Du nouveau, Sammy ? lança-t-il à McCorkindale qui se tenait au fond de la pièce.

McCorkindale lui jeta un coup d'œil oblique, puis secoua la tête avec énergie.

— Le commissaire Starnes est dans le coin ?

— Il vient de partir licebroquer, fit prosaïquement McCorkindale.

Quelques minutes plus tard, Luther rentra dans le bureau en remontant distraitement sa braguette.

— Y paraît que t'as un peu forcé la main au médecin légiste, dit-il en s'approchant nonchalamment du bureau de Ben.

— Un petit peu.

— Parfait, parfait, dit Luther d'un air satisfait. (Il prit un siège à un autre bureau et s'assit.) Alors, qu'est-ce que t'as découvert ?

Ben sortit le premier rapport d'autopsie et le lui tendit.

— C'est tout ce que Patterson avait trouvé au premier coup d'œil, mais l'autopsie complète n'a rien donné de plus.

Luther jeta un rapide coup d'œil au rapport.

— Ouais, n'empêche que ça fait bien, le coup du viol, commenta-t-il. Si c'était une affaire raciale, une espèce de meurtre genre Ku Klux Klan et tout ça, il n'y aurait pas eu viol. (Il reposa le rapport sur le bureau de Ben.) T'as bien bossé, Ben, dit-il. (Il tendit la main et lui étreignit l'épaule.) Je crois qu'on a à peu près tout ce qu'il nous faut.

Ben se pencha légèrement en avant.

— Pour quoi faire ?

— Pour classer l'affaire, dit platement Luther.

— Je viens à peine de commencer.

— Eh ben tu vois, c'est déjà fini, lui dit Luther. (Il sourit.) C'est un plan à la Bearmatch, Ben. Tu verrais ce que je veux dire si t'avais déjà bossé dans ce quartier.

Les yeux de Ben errèrent jusqu'au rapport posé sur le bureau, puis revinrent se fixer sur Luther.

— J'ai une piste, dit-il.

Luther le considéra d'un air sceptique.

— Une piste ? Quel genre de piste ?

— Un nom. Celui de quelqu'un qui en sait long sur tout ce qui se passe à Bearmatch.

— Quel nom ?

— Un certain Jolly, dit Ben. Roy Jolly.

Un large sourire sarcastique se peignit sur le visage de Luther.

— Un certain Jolly ? dit-il dans un gloussement. Tu veux dire le vieux Roy-Joy ? c'est ça ton branchement ?

Ben hocha lentement la tête.

— Dis-moi Ben, est-ce que tu sais qui c'est, Roy-Joy ? fit Luther. C'est le plus gros mac de Bearmatch, peut-être même de Birmingham et de cette putain de planète, si ça se trouve ! (Il s'interrompit et demanda à brûle-pourpoint :) Qui c'est qui t'a donné ce nom-là ?

Ben était sur le point de parler du vieux préparateur mais quelque chose le retint tout à coup, aussi fortement et aussi subitement que si une main invisible lui avait fermé la bouche.

— Non, c'est juste un truc que j'ai entendu dans la rue, dit-il en haussant vaguement les épaules. C'est personne en particulier.

Luther posa les mains à plat sur le bureau de Ben et bascula en avant.

— Si tu veux des tuyaux sur Bearmatch, demande

donc aux Langley. Ça fait deux ans qu'ils sont sur le quartier.

— Je n'y manquerai pas, dit Ben.

Luther se redressa.

— Ecoute, Ben, dit-il calmement, si tu veux approfondir un peu cette affaire, vas-y. Ça ne peut qu'améliorer notre image de marque. Mais il faut que tu continues la surveillance de King jusqu'à la fin de ce boxon. (Il jeta un coup d'œil à sa montre.) Il doit faire un discours à la Première Eglise Baptiste des Pèlerins ce soir, à huit heures. Il faut que tu y sois.

Ben acquiesça d'un rapide coup de tête.

— Entendu.

— Et pour ce qui est de cette petite fille, parles-en aux frères Langley, insista Luther. Ils devraient débarquer d'un moment à l'autre au Smith's Café.

— D'ac, fit Ben.

Luther se disposa à quitter la pièce.

Ben l'arrêta en posant la main sur sa manche.

— La photo que tu as prise de la petite fille, dit-il. Est-ce que tu l'as ?

— Ouais, dit Luther. (Il palpa les poches de son manteau.) La voilà, dit-il en tendant le cliché à Ben.

Ben leva un peu la photo pour la voir en pleine lumière. C'était un petit cliché polaroïd de forme carrée. Il était en noir et blanc et la définition était mauvaise, mais le visage de la fille qui le regardait depuis le sol de poussière grise était clairement visible. Il portait l'expression caractéristique de tous les cadavres. Grands ou petits, que la vie les ait comblés ou maltraités, on dirait toujours à les voir qu'ils avaient perdu d'avance, qu'ils étaient sciés à la base dès la naissance.

*

La Black Cat 13 se prélassait sans état d'âme sur une zone de stationnement interdit dans l'allée qui bordait l'arrière du Smith's Café. Elle était grise avec des bandes latérales noires, et un grand chat noir aux yeux jaunes et aux griffes menaçantes avait été peint sur le capot. Le nombre 13 s'étalait en blanc sur le flanc de l'animal et une touche de rouge figurait un filet de sang au coin de ses babines retroussées.

Assis dans le coin gauche au fond du café, Tod et Teddy Langley finissaient de manger quelque chose qui se rapprochait fort de l'assiette de snack standard : steak haché et purée arrosée d'une sauce indéfinissable où l'on distinguait quelques petits pois et de rares rondelles de carotte.

Teddy se redressa un peu en voyant arriver Ben.

— Tiens, salut Ben, dit-il avec un mince sourire. On m'a dit qu'y t'avaient mis sur King.

Ben tira une chaise de sous la table et s'assit.

— Ouais, dit-il. Comment ça se passe à Bearmatch ?

Teddy ricana.

— Au poil, depuis qu'on s'est mis à bourrer les taules.

Il attira une bouteille de coca sur le côté de la table, ouvrit un sachet de cacahouètes salées et les versa dans la bouteille. Une mousse brune et sifflante bouillonna presque jusqu'au goulot, puis retomba lentement.

— Enfin, pas toutes, dit doucement Tod. (Il mit la dernière miette de gâteau dans sa bouche et la mâcha lentement.) Pas toutes, hein, Teddy ?

— C'est sûr, dit Teddy. (Il but une grande lampée à la bouteille.) Alors, Ben, dis-nous tout ! Qu'est-ce qu'y va faire, maintenant, King ?

Ben laissa son regard errer dans la salle de restaurant, depuis la vitrine où le menu était écrit à la craie sur une ardoise jusqu'au mur du fond où deux photos pendaient de part et d'autre d'une horloge Coca-Cola :

une du Gouverneur Wallace, et une du Vice-Président Johnson.

— Je sais pas, dit-il.

— Breedlove et Daniels aussi surveillent King, dit platement Teddy, comme pour montrer qu'il en savait long, et y doit y avoir d'autres mecs en mission secrète sur le coup.

Tod ricana.

— Mission secrète, grinça-t-il. Comment veux-tu avec ces zèbres-là ? Tu veux tout de même pas que les gars se peignent la gueule en noir !

Ben sourit mollement.

— Alors qu'est-ce que vous faites au lieu de vous cogner Bearmatch, les gars ? Le plein du panier à salade ?

— Putain, non ! dit Tod avec animation. On a une mission spé...

— Ta gueule, Tod, dit Teddy. (Il jeta un rapide coup d'œil à Ben.) C'est la première fois que je te vois chez Smith's, dit-il.

— Je viens pas très souvent.

— Alors qu'est-ce tu fais là ?

Ben haussa les épaules d'un air dégagé.

— J'ai vu votre voiture garée devant, alors je me suis dit...

Teddy se pencha vers lui.

— Le truc, tu vois, c'est que y a une mouche dans les services, dit-il. Un mec qui travaille pour l'autre côté.

— Je me suis dit que vous pourriez peut-être me tuyauter pour mon enquête, poursuivit Ben sans mollir.

Teddy plissa les yeux.

— C'est quoi, cette enquête ?

— C'est tombé ce matin. (Il sortit la photo de la poche de son manteau et la posa sur la table.) Une petite fille. On lui a tiré une balle dans la tête et puis on l'a enterrée dans le vieux terrain de sport de la Vingt-troisième rue.

Teddy se renversa lentement sur son siège ; ses yeux s'attardèrent nonchalamment sur la photo.

— Elle est de Bearmatch ?

— Probablement, dit Ben. Mais la hiérarchie veut tout de même qu'il y ait une enquête approfondie.

— Pourquoi donc ?

— Pour qu'on puisse pas présenter ça comme un crime raciste, dit Ben.

— Ça les tracasse, hein ? demanda Tod.

— Un peu.

Teddy secoua la tête d'un air désapprobateur.

— Alors on est cuits, Ben.

— C'est les ordres du préfet, dit Ben.

— Tu crois ça, dit Teddy d'un ton dramatique, mais en fait c'est pas du tout ça. (Il eut un sourire pitoyable.) Tu vois donc pas, Ben ? Tu comprends donc pas de quoi il retourne ?

Ben garda le silence.

— Même le préfet doit prendre des gants avec eux, expliqua Teddy. Voilà qu'on va devoir se soucier de ce qu'y pensent ! (Il jeta un regard furieux à son frère.) Non, mais où qu'y-z-ont vu jouer ça ? (Il reporta son attention sur Ben.) Tu sais ce que c'est qu'un bâtard ? demanda-t-il. T'as déjà vu un vieux chien bâtard.

Ben ne répondit pas.

— Voilà ce qu'on veut faire de nous, dit Teddy d'un ton lugubre. Une race de bâtards.

Tod jeta un coup d'œil à Ben.

— C'est vrai, dit-il énergiquement, c'est ça qu'y veulent.

Teddy ne fit pas attention à lui ; il garda les yeux fixés sur Ben.

— En fait y s'en branlent, de manger avec nous ou d'aller dans les mêmes écoles que nous et tout ça. Ce qu'y veulent, c'est nous détruire, détruire notre race pour devenir les tauliers de la planète. (Il secoua la tête d'un geste las et douloureux.) Et y-z-y arrivent, en plus. Y nous font déjà faire leurs quatre volontés. Tu verras que bientôt, on sera plus qu'une bande de chiens bâtards. (Il prit la photo, la brandit à quelques centimètres du visage de Ben et la déchira lentement en deux.)

— Je suis loyal envers ma race, Ben, dit-il d'un ton menaçant. Ça passe avant tout le reste.

Il lâcha la photo dont les morceaux retombèrent sur la table en voletant.

Ben le dévisagea quelque temps sans rien dire, puis il ramassa les deux moitiés de la photo qu'il remit dans la poche de sa veste.

— Je fais mon boulot, Teddy, c'est tout, dit-il doucement.

— Eh ben tu le feras sans moi, dit Teddy.

Ben se sentit envahi par une pulsion subite et inexplicable surgie du plus profond de lui-même.

— C'est bien mon intention, dit-il.

*

Il rentra chez lui lentement, en prenant par le nord afin de longer les artères principales de la ville en auto. Les rues étaient pratiquement désertes. Restaurants et cafétérias étaient bouclés, et certains commerçants avaient déjà pris la précaution supplémentaire de murer les vitrines avec des planches. Même les lustres flamboyants de l'hôtel Tutweiler avaient quelque chose de falot et de blafard dans l'obscurité totale qui enveloppait la ville. Les réverbères se balançaient lourdement dans l'air brûlant et la lumière qu'ils dispensaient semblait tomber sur le sol en grosses gouttes bleues. Des agents en tenue patrouillaient sur les trottoirs déserts à deux de front, l'étui de leur arme débouclé, en tripotant la crosse de leur revolver. Devant chez Pizitz, des Noirs du service de la voirie ramassaient des piles de panneaux cassés qu'ils jetaient entre les grinçantes mâchoires métalliques des bennes à ordures ; un peu plus loin, à quelques rues du parc, une autre équipe chassait des monceaux d'ordures au jet dans les canivaux.

Le parc était vert et luxuriant, et Ben savait que dans quelques heures seulement les premières lueurs du jour l'embraseraient de mille feux. Il distinguait au loin les contours du terrain de jeux désert. Les balançoires oscillaient mollement dans l'air tiède et sous le grand lampadaire gris, le toboggan prenait un reflet d'argent fantomatique.

A gauche, presque entièrement dissimulé par un rideau d'arbres, il entrevit le haut grillage métallique du terrain de base-ball qui lui rappela immédiatement le poteau de but de la Vingt-troisième rue. Au bout du parc, il tourna abruptement à gauche et fit route vers les lointains faubourgs de Bearmatch.

Le terrain n'était pas éclairé, de sorte qu'il ne distingua en arrivant qu'un bout de terre battue dans les ténèbres. Pas de gradins, pas de tas de terre fraîchement retournée, pas de poteau de but. Il n'y avait qu'un mur noir et opaque qui semblait s'élever tout au bord du trottoir défoncé et envahi par les mauvaises herbes, et monter jusqu'à la voûte céleste. Il resta quelque temps dans sa voiture et fuma une cigarette en regardant le terrain obscur. De temps en temps, des gens qui descendaient la rue s'approchaient nonchalamment jusqu'à ce qu'ils soient assez près pour se rendre compte que l'homme assis au volant était un Blanc. Alors, ils s'arrêtaient net, comme s'ils avaient marché sur un serpent à sonnette, l'examinaient attentivement pendant quelques secondes, puis traversaient la chaussée en toute hâte. Ça se produisit une première fois, puis une autre, et une autre encore, jusqu'au moment où Ben se lassa de ce spectacle, mit le contact et s'en fut.

6

En allant travailler le lendemain matin, Ben se gara presque au même endroit que la nuit précédente ; mais en reprenant son poste au bord du trottoir vers sept heures, il vit que les rues s'étaient déjà remplies d'animation. De petits groupes marchaient d'un pas vif le long des rues ou au travers du terrain. Des gosses passaient à toute allure sur leurs vélos rouillés, et la circulation était rapide et bruyante dans la rue et les avenues adjacentes. On aurait dit que la lumière matinale avait ramené tout le quartier à la vie, et les gens ne s'arrêtaient plus en s'approchant de sa voiture mais continuaient au contraire leur route sans la moindre hésitation. C'était comme si la vive lumière du soleil les protégeait comme un bouclier contre les dangers que la nuit ramènerait fatalement ; profitant de cette immunité temporaire, ils marchaient d'un pas assuré vers les stations d'autobus en discutant tranquillement.

Ben resta quelque temps en observation derrière son volant, tout comme la nuit précédente. Mais il savait qu'il ne disposait cette fois que de quelques minutes pour traîner au bord du terrain avant que l'inéluctable appel de la radio ne requière sa présence au commissariat. Les agents de l'équipe du matin devaient déjà gravir péniblement les marches cimentées pour recevoir ce qu'ils appelaient depuis peu leurs « ordres de combat », des directives qui changeaient à tout instant mais qui touchaient le plus souvent au contrôle des mouvements de foule, à la paperasse supplémentaire et à la surpopulation carcérale occasionnées par les manifestations. Tout se passait comme si tout le reste s'était arrêté : cambriolages, violences et disputes de ménage, et que seul subsistait l'angoissant problème de la rue, gouffre noir dans lequel tout le reste, toute la vie quotidienne dans sa diversité, avait disparu.

Pourtant, balayant lentement du regard tout ce qui entourait son poste d'observation, Ben vit que dans l'ensemble, la vie suivait son cours. Bearmatch allait son train comme à l'accoutumée, et tranquillement installé au volant, il s'imprégnait de son rythme, de ses odeurs et des modalités de sa vie quotidienne. Il voyait les bonnes en uniforme blanc s'assembler en petits groupes aux arrêts d'autobus et les ouvriers en combinaison grise ou torse nu sous leur salopette en haillons marcher lentement comme une armée silencieuse vers les voies de chemin de fer ou la chaleur étouffante des aciéries. Il entendit les sirènes du changement d'équipe du matin résonner dans les ruelles et parmi les baraquements chancelants, et il se souvint qu'elles avaient aussi mugi au-dessus de sa maison lorsqu'il était enfant. Il sentait les effluves de bacon frit, de soupe de poisson et de biscuits à demi levés, et il eut un instant l'illusion qu'elles provenaient de la cuisine de sa mère ; il se souvint que le matin, après le petit déjeuner, son père et sa mère descendaient eux aussi dans la rue comme les gens qui s'écoulaient maintenant autour de lui, pour l'emmener à l'école avant de descendre l'avenue d'un pas lourd vers les vieux tramways électriques qui parcouraient la ville en tous sens dans un réseau inextricable de rails et de fils métalliques.

Ses parents étaient longtemps restés des fantômes

pour lui ; son père avait succombé à une longue maladie et sa mère était tout simplement morte pour une raison que personne au Hillman Hospital ne s'était jamais donné la peine de lui préciser. L'été, il s'en souvenait maintenant, il leur arrivait de s'endormir dans leur balancelle tandis qu'il écoutait la radio à l'intérieur. Il les découvrait ensuite affalés sur le côté, le visage du vieil homme enfoui dans les gros seins flasques de sa femme, la tête de la vieille pendant si bas vers celle de son mari qu'elle avait l'air estropiée, dans un concert de ronflements asthmatiques, parmi les aoûtats qui brillaient dans l'air humide. Mais tout à coup, ils lui revenaient en mémoire autrement que comme des corps inanimés flottant sans bruit dans une balancelle en fer forgé, et il se prit à se demander quelles avaient été leurs vies, à quoi ils pensaient assis côte à côte, en écoutant les grillons et les sauterelles, la rumeur hachée de la circulation après une grosse pluie d'été et les tintements de cloches des tramways ; il se demanda aussi à quoi ils penseraient s'ils étaient encore en vie, ce qu'ils auraient pensé du tumulte qui s'était emparé de la ville, de la petite fille anonyme enterrée sous le poteau de but, et ce qu'ils lui auraient dit de faire s'ils avaient eu connaissance de tout cela.

Le crachotis de la radio se fit soudain entendre, suivi de la voix du dispatcher.

— Central appelle voiture 17.

Ben saisit le micro.

— Voiture 17.

— C'est toi, Ben ?

— Ouais. Qu'est-ce qu'il y a ?

— Oh, pas grand-chose, dit le dispatcher. Patterson, le médecin légiste, voudrait que tu l'appelles quand tu pourras.

— Il est au Hillman ?

— Je crois.

— Je suis pas bien loin, dit Ben, je vais y passer. Tout baigne au Commissariat Central ?

— Toujours pareil.

— J'arrive dès que j'aurai vu Patterson, dit Ben.

Il rajusta le micro à sa place, puis resta un moment immobile, à nouveau perdu dans la contemplation du terrain. A une centaine de mètres environ, des gosses s'étaient regroupés sous le poteau de but. Ils étaient endimanchés : les filles en robe blanche propre, les garçons en pantalon foncé et chemise blanche toute simple. Ben pensa que c'était peut-être une cérémonie à la mémoire de la petite fille assassinée ; quelque étrange rite de Bearmatch, incompréhensible pour les non-initiés. Tout à coup, un grand jeune homme en complet bleu foncé se rua au milieu de l'attroupement et cria quelque chose. Quelques banderoles furent vivement dépliées. C'étaient de simples feuilles de papier blanc punaisées à de minces lattes de bois comme Ben avait déjà pu en voir beaucoup depuis le début des manifestations. Leurs inscriptions en grosses lettres noires exprimaient les mêmes protestations et les mêmes revendications, et tandis que les enfants se mettaient en rang par deux, main dans la main, avec un sourire plein d'une joie étrange et mystérieuse, Ben se demanda si la petite fille assassinée aurait pu être parmi eux si les choses s'étaient passées autrement, effleurant le sol aride de ses souliers à boucle, le visage éclairé par le même sourire étincelant.

*

Patterson étudiait une pile de dossiers dans le premier bureau quand Ben arriva.

— Eh ben, ils ont pas traîné pour te mettre la main dessus, dit-il.

— Tu as quelque chose ?

— Franchement, j'aimerais bien en avoir plus, dit Patterson. A propos, t'as réussi à déterminer l'identité de la gosse ?

— Non.

— De ce point de vue-là, je peux pas grand-chose pour toi, dit Patterson. Par contre, j'ai trouvé quelque chose qui risque de t'intéresser. (Il eut un sourire fugace.) Puisque les huiles veulent qu'on se défonce sur cette affaire (il s'écarta un peu du bureau en le repoussant des deux mains et ouvrit le tiroir du haut), j'ai tout de même passé sa robe au nettoyage, et c'est là que j'ai trouvé ça. (Il sortit du tiroir un sac en plastique qu'il tendit à Ben.) C'était dans une de ses poches. Je comprends pas comment ça se fait que vous l'ayez pas trouvé.

Ben leva le sac à la lumière. Il contenait une bague en fer-blanc dont le plaquage façon or commençait déjà à verdir. Un gros bouchon de carafe violet de forme ovale y était serti.

— C'est pas un joyau d'une valeur inestimable, hein ? dit doucement Patterson. Mais pour une petite fille de Bearmatch, ça devait être un trésor.

Ben gardait les yeux rivés sur le bijou.

— Où tu l'as trouvée ?

— Elle était prise dans un pli à l'intérieur de sa poche, dit Patterson. (Il haussa les épaules.) C'est de la pacotille, mais la môme devait croire qu'elle valait une fortune.

Ben fit lentement tourner le sachet devant ses yeux.

— Mais pourquoi est-ce qu'elle ne la portait pas, alors ? observa-t-il. (Il reporta son attention sur Patterson.) Où est-elle ?

— Toujours au frigo. On ne l'enterrera que tard dans l'après-midi.

— J'aimerais la voir à nouveau.

— Elle n'est pas ressuscitée dans la nuit, dit Patterson. On est pas fortiches à ce point.

Ben fit brusquement volte-face et gagna la pièce voisine. La petite fille était toujours dans le compartiment 7. Il ouvrit la porte, sortit la table roulante et rejeta le drap.

— Qu'est-ce que tu fais ? demanda Patterson en arrivant sur ses talons.

Ben ne répondit pas. Il tira la bague du sac, prit une des mains de la petite fille et la passa à son petit doigt. Trop large, la bague ne tenait pas. Il essaya l'index, le médius, et enfin le pouce. La bague était bien trop grande pour tous les doigts.

— Elle ne la portait pas parce que ce n'était pas à elle, dit-il en remettant la bague dans le sac.

Patterson hocha la tête.

— Celle de son petit ami, peut-être ? suggéra-t-il d'une voix hésitante.

Ben se tourna vers lui.

— Je sais pas. Dans ce cas-là, elle aurait pu la porter en sautoir. Elle l'avait peut-être tout simplement ramassée dans la rue. (Il gagna le petit bureau métallique disposé au fond de la pièce et étudia la bague sous la lampe en la faisant tourner lentement entre ses doigts.) Pas de nom, dit-il, presque pour lui-même. Pas d'initiales. (Il la laissa retomber dans le sac en plastique et le tendit à Patterson.) Envoie ça au service des empreintes, dit-il, et dis-leur de me tenir au courant de ce qu'ils trouveront.

— Pas de problème, dit Patterson d'un ton légèrement sarcastique. La hiérarchie décide, et nous on claque des talons.

Ben parut ne pas avoir entendu.

— Où est sa robe ?

Du doigt, Patterson lui indiqua une boîte en carton posée sous une longue table en bois.

— Là-bas.

Ben alla jusqu'à la boîte et en sortit la robe qu'il étendit sur la table.

— Dans quelle poche est-ce que tu l'as trouvée ?

Patterson lui montra une toute petite poche de poitrine.

— Là.

Ben contempla longuement la robe. Outre la petite poche de poitrine, il y en avait deux autres de chaque côté de la jupe dans lesquelles il glissa la main.

— Celles-ci sont bien plus profondes.

Patterson lui jeta un regard interloqué.

— Et après ?

— Ben tu vois, je me disais comme ça que si j'étais une petite fille et que je ne voulais pas perdre ma bague, je la mettrais dans une de mes grandes poches de côté. (Il fixa Patterson avec insistance.) Pas toi, Léon ?

Patterson baissa les yeux sur la robe, puis les releva vers Ben.

— Si, sans doute. (Il haussa les épaules.) Sauf si j'étais étourdie.

Ben saisit la robe aux épaules et la fit lentement tourner dans la lumière. Elle était toute tachée par son séjour dans la terre et la jupe était maculée de sang.

— Ces taches, dit Ben. D'où elles viennent, pour toi ?

— Du viol, répondit Patterson d'un ton péremptoire. D'où veux-tu qu'elles viennent ?

Ben fit pivoter la robe entre ses doigts pour en montrer le dos à Patterson.

— Et sur le col, comment ça se fait qu'il n'y a pas de taches ? demanda-t-il. Elle a été abattue d'une balle dans la nuque. Ça saigne pas mal, d'habitude, les blessures à la tête.

Patterson garda quelque temps les yeux fixés sur le col blanc plissé, puis dévisagea Ben.

— Je peux pas te dire, Ben, dit-il enfin. J'en ai vraiment aucune idée.

— Moi si, dit Ben. Il jeta encore un coup d'œil au corps de la petite fille. Sa menotte noire pendait du chariot métallique, projetant une petite ombre sur le carrelage lisse.

— Elle était nue quand on l'a abattue, dit-il.

Il leva la main droite, doigts écartés, à un mètre vingt du sol environ.

— Elle était nue, et à peu près à cette hauteur, Léon, continua-t-il d'une voix douce, et quelqu'un de beaucoup plus grand qu'elle est arrivé par-derrière, a braqué un pistolet à quelques centimètres de sa tête et appuyé sur la détente.

Une ombre terrible passa sans bruit sur les traits de Patterson.

— Si je peux encore t'aider sur ce coup, il faudra me le dire, dit-il enfin ; puis il fit rapidement volte-face et s'en fut.

7

Pendant la nuit, on avait installé des barrages de police devant l'entrée du garage souterrain du commissariat central ; ils étaient gardés par de nombreux agents en tenue à l'air résolu, la matraque à la main. Ils scrutèrent l'auto de Ben d'un air menaçant lorsqu'elle s'arrêta devant eux.

— Dure journée en perspective, on dirait, les gars ! dit Ben au garde qui s'approchait de l'auto.

— On nous a dit de nous attendre à tout, répliqua l'homme. Vous avez à faire dans l'immeuble ?

Ben présenta son insigne.

— Très bien, inspecteur, dit immédiatement le garde. Excusez-moi, je ne vous avais pas reconnu. (Il se tourna vers la rangée d'agents silencieux qui se tenaient derrière le barrage.) Ouvrez, fit-il d'une voix forte. Laissez passer l'inspecteur Wellman.

Les autres gardes déplacèrent une des longues barrières en chevaux de frise et Ben passa entre eux et s'enfonça dans le garage. De part et d'autre de la voiture, il vit des hommes en colonnes à qui leurs officiers faisaient faire l'exercice. A l'angle sud du garage, on avait installé une sorte de quartier général souterrain sur des tables métalliques, entièrement équipées de téléphones et de machines à écrire ; au bout d'une table, il y avait même une boîte en carton pleine d'armes de poing diverses qui ne pouvaient en aucune façon passer pour des armes de service. Il y avait des .38, des .45, quelques malheureux .22, et tapis au milieu de ce nœud de vipères, un .357 Magnum, un P.38 et quelques autres gros calibres.

Assis derrière le carton, Sammy McCorkindale notait placidement les numéros de série des pistolets.

Ben pêcha un vieux Lüger allemand qu'il fit lentement passer d'une main dans l'autre, puis il éjecta le chargeur ; il était plein. Ben remit le chargeur en place et posa le pistolet sur la table devant McCorkindale.

— A quoi ça rime, tout ça ? demanda-t-il.

McCorkindale leva lentement les yeux.

— A ton avis ?

— C'est un véritable arsenal, dit Ben. Mais qu'est-ce que tu fabriques avec ?

McCorkindale se replongea dans son registre.

— Le préfet veut que toutes les armes confisquées soient remises en service, dit-il négligemment.

— Pourquoi ?

— Des fois qu'on en aurait besoin, sans doute.

— Pour quoi faire ?

— Pour armer les volontaires.

— Quels volontaires ?

— Ceux à qui le préfet fera appel en cas de besoin.

— Des civils, tu veux dire ?

— C'est ça, répondit distraitement McCorkindale. Il tira du carton un .45 automatique dont il se mit à noter le numéro de série.

Ben jeta un coup d'œil sur sa gauche. Un groupe de civils, des employés de bureau, s'affairaient à décharger des caisses pleines de cartouches de gaz lacrymogène d'une camionnette de police immatriculée dans le Mississippi, et dont le hayon arrière était orné d'un grand drapeau sudiste.

— Y pensent que ça va pas tarder à péter, à ce qu'on

dirait, dit McCorkindale. (Il leva le nez de son registre et grimaça un sourire.) Tu verras que même moi, je devrai aller risquer mon gros cul en première ligne.

Ben reporta son attention sur McCorkindale.

— Quand est-ce que tu as tiré un coup de feu pour la dernière fois, Sammy ?

— Avec mon arme de service ? Dans l'exercice de mes fonctions ? Ça m'est encore jamais arrivé, Ben.

Ben secoua la tête avec agacement et saisit le Magnum.

— Tu crois que tes volontaires vont savoir faire marcher un truc comme ça ?

McCorkindale eut un sourire sournois.

— M'est avis qu'ils pourraient apprendre assez vite si ça dérape pour de bon. Et je crois que les huiles doivent se dire exactement la même chose.

Ben reposa le Magnum sur la table.

— Ils vont se faire des gros trous dans les pieds, ou bien ils vont s'entretuer, à moins qu'ils butent un de nos gars par erreur, et on sera bien avancés, Sammy. (Il baissa les yeux sur le Magnum, puis les releva vers McCorkindale.) On ne donne pas un pétard comme ça à quelqu'un en lui disant d'aller apprendre à s'en servir dans la rue.

— J'ai pas dit que j'étais pour, dit McCorkindale d'un ton plaintif, mais on peut tout de même pas laisser la ville partir en fumée.

Ben laissa errer son regard vers la droite, au-delà d'une rangée de piles de béton, jusqu'à l'endroit où le tank blanc du préfet était stationné près de la sortie. La Black Cat 13 était garée quelques mètres plus loin, à côté d'un des breaks rouge vif du service des pompiers grâce auxquels le préfet traversait la ville comme l'éclair d'un point chaud à l'autre.

— Tu sais, Ben, moi, ici, je suis un petit flic de rien

du tout, poursuivit McCorkindale. On vient pas me demander mon avis.

Les yeux de Ben revinrent se poser sur McCorkindale. Il sourit avec gentillesse.

— Des fois, je me dis que c'est dommage, Sammy, dit-il. Bien dommage.

*

Au rez-de-chaussée, Ben trouva le hall envahi par une troupe de gendarmes de l'Alabama qui semblaient tombés de la lune. Ils portaient des uniformes gris terne, des étuis de pistolet à la Sam Brown et le genre de casquettes noires que Gifford, l'ancien équipier de Ben, appelait des poêles à frire. Ben n'en reconnut aucun, et il finit par comprendre qu'on avait dû les faire venir des lointaines communes rurales qui entourent Birmingham. On voyait que c'étaient des gars de la campagne qui avaient passé la majeure partie de leur existence à faire des queues de poisson à quelques adolescents dingues de vitesse sur des routes forestières défoncées, et il était clair que la ville les mettait mal à l'aise. Leur expression déroutée et inquiète lui rappela l'arrivée soudaine des renforts pendant la guerre : de nouvelles têtes, des gars à qui on avait donné un mois d'entraînement et filé un M-1 avant de les envoyer dans le Pacifique et de les cracher sur un îlot rocheux avec la consigne de mettre en pièces une armée bien retranchée et aguerrie de Japonais suicidaires.

Ben resta un moment immobile à les regarder en essayant de comprendre quelle pourrait bien être leur utilité dans les rues de Birmingham, ou quel pouvait être le motif de leur présence subite et massive, sinon de rendre impossible jusqu'à l'idée même de résistance aux forces de police.

Il y réfléchissait encore quand Luther vint s'appuyer contre le mur à côté de lui.

— King doit prendre la parole à l'église Baptiste de la Seizième avenue en fin d'après-midi, dit-il platement. Je veux que tu y sois.

Ben hocha la tête.

— Et avant, je veux que tu suives le cortège dans la Quatrième, ajouta Luther. Il part dans une heure environ, et on espère que tout se passera bien, mais il faut tout de même que tout le monde soit sur le pont. (Il lui tendit précipitamment un bout de papier.) Voilà les instructions pour l'heure et le lieu ; alors pour le discours de King, je veux que tu notes tout ce qu'il dira. Je veux retrouver jusqu'au moindre rot dans ton carnet, tu vois ce que je veux dire ?

— Oui, Commissaire.

— Et surtout, il faut que tu sois armé, Ben, poursuivit Luther d'un ton haletant. Nous ne voulons avoir à déplorer aucune perte dans nos rangs dans les jours qui viennent. Et n'oublie pas ce que le préfet a dit hier : tu dois garder ton sang-froid, mais y s'agit pas non plus de te laisser emmerder. (Il respira à fond.) Pigé ?

— Ouais.

— Très bien.

Ben désigna la foule des agents.

— Qu'est-ce qu'ils font là ?

— Ils soulagent un peu les services. Pour le moment, ils vont se charger du travail de routine ; la circulation, ce genre de chose.

— McCorkindale a fait allusion au recrutement d'une milice civile.

— Ça n'est qu'une éventualité, dit Luther. On ne peut pas courir le risque d'être pris de court dans une situation comme celle-ci.

— Il est en train de se préparer à distribuer des pistolets au sous-sol.

Luther le regarda d'un air sévère.

— Eh bien, quel est le problème ?

Ben resta silencieux.

— Y a pas de place pour les fillettes ici, ajouta froidement Luther. Tu te sens l'âme d'une fillette ?

— Non.

— J'aime mieux ça, dit Luther. Alors tu vas continuer à faire ce que tu as à faire et laisser la politique aux professionnels. Est-ce clair, inspecteur ?

— Oui, Commissaire.

— Parfait, dit Luther. Maintenant va à ton poste.

Ben se rendit aussitôt au local des inspecteurs. Il trouva sur son bureau un mot de Léon Patterson qui lui apprenait qu'il comptait faire enterrer la petite fille au cimetière de Gracehill vers six heures du soir. Il chercha une raison valable de repousser la date de l'enterrement, n'en trouva aucune, froissa le mot et le jeta dans la corbeille à papier posée à côté du bureau.

— Tu fais une croix sur quelque chose, Ben ? demanda Breedlove en s'asseyant à son bureau à quelques mètres de celui de Ben.

— La petite fille va être enterrée cet après-midi, dit Ben.

— T'as avancé sur cette affaire ?

Ben secoua la tête.

— Pas des masses. Y a quelques trucs un peu bizarres.

Breedlove se pencha un peu vers lui.

— Par exemple ?

— Eh bien, Patterson a trouvé une bague dans sa poche, mais elle ne lui allait pas. Elle avait du sang sur la jupe mais pas sur le col. Elle n'avait pas de culotte.

Breedlove éclata de rire.

— Tu sais, y en a pas mal à Bearmatch, des minettes qui portent pas de culotte.

Ben lui lança un regard noir.

— Elle devait avoir douze ans, Charlie, dit-il.

— Et alors ?

Ben se détourna et se mit à regarder distraitement le papier que lui avait donné Luther.

— Et les Langley, demanda Breedlove. Tu leur as causé ?

Ben restait plongé dans la contemplation de son bout de papier.

— Ouais.

— Y-z-ont pu te rencarder ?

Ben secoua la tête.

— Alors t'as plus qu'à mettre ton mouchoir pardessus, dit Breedlove, parce que si les mecs de la Black Cat savent rien, alors personne sait rien. (Il se leva.) Bon, faut que je passe prendre Harry. On va discuter avec le petit Coggins.

— Qui ?

— Le petit con qui s'occupe de l'organisation des gosses des écoles pour le cortège d'aujourd'hui, dit Breedlove. (Il tira son arme de service, en éjecta le chargeur et s'assura qu'il était plein.) Tu veux venir ?

— Non.

— T'as tort, ça risque d'être rigolo, dit-il avec un petit sourire sarcastique.

Ben secoua la tête.

— Moi, je dois juste suivre la manifestation, dit-il.

Breedlove haussa les épaules.

— Bon Dieu, Ben, par les temps qui courent, c'est comme si t'étais chargé d'expédier la paperasse. (Il remit son pistolet dans son étui.) T'es sûr que tu veux pas venir avec moi et Harry ?

— Pas aujourd'hui, dit Ben.

Breedlove haussa les épaules.

— Comme tu voudras, dit-il. En tous cas, moi je ferais n'importe quoi plutôt que de rester le cul collé ici.

Ben se carra dans son siège et regarda Breedlove

vérifier rapidement le contenu de la cartouchière qui pendait à son côté avant de sortir d'un pas vif.

Breedlove parti, Ben se retrouva seul dans la grande pièce pleine de bureaux. Tous les autres policiers étaient déjà partis à leur poste. Ben savait qu'ils étaient nombreux en ce moment à gravir les escaliers menant aux toits des immeubles de brique trapus qui bordent la Quatrième avenue, tandis que juste en-dessous, d'autres s'accroupissaient derrière les fenêtres, serrant leurs fusils à lunette dans leurs bras en sueur. D'autres encore se tenaient tout simplement au coin des rues en complet brun fripé et jetaient des regards nerveux de droite et de gauche à la recherche du visage qui se distinguerait des autres, le visage plus méchant, plus fou, plus désespéré de l'homme qui serait armé comme eux et aussi désireux qu'eux de les affronter sur le terrain neutre d'une violence subite et destructrice. L'espace d'un instant, il pensa à eux comme aux camarades qu'ils étaient encore pour lui, avec leurs factures à payer et leurs gosses à nourrir, comme à des hommes qui portaient des complets bon marché, qui fumaient des cigares à vingt sous et buvaient leur thé glacé dans des bocaux à confiture, des hommes pris dans le tourbillon des événements et qui lui parurent tout à coup aussi désarmés que les morts eux-mêmes.

8

Une multitude de voitures de police avaient déjà barré les rues donnant sur la Quatrième avenue quand Ben arriva. Les voitures blanches et noires de la police de Birmingham alternaient avec les voitures grises et noires de la gendarmerie et divers véhicules du Bureau du Sheriff du comté de Jefferson. Dans les plus proches rues adjacentes, les paniers à salade et les bus scolaires en stationnement se succédaient à perte de vue, tous gardés par des hommes armés de carabines à répétition et de fusils à canons superposés. Ils battaient la semelle sur le pavé désert avec anxiété en fumant des cigarettes, les yeux rivés sur le bout de l'avenue comme s'ils attendaient de voir apparaître le noir tourbillon avant-coureur d'une tornade.

Sur l'avenue même, des barrages de police avaient été dressés vers l'embouchure de la Seizième rue, derrière lesquels se tenaient des agents en uniforme, les jambes bien écartées, la matraque de cuir à bout plombé déjà en main. Il n'y avait aucune circulation, pas une seule voiture civile, et les deux trottoirs étaient déserts. A quelques mètres en arrière, Ben vit le préfet qui courait en tous sens, criant des ordres, déployant ses troupes et supervisant tout le dispositif. Sa petite silhouette râblée fonçait du soleil à l'ombre, et partout ses hommes se redressaient sur son passage comme s'ils se mettaient au garde-à-vous. Luther le suivait de près ainsi que diverses huiles des bureaux ; la petite troupe se déplaçait sous la seule protection — c'est du moins l'impression qu'eut Ben — de Teddy Langley.

— Te voilà enfin, Ben, dit Charlie Breedlove en arrivant par-derrière à l'improviste.

— Y a pas le feu, dit Ben nonchalamment.

— Bien sûr, on a tout le temps, dit Breedlove. (Il tira de sa poche un paquet de Lucky Strike et en alluma une.) T'as encore jamais été de corvée d'émeute, je crois.

Ben secoua la tête.

— Comment ça se fait, Ben ?

— Probable qu'ils avaient besoin de quelqu'un pour s'occuper du reste, dit Ben.

— Jusqu'à maintenant y se disaient sans doute qu'y-z-avaient pas besoin de toi, dit Breedlove. Mais t'as bien vu, la situation s'aggrave de jour en jour. Ça se durcit de plus en plus ; depuis un bon moment déjà.

Ben hocha la tête.

— Alors aujourd'hui, y-z-ont décidé d'y mettre le holà.

Ben se tourna vers lui.

— Tu crois que c'est possible ?

Breedlove haussa les épaules.

— Comment savoir ? King est de nouveau avec eux. (Il secoua la tête.) Y-z-auraient jamais dû le laisser sortir de taule.

Ben reporta son attention sur l'avenue. Le revêtement gris foncé cuisait de façon sinistre sous le soleil du matin. A l'autre bout de la rue, en haut d'une pente douce, il vit huit à dix gendarmes se mettre en place à plusieurs mètres en avant des barrages.

Breedlove jeta un coup d'œil à sa montre.

— Ils vont passer la colline d'une minute à l'autre. Harry nous a dit par la radio qu'ils ont quitté l'église il y a un quart d'heure environ. (Il fit un clin d'œil mutin à Ben.) Tu sais ? en chantant leur petite chanson (N.d.t. : *We shall overcome,* nous triompherons). (Il cracha par terre.) Mais ce coup-ci, y risquent d'avoir une petite surprise. Aujourd'hui, ils pourraient bien se le prendre dans la tronche, le triomphe.

A quelques mètres de là, le préfet refit irruption dans la rue, foulant furieusement le bitume en fusion de ses petites jambes grassouillettes.

— Tu sais ce que je pense, à propos du préfet ? fit Breedlove en le regardant filer comme une flèche. Et ben je pense qu'y se régale. (Il rit.) Ce matin, une espèce de journaliste new-yorkais se pointe à l'hôtel de ville et dit qu'il veut poser une ou deux questions au préfet à propos de la situation. (Il eut un petit rire.) Et tu sais ce que le préfet lui a sorti ? Y lui a dit comme ça : Déjà, je cause pas aux journalistes de New York, mais je vais tout de même vous dire une bonne chose. Y a trois trucs qui clochent, dans ce pays : le communisme, le socialisme et le journalisme. (Il secoua joyeusement la tête, savourant l'histoire.) Et y se régalait, d'un bout à l'autre.

Harry Daniels arriva à côté de Breedlove, les yeux rivés sur le large ruban gris du boulevard.

— Eh ben, t'as pas traîné, dit Breedlove.

Daniels continuait à scruter le bout de l'avenue.

— Y sont juste derrière la colline, dit-il. C'est des gosses, rien que des gosses.

Breedlove le regarda d'un air interloqué.

— Rien que des gosses ?

— Ouais, dit Daniels. (Il tira un tract de sa poche de veste.) Hier, y distribuaient ces trucs dans toutes les écoles nègres.

Breedlove lui prit des mains et l'étudia d'un air furieux. Le tract appelait les enfants des écoles à se joindre à la marche sur l'hôtel de ville.

— Alors ça, c'est le bouquet, dit Breedlove en tendant le tract à Ben.

Ben le regarda nonchalamment et le lui rendit.

— Ces gens, dit Daniels avec dégoût. J' te jure, Charlie, y-z-ont aucun scrupule. Y se sont dit que ce coup-ci on allait pas les louper, alors y nous ont carrément envoyé les gosses. (Il se pencha un peu en avant et fixa les yeux sur Ben.) Tout ce que tu veux qu'y en a pas un seul qui a plus de dix-huit ans, et la plupart sont beaucoup plus jeunes. C'est carrément des écoliers, des gosses de huitième, de septième et de sixième.

Breedlove fit la moue.

— Merde.

Daniels secoua la tête.

— King est un Négro drôlement malin. C'est lui le cerveau ; y-z-auraient pas de stratégie sans lui.

— Ouais, dit Breedlove d'un ton sinistre. Sans lui, y l'auraient dans l'os. (Il jeta rageusement sa cigarette par terre.) Mais j' vais te dire une bonne chose, Harry : gosses ou pas gosses, moi je veux pas le savoir. (Il serra le poing.) Si y me touchent, y vont pas être déçus. (Il jeta un coup d'œil à Ben.) Et toi, Ben ?

— Je ferai comme le préfet a dit, fit Ben. Je me défendrai.

Les yeux de Breedlove se plissèrent lentement.

— C'est ça qu'on doit tous faire, dit-il, se défendre. (Il coula un regard à Daniels et sourit.) Pas vrai, Harry ?

Daniels hocha la tête avec détermination.

— Parfaitement.

Ils restèrent quelque temps tous trois silencieux côte à côte, les yeux fixés sur le bout de l'avenue et sur les petites épiceries, les académies de billard et les hôtels borgnes qui la bordaient de part et d'autre. Le préfet venait maintenant vers eux ; Luther et Teddy Langley couraient sur ses talons, hors d'haleine.

Il s'arrêta à quelques mètres d'eux et fit signe à un groupe de gendarmes de s'aligner en travers de l'avenue.

— C'est ici qu'on va les arrêter, cria-t-il. Allons ! En rang ! En rang ! mettez-vous tous épaule contre épaule.

Les gendarmes descendirent sur la chaussée qu'ils barrèrent d'une ligne droite et grise. Quand ils se furent mis en rang, le préfet se mit à marcher de long en large devant eux.

— Et maintenant, je veux que vous sachiez que les bonnes gens de Birmingham sont fiers de vous, dit-il d'une voix forte. Et tous les habitants de cette ville doivent une fière chandelle au colonel Lingo qui vous a envoyés en renfort pour mettre un terme à cette situation ridicule. (Un sourire de reconnaissance se peignit un moment sur son visage, puis disparut d'un seul coup, comme emporté par un coup de vent.)

— A présent, il y a quelque chose que vous devez bien comprendre, messieurs. (Il désigna le sol et râcla le bitume du bout du pied.) C'est un nouvel Alamo, messieurs, et voici la ligne tracée dans la poussière. (Il marqua un temps et enfonça les poings dans ses hanches grassouillettes.) Que pas un seul Négro ne la passe, pas un seul Négro. (Il sortit un petit carnet vert de sa poche de veste. Ben reconnut immédiatement celui qu'il avait remis à Luther.) Savez-vous ce que King a dit à ses pareils à l'église ? demanda-t-il. (Il feuilleta le carnet et se mit à lire :) Ils savent faire face à la violence mais sont désarmés par la non-violence qui les déroute. Ils ne savent pas quelle attitude prendre face à elle. (Il ferma le carnet et embrassa les soldats d'un regard furieux.) Croyez-moi, messieurs, ce sont des conneries. Nous savons faire face à la violence, c'est entendu. Mais Dieu m'est témoin que nous savons aussi faire face à la violence qui se fait passer pour de la non-violence. (Il désigna un groupe de journalistes entassés sous le store vert en lambeaux d'un marchand de grillades.) Alors toutes ces manifestations et tous ces défilés peuvent passer pour de la non-violence aux yeux de ceux qui n'y comprennent rien, cria-t-il, mais nous savons bien de quoi il s'agit en vérité, et nous savons aussi comment y faire face. (Il remit le carnet dans sa poche.) Faites votre devoir, et que Dieu vous donne la sagesse de comprendre en quoi il consiste. Et en le faisant, messieurs, n'oubliez pas que vous pouvez être fiers de votre ville, de votre état, de votre gouverneur et de votre Dieu. (Il marqua un temps et dévisagea les soldats un à un.) Y a-t-il des questions ?

Il y eut quelques mouvements de gêne parmi les soldats, mais nul ne dit mot.

— Parfait, dit le Chef.

Il claqua des talons, salua et fila se rafraîchir sous la ramure du Kelly Ingram Park.

Luther et Teddy Langley suivirent le mouvement et Ben les vit de l'autre côté de la rue acquiescer énergiquement à ce que le préfet leur exposait avec de grands gestes tout en déployant ses hommes tout le long du parc et en envoyant des équipes dans les rues adjacentes et les parkings du voisinage.

— Ce vieux Dynamite Teddy, dit Daniels. Toujours à faire le fayot avec le préfet. (Il se tourna vers Breedlove.) Tu sais qu'il a failli se faire serrer pour un attentat à la bombe contre une école, dans le Tennessee ?

Breedlove sourit.

— Teddy ? Tu es sûr ?

— Une fois, y est même resté bouclé une heure ou deux au violon.

— Où ça ? demanda Breedlove.

— Ici même, à Birmingham.

— Quand est-ce que ça s'est passé, Harry ?

— Du temps où Big Jim était gouverneur.

Breedlove se gratta le menton.

— Et tu crois qu'il a fait des trucs comme ça ces derniers temps ?

— Suffit que le préfet lui demande, dit Daniels sans aucune hésitation. Ce qui est sûr, c'est qu'il fait tout ce que lui dit le préfet.

Ben reporta son attention vers le parc. Plusieurs groupes de gendarmes traversaient la partie sud au pas de course dans un nuage de poussière grisâtre. Plus loin, il vit un convoi de bus scolaires qui longeait le bord opposé du parc. Le tank blanc du préfet ouvrait la marche comme pour réduire les positions ennemies.

L'instant d'après, le préfet était revenu dans la rue et hurlait dans un mégaphone.

— Préparez-vous, messieurs, cria-t-il, les voilà !

Presque au même moment, un rang de manifestants apparut au sommet de la colline, au bout de l'avenue, et se mit à dévaler la pente. Leurs banderoles claquaient si fort au vent d'été qu'on aurait dit de lointains coups de feu.

— A vos postes ! cria le préfet.

Une deuxième rangée de gendarmes vint prendre position devant la première tandis que d'autres s'avançaient en désordre par les flancs, rompant la belle ordonnance de leur rang pour contourner maladroitement les voitures de police, les arbres et les poteaux téléphoniques jusqu'à ne plus former qu'une masse informe et mobile d'uniformes gris et de matraques qui se balançaient doucement.

— Hé là, vous, devant ! cria le préfet. Vous ne pouvez pas continuer ce défilé.

La colonne de manifestants continua d'avancer du même pas régulier, s'écoulant lentement comme un sirop sombre depuis le sommet de la colline.

— Je répète, hurla le préfet. Vous ne pouvez pas continuer cette marche. Nous ne vous laisserons pas atteindre l'hôtel de ville. (Sa voix haut perchée et métallique résonna contre les hautes façades des immeubles environnants avant d'aller se perdre dans le parc ombragé.) Vous ne pouvez pas continuer cette marche. Vous avez compris ? Faites demi-tour.

Mais les manifestants avançaient toujours, certains en silence, d'autres en chantant et en frappant dans leurs mains. La brise gonflait leurs jupes et leurs chemises et faisait frissonner les stores dépenaillés qui s'étiraient le long de l'avenue.

— Halte ! hurla le préfet d'une voix suraiguë.

Mais les manifestants avançaient toujours et la longue colonne noire s'allongeait régulièrement comme ils passaient les uns après les autres le sommet arrondi de la colline, en rang par deux.

— Bon Dieu, souffla Luther en arrivant derrière Ben. Qu'est-ce qu'on va faire ?

— On a tous reçu des ordres, répliqua sèchement Breedlove.

Daniels hocha la tête.

— C'est vrai. Allons-y.

Ben se sentit entraîné en avant comme ils s'avançaient entre les deux rangs de gendarmes. Il distinguait maintenant les traits des premiers manifestants, deux jeunes femmes en jupe bleu clair et corsage blanc ; leurs yeux étaient fixés droit devant elles, et leurs visages étaient totalement impassibles.

Le préfet battit en retraite devant elles ; subitement réduit au silence, il recula lentement, l'air morose, tout en faisant signe aux gendarmes d'avancer.

Tout à coup, il fit volte-face :

— Vous êtes en état d'arrestation ! hurla-t-il en s'écartant vivement de la trajectoire des manifestants pour rentrer dans le parc à grandes enjambées rageuses ; là, il s'arrêta, lâcha le mégaphone, croisa les bras et attendit.

Le premier rang de gendarmes se raidit à l'approche des premiers manifestants. Certains se mirent à faire claquer leur matraque dans la paume de leur main tandis que d'autres, mal à l'aise, se balançaient d'un pied sur l'autre comme à la recherche de la meilleure position pour affronter une grosse saute de vent.

Ben resta planté à peu près au milieu de la rue tandis que Breedlove et Daniels allaient se poster à une extrémité du rang. Luther s'attarda un moment à côté de lui, puis il alla se placer sur la gauche à côté de T. G. Hollis et resta là, les pouces passés dans sa ceinture, les yeux rivés sur le cortège.

Dès que les manifestants atteignirent le premier rang des forces de police, les agents se ruèrent sur eux, les attrapèrent un à un par les bras et se mirent à les pousser au pas de course vers les innombrables paniers à salade et bus scolaires entassés dans les rues transversales et le long du parc. Un grondement énorme s'éleva du cortège tandis que des manifestants de plus en plus nombreux étaient poussés et traînés par les agents qui leur tordaient violemment les bras ou les faisaient avancer du bout de leurs matraques.

Ben fit quelques pas en avant et jeta un regard désemparé vers la colline. Les derniers manifestants en avaient déjà franchi le sommet, et il n'y avait rien d'autre derrière eux que la grisaille de la rue. Il se sentit envahi par un immense soulagement en comprenant que ce serait bientôt fini, pensa qu'il pouvait souffler un peu et se contenta de regarder les derniers manifestants que l'on poussait sans ménagements vers les cars. A sa droite, il vit Breedlove et Daniels qui tiraient et poussaient une frêle jeune fille. Quelques mètres derrière eux, Teddy Langley faisait avancer un grand garçon dégingandé du bout de sa matraque plantée dans ses reins.

Ben détourna les yeux, recula de quelques pas et

regarda les agents disloquer le reste du cortège et faire brutalement traverser le parc aux derniers prisonniers. Il entendait au loin le tumulte des manifestants que l'on jetait dans les paniers à salade et que l'on poussait sans ménagements entre les portes caoutchoutées des bus scolaires. L'air s'emplit ensuite du ronflement de moteur des véhicules qui se mirent à s'éloigner en se balançant lentement de droite et de gauche comme pour se libérer d'un insupportable fardeau. Partout les gendarmes formaient de petits groupes gris, blagueurs et rigolards. Le préfet se pavanait fièrement parmi eux, serrant les mains et distribuant de chaleureuses claques dans le dos. Les bruits de moteurs et de sirènes se perdirent dans le lointain et un silence subit s'abattit sur le parc et sur l'avenue, seulement rompu de temps à autre par le crépitement de la radio d'une voiture de ronde ou par un cri lointain et étouffé venu d'on ne savait où.

— Dis donc, on s'en est plutôt bien tirés, dit Breedlove en s'approchant d'un pas lourd.

Daniels arriva à ses côtés ; le visage des deux hommes était fendu d'un large sourire.

Breedlove jeta un coup d'œil en haut de la colline.

— Gosses ou pas gosses, on leur a mis une pile.

Daniels eut un rire joyeux.

— P't'êt' bien qu'y-z-ont trouvé plus malins qu'eux. Qu'est-ce t'en dis, Ben ?

Ben ne répondit pas. Il se contenta de se tourner vers la colline maintenant déserte et d'allumer nonchalamment une cigarette. Une grosse volute de fumée blanche s'éleva devant lui. Il leva la main pour dissiper le nuage qui s'évanouit aussitôt, lui révélant deux silhouettes qui se dessinaient au sommet de la colline. Ils étaient très jeunes et se tenaient par la main. Deux autres manifestants, un peu plus âgés, venaient sur leurs talons, suivis par deux autres du même âge, puis deux autres, et deux autres encore.

Il retira sa cigarette de sa bouche d'un geste sec et la jeta au sol. Il entendit le brouhaha des rires et des conversations s'éteindre lentement tandis que les gendarmes remarquaient l'un après l'autre ce qui se passait au sommet de la colline.

— A vos postes ! cria le préfet.

Daniels et Breedlove firent volte-face.

— Hein ? fit Breedlove, bouche bée.

— Y remettent ça, dit Daniels, les yeux maintenant rivés sur le haut de l'avenue.

Les gendarmes reformèrent deux rangs en travers de la chaussée.

Le préfet s'avança devant eux, leva son mégaphone, puis interrompit son geste et le baissa lentement. Il se tourna vers les gendarmes et grimaça un sourire.

— Laisse tomber. De toute façon, y comprennent pas l'anglais.

La deuxième vague arriva au contact en quelques minutes ; les gendarmes attrapèrent les manifestants et les poussèrent dans les rues transversales et à travers le parc. Le hululement de sirènes tour à tour lointaines et toutes proches se mêla aux cris des agents, aux chants des manifestants et au puissant bourdonnement de moteur des cars qui démarraient et s'éloignaient pour revenir sans cesse prendre un nouveau chargement.

Ben resta quelque temps figé sur place, à regarder ce tourbillon désordonné. Les sirènes emplissaient maintenant l'air d'un hululement ininterrompu derrière lequel on distinguait le roulement de tambour continu des bottes des gendarmes qui s'élançaient par vagues successives vers un flot intarissable de gosses.

Tout à coup, Ben se trouva nez à nez avec Luther qui hurlait comme un perdu :

— Mais qu'est-ce que tu fous ! (La frustration et la

fureur faisaient tressauter ses joues flasques.) Du nerf, nom de Dieu !

Puis il repartit à toute bombe et manqua s'étaler sur un petit garçon ; il s'arrêta net, abattit un gros battoir sur l'épaule du gosse et le poussa dans le parc.

Ben s'avança vers les rangs de plus en plus désordonnés des gendarmes, scrutant le défilé avec une attention désespérée. Il vit un grand garçon fluet qui pouvait avoir neuf ans, s'approcha de lui, enfonça les doigts dans les chairs tendres de son épaule et le poussa vers le parc.

Le gosse se laissa guider sans protester, en chantant et en frappant dans ses mains, les yeux rivés droit devant lui. Arrivé devant le bus scolaire il se tourna vers Ben et le dévisagea comme pour graver ses traits dans sa mémoire, puis il gravit les marches étroites et se dirigea vers le fond du bus.

Ben revint aussitôt vers le cortège et saisit un autre gosse, une adolescente cette fois, et commença à l'entraîner vers le bus. Autour d'eux, les gendarmes emmenaient d'autres manifestants à un train d'enfer, poussant et tirant si bien que manifestant et flic fourbu tombaient souvent ensemble en une masse confuse dans la poussière du parc. Les arrestations qui se suivaient sans discontinuer entretenaient le tumulte de la mêlée, de sorte qu'on entendait à peine les ordres des supérieurs par-dessus le hululement des sirènes, le ronflement des moteurs et les cris des belligérants.

Une troisième vague de manifestants suivit la deuxième à quelques minutes d'intervalle et les gendarmes reformèrent une fois de plus les rangs, le visage maintenant baigné de sueur, la chemise trempée dans le dos et sous les bras. Les cris aigus et les gémissements des enfants percèrent l'air quand les gendarmes trébuchants leur tombèrent dessus avec une rage encore accrue.

Ben attrapa un jeune garçon d'une main et une adolescente de l'autre et leur fit traverser le parc à toute allure. Il sentait sa chemise qui se collait sur sa poitrine et son dos, et la poussière qui volait maintenant en épais nuages suffocants lui piquait les yeux et le faisait tousser. Le bout de ses doigts s'engourdissait et ses jambes lui faisaient l'effet d'un poids mort qu'il traînait derrière lui bien plus qu'elles ne le portaient. Il continua néanmoins sa navette forcenée entre le défilé et les bus, et il finit par avoir l'impression que c'était devenu un geste machinal, que son corps ne lui appartenait plus, que c'était maintenant un automate qui n'avait plus à fournir aucun effort pour réitérer sans cesse les gestes qu'il avait appris au cours de cet après-midi interminable, les gestes qu'il avait commencé à intégrer quand le soleil était à son zénith et qu'il répétait encore maintenant que le soir tombait. Les heures passaient et il continuait à attraper petits et grands, rétifs ou dociles, avec une énergie proportionnelle à leur résistance, et à les emmener ou à les traîner de force, puis à attendre dans l'air brûlant pour s'assurer qu'ils étaient bien montés dans les bus ou les paniers à salade, et ainsi de suite jusqu'au moment où il n'en resta plus aucun. Il s'éloigna alors dans les allées du parc ravagé par la bataille, dans le bleu paisible du crépuscule, s'appuya contre un arbre et laissa ses jambes se relâcher, glissa jusqu'au sol et posa lentement son visage dans ses paumes ouvertes.

9

— T'en tires une gueule, dit Patterson d'un ton sinistre quand Ben pénétra dans le bureau d'expertise médico-légale. (Il le dévisagea avec insistance.) C'était pas de la tarte aujourd'hui, à ce qu'on m'a dit.

Ben hocha la tête.

— Pas vraiment.

Patterson secoua la tête d'un air affligé.

— Tu y étais ?

— Ouais, dit Ben d'une voix éteinte.

Devant l'entrée de la chambre froide, il vit le vieil homme qui balayait un tas de poussière et de sciure vers une grosse poubelle métallique.

— On vit une époque troublée, Ben, dit Patterson, et personne ne sait comment s'en dépêtrer.

Le vieil homme se baissa, disposa une pelle rouillée devant les balayures et les poussa dedans.

— Bien sûr, le préfet sait très bien où il va, ajouta Patterson en fixant Ben avec attention. Mais c'est pas facile pour les autres.

Le vieil homme se redressa lentement avec une grimace de douleur. Il se frotta le dos du plat de la main. Ses yeux vinrent se poser sur Ben, puis se détournèrent vivement.

— Y a pas mal de mécontents à la boîte, dit

Patterson. Et pas que des lampistes. Même des huiles. (Il lança un regard interrogateur à Ben.) Pas vrai, Ben ?

Ben se tourna vers lui.

— Je sais pas.

Patterson secoua la tête.

— Bon Dieu, Ben, t'as vraiment l'air lessivé.

— La petite fille est enterrée ? demanda Ben.

— Pas encore.

— Ça doit se faire quand ?

Patterson regarda l'horloge accrochée au mur en face de lui.

— Kelly devrait arriver dans une heure environ.

— Kelly ?

— Kelly Ryan. Tu sais, il est aux pièces à conviction, dit platement Patterson. C'est lui qui fait tous les enterrements de couleur.

Ben posa un petit sac en papier sur le bureau de Patterson.

— J'ai acheté cette petite robe, dit-il. C'est pas grand-chose. Un petit truc bleu. (Il haussa les épaules.) J'ai pensé que la sienne était vraiment trop sale pour qu'on l'enterre avec.

Le visage de Patterson s'adoucit de façon presque imperceptible.

— Attends, je vais lui mettre. (Il prit le sac et se leva.) Je reviens tout de suite.

Ben se mit à arpenter le laboratoire d'un pas désœuvré. Les tables de dissection étaient inoccupées et la violente lumière des tubes au néon donnait un aspect glacial à leurs plateaux d'inox poli. Il se prit à penser à la morte de Red Mountain et à la police d'assurance suspendue au-dessus de sa tête comme un kilo de sucre au tir forain. A n'en pas douter, son corps reposait douillettement sur le molleton de satin blanc d'un coûteux cercueil en acajou dans une pièce pleine de fleurs et revêtue d'épaisses tentures rouges, et les proches en deuil faisaient la queue en silence ou chuchotaient un dernier adieu tandis que les accents solennels d'un orgue s'élevaient à l'arrière-plan.

— C'est fait, dit Patterson en rentrant dans la pièce au bout de quelques minutes. Tu veux la voir ?

Ben secoua la tête.

— En tout cas, ça lui va bien, tu peux me croire, dit Patterson en regagnant son bureau. Vraiment bien. (Il ouvrit un tiroir dont il tira un petit sac en plastique.) A propos, ce truc-là est revenu il y a une heure environ.

C'était la bague trouvée sur le corps de la petite fille, et Ben vit le bouchon de carafe briller d'un feu violacé.

— Qu'est-ce qu'ils ont trouvé ? demanda-t-il.

— Une série d'empreintes, dit Patterson. Je leur ai dit de chercher à les identifier par tous les moyens.

Ben s'approcha du bureau et prit le sachet à Patterson.

— Une seule série d'empreintes ?

— C'est ça.

— Et c'est pas les siennes ?

— Non, dit Patterson. Pas trace des siennes. (Il tira une chemise en papier bulle du même tiroir.) Voilà les empreintes.

Ben les sortit de la chemise et les regarda à la lumière de la lampe de bureau.

— Et la bague avait été essuyée ?

— Je crois pouvoir affirmer que non.

— Alors la fille avait jamais touché à la bague ?

— On dirait, fit Patterson. Et d'après les empreintes, tu avais raison, pour le moment.

Ben se tourna vers lui.

— A quel sujet ?

— Tu sais, hier, je me souviens que tu as dit que quelqu'un de beaucoup plus mastoc que la petite est arrivé par derrière et lui a tiré dans la tête de haut en bas avec ce petit calibre.

— Oui, et ben ?

— Et ben, si c'est le propriétaire de la bague qui a fait le coup, t'avais raison, dit Patterson. Il est probablement beaucoup plus mastoc que la fille. (Il sourit.) Y a des chances pour qu'y soit même beaucoup plus costaud que toi et moi.

— Comment tu le sais ?

— Par les empreintes digitales. Ça marche comme pour les pattes des clebs : grosses pognes égale baraque. (Il baissa les yeux sur les empreintes.) Et celles-là sont carrément énormes. Je crois bien que c'est les plus grosses que j'aie jamais vues.

Ben gardait les yeux rivés sur les empreintes. De grosses volutes grises se détachaient du négatif noir et formaient une zone arrondie correspondant au bout de chaque doigt.

— C'est pas tout à fait un géant, dit Patterson, mais j'irais pas jouer ma maison au bras de fer avec lui. (Son regard s'obscurcit.) A mon avis, c'est pour ça qu'elle était tellement esquintée. Tu sais, entre les jambes.

Ben remit les empreintes dans la chemise.

— Et puis on a aussi trouvé ça, ajouta Patterson. (Il lui tendit une lame de verre.) Un espèce de truc collant qui était après la bague. Je vais le faire analyser demain.

Ben saisit délicatement la lame entre le pouce et l'index. Il distingua vaguement la granuleuse poudre jaune étalée sur la feuille de verre.

— Qu'est-ce que c'est, Léon, à ton avis ? demanda-t-il.

Patterson haussa les épaules.

— Je sais pas. Peut-être du pollen de pin ou un truc dans ce genre-là. Y en a pas mal en été. (Il sourit.) D'un autre côté, ça pourrait aussi bien être l'espèce de glu qui reste collée aux doigts quand on a bouffé des pop-corn au caramel. (Il haussa une nouvelle fois les épaules, avec une expression d'impuissance un peu plus marquée.) Ça peut être à peu près n'importe quoi, si tu préfères.

Ben lui rendit le frottis.

— Bon, et bien tiens-moi au courant s'il y a du nouveau.

Il regarda dans la pièce voisine et vit la caisse de planches grossières où reposait maintenant la petite fille ; il savait que la petite robe bleue masquait la grosse couture noire en Y inversé qui allait du cou à l'abdomen.

— Comment tu veux l'appeler, Ben ? demanda tout à coup Patterson.

— L'appeler ?

— C'est pour le registre, tu vois, expliqua Patterson. Remarque, je peux mettre un numéro si tu préfères. C'est ce que j'ai souvent dû faire.

— Non, dit Ben. Un nom.

Patterson s'assit à son bureau et prit un stylo qu'il tint en suspens au-dessus d'une feuille de papier.

— Alors, qu'est-ce que je mets ? Donne-moi un nom.

Ben le dévisagea avec stupeur.

— Moi ?

— Pourquoi pas, dit Patterson avec désinvolture. Bon Dieu, Ben, maintenant, c'est presque si tu étais son papa.

Il laissa un moment une foule de noms défiler pêle-mêle dans son esprit, des noms de vedettes de cinéma, puis ceux des chanteuses noires dont il avait entendu parler, mais ça ne collait pas ; il finit par l'appeler Martha, comme sa mère.

— D'ac, dit Patterson en notant le prénom. Et comme nom de famille ?

Les yeux de Ben se posèrent une nouvelle fois sur la petite caisse de bois, puis revinrent à Patterson.

— Donne-lui le mien, dit-il.

*

Un homme d'âge mûr, un Blanc à la silhouette massive, pénétra dans le bureau de Patterson quelques minutes plus tard. Il était suivi de deux jeunes Noirs vêtus de l'uniforme de la prison de la ville.

— Je viens prendre un cadavre, dit le Blanc. (Il enveloppa Ben et Patterson d'un regard interrogateur.) A qui est-ce que je dois m'adresser ?

— A moi, répliqua Patterson du tac au tac. Où est Kelly ?

— Kelly qui ?

— Kelly Ryan, des pièces à conviction, dit Patterson. D'habitude, c'est lui qui s'occupe des enterrements de Noirs.

L'homme haussa les épaules.

— Je suis au courant de rien de tout ça, dit-il. Je travaille au service de la Voirie et y viennent de m'appeler pour me dire de passer prendre deux gars au violon et de rappliquer ici pour évacuer le corps.

— Vous savez où se trouve le cimetière ?

— Il y a une fosse toute prête à Gracehill, dit l'homme.

— Vous avez le numéro de la concession ? demanda Patterson.

L'homme secoua négativement la tête.

— Tout ce qu'y m'ont dit, c'est de me pointer à Hillman et de prendre le corps.

— C'est bon, dit Patterson d'une voix lasse. (Il conduisit les trois hommes dans la chambre froide et s'arrêta près du cercueil.) Voilà.

— Une gosse ? fit le Blanc.

— Tout juste, dit Patterson. En plus, c'est un meurtre, alors il faudra bien vous souvenir de l'endroit.

Prenez un arbre ou une souche comme point de repère. Je lui ferai assigner un numéro de concession plus tard.

Ben vint se placer à côté des deux jeunes gens.

— J'y vais aussi, dit-il.

Le Blanc hocha la tête avec empressement.

— Comme ça on pourra faire ça bien, à nous quatre, dit-il. Une épaule à chaque coin, comme à l'église.

Les quatre hommes se mirent en place aux quatre coins du cercueil qu'ils hissèrent sur leurs épaules.

En marchant vers le parking, Ben sentait le corps rouler doucement dans le cercueil qu'ils manœuvraient maladroitement et il imaginait le visage de la petite fille en train de ballotter de droite et de gauche comme pour chercher une issue dans les ténèbres.

Une camionnette poussiéreuse et maculée de boue les attendait au parking; son pare-chocs avant tout froissé pendait vers le sol comme sous le poids d'une lassitude immense. Le Blanc rabattit la ridelle arrière tout en gardant son coin de cercueil en équilibre précaire sur l'épaule.

— Bon, posez-le tout doucement, dit-il; puis il se retourna avec mille précautions et déposa le cercueil sur le plancher de la camionnette.

— Et maintenant, on le pousse à l'intérieur, dit-il. Mais en douceur. Faut pas oublier que c'est une môme.

Quand le cercueil fut à sa place, les deux jeunes Noirs grimpèrent sur le plateau de la camionnette par l'arrière et s'assirent silencieusement de part et d'autre du cercueil sur lequel ils posèrent les mains.

Le troisième homme se glissa dans la cabine ainsi que Ben.

— Je m'appelle Thompson, dit l'homme en démarrant. Lamar Thompson.

— Ben Wellman.

Thompson passa la première et la camionnette s'avança lentement vers l'avenue et s'y engagea.

— Vous êtes pasteur ou quoi ? demanda-t-il en s'arrêtant au premier feu rouge.

— Non, dit Ben. Je suis dans la police.

Thompson sourit.

— Je pensais que vous veniez peut-être prononcer quelques mots sur la tombe. Je me disais que la municipalité avait peut-être prévu quelque chose de ce genre.

— Non.

— Vous voulez que je le fasse, alors ? demanda vivement Thompson.

— Si vous voulez, dit Ben avec indifférence.

— Est-ce que vous savez ce qu'elle était, cette fille ?

— Elle était noire, dit Ben.

— J'avais compris, dit Thompson. On n'enterre pas de Blancs à Gracehill. Non, je veux dire, sa confession ?

— Aucune idée.

— Et bien moi, je suis Baptiste Primitif, dit Thompson. Vous savez, un vieux cornichon pétri de charité chrétienne, si vous voulez. (Il eut un doux sourire.) Pour nous, peu importe ce qu'était cette enfant, car en définitive, c'était une enfant de Dieu, si vous voulez. (Il tira un mouchoir rouge de sa poche et s'essuya énergiquement la nuque.) Tout ça pour dire que je pourrais prononcer quelques mots très simples sur sa tombe, si ça ne vous dérange pas.

— Ça ne me dérange pas, dit Ben.

Il gardait les yeux fixés droit devant lui et tentait de percer les ténèbres qui s'épaississaient tandis que la camionnette longeait le Kelly Ingram Park et s'engageait dans le quartier noir. A droite, une série d'académies de billard se succédaient sans discontinuer sur presque tout un pâté de maisons. Une faible lumière verte luisait derrière leurs vitrines peintes et il imaginait les clients assis sur de petites chaises de bois disposées le long des murs ou penchés sur les tables, suivant de leurs yeux brillants la trajectoire des boules sur le feutre.

— Ça fait longtemps que vous êtes dans la police ? demanda Thompson au bout d'un moment.

Ben respira profondément.

— Un bon bout de temps.

— Moi aussi, ça fait longtemps que je travaille à la voirie, dit Thompson avec chaleur. L'été, c'est dur. Y faut étaler le goudron brûlant partout. Ça vous fume dans la figure. En rentrant à la maison le soir, on se mouche et c'est comme si on avait de la suie qui sort du nez.

Ben hocha lentement la tête mais garda le silence. Il entendait les juke-box déverser leur mélopée bruyante dans l'air nocturne en une rumeur sourde, puissante et rythmée, comme pour signaler l'approche d'un danger.

— J'ai bien pensé à faire autre chose, continua Thompson, mais quand ça a commencé à se préciser dans ma tête, j'approchais de la quarantaine, j'avais trois gosses et de grosses traites de bagnole à rembourser. (Il donna un violent coup de freins pour éviter un petit chien ; le cercueil fut projeté en avant et vint frapper la cabine avec fracas.) Désolé, désolé, dit-il précipitamment. Mais je voulais pas écraser ce chien.

La camionnette descendit la Quatrième avenue à une allure constante, puis poursuivit sa route au-delà sur les voies de plus en plus cahoteuses et mal entretenues, bordées de terrains vagues toujours plus nombreux.

— Y feraient bien d'envoyer une équipe par ici, dit Thompson. (Il jeta un coup d'œil sur sa droite.) Nous y sommes.

Le cimetière de Gracehill s'étendait sur une petite colline arrondie située non loin de l'extrémité sud-ouest de la ville. De petits chemins de terre sinueux serpentaient parmi les petites stèles grises en contournant lentement les flancs de la colline vers le sommet. Tout le long des talus en pente douce, des pierres tombales dont le pied se perdait dans l'herbe folle surgissaient du sol en groupes irréguliers. Les monticules de terre qui s'étendaient devant chaque stèle étaient ornés de vestiges de fleurs en plastique plantées dans des boîtes de conserve lestées avec de la terre. Çà et là, une croix en contreplaqué pendait de travers, ou bien c'était une pierre brune et unie qui se dressait, tout ébréchée, anonyme, accompagnée d'une autre pierre plus petite au pied de la tombe.

— Ça devrait être par là, dit platement Thompson.

Il passa la tête par la fenêtre, fouillant du regard les taillis insondables.

La fosse avait été creusée dans un étroit espace entre deux tombes, et quand Thompson l'eut enfin repérée, il amena la camionnette devant et s'en approcha en marche arrière comme pour y basculer le cercueil comme on déverse un tas de sable.

— Bon, dit-il en arrêtant le moteur.

Ben descendit et gagna l'arrière de la camionnette. Les deux petits gars avaient déjà rabattu la ridelle et poussé le cercueil au bord du plateau. Ils se tenaient de part et d'autre et regardaient par-delà la colline vers les lumières de la ville qui clignotaient au loin.

— Bon, allons-y, dit Thompson. On va le descendre tout doucement. Ne le lâchez pas.

Le cercueil fut mis en terre en quelques minutes, et Thompson vint se placer devant la tombe. Il courba la tête. Les deux jeunes gens en firent autant tandis que Ben s'adossait contre une grande stèle et enfonçait les mains dans ses poches.

— Notre Père qui êtes aux Cieux, commença Thompson, recevez en Votre miséricorde l'âme de Votre créature... (Il s'interrompit et se tourna vers Ben.) Comment s'appelle cette enfant ? demanda-t-il.

— Martha Wellman, lui dit Ben.

Thompson baissa de nouveau la tête.

— Recevez en Votre miséricorde l'âme de Votre créature, Martha Wellman. (Il joignit les mains en un geste harmonieux.) Nous savons bien qu'elle était Votre enfant et que le salut de son âme était acquis bien avant qu'elle ne reçoive une enveloppe charnelle, car la grâce de Notre Seigneur Jésus-Christ ne peut être refusée à quiconque.

Les yeux de Ben vinrent se poser sur les deux jeunes Noirs. Ils se tenaient de chaque côté de la tombe, la tête respectueusement courbée et les lèvres étroitement serrées. Derrière eux, la ville enveloppée de ténèbres luisait en silence. Ben baissa les yeux vers la tombe, puis les releva. La ville reposait dans l'obscurité, parfaitement immobile, en un réseau de rues éclairées par ce que l'on prenait de loin pour des milliers de petites flammes. Il se demanda combien de rues la petite fille avait eu l'occasion de connaître, lesquelles elle avait aimées ou craintes, et laquelle elle avait empruntée juste avant de mourir.

*

King n'avait pas encore pris la parole quand Ben arriva une fois de plus à l'église Baptiste de la Seizième avenue, mais la foule amassée dans les rues qui entouraient l'église s'était déjà mise à chanter et à battre des mains.

Ben sortit de sa voiture et resta appuyé sur le capot, stylo et calepin en main. De là où il était, il voyait un groupe de leaders noirs debout sur le petit parvis qui s'ouvrait sur un côté de l'église. Ils conversaient tranquillement en s'éventant au moyen d'éventails publicitaires en papier des pompes funèbres A. G. Gaston. Un peu en avant, Breedlove et Daniels se dissimulaient derrière un buisson, et même à plusieurs mètres, Ben put observer qu'eux aussi avaient tiré leurs stylos et leurs calepins.

Tout comme la veille, la foule se tut d'un seul coup quand la voix de King s'éleva.

— Aujourd'hui, c'était le jour J à Birmingham, lança-t-il d'une voix qui restait dans le registre suraigu où elle s'était perchée la veille. Mais il y aura bien d'autres jours J à Birmingham ; il y aura même des jours double à Birmingham avant que nous ayons conquis notre liberté.

Daniels crayonnait frénétiquement sur son carnet quand Ben releva les yeux, mais Breedlove avait disparu. Il le chercha quelque temps dans la foule, tentant de repérer une tache blanche dans cette mer de visages noirs, mais on eut dit qu'il s'était évanoui sur place ou évaporé dans la tiédeur du soir.

— Toute une nation a les yeux fixés sur Birmingham, martela King sous les acclamations de la foule en délire. Le monde entier à les yeux fixés sur Birmingham. (Les acclamations redoublèrent de force et d'intensité.) Dieu lui-même a les yeux fixés sur Birmingham.

Un frisson d'exultation passa comme une vague sur la foule amassée dans l'église, puis s'étendit à celle qui se pressait au-dehors, passant et repassant sans trêve sur eux comme un torrent aux tourbillons furieux.

Le stylo de Ben volait sur le carnet et sa pointe griffonnait frénétiquement sur la page blanche où elle laissait de profondes traces.

— Aussi ne vous laissez pas gagner par la fatigue, hurla King.

— Non ! rugit la foule.

— Ne vous laissez pas gagner par l'amertume.

— Non !

Le rire profond et sonore de King vola vers la foule,

puis tout à coup sa voix en jaillit comme une langue de feu.

— Etes-vous fatigués ? cria-t-il.

— Non !

— Etes-vous amers ?

— Non !

— Alors descendez dans la rue, encore et toujours, hurla King, et que la justice dévale le flanc des montagnes.

— Oui !

— Que la justice dévale de Red Mountain.

— Oui, Seigneur !

— Que la justice s'enfle comme les eaux du déluge.

— Amen ! Amen !

— Jusqu'à engloutir les rues de la ville.

— Oui ! Oui !

— Seigneur, fais fondre la justice sur Birmingham comme un torrent impétueux.

La frénésie des acclamations semblait encore plus exacerbée que la veille, et quand Ben accorda une pause à son stylo et regarda autour de lui, il se rendit compte qu'elles avaient atteint un niveau si assourdissant qu'elles couvraient tout autre son ; le tonnerre de leur rugissement montait comme une vague immense et frémissante sortie des entrailles de la terre.

10

Kelly Ryan était écroulé derrière son minable petit bureau gris de la salle des pièces à conviction, et il ne broncha pas quand Ben vint vers lui. Ses petits yeux verts restèrent fixés droit devant lui et ses lèvres restèrent hermétiquement closes. Avec sa chemise bleue au col ouvert et aux manches retroussées, il avait bien plus l'air d'un garçon de ferme que d'un policier.

— Je n'étais pas sûr que tu serais encore là, dit Ben en s'arrêtant devant le bureau.

Ryan hocha lentement la tête.

— Y m'ont mis en service exceptionnel.

— Et tu fais quoi ?

Ryan garda le silence mais les coins de sa bouche s'abaissèrent légèrement.

— Tu fais quoi, Kelly ? répéta Ben.

— Toutes les filles qu'ils ont ramassées aujourd'hui, dit Ryan. Y sont en train de leur faire passer l'examen de détection des maladies vénériennes.

Ben sentit un souffle glacial s'abattre sur lui.

Ryan le dévisagea avec insistance.

— Tu étais au parc ?

— Oui.

— Ça devait être quelque chose, aujourd'hui.

— Ouais, dit Ben. Et toi, tu étais où ?

— Y m'ont gardé ici presque tout le temps, dit Ryan.

(Il eut un petit sourire.) J'ai dû faire sans arrêt la navette avec les cellules, pour faire monter les filles. (Il poussa un long soupir de lassitude.) T'avais un tuyau à prendre au bureau des pièces à convition ? demanda-t-il.

Du regard, Ben passa en revue les rayonnages métalliques qui couvraient le mur derrière le bureau de Ryan. Ils étaient presque entièrement vides.

— Dis donc, y t'ont dévalisé, dit-il.

— Rien que les flingues, fit Ryan.

— Ouais, je sais. J'ai vu McCorkindale les noter sur le registre. (Ben marqua un temps.) On a enterré une petite fille à Gracehill, ce soir, dit-il. Y-z-ont envoyé un mec de la voirie. Patterson a été étonné de pas te voir.

— Ben ouais, c'est parce que je fais tous les enterrements noirs.

Ben se pencha un peu en avant.

— Comment ça se fait, Kelly ?

Ryan lui lança un regard impassible.

— Je croyais que t'étais pas un fouille-merde, Ben.

Ben haussa les épaules.

— Non, je me demandais, dit-il.

— Tu te demandais quoi, au juste ?

Ben ne répondit pas.

— Tu te demandais pourquoi c'est moi qui me cogne ce qui a à voir avec les Négros ? demanda Kelly. (Il y avait un soupçon d'amertume dans sa voix.) C'est ça que tu te demandais ?

— Plus ou moins.

Ryan se renversa sur son siège et croisa les bras sur sa poitrine.

— Allez, vas-y. Qu'est-ce qu'on t'a raconté ?

— Rien, dit Ben d'un ton évasif.

— Ça m'étonnerait.

— Eh bien, je sais que tu as fait la patrouille à Bearmatch.

Ryan resta coi.

— La petite fille qu'on a enterrée, ajouta Ben. On l'a trouvée sur le vieux terrain de sport de la Vingt-troisième.

Ryan garda le silence, mais Ben vit un éclair passer dans ses yeux.

— Alors j'ai pensé que tu pourrais peut-être m'aider.

Ryan se détourna brusquement.

— Ça fait deux ans que je fais plus Bearmatch. Si t'as besoin de tuyaux, va les demander aux Langley. Maintenant c'est leur secteur.

— Je les ai déjà vus, dit Ben. Ils ne m'ont guère aidé.

Ryan resta silencieux. Son regard gardait quelque chose de fuyant.

Ben resta debout devant le bureau, les yeux fixés sur lui. Il sentait qu'un étrange tourbillon montait dans l'esprit de Ryan, et il le laissa mûrir un moment, immobile et silencieux devant le bureau.

— A Bearmatch, c'était mon premier poste, dit Ryan en se tournant lentement vers Ben. J'étais un bébé rose, poursuivit-il avec un soupçon de désenchantement dans la voix. (Il allait poursuivre mais s'arrêta et jeta un rapide coup d'œil vers la gauche comme pour chercher une issue.) Maintenant, je me sens vieux, dit-il enfin. Je sais pas pourquoi.

Il en resta là.

Ben attendit encore, laissant le silence se dévider lentement. Quand il eut l'impression d'être au bout du rouleau, il le rompit.

— Tu veux boire un canon avec moi ?

Les yeux de Ryan vinrent se fixer sur lui.

— J'ai pas bu un seul coup avec un flic depuis qu'on m'a retiré mon poste à Bearmatch.

Ben eut un petit sourire.

— Et maintenant, tu veux t'en jeter un ?

Ryan le dévisagea avec méfiance.

— A cause ?

— A cause d'une petite fille, dit Ben d'une voix douce. Une petite fille noire.

*

C'était un petit rade miteux tapi entre les amoncellements de métal brut de deux aciéries. Dehors, l'air vibrait du grondement des hauts-fourneaux, mais à l'intérieur on n'entendait que le juke-box et le discret murmure des ouvriers alignés le long du zinc ou réunis en groupes informels autour de petites tables de bois.

Ben conduisit Ryan à un box installé dans le fond, commanda deux bières et lui tendit une cigarette.

Ryan la prit aussitôt.

— Ma parole, on dirait un interrogatoire, dit-il avec un rire de dérision.

Ben lui donna du feu et Ryan inspira à fond.

— J'espère qu'il y a pas de civils en planque ici, dit-il en laissant la fumée s'échapper lentement de sa bouche. Ça serait con qu'on te voie avec moi.

Ben alluma sa cigarette et se carra dans le siège rembourré.

— Pourquoi donc ?

Ryan eut un sourire sarcastique et tira sur sa cigarette.

— Je m'occupais de Bearmatch avant que les Langley reprennent le secteur. Je leur ai légué, si tu veux. (Il allait poursuivre mais le barman arrivait avec les bières et il se tut jusqu'à ce qu'il les ait posées sur la table et soit reparti au bar. Puis il leva son verre.) A la santé du préfet de police.

Ils burent tous deux, puis Ryan reposa son verre à moitié vide et regarda Ben bien en face.

— Alors, qu'est-ce que tu veux savoir au juste ? demanda-t-il.

— Comme je t'ai dit, je suis sur une affaire, expliqua Ben. Une affaire de meurtre. Une môme qui n'a pas de nom. Ça s'est passé à Bearmatch.

Ryan leva une nouvelle fois son verre et continua à dévisager Ben par-dessus le rebord.

— Alors tu as vu les Langley ?

— Oui.

— Et qu'est-ce qu'y t'ont dit ?

— Qu'ils voulaient pas se casser la tête pour le meurtre d'un Nègre.

Kelly éclata d'un rire sarcastique.

— Tu m'étonnes. (Il but un petit coup rapide et reposa son verre sur la table.) De vrais loups, ces deux-là. Impossible de dire ce qu'y fricotent à Bearmatch. Y a personne pour garder l'œil sur eux. (Il se pencha un peu en avant, la main crispée sur la poignée de sa chope.) Mait tout le monde dit qu'y-z-ont vraiment mis le paquet ces derniers temps. Y-z-ont fait des tas de descentes, y-z-arrêtent pas de harceler tout le monde. Des fois, y font cinq ou six arrestations dans la journée.

— Qui est-ce qu'ils arrêtent ?

— Tous ceux qu'y veulent, dit Ryan. Ça doit aller des trafiquants aux gars qui ont traversé en dehors des clous. (Il but une gorgée rapide.) Tu veux que je te dise ? Les Langley tiennent Bearmatch en coupe réglée. (Il eut un rire amer.) Après moi, sans doute que le préfet s'est dit qu'il lui fallait des mecs comme ça pour le secteur.

Il but encore une gorgée puis fit rouler le verre presque vide entre ses mains.

Le juke-box se mit en route et la voix grondante d'Ernst Tubb chantant « I'm walking the floor over you » envahit la pièce.

Ryan écouta un moment les paroles, les yeux rivés

sur la publicité lumineuse pour le Pabst étiquette bleue qui pendait vers le milieu de la salle.

— J'ai perdu le fil, dit-il enfin, presque dans un souffle. Je sais plus où j'en étais.

Il finit son verre et fit signe qu'on lui apporte une autre bière. Le barman la lui donna aussitôt. Ryan but une gorgée rapide et se mit à dévisager Ben comme pour chercher à deviner ses pensées les plus secrètes.

— Comme je disais, reprit-il enfin, c'est le premier poste qu'y m'ont donné. Pour moi, c'était tout nouveau tout beau. Y m'ont mis à Bearmatch et moi, j'ai pris ça drôlement au sérieux. J'occupais le terrain, Ben, comme un vrai flic, tu vois ce que je veux dire ? (Il rit.) Y a pas une seule petite vieille dans tout Bearmatch que j'aie pas aidée à traverser la rue. (Il rit à nouveau, d'un petit rire nerveux et haut perché.) Toujours est-il qu'un beau jour, je suis tombé sur cette minette. (Il secoua la tête.) Elle s'appelait Memora. (Une lueur fugace passa dans ses yeux.) Ils ont des noms magnifiques, les Noirs. Sa petite sœur s'appelait Napoletana. Je crois que c'était à cause de la glace, tu sais, celle où y a des tranches à la fraise, au chocolat et à la vanille. (Il haussa mollement les épaules.) En tout cas, je la rencontrais presque tous les jours. Elle s'occupait du petit parterre de fleurs qu'il y avait devant sa maison. On se disait bonjour. Assez vite, j'ai pris l'habitude de m'y arrêter un moment pendant ma ronde. Qu'est-ce qu'on a pu discuter ! (Il secoua la tête avec lassitude.) C'était la plus belle créature que la terre ait jamais portée, et moi... (Il s'interrompit et ses yeux retombèrent sur son verre.) Et moi, j'étais drôlement accroché. (Il jeta un rapide coup d'œil à Ben.) Tu vois ce que je veux dire ?

Ben hocha la tête.

Ryan sourit tristement.

— Tant qu'on ne connaît pas quelqu'un, on ne sait

rien de rien. On peut se figurer qu'on a une opinion arrêtée sur certains sujets, mais avant d'avoir fait la connaissance de quelqu'un en particulier, on a aucune idée de ses sentiments véritables sur quoi que ce soit. (Il se tut à nouveau, examinant attentivement le visage de Ben.) Tu vois ce que je veux dire ?

— Oui.

Ryan se gratta pensivement le menton.

— J'ai absolument pas honte de mes sentiments pour cette fille. C'est ça qu'y-z-arrivent pas à encaisser au commissariat. C'est ça qui défrise tellement le préfet. Ça leur fout les boules que j'aie jamais cherché à m'excuser ou à me rétracter. C'est pour ça qu'y m'ont mis aux pièces à conviction. Y voudraient que je craque et que je vienne leur chialer dans le gilet, que je regrette. (Son regard se durcit.) Je crèverai avant, dit-il d'un ton résolu. Y pourront m'enterrer à Gracehill si ça leur chante, là où y m'en ont fait enterrer tant d'autres. (Tout à coup, il rougit et fut parcouru par un frisson. Ses yeux s'écarquillèrent en une expression hagarde, puis se refermèrent lentement tandis qu'il prenait une longue et pénible inspiration.) T'es partant pour un autre canon ?

— Ouais, dit Ben.

Il fit signe au barman d'apporter une autre tournée et se tut jusqu'à l'arrivée des bouteilles.

Ryan but une grande rasade et s'essuya vivement la bouche.

— J'ai un petit problème avec la boisson. Tu le savais ?

— Non.

Ryan le détailla d'un long regard plein de curiosité.

— T'es marié ?

— Non.

— Tu l'as jamais été ?

Ben secoua la tête.

Ryan sourit.

— Comme moi.

— Sans doute, dit Ben. (Il but une gorgée de bière. L'espace d'un instant, il vit sa petite maison de bois telle qu'elle devait être quand il n'y était pas : une maison morte, qu'aucune présence autre que la sienne ne venait animer.) Et cette fille, celle que tu aimais bien, demanda-t-il enfin. Qu'est-ce qu'elle est devenue ?

Ryan vida son verre.

— Elle est partie dans le Nord, dit-il. (Il leva un peu le verre.) Et on peut dire que c'est à ce moment-là que je me suis un peu laissé glisser là-dedans.

Ben resta un moment à regarder Ryan se perdre dans la contemplation de son verre vide. Sur son visage était peinte une expression de douleur comparable à celle qu'il avait vue dans les tableaux représentant Jésus au jardin des oliviers, douleur silencieuse, infinie tristesse de celui qui sait que le pire est encore à venir.

— Pour l'autre fille, dit-il enfin, tu sais, celle qu'on a trouvée sur le vieux terrain de sport ; ça n'avance pas.

Ryan leva lentement les yeux vers lui.

— Qu'est-ce que t'as trouvé ?

— Quelques trucs, pas grand-chose, dit Ben. En fait, ce qu'il me faut, c'est un nom, un moyen de retrouver sa trace. (Il sortit la photo déchirée et posa les deux morceaux côte à côte sur la table devant Ryan.) C'est elle.

Ryan posa un regard impassible sur la photographie.

— Il y a forcément quelqu'un à Bearmatch qui sait qui c'est, insista Ben. Il doit bien y avoir quelqu'un qui est au courant de tout ce qui se passe dans le quartier. (Il dévisagea Ryan avec insistance.) Tu connais un certain Roy Jolly ?

Ryan leva vivement les yeux.

— Tous ceux qui connaissent un tant soit peu Bearmatch ont entendu parler de Roy Jolly.

— Où est-ce que je peux le trouver ? demanda Ben.

Ryan ne répondit pas.

— Aide-moi, insista Ben.

— Je suis pas très sûr de t'aider en te disant où trouver Roy Jolly.

— Pour le moment, c'est la seule façon de m'aider.

Ryan médita la chose un moment, puis il hocha lentement la tête.

— Là-bas, dans la Vingtième et unième rue, il y a une petite maison jaune. Elle est exactement comme toutes les autres, sauf qu'elle est jaune. C'est là que tu trouveras Roy Jolly.

Ben remit la photo dans sa poche.

— Merci, Kelly.

Ils finirent leurs verres en silence et sortirent ensemble. On distinguait la lueur orange des hauts-fourneaux à travers la palissade anti-tempête toute rouillée qui barrait l'horizon ; au-dessus, un unique conduit de cheminée gigantesque vomissait un épais nuage de fumée dans l'air nocturne saturé de soufre.

— Monte, dit Ben en arrivant devant sa voiture.

Ryan resta à quelques pas de lui, nonchalamment planté au milieu de la rue.

— Non, merci, dit-il doucement. Je rentrerai à pied. J'habite pas très loin.

Tout à coup, un sifflement strident déchira l'air.

— C'est l'équipe de nuit qui arrive, dit Ryan.

Puis il enfonça un peu la tête entre les épaules, fourra les mains au fond de ses poches et disparut dans les ténèbres humides et impénétrables.

11

Les fenêtres de la petite maison jaune de la Vingt et unième rue brillaient d'une vive lumière quand Ben arrêta sa voiture un peu plus loin dans la rue. Un flot continu de silhouettes se succédaient en ombres chinoises sur les fins rideaux rouges, et même à plusieurs mètres, Ben distingua le tintement étouffé d'un piano. Un murmure discret mais ininterrompu lui parvenait des petites fenêtres ouvertes et il sentit, assis au volant, les yeux rivés sur la maison, comme une joie obscure et secrète qui animait l'atmosphère. C'était un clandé noir tapis au cœur même du quartier noir, et pour la première fois de sa vie, Ben sentit ressurgir l'étrange attirance qu'il éprouvait dans sa jeunesse, après avoir travaillé tard sur les voies, lorsqu'il s'attardait un moment avant de rentrer chez lui devant la palissade rouillée qui entourait le quartier noir, couvant d'un regard passionné les lumières enjôleuses de Bearmatch. A l'époque, il ne pouvait pas percer le mystère de la lueur qui passait dans les yeux des autres gars qui regardaient avec lui, ni même comprendre le premier mot de l'émotion trouble que lui-même éprouvait. Mais maintenant, au son de la musique et des conversations, tout lui revenait d'un coup ; il sentit sa main empoigner la portière, puis ses pieds toucher le sol, et il s'avança vers la maison comme poussé par quelque charme irrésistible et mystérieux.

Plusieurs voitures étaient garées dans la ruelle et d'autres étaient en stationnement le long du trottoir devant la maison. Elles étaient vides pour la plupart, mais certaines étaient occupées tant à l'arrière qu'à l'avant par divers assortiments d'hommes et de femmes. Les passagers se taisaient à son approche et il savait qu'ils le fixaient avec une crainte mêlée de haine.

Les gens continuaient à entrer et sortir de la maison tandis qu'il s'en approchait dans les ténèbres. D'autres s'attardaient nonchalamment sur le petit perron, et il entendait de plus en plus distinctement leurs rires et leurs conversations au fur et à mesure de son approche, mais sans distinguer pour autant les propos qu'ils échangeaient. Une silhouette isolée et silencieuse se dressait à l'entrée de l'allée qui menait à la maison ; l'homme jetait des coups d'œil de droite et de gauche dans la rue, vaguement éclairée par le halo bleuâtre d'un réverbère. Il se raidit quand Ben surgit de l'ombre d'un pas lent et résolu. Le jeune homme resta un moment immobile à dévisager Ben bien en face en mordillant nerveusement sa lèvre inférieure. Enfin, il jeta un coup d'œil vers la maison, hocha vivement la tête et s'en fut à toutes jambes.

Sur le pas de la porte, les conversations s'éteignirent instantanément.

Ben s'engagea dans l'allée. Il entendit plusieurs voitures démarrer et s'éloigner derrière lui ; certaines firent bruyamment crisser leurs pneus en prenant le virage à toute allure.

Arrivé à la première marche du perron, il s'arrêta pour dévisager en silence les personnes qui s'y trouvaient. Il y avait une grande femme mince vêtue d'une robe rouge vif, ainsi qu'une autre plus enveloppée. Un colosse de haute taille se tenait un peu en retrait, ses bras énormes nonchalamment passés autour de leurs épaules.

— T'es sûr que tu t'es pas trompé d'adresse ? lâcha-t-il enfin.

— Je crois, dit Ben.

Ecartant les deux femmes, l'homme s'avança d'un pas lourd jusqu'au milieu du perron et baissa les yeux sur Ben, si bien que sa carrure herculéenne occultait la lumière des fenêtres et replongeait Ben dans les ténèbres.

— Qu'est-ce que tu veux, papa ? lança-t-il d'une voix dure et impérieuse. Une sucette ?

— Quoi ?

— Un petit berlingot, alors ? ajouta l'homme. (Il jeta un coup d'œil aux filles.) Un petit berlingot au chocolat ?

Les filles éclatèrent de rire et l'homme reporta son attention sur Ben.

— Bon, alors qu'est-ce tu veux ?

Ben fouilla dans sa veste pour y chercher sa carte de police.

— Arrête tout, fit l'homme aussitôt.

La main de Ben s'immobilisa et il la laissa retomber le long du corps.

— Dis donc, tu serais pas chargé, des fois ? demanda l'homme.

Ben hocha la tête.

Les yeux de l'homme s'élargirent.

— Ça c'est pas chic. C'est pas sympa. Pourquoi tu te balades avec un pétard ?

— C'est juste mon arme de service, dit Ben comme si ça expliquait tout.

L'homme le regarda comme une bête curieuse.

— Ton arme de service ? T'es dans l'armée ? Où qu'il est ton uniforme ?

— Police, dit Ben.

L'homme fit un pas en avant, fouillant nerveusement les ténèbres du regard.

— T'es avec les gars de la Black Cat ?

— Non.

— Bon, alors qu'est-ce tu veux ?

— Je voudrais voir Roy Jolly.

L'homme parut surpris.

— Arrête tes conneries ! Et pourquoi que tu veux le voir, M. Jolly ?

— Je voudrais lui parler.

L'homme sourit et ses grandes dents blanches brillèrent d'un éclat jaune dans la lumière de la lampe à pétrole posée à côté de lui sur la balustrade.

— T'es sûr que c'est pas les gars de la Black Cat qui t'envoient ?

— Certain.

Le sourire disparut.

— Tu sais que t'es pas très malin de te pointer ici tout seul pour demander après M. Jolly ?

Il saisit la lampe à pétrole et la leva vers le visage de Ben.

— Je te connais pas, dit-il, et je parie que M. Jolly te connaît pas non plus. (Il abaissa la lampe au niveau de la poitrine de Ben.) Ouvre ta veste.

Ben écarta les pans de sa veste et l'homme glissa vivement la main sous son bras et sortit le pistolet de Ben d'un geste plein d'aisance.

— Cochonnerie, dit-il en balançant le pistolet pardessus l'épaule de Ben.

Il atterrit dans l'herbe sèche avec un bruit étouffé, et Ben l'aperçut du coin de l'œil qui luisait faiblement dans la lumière du réverbère.

— Je ne viens pas pour embêter le monde, dit-il.

L'homme continuait à le dévisager d'un air soupçonneux.

— Qu'est-ce tu veux alors ?

— Une petite fille a été assassinée il y a deux jours, dit Ben.

— Et après ?

— Une petite fille noire.

L'homme posa sur Ben un regard imperturbable.

— Alors je me disais que M. Jolly pourrait peut-être m'aider à découvrir le coupable.

L'homme resta coi. Il reposa la lampe sur la balustrade et avança d'un pas. Sur sa chemise luisait une épingle de cravate violette. Bien qu'elle fut parfaitement en place, deux doigts énormes vinrent la rajuster avant de lisser la cravate de soie bleu clair.

— On a retrouvé son corps sur le vieux terrain de sport, pas loin d'ici, ajouta Ben.

L'homme inclina légèrement la tête sur le côté comme pour écouter le chœur de grillons et de sauterelles qui emplissait l'air autour d'eux.

— Une toute petite fille, dit Ben. Douze ans, guère plus.

D'un geste d'une vivacité étourdissante, l'homme attrapa un insecte qui voletait au-dessus de la lampe.

— Je l'ai eu, siffla-t-il.

Il serra le poing, puis ouvrit la main et une des deux filles vint l'essuyer avec un mouchoir blanc.

Ben eut la chair de poule.

— On l'a abattue d'une balle dans la tête, dit-il. (Il indiqua sa nuque.) Là.

L'homme sourit de façon sinistre.

— T'as les foies, papa ? En tout cas t'en as l'air. (Dans un éclat de rire, il se tourna vers les filles.) Hein qu'il a l'air d'avoir les foies ?

— Même qu'y va en claquer si ça continue, dit plaisamment l'une d'elle.

Ben hocha vivement la tête et lui fit un petit sourire nerveux.

— Oui, M'dame, ça se pourrait bien.

L'homme l'examina un moment avec attention, puis son ventre fut secoué par un petit rire et il recula vers la porte de la maison.

— Je vais voir avec M. Jolly, dit-il d'un ton presque facétieux. Entre.

Les conversations se turent dès que Ben entra et traversa l'étroite bicoque dans toute sa longueur sur ses talons. La première pièce était presque totalement remplie par une grande table de billard, et les murs de la seconde étaient entièrement tapissés de flippers. Un assortiment disparate de chaises et de canapés occupait pêle-mêle le centre de la pièce qu'ils se disputaient avec quelques tables à jouer improvisées. Des hommes et des femmes buvaient dans des timbales en carton ou jouaient au flipper, emplissant l'atmosphère enfumée de sonneries et de sifflets. Il sentait leurs regards fixés sur lui en poursuivant sa traversée, contraint de se tailler un chemin à coups de coudes dans une foule de plus en plus dense. Au fond, on avait installé un grand bar derrière lequel un homme vêtu de bleu foncé distribuait le whisky cacheté à la bouteille et le rince-cochon au verre. On avait posé une grande feuille de contreplaqué au milieu de la pièce et des gens y dansaient avec sensualité tandis qu'une vieille femme en robe à fleurs et chapeau camembert jouait des airs de beuglant sur un piano droit bleu ciel.

L'homme s'arrêta net devant la porte de la dernière pièce de la maison et frappa discrètement sur son épais blindage.

— Ouais ? fit une voix enrouée.

— C'est Gaylord, M. Jolly, fit l'homme. Y a un gars qui veut vous causer de la petite qu'y-z-ont trouvée.

Comme on ne répondait pas, Gaylord poussa doucement la porte et s'effaça pour laisser entrer Ben.

Assis à un simple bureau de bois dans un coin sombre, Roy Jolly paraissait incroyablement vieux. Ses cheveux se dressaient sur sa tête comme des fils d'argent, et ses yeux jaunes et noyés étaient sertis dans un visage qu'on aurait dit sculpté dans un bois sombre et vermoulu. Son souffle saccadé était une succession de râles profonds, et on eût dit que sa voix traversait des abîmes aquatiques avant de résonner dans l'atmosphère.

— Retourne à la porte, lança-t-il d'une voix sèche à Gaylord qui quitta aussitôt la pièce en refermant hermétiquement la porte derrière lui.

Son regard se braqua sur Ben et il lui fit un signe par-dessus les piles de billets amassés sur son bureau.

— Assieds-toi, ordonna-t-il.

Ben s'assit devant le bureau. Du coin de l'œil il vit qu'il y avait un autre homme dans la pièce ; il était grand et son corps se perdait à moitié dans la pénombre, pas assez toutefois pour que Ben ne distingue pas le chargeur de la mitraillette qu'il tenait dans ses bras.

Jolly se renversa dans son fauteuil et poussa un gros soupir sifflant.

— Gaylord a dit que tu venais pour la fille qu'est morte ?

— Oui.

Jolly prit une pipe en écume de mer parmi une trentaine d'autres disposées sur un présentoir et en bourra le fourneau d'une main tremblante de paralytique, répandant des brins de tabac brun sombre sur toute la largeur du bureau.

— Pourquoi ça ? dit-il quand il l'eut allumée.

— Je suis de la police.

Jolly leva les yeux vers le plafond que l'on avait revêtu, Ben l'avait remarqué, de peluche bleu foncé.

— Et après, qu'est-ce que ça peut me fout', dit-il. Les gars de la Black Cat sont bien de la police et ça leur fait ni chaud ni froid à eux. (Des deux coins de sa bouche, il souffla deux colonnes de fumée.) Alors pourquoi tu viens me chercher les pous dans la tête.

— Je ne veux faire d'ennuis à personne, dit Ben.

Jolly parut ne pas avoir entendu. Il prit une paire de lunettes à monture d'or dont les verres étaient d'un noir opaque et les chaussa lentement.

— La police, c'est rien que des ennuis, dit-il. (Il rit pour lui-même.) Comme presque tout le reste. (Les verres noirs se braquèrent sur Ben comme les canons d'un fusil.) Les vieux, y méritent bien un peu de repos, tu crois pas ?

— Si.

— Alors pourquoi que tu viens troubler le mien ?

— J'essaie seulement d'apprendre quelque chose sur le meurtre d'une petite fille.

— Qu'est-ce que ça peut te foute qu'une petite Négresse se fasse assassiner ? demanda sèchement M. Jolly.

— C'est une affaire comme une autre, dit Ben.

— C'est pas la première fois qu'une de nos gosses se fait descendre, poursuivit Jolly. Comment ça se fait que tu t'es pas pointé les autres fois.

— Je n'étais pas chargé de ce secteur.

Les lèvres de Jolly s'écartèrent lentement, découvrant une rangée de dents en or.

— Alors jusqu'à maintenant c'était pas ton problème ?

— En quelque sorte, répondit Ben.

Avec une grimace de douleur, le vieil homme changea péniblement de position.

— Ah, c'est comme ça. D'accord. Tant que c'est pas ton affaire, tu te casses pas le bonnet. (Il se tourna lourdement vers la gauche, présentant un profil anguleux qui évoquait celui d'un masque de cuir.) Eh ben tu vois, c'est pas la première fois que des mômes se font tuer ici, dit-il. On finit toujours pas savoir qui a fait le coup. Et quand on le sait, les mecs, personne les revoit plus jamais. (Il laissa pendre la pipe sur le côté de sa bouche comme une langue blanche et recourbée.) Ici, c'est comme ça que ça se passe.

— Savez-vous qui a tué la petite fille qu'on a trouvée sur le terrain de sport ? demanda Ben sans détour.

— Nan, fit Jolly. Je m'suis pas encore assez penché là-dessus.

— Est-ce que vous savez qui est la petite ?

— Nan, dit Jolly. (Puis il eut un sourire de menace.) Vous voulez quelque chose gratos, monsieur le policier blanc ? On dirait bien que vous voudriez un truc gratos.

— Qu'est-ce que vous voulez dire ?

— Tu crois que ça coûte rien ?

— Quoi ?

— De trouver qui a fait le coup.

Ben le dévisagea, sidéré.

— Tu veux un tuyau gratos ? demanda une nouvelle fois Jolly. (Il tendit la main, la paume en l'air, ses doigts recourbés vers le plafond.) T'as quelque chose à donner à M. Jolly ?

— Non, dit Ben.

Jolly retira sa main et éclata de rire.

— D'où tu sors, petit Blanc ? Du pays de Cocagne ? (Son regard tomba sur les piles d'argent.) T'as vu tous ces Nègres dans la rue ? Hein ? Tu les as vus ?

Ben resta coi.

Le rire rauque et sombre du vieil homme résonna dans la pièce.

— Y me font gerber. Y s'assoient à côté de l'Homme Blanc et ça y est, y se croient en paradis ; y se croient au pays de Cocagne, y se figurent qu'y sont assis à côté du Bon Dieu lui-même. (Il se détourna comme pour cracher par terre, puis reporta son attention sur Ben.) Mais y sont toujours aussi fauchés. Y-z-ont toujours pas une thune. Tu sais pourquoi ? Parce qu'y-z-ont pas encore pigé que personne fait rien à l'œil. (Il s'esclaffa à nouveau, d'un rire dur et épais qui se mua en une toux sèche et spasmodique qu'il parvint à dominer à force de volonté.) Y viennent te causer d'argent sale. Tous ces pasteurs à la mode qu'on nous a débarqués, y causent d'argent sale. Mais y a rien de plus propre au monde que l'argent. Ni de plus franc. Y te raconte pas de salades, lui. Y te dit ce que tu vaux bien en face. (Il laissa échapper un nouvel éclat de rire, puis le réprima.) Bon, pour cette môme, dit-il. Peut-être que je sais un petit quelque chose après tout. Qu'est-ce t'as pour moi, petit Blanc ?

— Rien, dit Ben sans hésiter.

— Rien ? demanda Jolly. (Il se pencha un peu en avant.) Tout s'achète, tu savais pas ça ? On peut se payer des filles. On peut se payer des voitures. (Il eut un petit sourire grimaçant.) Putain, on peut même se payer une nouvelle façon de penser. Mais çui-là qui peut rien se payer, c'est moins que rien.

Ben se leva aussitôt ; le mépris lui montait au visage comme une bouffée de chaleur.

Jolly le suivit des yeux.

— Pour la dernière fois, dit-il. T'as quelque chose pour moi ?

— Non, répondit Ben sèchement.

Jolly le considéra comme s'il se trouvait devant un détritus entré dans sa vie par hasard.

— Tout de même, tu trouves pas ça à se tordre ? dit-il d'un ton sarcastique. Un Blanc, adulte, qui a rien à offrir à un Nègre. (Il secoua la tête d'un air dégoûté.) C'est vraiment la honte, non ?

Ben sortit d'un pas rapide en laissant la porte ouverte. Il entendit le vieil homme qui continuait à rire tout seul, d'un rire qui semblait lui claquer aux oreilles comme l'extrémité d'un long fouet noir.

*

Le trajet jusqu'à sa petite maison ne lui prit que quelques minutes ; une fois rentré, il se servit un whisky et alla s'asseoir sur la petite balancelle installée sur le perron. C'était un quartier paisible principalement habité par des ouvriers des aciéries et de l'industrie du caoutchouc et ils étaient trop fatigués en rentrant chez eux pour faire du bruit, comme disait son père. A droite, il voyait la flèche illuminée de l'église Méthodiste, et plus loin, la Vulcan's torch qui s'élançait bien haut au-dessus de la crête de la Red Mountain. Il aurait presque pu dire qu'il avait grandi dans son ombre, mais le prestige et la majesté qu'elle avait eus à ses yeux étaient érodés. Elle grinçait comme la vieille balancelle métallique, rouillait et tombait en morceaux.

Il tira son calepin de sa poche de chemise et parcourut le discours de King, mais il n'y avait apparemment rien cette fois qui puisse intéresser le préfet de police, de sorte qu'il se contenta d'en vérifier l'orthographe et la lisibilité avant de le ranger dans sa poche.

Il se renversa complètement et détendit mollement les jambes, animant la balancelle d'un léger va-et-vient pour se rafraîchir. Les sirènes des fonderies, des usines et des centrales électriques qui entouraient son petit quartier comme un mur de métal aux formes déchiquetées résonnaient dans le lointain pour appeler une nouvelle équipe d'ouvriers. On appelait ceux qui prenaient le travail à cette heure-là la « patrouille de l'aube », et Ben se souvenait que son père y avait travaillé bien des années, sortant d'un pas lourd dans la nuit noire pour ne rentrer que peu avant midi. Il avait cru choisir une autre vie en entrant dans la police mais il lui apparaissait maintenant clairement qu'il s'était engagé lui aussi dans la « patrouille de l'aube ».

Il sortit la photo déchirée de la petite fille, réunit

lentement les deux moitiés et se plongea dans la contemplation de son petit visage. Elle avait les yeux fermés et ses joues étaient un peu gonflées, comme si elle avait eu un bonbon dans la bouche au moment de sa mort. Son expression calme et passive ne donnait aucune idée de ce qu'elle avait enduré, mais elle lui parut étrange. Il avait vu des morts à l'air étonné, d'autres à l'air terrifié ; il en avait même vu certains, les yeux levés au ciel, qui étaient presque rayonnants, comme s'ils s'étaient accrochés à quelque impossible espoir dans leurs derniers instants. Le visage de la petite fille, en revanche, exprimait l'abandon, l'hébétude et la résignation, comme si la dernière violence qu'elle avait subie n'avait guère été différente de la première.

— Pas encore couché ? fit M. Jeffries en s'arrêtant devant l'allée de Ben.

Ben fourra prestement la photo dans sa poche de chemise et sourit aimablement.

— Eh non.

— Vous devez pas chômer ces jours-ci, vous autres, ajouta M. Jeffries.

Après un moment d'hésitation, il s'engagea dans l'allée d'un pas mal assuré et vint s'asseoir sur les marches de Ben.

— C'est sûr, répondit Ben.

Le vieil homme ôta son canotier et s'épongea le front.

— Je me lève pour pisser, et après, plus moyen de me rendormir. (Il s'éventa mollement avec son chapeau et respira profondément, avec une satisfaction manifeste.) J'adore les nuits d'été, dit-il. Quel calme, malgré toutes ces histoires.

— Oui, dit Ben.

M. Jeffries le dévisagea avec insistance.

— On ne t'a pas fait de mal dans tout ce désordre, au moins ?

Ben secoua la tête.

— Non.

— Et t'as fait de mal à personne, j'espère.

— Je ne crois pas, répondit Ben ; puis il repensa tout à coup à la photo, à la volonté brisée qu'il avait lue sur le visage de la petite fille, et comprit avec un profond et angoissant vertige qu'il ne pouvait pas l'affirmer avec certitude.

12

Sammy McCorkindale se tenait à la porte du local des inspecteurs quand Ben arriva le lendemain matin. Il l'accueillit avec un grand sourire.

— Autant pour moi, Ben, dit-il. (Il secoua la tête d'un air un peu gêné.) Tu sais, la petite fille que t'as trouvée sur le terrain de sport ?

Ben hocha la tête.

— Tu te rappelles que je t'avais dit que personne avait signalé sa disparition ?

— Ouais.

Le sourire s'élargit encore.

— Eh ben voilà, autant pour moi.

— Quelqu'un a demandé après elle ?

— Aussi vrai que je m'appelle Sammy, Ben, dit McCorkindale d'une voix qui trahissait un étonnement sincère, c'est bien la première fois que je vois un truc pareil transpirer de Bearmatch.

— Qui était-ce ? demanda Ben avec vivacité. Qui est-ce qui est venu la réclamer ? Tu as un nom ?

— Mieux que ça, dit McCorkindale. J'ai la personne en chair et en os. Elle t'attend à ton bureau.

Ben se rua à l'intérieur et vit une Noire élancée et bien vêtue assise en face de son bureau. Elle portait un chemisier lie-de-vin à manches courtes et une jupe ample qui lui arrivait aux chevilles. Elle avait les mains nouées sur les genoux dans une attitude pleine de dignité et gardait les yeux fixés droit devant elle.

— Bonjour, madame, dit-il en gagnant son bureau. Je suis l'inspecteur Wellman.

Elle fit mine de se lever mais il l'arrêta.

— Non, non, restez assise. (Il tira son fauteuil de sous le bureau et s'assit.) Vous voulez signaler une disparition, je crois ?

Elle le dévisagea fixement, les lèvres pincées.

— Voudriez-vous m'en parler un peu ? fit Ben pour l'encourager.

— Tout le monde m'a bien dit de ne pas venir, dit-elle d'une voix monocorde.

— Pourquoi donc ? demanda Ben d'un ton poli.

— Ils m'ont dit que ça ne servait à rien et que ça pourrait être dangereux, dit la femme.

Sa voix était précise et tranchante malgré l'accent du sud et une flamme étrange brûlait dans ses yeux.

— Etes-vous de Birmingham, madame ? demanda Ben.

— Je n'y suis pas née. Ma famille est venue de la Nouvelle-Orléans.

— Ça fait longtemps que vous habitez la ville ?

— Depuis l'âge de quatorze ans, répondit-elle. Pourquoi ?

Ben se rendit compte brusquement que ses questions anodines destinées à briser la glace pouvaient être prises pour des propos menaçants. Il haussa les épaules d'un air presque enjoué.

— Comme ça, dit-il.

Le visage de la femme se tendit soudain comme si ses pensées étaient d'un seul coup devenues impossibles à contenir.

— C'est au sujet de ma nièce, dit-elle enfin.

Ben prit une feuille de papier avec un sourire rassurant.

— Elle a disparu ?
— Oui.
— Depuis combien de temps ?
— Ça fait deux jours qu'elle n'est pas rentrée.
— Quel âge a-t-elle ?
— Douze ans.

Ben sentit un petit tremblement lui passer dans les doigts.

— Peut-être vous souvenez-vous comment elle était habillée la dernière fois que vous l'avez vue ?
— Elle avait une robe blanche.
— Et comme chaussures ?
— Des chaussures marron.
— A lacets ?
— Non, à boucles.
— Des chaussettes ?
— Oui, des chaussettes blanches.

Ben prit note et leva les yeux.

— Son nom ?
— Doreen, répondit la femme. Doreen Ballinger.

Il savait qu'il avait les deux moitiés de la photo dans sa poche de veste mais il ne put se résoudre à les sortir.

— Elle mesure un mètre trente à peu près ?
— Oui, quelque chose comme ça.
— Et elle a un petit chignon ?

Le visage de la femme se figea.

— Oui, dit-elle à voix basse. (Elle se pencha un peu en avant.) Comment le savez-vous ?

Ben ne répondit pas. Il baissa le nez sur sa feuille de papier.

— Pouvez-vous me donner votre nom, s'il vous plaît, madame ?
— Esther Ballinger, répondit-elle aussitôt. Comment pouvez-vous connaître la coiffure de ma nièce ?
— Et votre adresse, s'il vous plaît, Miss Ballinger ?

Tout son corps se raidit.

— Dites-moi ce que vous savez au sujet de Doreen, dit-elle d'un ton impérieux.

Ben garda le silence.

Elle se leva d'un bond et le dévisagea avec mépris.

— Je suis pas une bonne petite négresse demeurée qu'on endort avec de la politesse et des belles paroles et qu'on envoie balader, dit-elle d'une voix âpre. Maintenant, dites-moi ce qui est arrivé à Doreen.

Ben hocha lentement la tête.

— Asseyez-vous, Miss Ballinger.

Elle ne broncha pas.

— S'il vous plaît, ajouta Ben dans un souffle.

Elle le fusilla encore un moment du regard, puis elle se rassit.

Ben tira la photo déchirée de sa poche et la lui tendit.

— Est-ce que c'est votre nièce ? demanda-t-il.

Elle resta un moment sans répondre, ses yeux soudain très noirs et fixes rivés sur la photo.

— Oui, dit-elle enfin. (Elle leva les yeux vers Ben qui fut un instant ébloui par leur merveilleuse beauté.) Qu'est-ce qui lui est arrivé ?

— Elle a été tuée d'un coup de revolver, Miss Ballinger, dit Ben.

Son regard se voila comme si les murs qu'elle avait dressés en elle pour se préserver tremblaient sur leurs bases, mais elle reprit aussitôt le dessus.

— Savez-vous qui a fait ça? demanda-t-elle avec détermination.

— Non.

— Est-ce que vous cherchez à le savoir ?

Il y avait dans sa voix une accusation qui transperça Ben comme une flèche.

— Oui, Miss Ballinger, dit Ben avec force. J'essaie de le découvrir, n'en doutez pas.

Comme il n'était pas sûr de l'avoir convaincue, il

continua à l'interroger suivant le schéma habituel dans ce genre d'enquête comme il l'aurait fait pour n'importe quelle autre affaire.

— Quand avez-vous vu Doreen pour la dernière fois ? demanda-t-il.

— Dimanche matin.

— Où était-elle ?

— Dans sa chambre ; elle se préparait pour partir au travail.

— Au travail ? Quel genre de travail ?

— Elle garde un enfant à Mountain Brook, dit Esther. Chez des Blancs ; dans une famille riche. Elle y va tous les week-end.

— Un seul jour, ou le samedi et le dimanche ?

— Les deux jours.

— Comment s'appellent ces gens ?

— Davenport. M et Mme Horace Davenport. Ma mère a travaillé chez eux toute sa vie.

— Où habitent-ils ?

— 2407 Carlton avenue.

— Comment allait-elle au travail ? En bus ?

— On passe la prendre ; ils la font aussi ramener. C'est comme ça que ça se passe. Et ils lui font des faveurs de cabas.

Ben leva les yeux de sa feuille.

— Des faveurs de cabas ?

Esther haussa les épaules.

— C'est une vieille coutume chez les riches blancs, expliqua-t-elle. On va travailler avec un cabas, et ils y mettent quelques petites choses avant qu'on s'en aille. Du savon, un peu de farine ou bien quelques boulettes de viande hachée. Ce qu'ils ont sous la main et qu'ils veulent bien nous donner.

Ben regarda Esther dont les yeux étaient revenus se fixer sur la photo qui semblait aspirer une partie de l'énergie dont elle avait fait preuve jusque-là, de sorte que lorsqu'elle releva les yeux, elle semblait plus vieille que son âge, plus vieille que Ben, plus vieille que le monde lui-même.

— Elle n'a jamais ramené une bague à la maison?

Elle lui jeta un coup d'œil perplexe.

— Une bague? quel genre de bague?

— Une bague à bon marché avec un bouchon de carafe violet.

— Non, dit-elle en secouant la tête.

— Vous n'avez jamais rien vu de ce genre sur elle?

— Non, pourquoi?

— On a trouvé ça dans sa robe, dit Ben. Un truc énorme. Bien trop grand pour Doreen.

— Je ne l'ai jamais vue avec, dit Esther. (Elle baissa les yeux sur la photo.) Vous avez du Scotch?

— Je crois, dit Ben. (Il fouilla un moment dans le tiroir de son bureau.) Voilà.

Elle prit le rouleau de Scotch et recolla soigneusement la photo, puis détourna les yeux qu'elle garda fixés sur les fenêtres à l'autre bout de la pièce.

— Et maintenant, où est-elle? demanda-t-elle.

— Elle a été enterrée, Miss Ballinger, dit Ben. C'est ce qui se passe quand personne ne vient réclamer le corps.

— Où?

— A Gracehill.

Esther ferma lentement les yeux.

— C'est un bien vilain endroit, dit-elle.

— Nous ne pouvions rien faire d'autre, souligna Ben avec précipitation; mais vous pouvez faire déplacer le corps si vous le désirez.

Esther secoua fermement la tête.

— Non. (Un pli amer lui apparut au coin des lèvres.) Qu'elle repose en paix.

— Voulez-vous voir sa tombe, alors?

— Oui, répondit-elle sans hésiter.

Ben se leva.

— Je vous emmène.

Ils étaient déjà presque dehors quand Luther les rattrapa en courant ; son visage énorme, agité et tourmenté, semblait encore tout tremblant de l'ouragan de la veille.

— Y sont tous en train de se rassembler à l'église des Premiers Pèlerins, dit-il, hors d'haleine. Vas-y tout de suite.

Ben désigna Esther d'un signe de tête.

— C'est la tante de la petite fille, tu sais ? expliqua-t-il à Luther. Je l'emmène sur sa tombe.

Luther ne prêta aucune attention à la femme. Il garda les yeux fixés sur Ben.

— Ça peut attendre, dit-il. File tout de suite au rassemblement.

— Oui, commissaire, dit Ben.

Il partit d'un pas vif et entraîna Esther d'une main douce mais ferme jusqu'à sa voiture stationnée au garage.

— Montez, fit-il quand Esther s'arrêta devant la portière.

Elle lui jeta un coup d'œil interrogateur.

— Je croyais que vous aviez autre chose à faire.

Ben ouvrit la portière côté passager et s'effaça pour la laisser monter.

— J'y serai à temps, dit-il.

*

Un front orageux se levait à l'horizon quand Ben arrêta sa voiture non loin de la tombe. De petites rafales de vent froid agitaient les épais buissons de Kudzu dont la colline était couverte, et tourbillonnaient dans les pins.

— On l'a enterrée hier soir, dit Ben en menant Esther devant la tombe.
— Qui, on ? demanda-t-elle.
— Eh bien, j'y étais, avec quelques autres, dit Ben. Un pasteur a prononcé quelques mots sur sa tombe.
Esther garda le silence. Elle contempla un moment le petit tas de glaise rouge, puis secoua doucement la tête.
— Je suis désolé que nous ne vous ayons pas trouvée avant d'être obligés de la mettre en terre, fit Ben à voix basse.
Esther ne dit mot.
— Ainsi que ses proches, ajouta Ben.
— Elle n'avait que moi et son grand-père, dit Esther. Mon frère, le père de Doreen, est parti quand elle avait trois ans. Sa mère est morte l'an dernier. (Elle se tourna vers Ben.) C'est pour ça que je suis venue habiter avec eux. Mon père est trop vieux pour s'occuper d'une petite fille. (Elle prit une profonde inspiration et son regard se perdit dans le lointain.) Je devais l'emmener quelque part un de ces jours. Peut-être à New York, ou dans une ville comme ça, mais je n'ai pas pu mettre assez d'argent de côté. (Ses yeux retombèrent sur la tombe et elle eut un sourire amer.) On ne peut pas économiser grand-chose sur les faveurs de cabas.
Ben hocha la tête sans mot dire et regarda Esther se baisser et ramasser une poignée de poussière qu'elle répandit sur la tombe.
— Demain, j'apporterai des fleurs, dit-elle.
— J'imagine que vous n'avez aucune idée de l'identité du coupable, avança Ben.
— Non, aucune, répondit-elle en secouant la tête.
Sans quitter Esther des yeux, Ben se replongea dans son mutisme. Si elle avait du chagrin, c'était le plus étrange qu'il ait jamais vu, un chagrin dur et froid comme celui qu'il avait observé pendant la guerre

quand tout allait mal depuis si longtemps qu'il ne restait que le noyau dur du sentiment, et une haine si mordante qu'elle mettait tous les nerfs à vif.

— Vous n'avez jamais vu personne tourner autour de Doreen ? demanda-t-il enfin.

— Lui tourner autour ? demanda-t-elle en se tournant vers lui.

— Un homme, je veux dire, ajouta-t-il d'une voix hésitante. Comme s'il s'intéressait à elle.

Esther entrouvrit les lèvres mais ne dit mot.

— Quelqu'un qui vous aurait paru susceptible de vouloir abuser d'elle, dit Ben.

Esther se détourna vivement de lui et garda les yeux fixés sur le front orageux dont les nuages noirs s'abattaient maintenant sur la ville.

— Elle a été violée ? C'est ça que vous essayez de me dire ?

— Oui, madame.

Il vit ses épaules se lever brusquement, frissonner et retomber.

— Je regrette beaucoup de devoir vous le dire.

Elle continua à lui tourner le dos sans rien dire.

— Il pourrait s'agir d'un homme très grand et fort, ajouta Ben, presque un colosse, le genre de physique que l'on remarque tout de suite. Vous n'avez vu personne de ce genre traîner autour de votre maison ou vous suivre dans la rue ?

— Non.

— Un Blanc ou un Noir, pour moi, c'est pareil, dit Ben, car il savait qu'il fallait le préciser.

Elle se retourna lentement vers lui.

— Vous vous figurez que je vais vous croire ? demanda-t-elle avec chaleur.

Ben la dévisagea imperturbablement.

— Vous savez, je ne suis pas une bête, dit-il en laissant pour la première fois transparaître un peu de la cuisante irritation qui montait en lui. Je n'ai pas tué votre nièce ; je ne l'ai pas touchée. (Il distinguait dans sa propre voix un tremblement presque inaudible.) Et je fais vraiment l'impossible pour découvrir le coupable. (La colère lui monta au visage comme une bouffée de chaleur, sauvage, irrépressible.) A vrai dire, peut-être même que j'aimerais recevoir un peu d'aide de votre part, ajouta-t-il d'une voix soudain au paroxysme de la fureur. Mais je n'abandonnerai pas, Miss Ballinger. Je continuerai, avec ou sans votre aide.

Il se détourna brusquement, s'éloigna à grands pas vers sa voiture et s'assit au volant.

Il resta là un moment à tenter de se calmer. A travers le pare-brise poussiéreux, il voyait Esther qui se tenait toujours devant la tombe, les bras étroitement serrés sur son ventre comme une femme enceinte protégeant son enfant. Il se faisait bien une idée de ce qu'elle pouvait éprouver, mais il pressentait qu'il ne pouvait le comprendre totalement et qu'une partie de sa peine resterait toujours inaccessible à sa compassion si grande soit-elle ; il y avait quelque chose dans sa négritude qui devait toujours rester lettre morte pour le Blanc qu'il était, de sorte qu'il ne pouvait guère espérer plus qu'une aide distante et pleine de réticence de sa part. Si elle daignait la lui accorder, ce ne serait qu'une aide pleine de crainte et de méfiance, mais il n'en attendait pas moins et n'en méritait pas davantage.

13

Ben attendait toujours patiemment dans sa voiture quand Esther l'y rejoignit enfin, un long roseau séché à la main.

— Je peux vous ramener chez vous si vous voulez, dit-il.

Esther hocha la tête.

— Ce serait peut-être bien que vous parliez avec mon père, dit-elle. Il a peut-être remarqué quelque chose le jour où Doreen n'est pas rentrée.

Ben hocha lentement la tête.

— Quel jour était-ce ?

— Elle devait rentrer dimanche, dit Esther. En fin d'après-midi. J'étais encore au travail.

— Où travaillez-vous, Miss Ballinger ?

— Dans un petit restaurant de la Quatrième avenue, dit Esther. Smiley's Barbecue. Je fais la petite restauration. (Elle haussa les épaules.) Ça fait longtemps que je fais ça.

— A quelle heure commencez-vous ?

— Vers cinq heures et demie, dit Esther. Il y a un coup de feu le matin.

— Et votre père, qu'est-ce qu'il fait ?

— Rien, dit Esther en secouant la tête.

Les yeux de Ben se tournèrent à nouveau vers la tombe autour de laquelle le ciel s'obscurcissait avec l'avancée du mur de nuages noirs qui descendait sur la ville.

— Croyez-vous qu'il acceptera de me parler ?

— Je ne sais pas, peut-être.

— Et les voisins ? demanda-t-il en se retournant vers elle. Pourriez-vous les décider à me parler ?

Esther secoua la tête d'un air las.

— Vous avez vraiment mal choisi votre moment pour venir fouiner à Bearmatch, dit-elle.

— Je ne l'ai pas choisi, dit Ben. (Il la regarda bien en face.) On pourrait peut-être aller boire un café quelque part ?

Elle le regarda d'un air médusé.

— Quoi ?

— Juste pour parler de Doreen, expliqua Ben. Peut-être que quelque chose vous reviendra ?

Esther le dévisageait toujours, partagée entre l'embarras et la stupéfaction.

— Vous voulez qu'on aille tous les deux boire un café quelque part ?

— Oui.

— A Birmingham ?

C'est seulement à ce moment-là qu'il comprit que c'était impossible.

— Et si on allait au restaurant des magasins Tutweiller, qui est si chic ? dit Esther d'une voix presque sarcastique. Ou bien tout simplement à la cafétéria de chez Pizitz.

— Allons chez moi, alors, coupa Ben. On boira un café.

Le visage d'Esther garda la même expression ébahie et méfiante.

— C'est tout près d'ici, ajouta Ben avec fermeté ; on y sera en un rien de temps.

Elle pesa quelque temps le pour et le contre comme si elle prenait la proposition comme un défi. Elle l'étudia de la tête aux pieds comme une bête curieuse surgie à l'improviste dans son univers familier.

— D'accord, dit-elle enfin, mais après, il faudra venir chez moi et peut-être rencontrer Papa.

Ben n'en attendait pas tant, aussi ne se le fit-il pas dire deux fois.

— D'accord, répondit-il aussitôt, et il tourna la clé de contact.

*

Ils arrivèrent chez Ben quelques minutes plus tard. Esther descendit lentement de voiture en examinant les alentours comme si elle s'était attendue à voir des tireurs d'élite embusqués dans les fourrés.

— Par ici, dit Ben en montrant la petite allée cimentée de sa paume ouverte. Faites attention, certaines dalles sont descellées. Moi-même, il m'arrive de trébucher.

Esther emprunta l'allée avec mille précautions et resta raide comme un piquet près de la porte tandis que Ben l'ouvrait.

— Excusez le désordre, dit-il en la faisant entrer. Vous savez comme sont les célibataires.

Ils restèrent un moment face à face dans la salle de séjour, figés dans des postures gauches. Ben vit qu'une gêne étrange s'installait lentement sur le visage d'Esther.

— Voulez-vous du café ? proposa-t-il précipitamment. Ou alors un verre de thé glacé ?

Elle éclata d'un rire nerveux :

— Bonne idée ! Donnez-moi donc du thé glacé.

C'était de l'instantané, une espèce de poudre marronnasse qui prenait un aspect boueux quand on ajoutait l'eau, mais elle le but d'un trait quand il le lui apporta et posa son verre vide sur la table basse disposée devant le canapé.

— Faut croire que j'avais soif, dit-elle d'une voix tendue.

— Eh oui, c'est la chaleur, dit Ben.

Elle lui sourit.

— Vous savez, c'est la première fois que je viens dans la maison d'un Blanc normal. Je veux dire, je suis déjà entrée chez de riches Blancs, mais jamais dans une maison normale comme ici.

— Papa était métallo, dit Ben. Il m'a laissé cette petite maison. (Il haussa les épaules.) Sinon, sans doute que j'habiterais dans un meublé du centre. (Il embrassa la pièce d'un coup d'œil circulaire.) Comme vous voyez, ce n'est pas le dernier cri.

— Vous avez la télé, observa Esther. Est-ce que tous les Blancs ont la télé ?

Ben but une gorgée de thé.

— Je ne crois pas, marmonna-t-il.

Ils se turent tous les deux, et comme le silence s'installait, Ben sentit qu'Esther était de plus en plus mal à l'aise de se trouver chez lui.

— J'y pense, dit-il vivement. Pour Doreen. Quand est-ce que vous m'avez dit que les Davenport la faisaient prendre ?

— Elle y allait chaque semaine le samedi et le dimanche vers dix heures du matin, dit Esther. Je suis déjà au travail à cette heure-là, mais je le sais.

— Et votre père, il est à la maison à cette heure-là ?

— Oui.

— Et vous la voyiez un peu le week-end ?

— Oui.

— Vous n'avez rien remarqué d'anormal dans son comportement quand elle est rentrée samedi soir ?

— Elle était comme d'habitude, dit Esther. Ce soir-là, elle est allée écouter le Docteur King.

— Avec qui ?

Elle eut un moment d'hésitation.

— Avec moi, dit-elle enfin. On est allées ensemble à l'église. C'est important ?

— Non, dit Ben. Est-ce que vous êtes aussi rentrées ensemble ?

— Non, dit Esther. Elle était avec des camarades d'école. Je suis rentrée me coucher. Le lendemain, je suis allée travailler. A mon retour, Papa m'a dit que Doreen n'était pas rentrée de chez les Davenport.

— Ça, c'était dimanche en fin d'après-midi ?

— Oui.

— Vous avez appelé les Davenport ?

— Oui.

— Qu'est-ce qu'ils ont dit ?

— M. Davenport n'était pas là, dit Esther. Mais sa femme m'a dit qu'il l'avait ramenée lui-même.

— Et là, on parle toujours de dimanche après-midi ?

Esther hocha la tête.

— J'ai demandé après elle dans tout Bearmatch. Je ne suis pas allée travailler lundi. J'ai continué à la chercher. Je me disais qu'elle était peut-être allée coucher chez une petite copine ou quelque chose comme ça. Je suis allée me renseigner à son école. J'ai fait tout ce que j'ai pu. J'ai même demandé à l'un des gars qui s'est chargé de l'organisation des gosses pour la manifestation.

— Qui est-ce ?

— Leroy Coggins. Il doit être en prison à l'heure qu'il est. Presque tous ceux qui étaient à la manifestation sont en prison.

Ben s'apprêtait à lui poser une autre question quand on frappa à la porte. Il se leva et ouvrit. M. Jeffries attendait tranquillement derrière la moustiquaire.

— J'ai vu que t'étais rentré, dit-il. Alors je me suis

dit que tu serais peut-être partant pour une petite partie d'échecs.

— Pas tout de suite, dit Ben.

M. Jeffries coula un regard vers la droite ; ses yeux s'écarquillèrent lorsqu'il vit Esther.

— Je n'avais pas compris qu'il y avait quelqu'un avec toi, fit-il, stupéfait. (Il se pencha vers la moustiquaire et souffla d'un air de conspirateur :) C'est une prévenue ?

— Non, dit Ben. Elle m'aide sur une affaire.

M. Jeffries lui jeta un regard médusé mais garda le silence.

— Plus tard dans la soirée, peut-être, dit Ben. Pour la partie d'échecs.

M. Jeffries recula lentement vers le bout du perron.

— Non, non, dit-il, et son regard glissa à nouveau vers Esther avant de revenir se fixer sur Ben. Aucune importance. Ne t'inquiète pas. Navré de t'avoir dérangé.

Il fit volte-face et parcourut l'allée en sens inverse de toute la vitesse de ses jambes grêles pour regagner sa maison de l'autre côté de la rue.

— Revenons à nos moutons, dit Ben en regagnant son siège.

— Je ne devrais pas rester ici, dit Esther avec nervosité.

Ben leva les yeux.

— Pourquoi donc ?

— Pour un tas de raisons que vous connaissez aussi bien que moi.

— Vous êtes ici dans le cadre d'une enquête de police, rappela Ben.

— Ça ne change rien, dit Esther. Il y a des choses qui vont au-delà de ça ; bien au-delà.

Ben prit un air volontaire :

— Je suis ici chez moi. C'est ma maison. Je paie mes impôts. Les personnes que je fais entrer peuvent y rester aussi longtemps que ça me chante et rien ne va au-delà de ça, Miss Ballinger.

— Oh que si, dit Esther.

— Quoi donc ?

— Moi. Ce que je veux. Et je ne veux pas rester ici.

— Très bien, dit Ben d'un ton las. (Il se leva lourdement.) Où désirez-vous aller ?

— A la maison, dit Esther, mais d'une voix dénuée de toute emphase et de toute charge affective, comme si Bearmatch n'était que le lieu où une force de gravité énorme et irrésistible l'avait fait atterrir et l'avait maintenue.

*

La maison d'Esther ressemblait à la quasi-totalité des autres maisons de Bearmatch. Sa façade de bois brut avait pris une teinte d'un gris sombre et son toit de tôle était maculé de grandes taches de rouille. Le perron à demi éboulé penchait vers le jardin envahi par les mauvaises herbes, et deux des trois marches qui y menaient avaient cédé bien des années plus tôt et n'avaient jamais été remplacées. Des pans de moustiquaire déchirée pendaient des piles qui soutenaient l'auvent et plusieurs lattes manquaient à la balustrade de planches qui entourait le perron. On avait cloué un gros thermomètre publicitaire Double Cola sur la porte d'entrée, et Ben remarqua en s'approchant que la fine colonne de liquide rouge marquait 33 degrés.

— Papa sort dans la journée, dit Esther en ouvrant la porte. Il rentre quand ça lui chante. (Elle tira le battant et s'effaça pour le laisser passer.) Entrez.

Le parquet émit un fort craquement quand Ben entra dans la maison. Il fut un moment submergé par l'impression de tristesse qui s'en dégageait. Il y avait un fauteuil à bascule branlant dans un coin, et un petit canapé dont la tapisserie usée jusqu'à la corde laissait voir tous les ressorts par transparence lui faisait pendant. Au fond de la pièce des cageots à pommes empilés en équilibre instable penchaient dangereusement vers un vulgaire plateau de contre-plaqué posé sur des tréteaux.

— C'est la table de la salle à manger, dit Esther, si des fois vous vous posiez des questions.

— J'avais saisi, dit Ben en se tournant vers elle.

— Je n'en fais pas une maladie, remarquez, ajouta Esther. Je précise, voilà tout.

Ben embrassa la pièce d'un regard circulaire.

— Où voulez-vous que je me mette ?

— Là, dit Esther en désignant le canapé. Je vais mettre la cafetière sur le feu.

Ben s'installa sur le canapé et attendit.

Par la fenêtre, il vit que le temps se couvrait de plus en plus, et l'air frais qui entrait par petites bouffées paraissait déjà lourd de la pluie toute proche. De temps en temps, il saisissait des bribes de conversations familières des gens qui passaient devant la maison, mais leurs voix semblaient très lointaines. Il se rabattit donc sur la pièce où il se trouvait et laissa son regard s'y promener comme une fumée aux volutes paresseuses. Une petite image du Christ en croix était accrochée à un mur face à un gigantesque calendrier publicitaire de l'Alabama Bank and Trust Company. Dans l'intervalle, il n'y avait que la cloison de bois brut dont les planches mal dégrossies et voilées montaient vers une énorme poutre à section carrée. Une imposante cuisinière à charbon trônait au milieu de la pièce sur un piètement de briques rouges bien serrées. Son tuyau noir montait vers le toit comme un doigt crochu, puis sortait par un trou rond dans la tôle. L'interstice entre le conduit et le toit était colmaté par de gros paquets de calfat blanchâtre ; la chaleur l'avait en partie décollé, et la filasse pendait en longs rubans grêles qui frémissaient dans la brise estivale.

La pièce suivante était sensiblement identique, et Ben voyait ses murs nus de sa place sur le canapé. Il y avait un lit de fer contre le mur du fond, et deux cageots retournés étaient disposés de part et d'autre. Un petit cendrier en plastique était posé sur l'un, et une lampe à pétrole sur l'autre. Le mur était nu au-dessus de la tête de lit, à l'exception toutefois d'une page de magazine qu'on y avait scotchée ; la photo aux couleurs passées représentait un chanteur noir, un modèle du genre avec sa chemise à jabot et son smoking bleu clair, qui étreignait passionnément le micro dans lequel il gémissait.

— C'est la chambre de Doreen, dit Esther en donnant une tasse de café à Ben. Vous voulez voir ?

— Oui.

Il la suivit dans la chambre qu'il embrassa d'un regard circulaire. Malgré le caractère rustique de l'installation, on voyait tout de suite que c'était la chambre d'une adolescente. Quelques vieilles poupées, une boîte de Mah-Jong et un petit tourne-disque en plastique étaient disposés sur une petite étagère métallique.

— Elle aimait Smokey Robinson, dit Esther en désignant l'affichette d'un coup de menton. Elle les aimait tous : Elvis, Little Richard... Je crois même qu'elle leur écrivait. (Elle secoua la tête.) Elle se comportait vraiment comme si elle avait pu les entendre.

Ben se tourna vivement vers elle.

— Comment ?

— Mon Dieu, c'est vrai, dit doucement Esther, comment pourriez-vous savoir ? Doreen était sourde ; de naissance. Elle n'a jamais entendu.

Il revit tout à coup le visage gris de la petite fille qui se détachait de façon étrange sur la terre sombre et ses traits qui avaient pris en son heure dernière l'expression d'une solitude trop complète pour qu'il pût jamais la concevoir.

— Ça ne m'était même pas venu à l'esprit que quelqu'un pouvait l'ignorer, expliqua Esther.

Ben s'approcha d'une petite boîte à cigares posée sur un tabouret de bois éraflé à côté du lit.

— Qu'est-ce que c'est ?

— Regardez dedans.

La boîte était remplie de bijoux de pacotille ; rangs de perles en plastique, clips en verroterie, quelques pendentifs en corne de rhinocéros, et un camée en ivoire.

Ça, ça vient de sa mère, dit Esther en prenant le camée. Ma sœur le lui avait donné avant de mourir. (Elle le reposa dans la boîte.) Vous avez parlé d'une bague.

— On en a trouvé une grosse dans la poche de sa robe, dit Ben. Mais elle ne ressemblait à rien de tout ceci, et elle était bien trop grosse pour Doreen. (Il rabattit le couvercle.) Bien trop grosse pour presque n'importe qui, d'ailleurs.

Il gagna la petite fenêtre carrée qui donnait derrière la maison, dans une impasse boueuse. Un chien jaune et squelettique dont les côtes tendaient la peau comme un tambour passait par là, flairant dans la rigole d'un air affamé. Non loin de lui, dans un petit terrain vague envahi par les mauvaises herbes, la carcasse d'une vieille voiture aux vitres brisées et aux pneus crevés achevait de rouiller. Un gros chat tacheté installé sur le capot déchiqueté de la voiture jeta un regard inquiet au chien, puis se coula dans les fourrés et disparut.

— Elle était déjà presque trop grande pour avoir des jouets, dit Esther quand son regard se posa sur la petite étagère métallique.

A la fenêtre, Ben restait perdu dans sa contemplation. Les taudis se succédaient à l'infini le long des ruelles de terre battue et les nuages qui s'approchaient semblaient tirer sur eux un rideau noir, comme pour les dérober à son regard.

14

Le premier roulement de tonnerre déferlait du nord en grondant quand Ben arriva au commissariat central. Le bâtiment était encerclé par un cordon de voitures de police et il y avait des barrages à tous les coins de rue. On faisait avancer des files de jeunes Noirs qui s'enfonçaient dans le garage souterrain, et d'autres étaient menés sur le vaste parking gris et plat qui s'étendait derrière l'hôtel de ville.

Ben se gara de l'autre côté de la rue, gravit les marches et pénétra dans le bâtiment. Il vit Luther qui poireautait nerveusement dans l'antichambre du bureau du préfet. On aurait dit qu'il était convoqué à sa propre exécution ; Ben s'élança dans l'escalier qui menait au local des détectives avant d'être repéré.

Avant même d'avoir passé les doubles portes du local, il entendit de forts éclats de voix. La plus tonitruante était celle de Breedlove, et Ben ne fut pas surpris en entrant dans la pièce de voir qu'il était accompagné de Daniels. Un grand Noir élancé qui gardait les yeux fixés droit devant lui tandis qu'ils lui hurlaient dessus se tenait impavide entre eux deux.

— T'as pas intérêt à mêler ces putains de gosses à tout ça ! gueula Breedlove.

Le jeune homme ne broncha pas ; il garda le même regard calme et le même visage impassible.

— Non, mais t'écoutes quand on te cause ! lança Breedlove d'une voix impérieuse.

— Nous manifestons pour faire appliquer nos droits constitutionnels, dit imperturbablement le jeune homme.

— Que dalle ! beugla Breedlove. (Il se rua sur l'homme et le poussa en arrière, le coinçant contre le mur.) T'entends, Coggins ? Hein ? Tu piges, dis, Leroy ?

— La constitution des Etats-Unis s'applique aussi aux enfants des Etats-Unis, martela Coggins.

— Des clous ! gueula Breedlove. Tu peux te les foutre au cul, tes droits de merde.

Daniels ricana, puis s'approcha de Coggins et vint lui parler dans le nez :

— Dis donc, Leroy, tu te rends compte dans quel merdier tu vas fourrer ces mômes si tu continues à te servir d'eux ?

— Ils manifestent pour leurs droits civiques, dit Coggins. Ça ne peut pas aller sans sacrifices.

— Tu veux leur mort ou quoi, Leroy ? demanda Daniels. Tu veux qu'y se fassent buter en pleine rue ?

— Va y avoir du raisiné partout si cette comédie continue ! glapit Breedlove.

Coggins ferma les yeux avec lassitude.

— Je suis ici pour vous demander si les enfants que vous avez parqués derrière l'hôtel de ville — il y en a plus d'une centaine —, pour vous demander s'ils pourraient être transférés à l'intérieur avant que l'averse n'éclate.

— Ouais, mais nous, c'est pas de ça qu'on veut te causer Leroy, dit Breedlove. (Il le prit au collet et le tira brutalement à lui.) On veut que tu piges que ces mômes avaient pas à faire ce qu'y-z-ont fait.

— La météo annonce un gros orage, dit calmement Coggins.

— Qu'est-ce que ça peut foutre ? demanda Daniels en ricanant.

— Mais ouais, c'est vrai, reprit Breedlove. Tu veux que je te dise, Leroy ? Toute cette histoire, c'est une mode passagère. (Il eut un sourire moqueur.) Comme le hula hoop. Ça sera fini en un rien de temps et tout redeviendra comme avant.

Breedlove et Daniels rirent un moment de ce bon mot, puis s'arrêtèrent net.

— Arrête de faire descendre les mômes dans la rue, Leroy, dit Breedlove d'une voix glaciale. Tout le monde en a plein le cul de ces conneries.

Coggins coula un regard oblique à Breedlove.

— Est-ce que les petites filles arrêtées hier ont été soumises au test de dépistage des maladies vénériennes ?

Breedlove et Daniels échangèrent un coup d'œil réjoui.

— Pourquoi, qu'est-ce que ça peut te faire ? demanda Breedlove.

Coggins plissa les yeux d'un air goguenard.

— C'est vous qui vous en êtes occupé, monsieur Breedlove ? C'est vous qui avez fait passer le test à ces petites ?

La main de Breedlove s'éleva et vint s'abattre à la volée sur le côté de la figure de Coggins. La tête de l'homme partit sur la gauche et Breedlove le frappa une nouvelle fois, mais de son poing fermé.

— Arrête, Charlie ! cria Daniels.

Breedlove retint son poing. Son visage était agité par un tremblement spasmodique et il tenait Coggins à la gorge, les doigts profondément enfoncés dans la chair.

— Retiens-moi, Harry, nom de Dieu, hurla-t-il. Retiens-moi avant que je descende ce Négro de merde !

— Allez, calme-toi, dit Daniels d'une voix apaisante. Calme-toi, Charlie.

Ben s'approcha d'un pas vif et empoigna Breedlove à l'épaule.

— Lâche, Charlie, dit-il.

Breedlove se tourna vers lui avec un mince sourire.

— Tu viens de sauver la vie à ce Nègre, Ben, dit-il. (Il retira la main de la gorge de Coggins.) Ma parole, tu mérites une médaille !

Coggins eut un gros hoquet et se massa le cou.

— Ça va pas se passer comme ça, vous vous en mordrez les doigts, dit-il d'un ton furieux.

Breedlove le fusilla du regard.

— Vous êtes pas encore les maîtres partout, Leroy, dit-il d'une voix chargée de menaces.

Daniels passa le bras autour des épaules de Breedlove et l'entraîna.

— Viens boire un canon, Charlie, dit-il. (Puis il se tourna vers Ben et cligna de l'œil :) Tu veux bien me virer ce Nègre, Ben ?

Ben dévisagea Coggins sans mot dire jusqu'à ce que Daniels et Breedlove fussent hors de portée de voix.

— Et maintenant, vous allez me virer ? demanda Coggins d'un ton sarcastique quand ils furent sortis.

— Je vais surtout essayer de vous maintenir en vie, répondit Ben ; mais vous ne me facilitez guère la tâche.

— Je suis prêt à mourir, dit Coggins. Parmi tous ceux qui sont enfermés dans toutes ces taules, il n'y en a pas un seul qui ne soit prêt à donner sa vie.

— D'accord, dit Ben. Mais est-ce qu'il faut absolument que ce soit pour aujourd'hui ?

Coggins se détourna légèrement et essuya une goutte de sueur sur sa lèvre. Sa main tremblait.

— Moi, je venais juste pour les mômes qui sont sur le parking. C'est tout, et voilà dans quel merdier je me suis retrouvé.

Ben garda le silence.

— Il va pleuvoir des cordes, poursuivit Coggins ; on

ne peut pas laisser ces mômes dehors comme un troupeau de vaches.

Ben s'assit sur le coin du bureau et croisa les bras.

— Avant, ils pouvaient nous traiter comme ça, ajouta rageusement Coggins, mais c'est fini, nom de Dieu ! (Il prit une longue inspiration tremblante et souffla bruyamment.) Non monsieur, déclara-t-il d'une voix forte en reprenant de l'assurance, je n'ai pas peur de mourir.

— Alors vous êtes cinglé, dit Ben.

Coggins plongea les yeux dans les siens :

— Vous voulez dire que pour vous, il n'y a rien qui mérite que l'on sacrifie sa vie ?

— Si, plusieurs choses, bien sûr, dit Ben. Mais quel rapport avec la peur ?

Coggins plissa les yeux.

— Vous vous foutez de moi ?

— Je vous admire, dit Ben à sa propre stupéfaction.

Coggins éclata d'un rire amer.

— Mais oui, c'est ça.

Ben tira la photo de Doreen Ballinger de sa poche et la montra à Coggins.

— Est-ce que vous avez déjà vu cette petite fille ? demanda-t-il.

Coggins examina attentivement la photo :

— Elle est morte.

— Assassinée, dit Ben. Une balle dans la tête. Elle était enterrée dans le petit terrain de sport de la Vingt-troisième rue.

Coggins eut un sourire finaud.

— Et vous essayez de me coller ça sur le dos, dit-il comme s'il avait subitement tout compris.

— Vous la connaissez ? demanda Ben sans relever cette interprétation.

— Non.

— Est-ce que vous l'avez déjà vue ?

Coggins jeta un nouveau coup d'œil à la photo :

— Sa tête me dit quelque chose, mais c'est vrai de tellement de gens !

— Sa tante dit l'avoir vue dans un groupe de jeunes filles qui vous entouraient samedi après-midi, dit Ben.

— Dans quel coin ?

— Devant l'église baptiste de la Seizième rue.

— Ah, ouais, dit Coggins. Ça me revient. Elles sont venues à plusieurs me poser des questions au sujet de la manifestation de jeudi. (Il examina à nouveau la photo.) Elle aurait pu y être, mais je ne peux pas dire que je la reconnais.

— Est-ce que vous êtes de Bearmatch, M. Coggins ? demanda Ben.

— Non, je suis d'Ensley, répondit Coggins. (Il considéra Ben d'un air entendu.) Bien sûr, vous vous dites : « Encore un de ces Nègres friqués qui se mêlent de monter la tête à leurs frères fauchés. »

— Doreen était de Bearmatch, elle, dit Ben. Elle était sourde. Son père est parti quand elle avait trois ans. Sa mère est morte l'an dernier. Est-ce que votre père est parti de chez vous, monsieur Coggins ?

— Mon père est médecin, dit Coggins.

Ben lui tenait toujours la photo sous le nez.

— Vous avez raison, il y a beaucoup de gens dont la tête vous dit quelque chose, mais ils ne vivent pas la même chose que vous.

— Je n'ai pas choisi ma naissance.

— Doreen non plus, dit Ben en empochant la photo. Ni elle ni personne.

Il allait poursuivre en demandant à Coggins, suivant la formule consacrée, de lui communiquer tout ce qu'il pourrait apprendre au sujet de la fillette, mais Luther fit subitement irruption dans la pièce.

— Dis donc, t'as un drôle de bol qu'y-z-aient annulé le discours à l'église des Premiers Pèlerins, lança-t-il à

Ben de l'autre bout de la pièce. Pasque j'ai l'impression que t'y as pas seulement mis les pieds.

Ben ne répondit pas et Luther reporta son attention sur Coggins.

— Qu'est-ce que tu fous là, Leroy? demanda-t-il.

Coggins se raidit comme s'il reprenait ses esprits.

— Je suis venu demander solennellement que les enfants regroupés sur le parking soient emmenés à l'intérieur.

— Pour quoi faire?

— Parce qu'il va pleuvoir, dit Coggins.

— Il pleut déjà, dit Luther. Refusé.

*

Léon Patterson entra dans le local des détectives quelques minutes après que Coggins eut été reconduit dans sa cellule. Un sourire lumineux se peignit sur son visage comme il s'approchait du bureau de Ben.

— J'ai du nouveau pour toi, dit-il fiévreusement. (Il laissa tomber la bague sur le bureau.) Tu te rappelles la poudre jaunâtre qu'on a trouvée sur ce truc? Eh ben finalement c'est pas du pollen. C'est tout simplement de la craie.

— Alors ça viendrait d'une école?

Patterson éclata de rire.

— Pas vraiment, ou alors l'école a bien changé depuis mon époque. (Il baissa les yeux sur la bague.) Cette poussière de craie provient d'une académie de billard; c'est le truc qu'on met sur le procédé de la queue pour frapper la boule. Y en avait plein sur la bague de ce mec. (Il considéra Ben en souriant.) T'aurais peut-être intérêt à te mettre à la recherche d'un requin du billard.

Ben prit la bague et la fit tourner lentement entre ses doigts.

Léon tira une chaise à côté du bureau de Ben et s'assit.

— Pour moi, cette bague, c'était son porte-bonheur, à ce mec. Y devait la mettre pour jouer. Qu'est-ce que tu penses de ma théorie ?

Ben garda le silence.

— Vu la quantité de cette merde qu'on a trouvée sur la bague, y devait la mettre à chaque fois. Il s'agissait vraiment d'un dépôt très important, mais alors très important, et il semblerait qu'il ne se cassait jamais la tête à la laver ou à l'astiquer ni rien.

Ben restait perdu dans la contemplation de la bague qui lui faisait des clins d'œil en passant du clair à l'obscur comme il la faisait tourner lentement dans la lumière.

— Un peu comme une espèce de fétiche et tout, poursuivit Patterson. Qu'est-ce que t'en penses ?

Ben posa la bague sur le bureau et se tourna vers lui.

— T'as une idée d'où ça a été fabriqué ?

— Je risque pas de beaucoup me planter en te disant que c'était offert par une marque de biscottes, dit Léon. Ou alors ça vient d'un spectacle forain pouilleux où tu gagnes un lot tocard si l'autre taré réussit à deviner ton poids. (Il secoua la tête.) En tout cas, cette bague n'a jamais vu l'intérieur d'une bijouterie qui se respecte, tu peux me croire.

Ben allait avancer l'hypothèse que la bague avait peut-être été achetée dans une des deux ou trois boutiques de bijoux de pacotille perdues parmi les grills, les patinoires et les académies de billard de la Quatrième avenue quand Luther pénétra une nouvelle fois en trombe dans la pièce. Il embrassa les bureaux déserts d'un regard circulaire et se dirigea vers Ben d'un pas décidé.

— Je suis obligé de te charger de ce boulot, j'ai personne d'autre sous la main, dit-il.

De quoi s'agit-il ? demanda Ben.

— Tu vas filer chez Kelly Ryan, dit Luther d'une voix précipitée. Il semblerait que le pauvre diable s'est tué la nuit dernière.

*

La petite maison de Kelly Ryan ressemblait pas mal à la sienne, et en s'avançant vers la porte sous une pluie battante, Ben ne put s'empêcher de repenser à la soirée de la veille et à la façon qu'avait eue Kelly de se perdre dans la nuit, la tête rentrée dans les épaules, le dos tourné au monde entier.

Il y avait un agent en faction devant la porte. Quand Ben gravit les marches du perron, il lui fit un signe de tête.

— Il est dans la chambre, inspecteur, dit-il à voix basse en ouvrant la porte.

Ben entra et comprit en découvrant la première pièce que personne d'autre que Kelly n'était entré dans cette maison depuis bien longtemps, peut-être depuis des années. On retrouvait bien là son désordre échevelé, son penchant mal contrôlé pour la boisson, et jusqu'à son odeur si particulière, un parfum balsamique et sucré où se mêlait un relent de caoutchouc et que tous ses collègues brocardaient depuis des années. Ben ne distingua pas d'autre odeur dans cette pièce, ni dans le petit bureau, ni même dans la chambre où Kelly était pendu à une grosse poutre de chêne.

Il avait arrimé une corde à la poutre et l'avait nouée à son cou, puis il était grimpé sur une petite chaise de cuisine et s'était menotté avec du matériel réglementaire, puis il avait renversé la chaise d'un coup de pied. Sa figure avait tourné au bleu violacé et sa langue pendait sur le côté comme un morceau de viande crue.

Ben sentit une lassitude infinie s'abattre sur lui. Il se laissa tomber sur le lit, croisa les mains sur le ventre et se tourna vers l'unique fenêtre de la pièce, qui était ouverte. Dehors, la pluie battante formait un épais rideau gris, giflant impitoyablement le petit mimosa planté derrière la maison. Combien de temps il était resté assis là, il n'aurait pu le dire ; il savait seulement que lorsqu'il avait entendu une voix dans la pièce du devant, il ne l'avait pas tout de suite reconnue.

— Alors ça, c'est le bouquet, fit la voix.

Ben se tourna vers la porte et vit Daniels et Breedlove qui se tenaient dans l'encadrement.

— Rien qui laisse penser que ce n'est pas un suicide ? demanda Breedlove en pénétrant dans la pièce.

— Rien à première vue, dit Ben en se levant.

Les deux hommes tournèrent lentement autour du corps oscillant.

— Au moins y s'est pas loupé, comme les trois quarts des pendus, dit Breedlove. (Il ôta son chapeau et le frappa sur sa veste. Un éventail de gouttelettes s'échappa du bord et alla mouiller le plancher.) Ma parole, c'est une vraie partie de cochon pendu !

Daniels s'attardait sur le pas de la porte, dissimulé à demi par le rideau fleuri qui séparait les deux pièces. Il désigna les poignets de Ryan :

— Drôlement charcutés.

Breedlove haussa les épaules.

— Il a dû changer d'avis au dernier moment ; on a tout le temps, avec la strangulation. (D'une petite poussée sèche, il imprima un léger balancement au cadavre.) Fini l'appel du matin, Kelly, dit-il.

— Vous ne pourriez pas le laisser tranquille, dit Ben d'un ton aussi courtois que possible.

Breedlove le dévisagea comme une bête curieuse mais ne fit aucun commentaire.

Daniels fit une brève incursion dans la pièce, puis retourna derrière son rideau.

— Tu sais, à mon avis, là où il est, y s'en fout pas mal, dit-il à Ben. (Il se tourna vers Breedlove :) Qu'est-ce t'en penses, Charlie ?

Breedlove lui rendit son regard.

— Tu m'étonnes, dit-il. Y s'en balance.

Ses yeux revinrent se fixer sur le cadavre qu'il examina lentement des pieds à la tête.

Daniels se baissa légèrement et regarda par l'unique fenêtre de la chambre.

— Imagine un peu que tu voies ça tous les matins au réveil, dit-il. Rien que des barbelés et des cheminées de hauts-fourneaux. Pas étonnant qu'il ait fini par se lasser.

— Personne lui faisait confiance, dit platement Breedlove ; à cause de son histoire avec la fille de Bearmatch. (Il tourna vivement les yeux vers Ben.) Y t'en avait causé ?

— Non.

— Il était tombé amoureux d'une fille de là-bas, dit Breedlove avec un gloussement.

— Ouais, c'est sûr que ça tournait pas rond de ce côté-là, dit Daniels. (Il eut un petit rire.) Mais tu sais, en un sens, je crois que je l'aimais bien. Quel numéro ! Et il avait de ces idées, des fois !

Breedlove sourit :

— Quel genre d'idées, Harry ?

Daniels réfléchit un moment.

— Eh ben par exemple, un soir, il y a quatre mois de ça environ, il s'est pris une murge de première grandeur dans un bar du centre. J'étais pas venu avec lui, mais je l'y ai rencontré par hasard, et y s'est mis à chialer dans son godet à propos de je ne sais quel Nègre qui avait disparu. Il soutenait qu'il savait de façon certaine que c'était les Langley qui l'avaient estourbi et enterré dans une carrière d'Irondale. (Il éclata d'un rire sarcastique.) Alors j'ai dit à Kelly, je lui ai dit « Kelly, si les Langley dégringolaient un Négro, y se casseraient pas la tête à enterrer ce fils de pute. Y le pendraient carrément à un réverbère de Bearmatch. »

— Le pire c'est que c'est vrai, dit Breedlove comme ils éclataient de rire en chœur.

Ben fit brusquement volte-face et gagna la porte.

— Vous vous en tirez très bien à deux, dit-il.

— Ouais, dit Breedlove quand leur hilarité se fut un peu calmée. De toute façon, c'est du boulot pour le médecin légiste.

Ben s'immobilisa un moment sur le pas de la porte et contempla la pièce par-dessus son épaule appuyée contre l'encadrement de bois brut. Breedlove et Daniels fouillaient nonchalamment les tiroirs de la commode comme s'ils espéraient que Ryan leur ait laissé un mot planqué dans son linge de corps. Quant au corps lui-même, il pendait toujours immobile au-dessus du plancher poussiéreux, et Ben se demanda en repensant à la veille au soir s'il aurait pu dire ou faire quelque chose pour le sauver.

— Bon sang, dit Daniels en ouvrant le tiroir du bas, tu crois qu'il se serait fatigué à plier son linge de temps en temps ? Regarde-moi ce boxon !

Breedlove jeta un rapide coup d'œil à Ben avant de se retourner vers Daniels. Puis il éclata d'un gros rire et dit avec un geste fataliste :

— Qu'est-ce que tu veux, faut comprendre, toi aussi tu serais comme ça si tu perdais ta chérie d'amour.

15

La pluie battante avait considérablement ralenti la circulation, de sorte que l'après-midi était déjà entamé quand Ben s'engagea dans la courbe harmonieuse de l'allée circulaire qui desservait la maison des Davenport. C'était une grande maison de style colonial, un modèle du genre, avec de grandes colonnes blanches et un portique arrondi. Même sous la pluie, sa façade bleu sombre conservait un aspect grandiose et inviolé.

La grande porte de chêne s'ouvrit presque immédiatement, et la femme qui se tenait derrière parut étonnée de voir Ben sur son perron. De petite taille, elle avait une figure pâle aux arêtes saillantes et ses cheveux gris étaient réunis en un petit chignon situé presque exactement au milieu de sa tête.

— Que puis-je pour vous ? demanda-t-elle.

Ben lui montra son insigne.

— Mon Dieu, dit-elle doucement. Je suis madame Davenport. Est-il arrivé quelque chose ?

— Puis-je entrer ? demanda Ben.

— Bien sûr, dit-elle. (Elle sortit sur le perron et s'effaça pour le laisser entrer dans le hall.) Et maintenant, dites-moi ce qui se passe, je vous en supplie, dit-elle d'une voix pressante.

— Il y a une petite fille noire qui travaille pour vous, je crois ? dit Ben.

— Oui, répondit-elle.
— Doreen Ballinger.
— Oui, la petite Doreen, dit Mme Davenport. Il lui est arrivé quelque chose ?
— Oui.
La femme porta la main droite à sa gorge.
— Quoi ?
— Elle est morte, Mme Davenport, dit Ben.
Elle serra délicatement les doigts sur son cou.
— Un chauffard ?
— On l'a assassinée, dit Ben.
La main retomba mollement.
— Vous permettez que je m'asseye ?
Ben hocha la tête.
Mme Davenport fit un geste de la main vers un grand salon qui s'ouvrait sur la gauche.
— Par ici, je vous prie, dit-elle.
Ben la suivit et la regarda s'asseoir dans un grand canapé à motifs floraux.
— Une si jolie petite fille, dit Mme Davenport. Si mignonne. (Elle leva les yeux vers Ben.) Mais asseyez-vous, je vous en prie.
Ben s'assit à l'autre bout du canapé.
— Depuis combien de temps Doreen travaillait-elle pour vous ?
— Presque un an, répondit Mme Davenport. (Elle réfléchit un moment.) Oui, presque une année. Elle est entrée chez nous le printemps dernier.
— Quand l'avez-vous vue pour la dernière fois ?
— Elle était ici ce dimanche, dit Mme Davenport. Elle s'occupait de ma fille le samedi et le dimanche. (Elle prit un cadre doré sur la table et le tendit à Ben. C'était la photo d'un petit enfant à la mine réjouie, debout sous le rideau vert du feuillage d'un saule pleureur.) C'est Shannon, dit-elle. Comme elle va être triste de perdre Doreen.

Ben lui rendit le sous-verre.

Mme Davenport posa sur la photo un regard plein d'amour.

— C'est en fait ma fille adoptive, précisa-t-elle.

Ben changea de position sur le canapé.

— Au sujet de Doreen, reprit-il. Vous dites que vous l'avez vue dimanche après-midi ?

— Non, à vrai dire. Doreen était bien ici, mais je n'y étais pas.

— Elle était toute seule ?

— Mon Dieu, non, bien sûr, dit Mme Davenport. Mon mari traitait quelques affaires à la maison. Il est en déplacement à Atlanta, mais je suis sûre qu'il sera tout prêt à vous accorder une entrevue dès son retour.

— Quand rentre-t-il ?

— Après-demain.

Ben sortit son calepin et prit note.

— Y avait-il quelqu'un d'autre dans la maison ce jour-là ?

Mme Davenport réfléchit un moment.

— Eh bien, Molly, la bonne, était en congé, mais Jacob était là.

— Jacob ?

— Oui, le chauffeur, expliqua Mme Davenport. Il allait toujours chercher Doreen, et il la ramenait quand elle avait fini, bien entendu.

— C'est ce qu'il a fait dimanche dernier ?

— Je pense.

— Est-il dans la maison ?

Le visage de Mme Davenport se figea.

— Non, il n'est pas là, dit-elle d'un ton pincé.

— Quand doit-il revenir ?

Mme Davenport se redressa.

— Il n'est plus à notre service.

— Pour quelle raison ?

— Pour une question de fidélité, dit Mme Davenport. Jacob était dans la famille depuis plus de quarante ans, et puis un beau jour il a décidé que nous n'étions plus assez bien pour lui. (Elle rit.) Inconcevable, n'est-ce pas. Depuis sa plus tendre enfance, le père de mon mari, et mon mari après lui, lui ont donné tout ce dont il avait besoin ; un toit, de l'argent, tout. (Elle secoua la tête.) Que voulez-vous, on ne peut pas s'opposer à la passion du moment. Surtout avec les Nègres.

— Il est parti ? demanda Ben.

— Il est passé de l'autre côté.

Ben lui jeta un regard perplexe.

— Du côté des Nègres, expliqua Mme Davenport. Du côté des manifestants.

Ben hocha la tête.

— Eh bien, si vous connaissez un tant soit peu les Davenport, ajouta Mme Davenport, vous devez savoir qu'on est avec eux ou contre eux.

— Alors vous l'avez mis à la porte ? demanda Ben, qui n'était pas sûr d'avoir bien compris.

— Eh bien, je préfère penser que c'est lui qui nous a abandonnés, dit Mme Davenport. Nous avions clairement fait comprendre à notre personnel que nous ne tolérerions en aucun cas que nos domestiques se mêlent si peu que ce soit à tous ces désordres dans les rues et les cafétérias. (Elle marqua un temps pour attendre la réaction de Ben, puis voyant qu'il ne disait rien, elle ajouta :) Ce n'est pas comme si nous n'avions rien dit.

Ben ressortit son calepin.

— Comment est-il physiquement ?

— Un peu grisonnant sur les tempes.

— Grand ? Petit ?

— Très massif. Grand. Je dirais qu'il fait plus d'un mètre quatre-vingts.

— Vous n'auriez pas une photo de lui, par hasard ?

Mme Davenport gloussa.

— Bien sûr que non ! Que voulez-vous que je fasse d'une photo de Jacob ?

— Savez-vous où il a pu aller ?

— Pas du tout.

— Dans sa famille, par exemple, suggéra Ben. A-t-il de la famille à Birmingham ?

— Je n'en ai pas la moindre idée, dit Mme Davenport.

— Une sœur ? insista Ben. Ou alors un frère, je ne sais pas ?

— Je ne me suis jamais mêlée de la vie de Jacob, dit Mme Davenport avec fermeté.

— Très bien, dit Ben rageusement. Comment s'appelle-t-il ?

— Jacob, je vous l'ai dit.

— Son nom de famille, je veux dire.

Mme Davenport lui jeta un regard amusé.

— Que c'est drôle ! dit-elle.

— Quoi donc ?

Elle partit d'un rire léger.

— Je ne sais même pas s'il en avait un.

*

En fin d'après-midi, les ruelles de terre battue de Bearmatch s'étaient muées en fossés boueux, de sorte que Ben se résolut finalement à se garer à quelque distance et à patauger jusqu'à la maison d'Esther.

Quand il frappa, la porte fut entrebâillée de quelques millimètres.

— Qui c'est ? fit une voix.

— M. Ballinger ? demanda Ben.

— C'est qui ?

Par la porte entrouverte, Ben vit un œil embrumé qui l'observait.

— Je cherche Esther, dit-il. Est-ce que vous êtes monsieur Ballinger ?

— Vous cherchez Esther ? Pourquoi ça ?

— C'est au sujet de Doreen, dit Ben.

— Ale est morte, dit l'homme. Quelqu'un me l'a tuée.

— Je sais, dit Ben. (Il sortit son insigne.) Je cherche à découvrir le coupable.

La porte s'entrouvrit un peu plus.

— Une tite gosse qu'avait jamais fait de mal à personne, dit l'homme d'une voix chargée de ressentiment. Ale méritait pas ça.

— Est-ce que je peux entrer, M. Ballinger ? demanda Ben.

La porte s'ouvrit et le vieil homme s'avança sous la lampe.

— Esther est pas là, dit-il. Ale travaille.

— Je sais, dit Ben. C'est à vous que je veux parler.

M. Ballinger le considéra d'un œil méfiant.

— Pour quoi faire ?

— Seulement pour vous poser quelques questions.

Le vieil homme continuait à le dévisager avec inquiétude.

— Vous seriez bien aimable de me laisser entrer, avec cette pluie, dit Ben.

Le vieil homme battit en retraite en laissant la porte ouverte.

Ben le suivit à l'intérieur.

— Assoyez-vous, alors, dit le vieil homme.

Ben attendit que M. Ballinger se fût péniblement installé dans le fauteuil à bascule avant de s'asseoir en face de lui sur le canapé.

— Esther m'a dit que vous avez remarqué que Doreen n'était pas rentrée dimanche après-midi, dit Ben.

Le vieil homme hocha la tête.

— C'est vrai.

— Et ensuite, vous ne l'avez pas vue de la soirée ?

— Non, M'sieur. Mais Esther ale l'a vue samedi. Même qu'ales sont allées à l'église ensemble.

— Mais vous, quand avez-vous vu Doreen la dernière fois ?

M. Ballinger sortit une boîte de tabac à priser de sa poche de chemise et l'ouvrit lentement.

— Eh ben, voyons voir, ça devait êt'... 'tendez voir... ça devait êt'... (Il plongea deux doigts dans le tabac à priser et les porta à sa bouche.) La mémoire, c'est pas mon fort. (Il réfléchit encore un moment.) J' crois bien que c'était samedi après-midi. J'étais pas réveillé le dimanche quand elle est partie.

Ben sortit son calepin :

— Bon, je sais qu'elle est allée...

M. Ballinger bascula subitement en avant et lui tendit la boîte.

— Une tite pincée ?

— Non, merci, dit Ben.

M. Ballinger sourit.

— Les jeunes d'aujourd'hui, y-z-aiment plus la prise comme avant, dit-il. (Son regard dériva vers la chambre de Doreen. Un grand seau en fer blanc posé au pied du lit recueillait un chapelet ininterrompu de gouttes d'eau tombées du plafond.) J'y avais promis de réparer la fuite, dit-il d'une voix douce. Maintenant je crois bien que c'est pus la peine.

— L'homme qui emmenait Doreen au travail et qui la ramenait à la maison, dit Ben ; vous vous souvenez de lui ?

— Bien sûr, dit M. Ballinger.

Il allait poursuivre mais s'interrompit tout à coup pour dévisager attentivement Ben en plissant légèrement les yeux.

— J' vous ai déjà vu, dit-il. Z'étiez au terrain de sport. Z'êtes çui qu'est venu chercher Doreen.

La mémoire revint aussitôt à Ben.

— Et c'est vous qui l'avez découverte, dit Ben ; c'est vous qui avez appelé la police. C'est vous qui nous regardiez depuis l'autre bout du terrain.

Les yeux de M. Ballinger parurent s'emplir d'une lassitude infinie.

— Je l'ai vue de loin, cette petite main, dit-il. Mais j'ai tout de suite su que c'était Doreen. Je l'ai senti dans mon cœur. (Il secoua la tête.) C'était une bonne petite. Quand ale est pas rentrée ce soir-là, j'ai tout de suite su qu'y avait quèque chose qui tournait pas rond. (Il prit par terre une bouteille de mauvais whisky vide et cracha dedans.) J' l'ai tout de même cherchée partout. Mais Esther, ça y a pas suffi. Une vraie tête de mule, celle-là. Ale a dit qu'ale irait trouver la police, et c'est c' qu'ale a fait.

Ben parcourut ses notes.

— L'homme qui conduisait Doreen au travail et qui la ramenait, vous avez fait connaissance avec lui ?

— J'y ai causé deux ou trois fois, dit M. Ballinger. Un certain Gilroy, Jacob Gilroy. Il a sa sœur qu'habite dans la Dix-neuvième rue.

— A quel niveau ? demanda Ben aussitôt.

Le vieil homme haussa les épaules.

— C'est la petite maison qui fait le coin avec la Première avenue. Même qu'on dirait une caverne et tout, avec toute la vigne vierge qui pousse dessus.

Ben nota rapidement, puis releva les yeux vers M. Ballinger.

— J'ai parlé avec Mme Davenport aujourd'hui, dit-il. Gilroy ne travaille plus pour eux.

M. Ballinger ne parut pas surpris.

— Ah bon ? Alors j'ai dû me tromper.

— Comment ça ?

— Eh ben, dimanche dernier, j'ai attendu tant que j'ai pu mais ale est pas revenue. (Ses paupières furent animées par un battement rapide.) Par contre la voiture, je l'ai vue. Ale est passée juste devant la maison.

— Devant cette maison ?

— C'est ça, fit M. Ballinger. Ale est passée juste devant, mais la tite Doreen ale était pas dedans.

— Mais vous avez vu quelqu'un à l'intérieur ?

— Rien qu'un monsieur blanc, dit le vieil homme.

— M. Davenport ?

M. Ballinger haussa les épaules.

— Ah ça, chais pas. J' l'ai jamais vu, M. Davenport. (Il secoua la tête.) Il habite trop loin.

16

La maison fut facile à trouver, et Ben la reconnut aussitôt d'après la description de M. Ballinger. D'épais massifs d'épinards de Virginie bordaient le perron qu'ils entouraient de leurs grappes roses comme d'une balustrade. La vigne montait vers le toit, enroulée le long des montants, et lançait ses vrilles jusqu'au faîte d'où l'épaisse végétation des ku-dzus se répandait en avalanche sur le pignon qu'elle habillait d'un impénétrable manteau vert. On avait taillé une ouverture ovale dans la vigne, et Ben distingua le rectangle brun de la porte d'entrée au fond de cette bouche d'ombre.

Il y frappa un coup et attendit. Il n'entendait que le bruit de la pluie qui giflait les feuilles et tambourinait sur le toit de tôle.

Il frappa à nouveau, un peu plus fort, et en s'éraflant les jointures sur le bois du châssis de la moustiquaire. Toujours aucun bruit, rien que la pluie qui traversait en rafales le perron détrempé et dégouttait du toit en minces filets luisants.

Un gémissement étouffé s'éleva dans la maison quand il frappa pour la troisième fois, et la porte s'ouvrit lentement sur un costaud un peu voûté, aux cheveux gris et aux grands yeux noirs.

— Oui ? Que puis-je pour vous, monsieur ?

demanda l'homme en clignant douloureusement des yeux dans la lumière grise.

Ben lui montra son insigne de police.

— J'aimerais parler à Jacob Gilroy.

L'homme dévisagea Ben en inclinant un peu la tête sur le côté. Il la redressa péniblement.

— Qu'est-ce que vous lui voulez ? demanda-t-il d'une voix faible.

— C'est au sujet de Doreen Ballinger, dit Ben.

Les paupières de l'homme s'abaissèrent comme sous l'effet d'une immense fatigue.

— La petite sourde ?

— Oui.

L'homme recula de quelques pas à l'intérieur.

— C'est moi, dit-il. Vous n'avez qu'à entrer.

Ben le suivit dans la maison et s'arrêta au milieu de la pièce tandis que le vieil homme se laissait péniblement tomber dans un petit fauteuil bleu.

— J'espère que vous serez parti quand ma sœur va rentrer. Ale est déjà assez en rogne après moi. Ça la fout en rogne de devoir m'héberger. (Il se pencha sur le côté, ramassa une bouteille de whisky et but une bonne rasade.) Mais j'y peux rien : j'ai nulle part où aller.

Ben sortit la photo de Doreen et la lui montra.

— Oui, monsieur, c'est elle, dit le vieil homme. C'est bien elle.

— Vous la connaissiez bien ? demanda Ben.

— Je la connaissais un peu, dit Gilroy. (Il but à nouveau et un filet de whisky lui dégoulina par un coin de la bouche et alla mouiller son ventre.) Y lui est arrivé quèque chose ?

— Elle a été assassinée, dit Ben.

Gilroy le dévisagea avec anxiété.

— J' la connaissais à peine, dit-il rapidement, mais ale me faisait l'impression d'une bonne petite.

Ben sortit son calepin.

— Vous avez été au service de la famille Davenport, je crois ?

Gilroy plissa les yeux.

— Oui, pendant quarante ans, dit-il comme si c'était un titre de gloire. Quarante ans à leur service. (Il s'agita sur son fauteuil d'un air gêné.) J'ai rien à leur reprocher ; rien du tout. Je voudrais leur nuire pour rien au monde.

Ben remit la photo dans sa poche.

— Je faisais tout pour eux, plaida Gilroy. Tout ce qu'y me disaient. Je conduisais, je faisais leurs courses, je faisais tout ce qu'y disaient.

— Et Doreen aussi travaillait pour eux, dit Ben.

— C'est une bonne petite, lança aussitôt Gilroy. Un amour. J'ai rien à lui reprocher.

— Vous passiez beaucoup de temps avec elle ?

— Ale s'occupait de Miss Shannon, dit Gilroy. Ale restait presque tout le temps dans la chambre de Miss Shannon.

— Alors vous ne la voyiez pas souvent ?

— Non, monsieur, pas tellement, dit Gilroy. (Il but encore une gorgée à la bouteille qu'il enfouit ensuite entre ses jambes.) J' bois un p'tit canon de temps en temps, mais j'embête personne.

— C'est vous qui alliez prendre Doreen le samedi et le dimanche matin ? demanda Ben.

— C'était mon boulot, alors je l' faisais, dit Gilroy. (Il se mit à piquer du nez lentement et sa tête roula doucement sur l'épaule, puis il la releva.) Faut partir avant que ma sœur ale rentre, dit-il. Ale est en rogne pasque j'ai lâché mon boulot.

— Pourquoi êtes-vous parti ? demanda Ben aussitôt.

Gilroy secoua la tête d'un air désespéré.

— Pour une bêtise, comme ale dit ma sœur, une bêtise. (Il regarda Ben d'un air misérable.) C'est arrivé si vite que j'ai rien vu. (Il secoua la tête.) Ça va vite, des fois, c'est comme ça, poursuivit-il d'une voix pâteuse, divaguant de plus en plus. Genre qu'y va te dire « Hein que c'est comme si et comme ça ? » et toi faut que tu dises « Oui, monsieur, c'est bien comme ci et comme ça, monsieur, comme vous dites, monsieur ». (La lueur de la conscience ne s'allumait plus dans ses yeux que par intermittence.) Faut toujours dire « Oui, monsieur, vous avez raison, monsieur ».

Ben voyait qu'il était en train de sombrer dans l'hébétude et il se hâta d'en tirer tout ce qu'il pouvait avant que le vieil homme ne soit complètement hors-jeu.

— Est-ce que vous avez ramené Doreen chez elle ce dimanche ? demanda-t-il.

Gilroy secoua la tête.

— J'étais déjà parti. (Il leva un peu vers Ben ses grands yeux entourés de gros cernes sombres.) Je suis parti bien avant le dîner.

— M. Davenport était-il à la maison quand vous êtes parti ? demanda Ben.

Gilroy hocha la tête d'un geste flou.

— Y avait-il quelqu'un d'autre ?

— Non, rien que not' maître, dit Gilroy. (Il eut un sourire lugubre.) Y m'a dit « Jacob, que pensez-vous de tout ce qui se passe en ville ? » Moi j'ai dit « Eh ben, y doivent avoir leurs raisons ». (La voix de Gilroy se fit plus basse et lugubre.) Alors y m'a regardé comme un moins que rien et y m'a dit « Faites vos bagages, Jacob. Je ne veux pas d'activistes sous mon toit. »

— Et il vous a foutu à la porte ? demanda Ben.

— Pasque j'ai dit qu'y-z-avaient leurs raisons. (Son regard erra vers la petite fenêtre qui s'ouvrait à sa droite.) Ma sœur ale dit que j'ai été cinglé de répondre, ale dit que j'ai perdu mon boulot pour arien. (Il hocha gauchement la tête en l'inclinant sur le côté.) Ale a pas tort.

— Qu'est-ce que vous savez de Doreen ?

Gilroy haussa les épaules.

— Moi, j'allais la chercher, et pis je la ramenais chez elle. (Il jeta vers Ben un regard impuissant.) Ale est sourde, comme je vous ai dit. Ale a pas beaucoup de conversation. (Il loucha vers la bouteille. Ses doigts se serrèrent autour du goulot.) J'ai pas dit qu'y-z-ont raison de faire ce qu'y font, protesta-t-il. Tout ce que je dis, c'est qu'y-z-ont leurs raisons. (Il dévisagea Ben d'un air suppliant.) Chuis jamais allé aux manifestations ni rien. J'ai seulement dit qu'y devaient avoir leurs raisons.

— Vous n'avez vu personne d'autre dans la maison ce dimanche-là ? demanda Ben.

— Rien que not' maître, répondit Gilroy. Madame, ale était sortie. Ale était pas là quand y m'a demandé ça.

Il leva lentement la bouteille et but une lampée.

— Vous croyez qu'il a ramené Doreen chez elle ?

Gilroy reposa brusquement la bouteille à côté de lui en s'aspergeant le poignet. Il se lécha précipitamment, puis leva lentement les yeux vers Ben.

— Y croivent que c'est moi qu'ai fait le coup ? demanda-t-il.

Ben garda le silence.

— Hein, y croivent que c'est moi ? répéta-t-il avec insistance. (Ses yeux s'emplirent tout à coup d'une terreur indicible.) Y s' figurent que d'une façon ou d'une autre, c'est moi qu'a tué cette petite môme.

— Non, dit Ben. Moi, je ne le crois pas.

Les yeux du vieil homme s'écarquillèrent sous l'effet de l'épouvante.

— Y vont envoyer les gars de la Black Cat, voilà ce qu'y a, hurla-t-il. Y vont envoyer les gars de la Black Cat après le pauvre vieux Jacob.

Ben tendit la main vers lui.

— Non, dit-il énergiquement.

— C'est ça qu'y font quand on est coincé, cria-t-il. (Tout son visage était agité par un violent tremblement.) Y vont envoyer les jumeaux au vieux Jacob.

La bouteille lui échappa et alla se briser sur le sol. Une nappe de whisky se répandit parmi les débris et fut bientôt absorbée par les rainures du parquet.

Ben s'approcha rapidement de lui.

— Personne ne va envoyer les jumeaux nulle part, martela-t-il.

Le vieil homme tourna vers lui ses yeux écarquillés et incrédules.

— Y vont fouetter le vieux Jacob, gémit-il. Et après, peut-être qu'y lui mettront une balle dans la tête.

— Non, répéta Ben.

Le vieil homme se laissa glisser du fauteuil et s'affaissa par terre.

— Nan, nan, nan, geignit-il.

— Relevez-vous, fit Ben, horrifié.

Gilroy s'étala encore plus à ses pieds.

— Nan, nan, nan, supplia-t-il.

— Ça suffit.

Le vieil homme se recroquevilla sur lui-même en enlaçant les jambes de Ben de ses bras bruns et maigres.

— Les laissez pas buter le vieux Jacob, pleurnicha-t-il avant de sombrer dans l'inconscience.

*

Ben alla droit au bureau de Luther et ferma la porte derrière lui.

— J'ai quelque chose à vous demander, commissaire.

Luther leva le nez d'un énorme livre de comptes à couverture grise.

— Quelque chose à me demander? répéta-t-il. (D'un grand geste de sa grosse main rose, il montra le livre.) Tu vois ce truc-là, Ben ? dit-il. C'est le budget de la police. Alors je regarde ce qu'on a, je pense à tout le blé qu'on a dû claquer en plus depuis que toutes ces manifestations ont commencé et je me pose une question. Je me dis « Luther, comment tu vas faire pour raquer ? »

Ben le considéra d'un air décidé.

— Je veux savoir ce que les Langley fabriquent à Bearmatch.

Le visage de Luther se figea.

— Qu'est-ce que tu racontes ?

— J'étais en train d'interroger un vieux au sujet du meurtre, dit Ben. Il était saoul, c'est vrai, mais il s'est mis à penser aux Langley, il s'est figuré qu'ils allaient venir le chercher, et cette seule idée l'a complètement foutu en l'air.

Luther s'enfonça un peu plus dans son siège. Derrière lui, la pluie continuait de s'écouler sur la vaste baie vitrée comme un rideau.

— Tu crois que j'ai du temps à perdre avec les élucubrations d'un vieux froussard noir, Ben ?

Ben continua à le dévisager imperturbablement.

Luther croisa les bras sur sa poitrine.

— Les Langley ? C'est ça qui te tracasse ? Et bien tout ce que je sais, c'est que l'un des deux est beaucoup plus malin que l'autre. (Il regarda Ben avec irritation.) Allez, débarrasse-moi le plancher, maintenant, dit-il en se replongeant dans ses comptes.

Ben resta immobile, et Luther releva les yeux vers lui au bout d'un moment.

— T'as entendu ce que je t'ai dit? dit-il sans aménité.

— Je n'ai jamais vu personne dans un tel état de terreur, dit Ben.

— Ils sont un peu rudes, les Langley, dit Luther avec un mince sourire. Tout le monde le sait. Ils ont serré la vis sur pas mal de trucs.

Ben garda le silence.

— Mais il faut être un peu rude pour s'occuper de Bearmatch, ajouta Luther. Si tu ne te montres pas plus fort que le quartier, c'est lui qui est plus fort que toi. T'as qu'à voir ce qui est arrivé à Kelly Ryan.

— Mais alors, ils peuvent faire tout ce qu'ils veulent ? demanda Ben. Ils n'ont à répondre de leurs actes devant personne ?

Luther le regarda bien en face.

— Pourquoi, qu'est-ce qu'ils ont fait selon toi, au juste, Ben ?

Ben ne répondit pas.

— Est-ce que tu essaies de me dire qu'ils ont quelque chose à voir avec l'assassinat de cette petite fille ?

Ben garda le silence.

— Hein ? insista Luther. C'est ça que tu veux dire ? (Il poursuivit sans attendre de réponse :) Est-ce que tu as le plus petit semblant de preuve qui permette de lier les Langley au meurtre de la gosse ?

Ben secoua la tête d'un air d'impuissance.

— Non.

Luther se replongea dans son livre de comptes.

— Bon, eh ben quand tu l'auras, tu reviendras me trouver.

Ben vint se planter devant le bureau et s'y appuya.

— Est-ce que vous pouvez me redire ça bien en face ? dit-il.

Luther leva les yeux. Lorsqu'il parla, ce fut d'un ton bien assuré :

— Si jamais tu trouves quoi que ce soit sur les Langley, reviens me voir.

Ben acquiesça d'un petit coup de tête rapide et se

dirigea vers la porte. Luther poussa un long soupir de lassitude.

— Ecoute, Ben, après l'histoire de Kelly, on s'est dit à la préfecture qu'il fallait des gens d'un certain genre pour s'occuper de Bearmatch.

— Des gens comme les Langley.

— Tout juste.

— Et qui est-ce qui a décidé ça ?

— A ton avis ? ricana Luther.

— Le préfet ?

— C'est lui qui paie la police, dit Luther sur le ton d'une grande personne qui explique les réalités de la vie à un enfant. C'est lui qui paie les pompiers. Il est président du Comité de Salut Public.

— Alors c'est devant lui qu'ils répondent de leurs actes, dit Ben.

— Tout le monde répond de ses actes devant le préfet, dit Luther ; sauf le Christ. (Sa voix trahissait la lassitude, mais aussi un certain malaise.) C'est comme ça.

Il se leva lourdement et se tourna vers la baie vitrée. De l'autre côté, tout près d'eux, de longues files d'enfants noirs se tenaient debout sous la pluie persistante, trempés et transis.

— Est-ce qu'on ne pourrait pas les transférer à l'intérieur ? demanda Ben en rejoignant Luther à la fenêtre.

— Non, dit sèchement Luther. Pas de place. (Son regard dériva vers la droite, vers l'entrée du parking où se tenait Teddy Langley, en imperméable noir, le fusil pointé vers les nuages.) Mais ne va pas croire que je trouve ça bien, souffla-t-il. Personne ne me fera jamais dire que je trouve ça bien.

17

La pluie avait fini par cesser en début de soirée et la ville était baignée par la chaude lumière orange d'un radieux soleil estival. Assis à son bureau, Ben réfléchissait aux pistes si ténues dont il disposait dans cette affaire, tout en faisant tourner la grosse bague violette entre ses doigts. Il revoyait Doreen aussi nettement que si elle s'était trouvée devant lui, souriante, éclatante dans sa robe blanche toute propre. Mais qui l'avait ramenée à Bearmatch ? Comment était-elle rentrée de Mountain Brook ? Et si c'était Davenport qui l'avait ramenée, pourquoi n'avait-il pas poussé jusqu'à la maison comme son chauffeur le faisait toujours ? Pourquoi l'avait-on seulement déposée ? Et où ? Etait-ce à ce moment-là que quelqu'un l'avait remarquée, pour la première fois peut-être, tandis qu'elle rentrait chez elle ; quelque silhouette grise l'avait-elle suivie des yeux, à l'affût derrière une fenêtre dans la pénombre d'un des innombrables taudis devant lesquels elle avait dû passer ?

La nuit était tombée quand le téléphone sonna sur le bureau de Ben. C'était Patterson et il semblait exténué.

— Ecoute, Ben, dit-il, j'ai confronté l'empreinte qu'on a trouvée sur la bague à tout le fichier ; je l'ai remise trois fois sur la bécane depuis dimanche pour être sûr, et pour le moment, elle a l'air parfaitement réglo. (Il poussa un long soupir d'épuisement et poursuivit :) Ce qui veut dire que le propriétaire de cette bague n'a jamais été arrêté par la police, qu'il n'a jamais été dans l'armée et qu'il n'a jamais travaillé pour un fabriquant de spiritueux ; bref, ses empreintes digitales n'ont jamais été relevées.

— Très bien, dit Ben.

— Peau de balle, quoi, ajouta Patterson. Désolé.

— Merci, Léon, répondit Ben.

Il raccrocha et jeta un dernier coup d'œil à la bague avant de récupérer sa voiture au garage et de prendre le chemin de la maison.

Les rues étaient toutes luisantes après la longue journée de pluie ininterrompue, et la ville tout entière semblait comme rafraîchie et remise à neuf, comme si ce déluge l'avait lavée de toute la saleté qui s'y était accumulée. D'immenses flaques d'eau miroitaient paisiblement sous les lampadaires du Kelly Ingram Park et les caniveaux de la Quatrième avenue n'étaient pas encombrés de boîtes de conserve, de papiers gras et de mégots, comme c'est d'habitude le cas depuis le centre ville jusqu'aux franges du quartier Noir.

Il s'arrêta à un feu rouge et le visage de Kelly Ryan lui revint tout à coup en mémoire. Il revit ses yeux gonflés et exorbités et sa grosse langue enflée, et l'idée de rentrer chez lui lui fit soudain horreur. Il se creusa un moment la tête à la recherche d'une solution alternative mais tout ce qui lui venait à l'esprit, c'était des rades pour bouseux — qu'il détestait — ou un de ces drive-in où, coincé entre deux autos remplies d'adolescents en train de se peloter, il se serait fait l'effet d'un minable célibataire entre deux âges, voyeur et pédophile. Il y avait bien les cafés de nuit graisseux de Bessemer avenue où les gars de la Patrouille de l'Aube se retrouvaient autour d'une assiette d'œufs au bacon, mais même sa bicoque coincée entre les usines avait plus d'attraits à ses yeux que ces antres déserts et sinistres, si bien qu'il abandonna un instant sa quête et reprit le chemin de la maison. Puis il repensa à Esther, la revit si sagement assise dans son salon et tourna à droite sur les chapeaux de roue au carrefour suivant pour se diriger vers Bearmatch.

*

Elle était dans le jardinet quand Ben s'arrêta devant la maison et elle le considéra avec curiosité quand il descendit de voiture et vint à elle.

— 'Soir, dit Ben d'une voix douce.

Esther le salua de la tête.

— Papa m'a dit que vous êtes passé aujourd'hui, dit-elle. Je sors à peine du travail.

Ben sourit gentiment.

— Moi aussi. (Il baissa les yeux sur les boutures qu'elle tenait à la main.) Vous étiez en train de planter quelque chose ?

— Un rosier, répondit Esther. C'est un peu pour Doreen. (Elle bina lentement la terre compacte et détrempée qu'elle retournait sans peine.) Comme si elle était enterrée ici.

Ben continuait à regarder les boutures.

— J'aime beaucoup les roses, dit-il. J'en ai quelques massifs derrière chez moi. Des roses rouges. Et celles-ci, elles seront de quelle couleur ?

— Rouges, répondit Esther.

Elle continua à creuser ; le fer de la binette s'enfonçait un peu plus dans la terre à chaque coup.

— C'est mon père qui les a plantées, continua Ben ; — les roses qu'il y a derrière chez moi, je veux dire. D'ordinaire, c'est plutôt la femme qu'on imagine faire ce genre de choses. Mais je crois qu'elle se moquait pas mal des fleurs.

Esther posa la binette contre le grillage gondolé qui entourait le jardinet.

— Je ne sais pas si Doreen aimait les fleurs, dit-elle. (Elle prit la petite bêche posée à côté d'elle contre le grillage.) Peut-être qu'elle les aimait, continua-t-elle en ébauchant la forme du petit trou. Peut-être pas.

Ben se baissa à côté d'elle.

— Un petit coup de main? demanda-t-il d'un ton presque frivole.

La bêche s'immobilisa brusquement et Esther lui décocha un regard appuyé :

— Qu'est-ce que vous faites ici ?

— Comment ?

— Vous avez quelque chose à me dire ?

— Non, rien de spécial, dit Ben.

— Vous passiez juste comme ça, pour causer ?

— Oui, plus ou moins, dit Ben en se redressant aussitôt. Je ne voulais pas vous déranger.

Esther s'affaira encore un moment par terre, puis elle se leva lentement et se tourna vers lui.

— Vous ne pouvez pas venir ici comme ça, dit-elle. Ça inquiète les gens. Ils se font du mauvais sang.

— Qu'est-ce qui les inquiète ?

— Ce dont vous êtes capable.

Il sentit son cœur se serrer.

— Personne n'a rien à craindre de moi, Esther, dit-il.

— Ils se figurent que je vous dis des choses, expliqua Esther ; sur les manifestations et tout. Ils croient que vous venez ici pour espionner. Ils ne croient pas que vous essayez d'apprendre la vérité au sujet de Doreen. Personne n'y croit.

Ben la regarda bien en face.

— Et vous ?

Elle ne répondit pas.

— Et vous, Esther ?

— Je ne sais pas, dit-elle en secouant la tête.

Il fut sur le point de la prendre aux épaules mais se retint. Il sentit monter en lui comme une vague un désir violent, impérieux et presque impossible à contrôler.

— Je ne veux de mal à personne, dit-il d'une voix faible.

— Peut-être, mais votre présence sera forcément mal interprétée, dit Esther.

Ben sentit son désir battre en retraite à contrecœur comme un animal qu'on chasse des cuisines.

— Je ne reviendrai pas, dit-il ; sauf si c'est au sujet de Doreen. (Il salua d'un petit signe de tête.) Bonne nuit, madame.

Il se détourna pour partir mais elle posa vivement la main sur son bras.

— Attendez.

Il se tourna vers elle.

— Qu'est-ce que vous pensez de tout ça ? demanda-t-elle à brûle-pourpoint.

— Tout quoi ?

— Toutes les misères qu'on nous fait en ce moment, dit Esther. Tout ce qui se passe dans la rue.

— J'en suis désolé.

— Mais nous, les Noirs, insista Esther. Qu'est-ce que vous pensez de nous dans le fond ?

Il se rendit compte en un éclair qu'on ne lui avait jamais posé la question, et dans un premier temps, il ne sut que répondre. Il se souvint qu'enfant, il avait remarqué que les Noirs s'asseyaient toujours au fond du tramway. Un jour, il avait demandé pourquoi à sa mère qui s'était contentée de répondre : « Parce que ça leur plaît. » Mais son père avait aussitôt rétorqué : « Non, ça leur plaît pas. Ça peut plaire à personne d'être obligé de faire ça. » Obligé ? Ils n'avaient plus jamais abordé le sujet en sa présence, mais depuis lors, il ne s'était jamais tourné vers les visages noirs qui le dévisageaient du fond du tramway sans se souvenir de ce qu'avait dit son père.

Il reporta son attention sur Esther.

— Eh bien, je pense que tout le monde devrait avoir la possibilité d'être ou de faire ce qu'il désire, dit-il. Je pense que tout le monde y a droit. (Il sentait la conviction se renforcer en lui, impérieuse, au fur et à mesure qu'il l'énonçait.) Ça ne peut pas être une faveur qu'on accorde, mais si les choses en arrivent là, c'est un droit qu'il faut conquérir.

Elle lui jeta un regard d'une étrange intensité.

— Eh bien, bonne nuit, alors, dit-elle.

*

Il rentra directement chez lui et se laissa tomber dans la balancelle. La longue journée de pluie avait rafraîchi l'atmosphère et l'avait embaumée d'une douce odeur aromatique. Il sentait le parfum musqué des fleurs qui poussaient dans le jardin de M. Jeffries de l'autre côté de la rue.

Il repoussa le sol de ses pieds et laissa le siège se balancer. La brise le giflait doucement en le décoiffant, et il repensa encore à Ryan, non plus à Ryan mort, mais vivant comme il aurait dû l'être, et à cette fille qu'il avait rencontrée et dont il était tombé amoureux ; il les imaginait loin de Birmingham, là où il aurait dû l'emmener sans se soucier de la distance, au nord, vers l'anonymat des grandes villes, ou bien à l'ouest, dans une île du Pacifique, mais en tout cas loin de la petite maison où il était mort. Il se souvenait de l'aspect de cette maison, mais c'était surtout l'odeur qui s'était gravée dans sa mémoire. L'odeur de Ryan, une odeur unique. Il se demanda combien de temps il fallait vivre seul pour tout imprégner autour de soi de son odeur personnelle. Combien de temps pouvait-on supporter une telle solitude avant de décider d'y mettre un terme ?

Il fut envahi par une horrible sensation de déchirement et sortit brusquement la bague violette de sa poche d'un geste fébrile. Il l'éleva lentement et la fit jouer dans la lumière grise d'un réverbère. Elle clignota sourdement, comme un œil mort, mais il continua pourtant comme si c'était la seule chose qu'il eût au monde.

18

Les murs du hall étaient bordés de piles de matelas quand Ben arriva au commissariat le lendemain matin, et Luther s'escrimait à expliquer à deux gendarmes comment les transporter.

— Sur l'épaule, nom de Dieu, dit-il rageusement. (Il en chargea un sur son épaule.) Comme ça.

Les gendarmes se mirent à lutter maladroitement avec deux matelas.

Luther vint à Ben en secouant la tête d'un air découragé.

— Qu'est-ce qu'y-z-ont dans le cigare, de la merde ? fit-il. Je me demande où l'autre bouseux est allé pêher ces branleurs. (Il jeta un coup d'œil aux deux hommes qui avaient enfin réussi à jeter les matelas sur leurs épaules.) Et maintenant, vous allez les descendre au dépôt et vous les balancerez dans les cellules des femmes. Les mecs peuvent bien se contenter des sommiers.

Les deux hommes gagnèrent les escaliers d'un pas lourd ; l'un d'eux gloussait bêtement.

Luther se tourna vers Ben.

— A propos, j'ai pas eu le temps de te demander hier soir : qu'est-ce que t'as trouvé chez Kelly ?

— Rien que le corps.

— Apparemment pas d'entourloupe ?

Ben secoua la tête.

— J'ai rien remarqué de bizarre. Daniels et Breedlove étaient en train de fouiller la maison quand je suis parti.

Luther haussa les épaules.

— De toute façon, y-z-avaient rien de mieux à faire. La pluie a mis un bémol aux manifestations. Provisoirement. (Il jeta un coup d'œil vers la porte principale : de chauds rayons de soleil s'engouffraient dans le hall par les baies vitrées.) C'est pas comme aujourd'hui. Aujourd'hui, on va déguster.

— Ce Coggins, demanda Ben, celui que Breedlove a failli esquinter l'autre jour, il est toujours en garde à vue ?

— Moi, je le laisserais moisir vingt ans en taule si je pouvais, ce putain d'activiste, aboya Luther. Devoir foutre des mômes à l'ombre ; j'en suis malade.

— Il est encore là ? insista Ben.

Luther le regarda comme s'il se trouvait face à un nourrisson.

— T'en fais pas, Ben, y s'est pas envolé. Putain, t'as encore pas pigé que c'est ça le truc ? Remplir les taules. (Il secoua la tête.) On en a mis à Mountain Brook, à Irondale, à Bessemer. On les transfère par fourgons entiers dans tout le comté de Jefferson. (Il poussa un gros soupir.) Où est-ce que ça s'arrêtera ?

— Coggins, rappela Ben. Je veux lui parler.

— D'accord, dit Luther ; il est dans une cellule avec les autres. Tu demanderas à McCorkindale. Il est censé garder la trace des prisonniers. (Il jeta un coup d'œil agacé vers l'escalier.) Faut que j'aille surveiller ces deux clowns, dit-il avec irritation. Y seraient foutus d'aller me fourrer les matelas dans la lunette des gogues.

Il s'en fut d'un pas précipité.

*

Ben trouva McCorkindale assis à califourchon sur une chaise métallique à l'entrée du dépôt.

— Salut Ben, dit-il. Y m'ont foutu à garder les Nègres. (Il fronça les sourcils d'un air mécontent.) Je vais sans doute me cogner pas mal de corvées de ce genre maintenant qu'y a plus Kelly.

Ben regarda la succession de cellules qui bordaient le couloir. D'innombrables mains noires étaient mollement nouées aux barreaux.

— C'est complet, à ce qu'on dirait, dit-il.

McCorkindale lui tendit une boîte de bonbons au chocolat :

— T'en veux ?

— Non merci, dit Ben.

McCorkindale en jeta un dans sa bouche et se mit à le mâcher lentement.

— Bouffer, y a que ça à faire ici.

— Je cherche un prisonnier, dit Ben.

— Pioche dans le tas, fiston, dit McCorkindale. De toute façon, y se ressemblent tous.

— Leroy Coggins.

McCorkindale sourit.

— Ahah ! On tape dans les gros poissons, on dirait ! Et pis alors, quelle grande gueule !

— Le commissaire Starnes m'a dit que tu saurais peut-être où il est.

McCorkindale se gratta le menton.

— Y l'ont descendu ici hier après-midi, dit-il pensivement. Y foutait sa merde à propos de je ne sais quoi là-haut. (Il jeta un coup d'œil dans le couloir.) Je crois bien qu'il est dans la cellule au fond à gauche. Tu sais quelle tête il a ?

— Ouais.

— Bon, alors va voir au fond à gauche, dit McCorkindale. Je crois que c'est là que je l'ai mis.

Ben avança lentement vers la cellule que McCorkindale lui avait indiquée. Un murmure s'éleva parmi les prisonniers et s'enfla lentement au fur et à mesure qu'il les dépassait, et certains se mirent à chanter et à frapper dans leurs mains comme pour obéir à quelque injonction muette. Des deux côtés du couloir, les cellules individuelles étaient bondées. Les jeunes Noirs étaient accroupis à même les ressorts des couchettes métalliques ou se tenaient debout au coude à coude dans l'espace étriqué des cellules. La fraîcheur que la pluie avait répandue sur la ville n'avait pas filtré jusqu'au dépôt et l'odeur suffocante de centaines de corps en sueur entassés rendait l'air presque irrespirable.

— Z'êtes avocat ? lança une voix désespérée tandis que Ben poursuivait sa marche vers le fond. Z'allez me tirer de là ?

Un concert de huées et de quolibets lui répondit.

— Tu restes avec nous, dégonflé, lança une voix, et un tonnerre de hourras et de sifflements s'éleva dans l'air étouffant des cellules.

Arrivé à la dernière cellule, Ben s'arrêta et regarda à l'intérieur. Une foule d'adolescents et de jeunes gens tournaient en rond, et l'un d'eux urinait dans la tinette qui se trouvait au centre de la pièce.

— Vous cherchez quelqu'un, saint homme ? fit tout à coup une voix.

Ben se tourna vers la droite et tomba nez à nez avec un homme qui avançait la tête vers lui contre les barreaux.

— Leroy Coggins, dit Ben.

L'homme le dévisagea un moment, puis il se tourna vers le fond de la cellule et lança :

— Hé, Leroy. Y a le saint homme qui veut te voir.

Il y eut un remous dans la foule qui se fendit comme

une terre noire sous le soc de la charrue. Au bout du couloir ainsi ouvert, Ben vit Coggins nonchalamment appuyé au mur du fond.

— Qu'est-ce que vous voulez ? demanda Coggins.

— Vous parler.

— De quoi ?

— De la fille.

— Oh ma loute, persifla quelqu'un d'une voix de fausset. T'es avec une fille, Leroy ?

— Rien à voir avec celles que tu fréquentes, dit Coggins avec un sourire.

La foule éclata de rire.

— Cette fille qui est morte, dit Ben.

— Faut au moins qu'elle soit morte pour se faire Leroy, blagua la même voix, et l'assistance s'esclaffa de plus belle.

Ben sourit, les yeux rivés sur Coggins.

— Eh bien, monsieur Coggins ? dit-il.

Après un instant d'hésitation, Coggins repoussa le mur et s'avança vers la grille d'un pas souple et décontracté.

— Je vous ai dit tout ce que je sais, dit-il.

— Je sais, dit Ben. (Il jeta un coup d'œil à l'autre bout du couloir.) Sammy, appela-t-il, viens voir là un instant.

McCorkindale s'approcha en traînant les pieds.

— Qu'est-ce que je peux faire pour toi, Ben ?

— Ouvre, fit Ben. Je voudrais faire sortir M. Coggins un moment.

McCorkindale ouvrit aussitôt la cellule, mais Coggins resta sur place.

— Eh ben ? persifla McCorkindale. On est timide ?

Coggins bomba le torse et sortit de la cellule d'un pas décidé.

— C'est pas un petit Blanc pouilleux qui va me foutre les foies, dit-il sèchement à McCorkindale.

McCorkindale rougit comme une pivoine.

— Fais gaffe à ce que tu dis, petit gars, lâcha-t-il.

Ben s'interposa et prit doucement Coggins par le bras.

— Par ici, dit-il en le guidant vers l'escalier d'un pas vif.

Il resta muet jusqu'à ce qu'ils fussent arrivés dans le local des inspecteurs.

— Faut vraiment que vous ayez envie de mourir pour parler comme ça aux gens, dit Ben d'un ton presque badin en s'asseyant à son bureau.

Coggins resta debout, le visage sévère.

— Peut-être bien qu'une partie de moi a justement envie de ça, dit-il.

Ben le considéra avec gravité.

— Alors il va falloir un peu laisser l'autre partie prendre le dessus, dit-il, parce que nous savons tous les deux que vous avez encore beaucoup à faire.

Le visage de Coggins se radoucit d'un seul coup mais il resta immobile.

Ben désigna d'un coup de menton la chaise qui se trouvait à côté de son bureau.

— Vous m'obligeriez beaucoup si vous vouliez bien vous asseoir.

Coggins dévisagea encore Ben un moment, puis il s'assit lentement.

Ben sortit la bague violette de sa poche de veste et la tendit à Coggins.

— Vous savez, le type qui a tué la petite fille ; eh bien il se peut que cette bague soit à lui. (Il haussa les épaules.) Je n'en suis pas sûr, mais c'est la seule piste dont je dispose pour le moment.

Coggins regarda la bague.

— Ben, dites donc, c'est plutôt maigre, non ?

— Si.

Coggins posa la bague sur le bureau.

— C'est la première fois que je vois ce truc. Où est-ce que je l'aurais vu ?

— Je n'espérais pas que vous la reconnaîtriez, dit Ben.

Coggins se pencha un peu en avant.

— Ah oui, et qu'est-ce que vous espériez au juste ?

— Cette bague était recouverte de poussière de craie, dit Ben. De la craie de billard.

— Et après ?

— C'est le genre de bague qu'on peut trouver dans les boutiques de la Quatrième Avenue.

— C'est possible, dit Coggins. Je ne me suis guère promené par là-bas jusqu'à ces derniers temps. Je suis d'Ensley, vous vous souvenez ?

— Je me disais qu'elle appartenait peut-être à un Noir.

— Evidemment, manquerait plus qu'elle appartienne à un Blanc.

Ben ignora son commentaire.

— Et j'ai pensé que ce Noir pourrait bien traîner dans les académies de billard de la Quatrième Avenue, poursuivit-il.

— Ma parole, vous êtes un vrai Sherlock Holmes, dit Coggins avec un sourire.

Ben fit encore mine de n'avoir pas entendu.

— L'ennui, dit-il, c'est que les gens qui traînent sur la Quatrième Avenue ne sont pas très chauds pour parler avec les policiers.

— Vous n'auriez peut-être pas ce problème s'il y avait des Noirs dans la police à Birmingham, dit Coggins.

— Je ne dis pas le contraire, monsieur Coggins, dit Ben. Mais pour le moment il y a cette petite fille, et il faut que je découvre qui l'a tuée. (Il regarda Coggins d'un air résolu.) Il faut que je l'apprenne tout de suite, pas dans quelques mois, voire quelques années, quand les choses auront changé.

Les yeux de Coggins revinrent se poser sur la bague.

— Que voulez-vous de moi ?

— Je veux que vous veniez avec moi dans la Quatrième Avenue, dit Ben. Je veux entrer dans certaines de ces académies de billard avec la bague, et poser quelques questions.

Coggins leva lentement les yeux vers lui.

— Je ne sais pas si je peux.

— Pourquoi ?

— A cause de l'effet que ça ferait, dit Coggins. Je veux dire, de me voir collaborer avec vous. L'effet que ça ferait à mes frères de sang.

— Vous croyez que je pourrais avoir le même problème avec les miens ? demanda Ben, très pince-sans-rire.

Coggins sourit, mais ne répondit pas.

— Il est toujours là, quelque part, dit Ben, cet homme qui a tué Doreen Ballinger. (Il haussa les épaules.) Ça ne me tracasserait pas trop s'il n'y avait pas tant de petites filles dans les rues.

Coggins ne répondit pas tout de suite, mais Ben lut dans ses yeux qu'il avait gagné la partie.

19

Bottés, casqués et vêtus de vestes en caoutchouc, des pompiers étaient alignés en rang au sous-sol quand Ben et Coggins y descendirent pour aller prendre la voiture. Le préfet marchait de long en large devant eux et sa voix résonnait contre les parois de béton du garage.

— Vous avez tous prêté serment de servir la ville de Birmingham quand vous êtes entrés dans les pompiers, cria-t-il. Il faudra bien que vous respectiez ce serment quoi qu'il arrive.

Plusieurs pompiers échangèrent des regards inquiets mais la majorité resta impassible et continua à contempler le préfet.

— Nous sommes tous des habitants de cette ville, poursuivit le préfet en brassant l'air grisâtre du garage d'un grand geste de la main, et nous avons tous juré solennellement de la protéger.

— Qu'est-ce que c'est que ce cirque ? chuchota Coggins tandis que Ben lui faisait contourner une pile de béton.

Ben haussa légèrement les épaules et continua sa route du même pas en pilotant doucement Coggins jusqu'à l'automobile.

— C'est un vrai dinosaure, ce vieux-là, dit Coggins en jetant un coup d'œil vers le préfet par-dessus son épaule.

— Montez, dit Ben.

Coggins se cassa en deux pour pénétrer dans l'auto, les yeux toujours rivés sur le préfet et les pompiers en rang devant lui.

— On dirait une punaise qui essaye de retenir l'océan, dit-il.

— 'Croyez ? dit Ben d'une voix indolente.

— Une petite punaise minable qui voudrait arrêter la marée juste devant l'entrée de son trou, précisa Coggins. (Puis il se tourna vers Ben et sourit de façon presque insultante.) Vous n'êtes pas d'accord, n'est-ce pas ?

Ben ne répondit pas. Il empoigna le volant et le tourna complètement à droite, faisant décrire à la voiture une longue trajectoire courbe à travers le garage.

Coggins reporta son attention sur les pompiers en rang et sur le petit gros qui paradait devant eux comme un petit coq.

— Aucun sens de l'histoire, dit-il, comme pour lui-même. Ils ne se rendent absolument pas compte de la façon dont l'avenir va les juger.

Ben s'appliqua à regarder bien droit devant lui quand la voiture passa devant de petits groupes d'agents de police et de gendarmes jusqu'à ce qu'ils fussent engagés sur la rampe qui débouchait dans la rue.

Breedlove se tenait en haut, la casquette rabattue sur les yeux. Quand l'auto s'arrêta, il s'en approcha sans hâte et passa la tête à l'intérieur en posant les avant-bras sur le rebord de la portière.

— Va faire beau, on dirait, dit-il à Ben. (Ses yeux vinrent ensuite se poser sur Coggins.) Alors, qu'est-ce t'en dis, Leroy ? Tu crois qu'on va casser du Négro aujourd'hui ?

Coggins se raidit sur son siège. Un peu de sueur perla au-dessus de sa lèvre supérieure.

— Hein, Leroy ? A ton avis ? Tu crois que des petits Blancs de merde comme nous seraient foutus de dégommer quelques singes avant ce soir ?

Coggins resta immobile. Il garda les yeux fixés droit devant lui, mais Ben vit en se tournant vers lui que ses genoux tremblaient.

Breedlove se tourna vers Ben :

— Où est-ce que tu l'emmènes, ce gaillard-là ?

— On va faire un tour, dit Ben.

— Arrête tes conneries ! ricana Breedlove.

— Je suis sur une piste, dit Ben.

Breedlove s'écarta de la voiture en souriant.

— Eh ben amusez-vous bien, les gars. Mais passez donc au parc si vous avez un moment ! je crois que ça sera un coin très animé cet après-midi. (Il recula un peu et porta la main à la visière de sa casquette.) Bonne journée, et faites gaffe aux balles perdues !

Coggins laissa échapper une petite expiration vibrante de nervosité tandis que l'auto débouchait dans la rue.

— J'en ai assez d'avoir peur, grinça-t-il rageusement entre ses dents. J'en ai assez.

Des gendarmes casqués, le fusil à pompe négligemment posé au creux du bras, étaient postés à intervalles réguliers tout le long de l'avenue que Ben fit emprunter à la voiture. A droite, on apercevait le tank blanc du préfet coincé entre deux camions de pompiers dont les chromes bien briqués brillaient de mille feux, et à quelques mètres de là, la Black Cat 13 semblait se prélasser languissamment dans le chaud soleil matinal. Assis au volant, Teddy Langley suivit des yeux la voiture de Ben en marmonnant vaguement dans le micro de sa radio.

— Vous les connaissez ? demanda Coggins. Vous connaissez les Langley ?

— Un peu.

Coggins toisa Ben d'un regard accablant.

— Vous pourriez aussi bien être sur le point de me livrer à eux, pour ce que j'en sais. Si ça se trouve, tout ça c'est une vaste mise en scène.

Ben écrasa brutalement la pédale de frein et la voiture pila au milieu de la rue en dérapant dans un crissement assourdissant.

— Descendez ! dit-il, fou de rage.

Coggins le dévisagea sans mot dire, comme foudroyé.

— Descendez, répéta Ben d'une voix sèche. Si vous vous figurez que je vous emmène vous faire fouetter, lyncher ou Dieu sait quoi, alors foutez-moi le camp immédiatement !

Coggins resta immobile.

— Allez, ouvrez cette putain de portière, dit Ben.

Coggins sourit nerveusement.

— C'est ça, pour me faire abattre en délit de fuite.

Ben arracha son arme de l'étui fixé sous son bras et la tendit à Coggins.

— Prenez ça. (Il la brandit sous son nez.) Prenez-le, je vous dis ! Mais vous vous dites peut-être que je pourrais en avoir un deuxième ? Un canon scié dans ma poche de pantalon, par exemple ?

Coggins se plaqua contre la portière.

— Faudrait que je sois cinglé pour prendre ce truc.

— Prends ce putain de pétard ! ordonna Ben. Ouvre le barillet, vérifie qu'il est chargé.

— Pas question, mec. Si y me voient avec un pétard, je suis mort.

Ben lâcha le pistolet sur les genoux de Coggins qui se déporta fébrilement sur la droite comme s'il s'était agi d'un serpent à sonnette.

— Vire ce truc ! glapit-il.

— Tant qu'on reste ensemble, dit Ben, tu gardes le pétard. Peut-être que tu finiras par piger que je ne suis pas en train de te tendre un piège. (Il fusilla un moment Coggins du regard.) Si je voulais ta peau, je te descendrais moi-même, dit-il enfin, puis il appuya furieusement sur le champignon ; la voiture bondit en avant et se mit à se faufiler à tombeau ouvert vers la Quatrième avenue.

*

La rue commençait déjà à s'animer d'une activité matinale quand Ben gara la voiture le long du trottoir. La Quatrième avenue tout entière s'étendait devant lui. C'était une vaste artère qui faisait office de rue principale dans la partie noire du centre ville. L'atmosphère était saturée de l'odeur musquée des salons de coiffure et de la viande rôtie, et en descendant de voiture, Ben vit les éventaires des boutiques de prêt-à-porter à bon marché que l'on avait sortis sur le trottoir et que de petites sautes de vent chaud faisaient claquer mollement.

— Ils vont rentrer tout ça à l'arrivée de la manifestation, dit Coggins comme s'il révélait un secret commercial. C'est comme ça qu'on sait que c'est parti. (Il se tourna vers Ben avec un sourire.) On a compris ça, chez les flics ?

Ben ne répondit pas. Il restait perdu dans la contemplation de l'avenue qui grouillait de passants matinaux et il se surprit à faire le tri entre les grands et les petits, et à s'attacher tout particulièrement aux hommes qui avaient de grosses mains.

— Et maintenant, qu'est-ce qu'on fait ? demanda Coggins au bout d'un moment.

Ben lui montra une petite bijouterie sur le trottoir d'en face.

— On va commencer par là, dit-il.

D'un coup de tête, Coggins désigna le pistolet toujours posé sur ses genoux.

— Qu'est-ce que je fais de ça ?

— Glisse-le dans ta ceinture et cache-le avec ta chemise.

— Mais je peux tout de même pas... commença Coggins.

Ben lui jeta un regard féroce.

— Descends de la voiture sans ce pétard, et je te promets que je t'abats de ma main.

— Mais je peux pas...

Ben descendit de voiture et se dirigea vers le magasin avant qu'il eût fini sa phrase. Il examinait la vitrine quand Coggins arriva sur ses talons.

— C'est bien le genre de boutique où on peut trouver une bague comme ça, dit Ben d'une voix concentrée. (Il montra à Coggins une boîte à chaussures pleine de bijoux fantaisie d'aspect criard.) Regarde ça. La bague pourrait venir de n'importe quelle boutique de la Quatrième avenue. (Il gagna la porte et l'ouvrit.) Amène-toi, dit-il.

Ben entra, suivi de Coggins.

C'était un espace étriqué, à peine plus qu'un étroit couloir bordé de part et d'autre par deux grands présentoirs vitrés. Une grosse femme était assise sur un tabouret entre les présentoirs. Elle eut un petit mouvement de recul à l'entrée des deux hommes, et ses mains s'enfouirent dans le sac qu'elle tenait sur ses genoux.

— Que puis-je faire pour vous, messieurs ? demanda-t-elle d'une voix pleine de méfiance.

Ben fit un pas de côté et désigna Coggins d'un coup de menton. Ce dernier ne loupa pas son entrée et passa devant.

— Ça colle, ma sœur ? demanda-t-il avec un grand sourire.

La femme se fit tout sourire, mais ses yeux restèrent de glace.

Coggins fourra les mains dans ses poches et farfouilla un moment fébrilement avant de s'appuyer gauchement sur l'un des présentoirs.

— Eh, doucement, prévint la femme d'une voix rogue, c'est pas du tungstène.

Coggins se redressa aussitôt ; il tira les mains de ses poches et croisa les bras.

— Eh ben voilà, mon... heu, mon ami et moi, on cherche quelque chose.

La femme plissa les yeux d'un air méfiant.

— Moi, je vends que des bijoux, dit-elle.

Coggins éclata d'un rire nerveux.

— Ouais, ouais, pas de problème. C'est bien de bijoux qu'il s'agit.

— Et la gratte, moi j'en veux pas.

— La gratte ? se récria Coggins. On a rien volé, ma sœur.

La femme plongea la main un peu plus avant dans son sac.

— Qu'est-ce tu me veux, gamin ? fit-elle d'un ton menaçant.

— C'est au sujet d'une bague, intervint Ben.

Elle se tourna vivement vers lui.

— On se dit qu'elle a peut-être été achetée dans le coin, enchaîna précipitamment Coggins comme pour reprendre l'initiative. Peut-être même chez vous.

— Qu'est-ce qu'elle a, cette bague ? elle est pas bien ? demanda la femme sans aménité.

— Non, non, la bague, elle est très bien, dit Coggins. Ce serait plutôt le mec qui l'a achetée.

— Et à quoi qu'a ressemble, c'te bague ? demanda la femme excédée.

Ben fit mine de sortir la bague de sa poche de

poitrine, mais il vit la main de la femme qui fourgonnait de plus belle dans son sac et suspendit son geste.

— Je l'ai sur moi, expliqua-t-il, puis il la sortit lentement et la lui tendit.

La femme prit la bague de sa main libre et l'examina attentivement.

— Ale a rien de spécial, dit-elle. (Elle la leva un peu et la fit jouer dans la lumière.) C'est pas du vrai ; c'est de la caille.

— T'en as déjà vu une pareille ? demanda Coggins.

La femme rendit la bague à Ben.

— Des millions, tu veux dire. Ale a rien de spécial. C'est rien qu'une grosse bague moche que n'importe quelle pétasse pourrait porter. (Elle leur fit un grand sourire.) Moi-même, j'ai dû en vendre.

Ben fit tourner lentement la bague entre ses doigts.

— J'imagine, dit-il.

— Dans toutes les boutiques du coin, y vendent pratiquement que de la came de ce genre, ajouta la femme. (Elle retira la main de son sac et parut se détendre un peu.) Vous pourriez même trouver les boucles d'oreilles assorties, si vous vouliez.

— Des boucles d'oreilles ? demanda Ben.

— Mais bien sûr, dit la femme, des bracelets aussi. Et même le collier si ça vous chante.

Coggins jeta un rapide coup d'œil à Ben avant de reporter son attention sur la femme.

— Alors tu veux dire que c'est une bague de femme ? demanda-t-il.

La femme hocha la tête.

— Evidemment, dit-elle avec un petit rire entendu. Tu connais donc rien à rien, chéri ?

— Mais elle est si grosse, dit Ben.

Elle lui arracha la bague et la retourna.

— Tiens, regarde, on a même scié l'anneau pour pouvoir la passer à un doigt encore plus gros. (Elle rendit la bague à Ben.) Mais c'est tout de même une bague de femme, pas de doute. (Elle rit.) Y a pas un seul homme qui voudrait porter un truc pareil. A moins d'être tombé sur la tête.

20

Un énorme camion de pompiers rouge vif dévalait l'avenue à toute bombe quand Ben et Coggins ressortirent de la boutique. Il y avait plusieurs pompiers accrochés sur le côté droit du véhicule et le vent faisait claquer furieusement leurs vestes de caoutchouc noir. Ils s'arc-boutèrent un peu vers l'extérieur quand le camion tourna sur les chapeaux de roues à l'angle du Kelly Ingram Park avant de s'arrêter derrière un gros bouquet d'ormes qui le dissimulait à moitié.

— Je me demande s'ils ont eu droit au discours du préfet, ceux-là, fit Coggins avec un petit rire. (Il se tourna vers Ben.) Qu'est-ce qu'on fait ?

— On va taper ailleurs, dit Ben.

— Pourquoi ? demanda Coggins. Puisqu'on sait que la bague peut venir de n'importe où.

Ben ne répondit pas. Il gardait les yeux rivés sur ce qui se passait plus bas. Des gendarmes installaient des barrages à l'angle du parc qui touche au centre ville. Derrière eux, des pompiers déroulaient des mètres et des mètres de tuyau sous l'œil médusé de petits groupes de passants.

— Tu ne crois pas que l'assassin peut être une femme, tout de même ? demanda Coggins.

Ben revit l'espace d'un instant le corps meurtri de Doreen et le sang coagulé qui lui maculait les cuisses.

— Non, dit-il.

— Mais est-ce que c'est une certitude absolue, continua Coggins ; je veux dire, on peut imaginer que...

— On a retrouvé du sperme à l'autopsie, interrompit Ben d'un ton brusque.

Le visage de Coggins se figea.

— Du sperme ? Elle a été violée ?

— Oui.

— Tu ne m'avais pas dit ça.

Ben se tourna vers lui.

— Ça s'est passé après sa mort. On l'a tuée et violée ensuite. (Il secoua la tête.) Et je ne sais pas qui a fait le coup, mais je peux t'assurer que ce n'est pas une femme.

Coggins détourna les yeux et se mit à regarder la rue. Il parut un moment fasciné par une pancarte rédigée à la main dans une vitrine de l'autre côté de la rue : CHEZ BETSY — REPASSAGE — PROCEDÉ EXCLUSIF — LE MEILLEUR REPASSAGE DE BIRMINGHAM.

— Bon, dit-il enfin, et maintenant ?

— Les académies de billard, répondit Ben. Et après, plus rien.

Il n'y avait que deux académies de billard dans l'avenue, et la plus proche n'était qu'à deux rues de là. Ben et Coggins avancèrent d'un pas rapide en se frayant un chemin dans la foule fourmillante ; ils marchaient côte à côte en dépit des regards intrigués des gens qu'ils croisaient. Coggins marchait d'un pas raide comme s'il s'efforçait de vaincre la peur qui montait peu à peu en lui. Il jetait des coups d'œil furtifs de droite et de gauche, mais sans bouger la tête, et Ben remarqua que son front était couvert de sueur qui coulait en traînées parallèles.

— Où elle est, cette académie de billard ? demanda Coggins d'une voix blanche comme ils s'arrêtaient à un feu rouge.

— A une rue d'ici, dit Ben.

Coggins plongea les mains dans ses poches et les en ressortit aussitôt, puis il se mit à sautiller sur ses talons.

— Qu'est-ce qu'il y a ? demanda Ben.

Coggins lui décocha un coup d'œil rapide.

— Rien.

— Tu as l'air un peu nerveux, dit Ben.

— C'est le quartier, convint Coggins. J'ai pas l'habitude. (Il désigna d'un coup de tête les Noirs qui s'amassaient au bord du trottoir opposé en attendant nonchalamment que le feu change.) Je ne connais pas tous ces gens. (Il éclata d'un rire nerveux.) Je suis étudiant en droit à Columbia, Bon Dieu. J'ai passé toute ma vie à Ensley.

Ben garda le silence.

— Je suis un petit bourgeois noir, bordel, ajouta-t-il avec véhémence. Je n'ai pas ma place ici. (Il éclata d'un rire spasmodique et plein d'auto-dérision.) Ma mère n'a jamais rien acheté sur la Quatrième Avenue. (Il regarda Ben d'un air misérable.) Elle fait ses courses à New York. Elle va chez Bloomingdale, Bon Dieu. (Il détourna vivement les yeux quand le feu changea et que la foule compacte se rua vers lui comme une marée noire.) Je vais faire de mon mieux, souffla-t-il en descendant du trottoir, mais on peut vraiment dire que tu as tiré le mauvais numéro avec moi.

Ben continua de marcher à ses côtés tandis qu'ils étaient engloutis par une foule de plus en plus dense. On eût dit que Coggins était happé par les tentacules de quelque monstre ténébreux, mais il continuait néanmoins d'avancer d'un pas ferme, la nuque raide, comme s'il avait voulu donner l'impression d'une parfaite assurance.

— On arrive, dit Ben comme ils approchaient de la première académie de billard.

Coggins hocha la tête d'un air inquiet mais ne ralentit

pas sa marche avant d'être à la porte ; il s'appuya alors contre le mur.

— Bon, dit-il, et maintenant ?

— On entre, dit Ben.

— Et qu'est-ce qu'on fait au juste ?

— On pose deux ou trois questions.

— Et si par hasard ils n'ont pas envie d'y répondre ?

— Eh ben on s'en ira, dit Ben en haussant les épaules. Qu'est-ce que tu veux faire d'autre ?

La simplicité de cette réponse parut tranquilliser un peu Coggins. Il respira à fond comme s'il se préparait à une longue plongée en apnée dans des eaux dangereuses.

— Bon, dit-il enfin. On y va.

Une lumière grise et enfumée les enveloppa quand ils entrèrent dans l'académie de billard. La salle était occupée par deux rangées d'une vingtaine de tables environ qui étaient toutes éclairées par un tube au néon protégé par un abat-jour. Un juke-box égrenait les notes du dernier tube de Little Richard et les hommes qui attendaient leur tour se balançaient au rythme de la musique à quelque distance de la table en étudiant les coups joués par leur adversaire. Un vénérable distributeur de Coca-Cola était coincé au fond de la salle entre deux appareils à cigarettes et les murs latéraux étaient couverts d'affiches publicitaires et de calendriers égrillards.

L'espace d'un instant, la vie de l'établissement parut continuer normalement, puis tout s'arrêta d'un seul coup. Le discret murmure des conversations s'éteignit pour faire place à un silence inquiétant, et même les joueurs qui avaient commencé une série de carambolages se figèrent pour observer Ben et Coggins qui restaient tous les deux plantés à l'entrée de la salle où ils se détachaient à contre-jour dans la lumière de la porte restée ouverte.

Coggins s'agita nerveusement, puis produisit un sourire lumineux.

— Ça gaze, les poteaux ? brailla-t-il, très boute-en-train.

Il n'y eut pas de réponse.

Coggins se remit à se balancer d'un pied sur l'autre.

— Ecoutez les mecs, y a un truc dont j'aimerais vous causer.

Silence de mort.

— Vous avez peut-être entendu causer de la petite fille qui a été tuée à Bearmatch, poursuivit Coggins. Eh ben moi, j'essaye de savoir qui a fait le coup.

Plusieurs joueurs s'assirent au bord des tables sans cesser de dévisager Coggins en silence.

Coggins désigna Ben d'un coup de tête.

— Ce gars-là me donne un petit coup de main. Y bosse au ministère de la justice. Même que c'est un collaborateur de Robert Kennedy.

Les joueurs ne parurent pas autrement impressionnés.

— Il arrive de Washington et tout, poursuivit frénétiquement Coggins. On pense qu'un... qu'un taré a tué cette petite fille, et on essaie de savoir qui c'est. (Il se détourna vivement et tira la bague de la poche de Ben.) Vous voyez ce truc-là ? demanda-t-il en l'élevant bien en vue.

Tous les yeux vinrent se fixer sur la bague, mais nul ne dit mot.

— Alors voilà, y a de fortes chances que cette bague ait appartenu au mec qui a tué la petite, expliqua Coggins d'une voix chevrotante. C'est pas des conneries. Et le truc, c'est qu'elle était couverte de craie. Vous savez, comme celle que vous mettez sur les queues de billard.

Une voix forte et éraillée s'éleva au fond de la salle :

— De quelle couleur ?

Coggins fouilla la salle des yeux.

— Quoi ?

— De quelle couleur, la craie ? précisa la voix.

— Jaune, dit Ben.

Un petit homme en chapeau mou de couleur grise et nœud papillon rouge vif se détacha soudain de la foule.

— Ici, on ne se sert pas de craie jaune, dit-il. (Il prit un petit cube de craie posé sur une table voisine et le lança à Ben.) On se sert de craie bleue, dit l'homme. On a jamais rien utilisé d'autre. (Il se tourna vers les autres avec un sourire.) C'est pas vrai ?

— Si, c'est vrai, dit quelqu'un.

— Hin hin.

— Ouais.

— T'as raison, Larry.

L'homme s'avança vers Coggins.

— Est-ce que je vous ai pas déjà vu quelque part ? demanda-t-il.

— Je ne crois pas, répondit Coggins.

— Quand les mômes ont tous défilé dans la rue, dit Larry. C'est pas vous que j'ai vu avec un de ces petits walkies-talkies, un peu comme un organisateur ?

— Eh ben, ça se peut, dit lentement Coggins. Je supervisais la manifestation.

— Pas possible ?

— Oui, j'essayais d'avoir un peu l'œil à tout, ajouta Coggins. Pour pas que les mômes dégustent de trop.

Larry éclata de rire.

— Je me disais bien que c'était vous. (Il lui tendit la main.) Larry Sugarman. Je suis le patron de la taule.

Coggins prit la main et la serra avec énergie.

— Enchanté, monsieur Sugarman.

Le regard de Sugàrman vint se poser sur Ben.

— Robert Kennedy ? Ça alors...

Ben garda le silence.

Sugarman lui tendit la main.

— Eh bien bonne chance, monsieur.

Ben lui serra la main.

Sugarman reprit place parmi les joueurs en souriant.

— Pour ce qui est de la craie jaune, allez donc jeter un œil à l'académie de billard des Jours Meilleurs. C'est de ça qu'y se servent.

— On y va tout de suite, M. Sugarman, dit Coggins avec enthousiasme. Merci beaucoup, messieurs, dit-il d'un ton précipité en se tournant vers les joueurs. Excusez le dérangement.

Dans la rue, Coggins poussa un long soupir de soulagement.

— Alors, je m'en suis pas si mal tiré, non ? fit-il.

Ben reporta son attention vers le bout de l'avenue, côté centre ville. La voiture de pompiers avait été rejointe par plusieurs autres au bord du parc, et le tank blanc du préfet était disposé devant elles comme une mascotte. Des pompiers s'étaient postés en rang le long de l'avenue et en divers endroits du parc. Des mètres et des mètres de lance à incendie serpentaient derrière eux comme de longues queues noires.

Coggins frappa joyeusement dans ses mains.

— Alors, on enchaîne ? dit-il.

— Ouais, répondit Ben sans quitter des yeux les gendarmes qui se déployaient en bas de l'avenue.

21

Ben et Coggins descendirent l'avenue en direction de l'académie de billard des Jours Meilleurs au milieu d'une foule de plus en plus clairsemée. Des deux côtés de l'avenue, les passants s'engouffraient dans les rues transversales. Les commerçants avaient commencé à vider leurs vitrines et l'artère était presque déserte quand les deux hommes arrivèrent aux Jours Meilleurs.

Lorsqu'ils firent halte devant la porte de l'académie de billard, Coggins se tourna vers l'avenue qu'il fouilla du regard d'un bout à l'autre.

— Je dirais qu'on a à peu près vingt minutes avant que ça pète, dit-il avec assurance.

— T'en es pas sûr ? demanda Ben.

Coggins secoua la tête.

— C'est une manifestation civile, pas une opération militaire. On peut pas établir un minutage précis. (Il leva les yeux vers l'enseigne de l'académie. Le nom était en grosses lettres rouges, et on avait dessiné des queues de billard entrecroisées de part et d'autre.) Pas mal, dit-il en se tournant vers Ben. (Il sourit avec malice.) C'est vrai, quoi : l'université de droit, c'est de la gnognotte à côté de ce genre d'établissement de prestige.

A l'intérieur, l'atmosphère était radicalement différente de celle de l'autre académie. C'était pourtant la même salle enfumée, le même juke-box, les mêmes distributeurs de boissons et de cigarettes, et jusqu'au sol de lino qui portait le même motif tacheté, mais tout avait une coloration plus sombre, plus menaçante, et Ben reconnut immédiatement l'atmosphère des bars pour bouseux blancs où il avait vu la violence éclater comme un abcès que l'on perce et faire gicler le sang jusqu'au plafond.

Coggins n'avait apparemment pas perçu de différence et il gratifia les joueurs de la première rangée de tables entre lesquelles il s'était avancé du même sourire innocent que la première fois.

— Ça boume, les poteaux? lança-t-il d'un ton enjoué.

L'un des gars prit sa queue et se mit à frotter le procédé avec de la craie.

— Qu'est-ce t'as, tête de nœud? dit-il d'une voix glaciale.

Le sourire de Coggins s'évanouit aussitôt.

L'homme continua à frotter le bout de sa queue de billard. Il plissa lentement les yeux en dévisageant tour à tour Ben et Coggins.

— C'est un billard pour Nègres, ici, dit-il en s'arrêtant enfin sur Ben.

— Eh ben, heu, on... on... bafouilla Coggins.

Les yeux de l'homme revinrent se fixer sur lui.

— J'ai dit que c'est un billard de Nègres, fit-il d'un ton lourd de menaces. Et tu ne m'as pas l'air d'un Noir, espèce de larbin.

Coggins éclata d'un rire nerveux et suraigu. Il baissa les yeux sur son avant-bras et le frotta doucement.

— Ma peau n'est pas moins noire que la vôtre, dit-il.

— Si, justement, dit l'homme en secouant la tête. (Il jeta un regard circulaire vers les autres joueurs. Certains se mirent à avancer lentement en se frappant la paume de la main avec leurs queues de billard.) Non, tu m'as tout l'air d'un petit Blanc de merde, mon gars, dit-il. (Il eut un sourire glacial.) Pas vrai, vous autres ?

L'assistance fut parcourue par un petit rire méchant.

L'homme ne quittait pas Coggins des yeux.

— Comment tu t'appelles, petit mec ? demanda-t-il.

— Leroy Coggins, répondit Coggins d'une voix blanche.

L'homme fit un tout petit pas vers lui et le groupe avança derrière lui comme en réponse à un signal muet.

Ben regarda sur sa gauche et vit un grand maigre longer le mur et s'immobiliser devant l'unique sortie de secours de la salle.

— C'est au sujet d'une petite fille, dit précipitamment Coggins.

L'homme rit et fit encore un petit pas vers lui.

— Tu veux goûter à la viande noire, espèce de petit Blanc merdique ?

Un nouvel éclat de rire parcourut la salle, et lorsqu'il retomba, un colosse entra par la porte principale qu'il ferma derrière lui, puis il croisa les bras sur sa poitrine et se mit à contempler Ben et Coggins d'un regard meurtrier.

Leur retraite était coupée, et Ben sentit tous les muscles de son corps se raidir tout à coup comme s'ils se préparaient au pire.

— Elle a été assassinée, poursuivit désespérément Coggins en s'étranglant sur le dernier mot. On a retrouvé son corps à Bearmatch.

L'homme fronça les sourcils si fort que ses yeux parurent se rapprocher.

— On ? C'est qui, on, Leroy ?

— La police, lâcha inconsidérément Coggins.

Un murmure courut dans l'assistance.

— La police, beugla l'homme. (Il se retourna vers les autres.) Vous entendez ça ? Le môme est de la police.

— C'est pas vrai ! cria Coggins, je suis pas de la police.

L'homme fit encore un petit pas en avant et sa main se mit à glisser imperceptiblement vers la poche arrière de son pantalon.

— Alors qui c'est, ce Blanc de merde, Leroy ? persifla-t-il.

Coggins lança à Ben un regard suppliant, mais ne dit mot.

— Qui c'est ce Blanc de merde, Leroy ? répéta l'homme.

Coggins lui jeta un regard terrifié mais ne répondit pas.

— Qu'est-ce t'as, Négro, t'es sourd ou quoi ? demanda l'homme. (Il fit encore un pas et les autres avancèrent derrière lui comme un seul homme.) *Qui c'est ce Blanc de merde ?* hurla l'homme à l'improviste.

Coggins recula légèrement mais l'homme était déjà sur lui, armé d'un couteau qui luisait faiblement à la clarté des rampes lumineuses.

En un éclair, Coggins tira le pistolet de sa ceinture et le colla sur le menton de l'homme.

— Lâche cette lame ! hurla-t-il. (Sa main était agitée d'un tremblement irrépressible et son doigt était crispé sur la détente.) Lâche-la, enculé de ta mère !

L'homme qui gardait la porte d'entrée se précipita en avant ; Ben fit volte-face et le frappa au ventre de toutes ses forces, puis il le prit au collet et l'écrasa contre le mur à la volée.

— Que personne ne bouge ! glapit Coggins. (Il enfonça profondément le canon du pistolet dans la gorge de l'homme qui l'avait attaqué.) Dis-leur de pas bouger, enculé, hurla-t-il.

L'homme leva lentement les bras, puis les laissa retomber, et les autres refluèrent aussitôt un peu.

Coggins jeta un coup d'œil par-dessus son épaule et

vit Ben qui tenait toujours son agresseur collé contre le mur. Il lui lança un regard suppliant.

Ben se creusait désespérément la tête pour trouver le moyen de se tirer d'affaire quand une voix grave et sonore lui parvint du fond de la salle.

— Et maintenant, les mecs, vous faites quoi ?

Ben fouilla la salle des yeux et vit une silhouette énorme qui se détachait dans l'encadrement d'une petite porte percée dans le mur de droite.

— Tu me reconnais ? fit l'homme.

Ben plissa les yeux pour tenter d'accommoder sur lui malgré la fumée qui emplissait la salle mal éclairée.

— C'est Gaylord, fit l'homme.

Il avança dans un rai de lumière et Ben vit la petite épingle à cravate violette clignoter d'un vif éclat dans la pénombre.

Gaylord traversa la salle d'un air menaçant, mais un sourire s'épanouit bientôt sur son visage.

— Qu'est-ce que tu comptes faire ? demanda-t-il à Ben. Tu vas tout de même pas serrer le kiki à ce pauvre vieux Jackie jusqu'à ce qu'il en crève ?

Ben relâcha un peu sa prise et Jackie se dégagea en suffoquant.

Gaylord continua à dévisager Ben avec insistance.

— T'as vraiment le chic pour atterrir dans des endroits pas possibles, dit-il. Tu cherches toujours des tuyaux sur la petite ?

— Oui.

Gaylord le considéra d'un air impénétrable.

— Pourquoi tu dis pas à ton pote de lâcher Albert ?

Ben fit un signe de tête à Coggins.

Coggins le regarda d'un air interrogateur.

— T'es sûr ?

— Lâche-le, dit Ben.

Coggins éloigna le pistolet du menton d'Albert qui recula en titubant jusqu'à une des tables de billard.

— Et maintenant, on peut discuter bien gentiment, dit Gaylord d'un ton léger. Passez donc dans mon bureau.

La foule des joueurs se fendit aussitôt devant Gaylord. Ben et Coggins le suivirent dans un petit bureau encombré au fond de l'académie de billard.

Gaylord ferma la porte et alla s'asseoir derrière un simple bureau métallique.

— Faut plus jamais jouer à ça, dit-il. C'est des coups à se faire très très mal. (Il baissa les yeux sur le pistolet qui pendait toujours au bras de Coggins.) Tu devrais ranger ça, petit.

Coggins regarda le pistolet d'un air interloqué, comme s'il était étonné de le voir dans sa main. Il le fourra vivement dans sa ceinture.

— Tout de suite, ça détend l'atmosphère, dit Gaylord avec bonne humeur. (Il se tourna vers Ben.) Qu'est-ce qu'il t'a dit, M. Jolly ?

— Rien, dit Ben. Il voulait de l'argent.

Gaylord éclata de rire.

— Il en a plus qu'y ne pourrait en dépenser s'il lui restait encore deux autres vies à vivre, mais ça lui suffit pas. (Il se renversa un peu dans son siège dont les ressorts grincèrent douloureusement.) L'académie de billard est à lui, dit-il, mais je la fais tourner pour son compte. (Il se tourna vers Coggins.) Et toi, petit gars, d'où tu sors ? T'as pas l'air d'un môme de Bearmatch.

— Ensley, fit Coggins dans un souffle.

Un fin sourire se peignit sur les traits de Gaylord.

— Ensley ? T'es bien loin de chez toi, fiston.

Coggins ne répondit pas.

— Tu veux être le premier Nègre à entrer dans la police, ou quoi ?

Coggins se redressa de toute sa taille.

— Je ne trouverais pas normal que l'assassin de cette petite fille reste impuni, déclara-t-il.

Gaylord ne fut guère impressionné.

— Pas possible ? Mais dis voir, une supposition que c'est moi qui ai fait le coup ? Comment tu me punis ?

Coggins ne répondit pas.

Gaylord le considéra avec suffisance.

— T'as peut-être une grande gueule, mais le reste suit pas, fiston. (Il se tourna vers Ben.) Maintenant, on va peut-être pouvoir se comprendre, tous les deux, dit-il.

Ben sortit la bague et la lui tendit.

— Doreen avait ceci dans la poche quand on l'a découverte.

Gaylord examina la bague.

— Doreen ? La petite ?

— Oui.

— Doreen Ballinger ?

— C'est ça.

Gaylord hocha la tête et rendit la bague à Ben.

— Elle était sourde, hein ?

— Oui.

Gaylord secoua la tête.

— C'est moche de tuer une petite fille sourde.

— Plutôt, oui ! tonitrua Coggins.

Gaylord fit mine de ne pas l'avoir entendu.

— J'ai déjà vu cette bague, dit-il d'une voix neutre.

Ben se pencha vivement en avant.

— Où ?

— Je connais le mec à qui elle était, continua nonchalamment Gaylord. Y faisait comme si c'était un super truc, genre diamant et tout.

Ben tira son calepin et l'ouvrit.

— Qui est-ce ?

— Je connais pas son vrai nom, dit Gaylord, mais je reconnais bien la bague. Une vieille merde à vingt sous. (Un sourire s'épanouit sur son visage.) Je te préviens, c'est un costaud, dit-il. Encore plus costaud que le vieux Gaylord.

— Je sais, dit Ben.

— Costaud, ajouta Gaylord, mais inoffensif. Y ferait pas de mal à une mouche.

— Mais vous ne savez pas son nom ?

— Je te dis, je connais pas son vrai nom, dit Gaylord. Mais tout le monde l'appelle Bluto, vu qu'il est tellement baraqué et tout ça...

— Où est-ce qu'il habite ?

— Eh ben, je crois bien qu'il a pas de maison.

— Il doit bien vivre quelque part.

Gaylord pouffa.

— A ce qu'on m'a dit, paraîtrait qu'y vit dans un tuyau.

— Un tuyau ?

— Ouais, les vieux tuyaux qu'y a vers l'usine de caoutchouc.

— Dans une conduite d'écoulement des pluies de tempête ? demanda Ben, abasourdi.

— C'est ça.

— Quand est-ce que vous l'avez vu pour la dernière fois ? demanda Ben.

Gaylord leva les yeux au plafond.

— Il était là dimanche dernier. Il vient presque tous les jours.

— Il vient jouer au billard ?

— C'est ça.

— Où est-ce qu'il travaille ?

Gaylord rit à nouveau.

— Oh là là, y travaille pas. Y fait des petits boulots à Bearmatch ; y se débrouille. Mais il a pas de vrai boulot.

— Où est-ce qu'il trouve les sous pour jouer au billard tous les jours, alors ?

Gaylord semblait ne s'être jamais posé la question.

— Il faut bien qu'il les trouve quelque part, insista Ben.

— Forcément, convint Gaylord.

— Il a peut-être des amis, des proches ?

— Rien de tout ça, tant que je sache.

— Alors il a sûrement un emploi.

— Nan, dit Gaylord d'un ton catégorique. Y peut pas.

— Pourquoi donc ?

— Parce qu'il a pas assez de jugeote pour faire un boulot normal.

— Comment ça ?

— Il est comme un gosse, dit Gaylord. Dans sa tête, quoi.

— Un attardé ? lâcha brusquement Coggins. C'est un attardé mental, c'est ça ?

Gaylord se tourna vers lui.

— Ouais, c'est ça. Il est comme un petit gosse dissipé. Il est pas méchant pour deux sous.

22

L'avenue était presque déserte quand Ben et Coggins sortirent de l'académie. On aurait dit qu'un ouragan avait tout emporté : les éventaires de bois bourrés à craquer de tee-shirts et de chaussettes, les présentoirs chargés de robes à bon marché et d'étincelants complets de confection, et jusqu'aux vieillards qu'on voyait d'ordinaire tailler nonchalamment un bout de bois, assis devant leur gril. Il ne restait plus que les détritus qui jonchaient les caniveaux, papiers gras, paquets de cigarettes et capsules de bouteilles, semblables aux vestiges d'une population disparue.

— J'ai merdé, dit Coggins à Ben comme ils regagnaient la voiture.

— Tu n'avais pas le choix.

— Je crois à la non-violence, dit Coggins. Non, vraiment. Je crois à la persuasion ; il faut réussir à convaincre les gens par des moyens pacifiques.

Ben haussa les épaules.

— Peut-être, mais des fois, on n'a que le temps de les arrêter.

Il n'y avait pas d'autre voiture dans l'avenue, et quand Ben et Coggins arrivèrent à la leur, ils virent Breedlove et Daniels qui se prélassaient sur le capot.

— Y-z-étaient sur le point d'enlever cette ruine, dit

Daniels, mais Breedlove leur a dit que c'était la voiture d'un des plus fins limiers de Birmingham.

Breedlove éclata de rire.

— Ouais. En plus, je me doutais bien que tu allais revenir avant que ça commence à chauffer. (Il se tourna vers Coggins.) Et toi aussi, Leroy, je savais que tu voudrais pas louper ça.

Ben ouvrit la portière côté passager.

— Monte, dit-il à Coggins.

— Où tu vas, Ben ? demanda Breedlove en se laissant glisser du capot. Tu devais pas donner un coup de main pour les interpellations ?

Ben ferma la portière et commença à contourner la voiture.

— Personne ne m'a parlé de ça, alors je vais continuer ce que je suis en train de faire.

Daniels s'approcha de lui.

— T'es toujours sur l'histoire de la petite fille ?

Ben hocha la tête tout en ouvrant sa portière et monta dans la voiture.

— Y paraît que sa maman a ouvert un dossier aux Personnes Disparues.

— Sa tante, rectifia Ben.

— Une Négresse, quoi, dit Breedlove. C'est tout ce que m'a dit McCorkindale.

Ben lui jeta un regard imperturbable.

— En effet, dit-il. Et alors ?

Daniels recula un peu et décocha un sourire glacial à Breedlove.

— Dis donc, Charlie, on dirait que Ben devient susceptible avec l'âge.

Breedlove se pencha à la fenêtre de l'autre portière.

— Tu sais que King va prononcer un discours ce soir, Ben, persifla-t-il. Y paraît que t'as loupé le dernier.

Ben ne répondit pas, et Breedlove continuait à le

dévisager d'un drôle d'air scrutateur quand il démarra et s'éloigna.

Les premiers manifestants se profilaient en haut de la colline quand la voiture s'engagea dans l'avenue. Ben se gara tout à fait sur la droite.

— Tu me ramènes en taule ? demanda Coggins.

— C'est ce que tu veux ?

— Ça paraît plus prudent, dit-il avec un sourire enjôleur.

— Je vais aller voir du côté de l'usine de caoutchouc, dit Ben, des fois que je pourrais dénicher ce Bluto dont parlait Gaylord. Tu veux venir ?

— Ouais, je veux bien, dit Coggins. (Il tira le pistolet de sa ceinture et le lui tendit.) Mais cette fois, c'est toi qui prends le pétard.

Ils restèrent un moment silencieux dans leurs sièges tandis qu'un cortège ininterrompu de Noirs passait devant l'auto. En bas de l'avenue, les sirènes mugissaient déjà et Ben entendit le puissant grondement du tank du préfet qui démarrait à l'autre bout du parc.

Coggins regarda un moment passer les manifestants parmi lesquels il saluait de temps à autre quelqu'un d'un coup de tête ; puis il se tourna vers Ben.

— C'est drôle, ce que t'as fait là, dit-il. Pourquoi tu t'es arrêté comme ça en voyant les manifestants arriver ?

Ben haussa les épaules.

— Je sais pas. C'est ce qu'on fait à la campagne. (Il se tourna vers Coggins.) T'as déjà habité à la campagne ?

— Non.

— Moi non plus, dit Ben. Mais un jour que j'étais en visite chez un cousin, on roulait dans son vieux camion et on a rencontré un enterrement ; mon cousin s'est arrêté et il a attendu que le cortège soit passé.

— Pourquoi ? demanda Coggins.

— Je sais pas, dit Ben. Par respect, sans doute.

— Pour le mort, tu veux dire ?

— Ouais, fit Ben en regardant les derniers retardataires qui traînaient à l'arrière de la première vague de manifestants.

C'étaient surtout des gens âgés, grisonnants et mal assurés sur leurs jambes. Une vieille femme marchait en s'appuyant sur un chariot à roulettes en aluminium. Quand elle fut passée, Ben démarra, gagna l'autre extrémité du parc à vive allure et tourna à droite sur les chapeaux de roue à l'instant même où les manifestants de la deuxième vague commençaient à dévaler la colline en chantant et en frappant dans leurs mains.

*

L'usine de Caoutchouc Alabama était un immense bâtiment en tôle situé au sud de la ville. Il y avait un vigile à l'entrée, et Ben le laissa approcher de la voiture d'un pas nonchalant.

— 'jour messieurs, dit l'homme qui grimaça un sourire en se baissant à la fenêtre de la portière.

Ben lui montra son insigne de police.

— Y a des conduites anti-tempêtes, ici, à ce qu'on m'a dit ?

L'homme hocha la tête.

— Y en a une vieille qu'est énorme par là-bas, dit l'homme en désignant le coin nord du terrain. Mais elle sert plus depuis longtemps.

— Ah oui ?

L'homme parut se souvenir de quelque chose :

— C'est-à-dire, l'usine ne s'en sert plus. Par contre, y a un gars, un Nègre, qui dort dedans. C'est un brave type. (Le vigile vrilla son index contre sa tempe.) Un peu barge, si vous voyez ce que je veux dire, mais gentil comme tout.

— Un balaise, enchaîna Ben. Et on l'appelle Bluto.

— C'est ça. (Le vigile scruta Ben avec insistance.) Il a des ennuis ?

— Non, j'ai quelques questions à lui poser, voilà tout. Vous l'avez vu dernièrement ?

Le vigile secoua la tête.

— Non, ça fait deux jours que je l'ai pas vu.

— Quand l'avez-vous vu pour la dernière fois ?

Le vigile haussa les épaules.

— Je sais pas, peut-être le week-end dernier. Je m'amuse pas trop à aller péter là-bas. Des fois Bluto vient tailler une petite bavette. Tout le monde le sait qu'y dort là en été, c'est pas un secret.

— Il va falloir que j'aille voir s'il est là, alors, dit Ben.

— Allez-y, dit le vigile en s'écartant de la voiture.

Un long panache de poussière s'éleva derrière l'auto tandis que Ben traversait le terrain qui s'étendait derrière l'usine vers la palissade anti-tempête. Vers le coin droit du terrain, Ben vit une tranchée ; il stationna la voiture au bord.

En longeant le bord de la tranchée, Ben vit la rigole en ciment au fond ; elle était à moitié colmatée par de la terre et des cailloux, si bien que les graviers qu'il fit rouler en dévalant la pente tombèrent dans de petites mares qui ne s'étaient pas évacuées depuis la dernière pluie.

Coggins resta un moment en haut de la pente à regarder le fond avec inquiétude.

— Tu n'es pas obligé de venir, dit Ben.

— Non, non, répliqua aussitôt Coggins, puisque je suis venu jusque-là, j'y vais.

Il se laissa glisser au bas de la ravine, les bras écartés pour garder son équilibre, et rejoignit Ben au fond de l'étroite tranchée. L'orifice de la conduite anti-tempête s'ouvrait un peu plus haut à flanc de talus. C'était un tube de béton à section circulaire qui ne dépassait que de quelques centimètres. Un grand drap blanc dont le bas était maculé de boue couvrait l'entrée comme l'ouverture d'une tente. Des emballages et des boîtes de conserve variées jonchaient le sol de la tranchée, et à droite, à quelques mètres de l'entrée de la conduite, s'élevait un tas de couleur sombre qui semblait être fait d'excréments.

— Mon Dieu, fit Coggins dans un souffle.

Ben se mit à marcher lentement vers l'entrée et Coggins le rejoignit après quelques instants d'hésitation.

Par intermittence, la brise entrebâillait mollement le drap tandis que Ben et Coggins s'en approchaient, mais tout ce qu'ils entrevoyaient alors, c'était un tas de vêtements et une pile de revues détrempées.

Ben écarta le drap. Une bouffée d'air fétide lui sauta au visage. C'était une odeur forte et sucrée jusqu'à en être écœurante, et il la reconnut tout de suite. Il brassa l'air de la main et une nuée de mouches s'envola du tas de vêtements et se maintint un moment dans l'air nauséabond avant de s'abattre à nouveau dans un bourdonnement assourdissant.

Ben se glissa à l'intérieur et se mit à secouer le tas de vêtements ; ceux-ci glissèrent l'un après l'autre jusqu'à découvrir une main noircie sous la peau éclatée de laquelle grouillaient des centaines de vers. Entre les doigts noircis et gonflés était lacé un fin ruban blánc orné de petits cœurs rouges.

Il le contempla un moment comme une relique, puis il se remit à secouer la pile et à envoyer de droite et de gauche les chemises en lambeaux et les pantalons maculés jusqu'à ce qu'il eût découvert le visage. Il était énorme et ses gros yeux délavés fixaient le vide au-dessus de lui. Les traits portaient l'expression que Ben avait déjà vue à bien des cadavres, mais plus outrée : ce n'était plus de l'étonnement mais de la stupéfaction.

— Il est là, dit-il enfin en jetant un coup d'œil vers l'entrée par-dessus son épaule.

Coggins pointa le nez à l'intérieur.

— Bluto ?

— Oui.

— Est-ce qu'il faut que j'entre, demanda Coggins sans bouger. Je veux dire, tu as besoin de moi ?

— Non, pas ici, dit Ben. (Il sortit une fiche de sa veste et inscrivit un numéro.) Va appeler ce numéro, dit-il en lançant la fiche à Coggins. C'est celui de l'institut médico-légal. Tu diras à Léon Patterson de rappliquer aussi vite que possible.

Il entendit Coggins gravir en toute hâte le remblai et se retourna vers les vêtements bouchonnés et le visage qui semblait le scruter, indissociables dans la ruine. Les yeux avaient séché et une croûte s'était formée dessus, mais ils exprimaient encore l'étrange blessure animale d'un être irrémédiablement atteint dans ses forces vives. Il regarda un moment ces yeux comme s'il avait pu y apprendre ce qui s'était passé ; puis il revint à la main et au ruban délicatement tressé entre ses doigts comme une triste amarre effilochée.

*

Une demi-heure plus tard, l'ambulance du Hillman Hospital arriva pour prendre le cadavre, mais il fallut encore attendre une demi-heure avant de voir arriver Léon. La température avait monté sans cesse depuis le début de la matinée, et un soleil aveuglant brillait maintenant sur le remblai. Longtemps, Ben n'avait entendu que le bourdonnement incessant des mouches.

— Je veux que tu me fasses ça bien, dit Ben à Patterson qui se trouvait à côté de lui dans le fossé en contrebas de la canalisation. Je veux pas qu'une armée de blancs-becs me foute tout sens dessus dessous.

— C'est compris, dit Patterson.

— Je veux que tout soit emballé et catalogué, ajouta Ben. Mais vraiment tout, tu vois ? (Il montra Coggins d'un coup de menton sans cesser de dévisager Patterson avec insistance.) On travaillera tous ensemble. Ça te dérange pas, Léon ?

— Non, dit Patterson en secouant la tête. (Il écarta le rideau qui masquait l'entrée.) Au boulot.

La chaleur était étouffante à l'intérieur de la conduite.

L'odeur écœurante du corps en décomposition avait tout imprégné : les piles de vêtements, les papiers de bonbon, les revues délavées, et jusqu'au vieux poste de télé posé sur des briques à quelques mètres du mort.

Patterson travaillait avec méthode : il saisissait inflexiblement le linge de ses doigts gantés, le pliait et l'empilait proprement avant d'emballer chaque article dans l'ordre. Le corps reposait sur le dos sous le tas de vêtements, entièrement nu. La main droite était encore mollement fermée sur la crosse d'un pistolet de calibre .22. Un drap était étendu sous lui ; il était maculé de sang sous la tête du mort et vers le milieu.

— Retournez-le, dit platement Patterson quand ils eurent complètement dégagé le cadavre.

Accroupis à cause de la courbure de la conduite, Ben et Leroy firent basculer le corps sur le flanc avant de le reposer sur le drap face contre terre.

— La lividité cadavérique s'est fixée sur le dos, dit Patterson d'un ton routinier. Ça veut dire presque à coup sûr que ce gars est mort ici même. On ne l'a pas déplacé ou retourné ni rien. Il est mort dans cette conduite.

— Quand ? demanda Ben.

— Difficile à dire, dit Patterson en haussant les

épaules. La chaleur fout tout en l'air. Mais je dirais que ça pourrait être dimanche dans la soirée. (Il leur montra du doigt la tempe du mort :) Et là, vous avez la cause du décès.

Ben regarda l'endroit désigné et vit un petit trou à un demi-centimètre environ du conduit de l'oreille.

— Une balle dans la tête, dit Patterson, tout comme la petite. (Il souleva le sac plastique qui contenait le pistolet.) Sans doute avec ce petit .22. (Il considéra le corps un moment, regardant tour à tour la blessure, l'épaule, le bras et enfin la main tendue.) D'après l'angle, je dirais qu'il aurait pu faire ça lui-même. (Il se tourna vers Ben.) Le meurtrier s'est fait justice, dit-il. Ça fait pas un pli.

— Alors c'est lui qui a violé la petite, dit Ben.

— On pourrait s'en assurer en confrontant le sperme prélevé sur la petite et le groupe sanguin de ce gars-là, dit Patterson, mais je te parie que le sang qui est au bord du drap est le sien et que celui du milieu est celui de la fille.

— Mais il l'avait tuée avant, enchaîna Ben.

Patterson hocha la tête.

— Et après, il est allé l'enterrer dans le terrain de sport, poursuivit Ben. Ensuite, il est revenu ici et il s'est suicidé.

— C'est comme ça que je vois le truc, approuva Patterson.

Ben jeta un coup d'œil circulaire dans le fossé, puis considéra Patterson.

— Où est la pelle ?

— Hein ?

Coggins sourit.

— C'est vrai, où est la pelle ? répéta-t-il.

— Celle dont il s'est servi pour l'enterrer, dit Ben. On ne l'a pas trouvée sur les lieux, et elle n'est pas là non plus.

— Il l'a peut-être bazardée n'importe où, avança Patterson.

— Pour quoi faire ?

— Pour se débarrasser de la pièce à conviction, pardi.

— A part ça, il a gardé le pétard et il a pris un ruban dans ses cheveux. A quoi ça rime, pour toi, Léon ? demanda Ben d'un air dubitatif.

— A rien, répondit Patterson dont le visage s'empourpra. (Il se redressa comme s'il passait tout à coup à la vitesse supérieure.) Je vais me dépêcher de te faire toutes les analyses, Ben. Ça va me prendre quelques heures. Tu es chez toi ce soir ?

— Oui.

— Je t'appelle dès que j'ai tout, assura-t-il en chargeant tous les sacs en plastique sur ses avant-bras, puis il gagna sa voiture en toute hâte.

Lorsqu'il fut parti, Ben rentra dans la conduite, maintenant presque vide à l'exception du vieux poste de télé à l'écran craquelé et de quelques bribes de tissu ou de papier ; le sang avait traversé le drap et laissé de grandes taches rousses sur le béton, mais rien d'autre n'indiquait qu'un être humain avait vécu là, ou y était mort.

— C'était tout de même pas normal que le pauv' diable ait dû habiter dans un trou pareil, dit une voix.

Ben se tourna vers l'entrée, s'attendant plus ou moins à voir Leroy, mais c'était le vigile qui se détachait à contre-jour dans l'éblouissante lumière de l'après-midi et fouillait la pénombre de ses yeux bleu foncé.

— Vous le connaissiez bien ? demanda Ben du tac au tac.

Le gardien haussa les épaules.

— Comme on peut connaître un mec comme ça.

— Est-ce que vous avez déjà vu d'autres gens par ici ?

— Y restait toujours tout seul, dit le gardien en secouant la tête. Mais ça avait pas l'air de le déranger.

— Vous parliez avec lui ?

— Des fois. Alors y s'est foutu en l'air ?

Ben sortit à croupetons de la conduite et se tint face au gardien.

— Peut-être, dit-il. A moins qu'on ne l'ait buté.

Le gardien parut étonné.

— Pas possible. J'aurais jamais cru qu'on puisse vouloir faire du mal à ce gars-là. Vous savez, il était comme un môme. (Il eut un petit sourire triste.) Je veux dire, y se rendait pas compte qu'y avait quelque chose qui tournait pas rond dans sa tête. Il était inconscient, quoi. (Il jeta un coup d'œil vers l'entrée de la conduite.) Y se prenait pour un grand, reprit-il, y croyait qu'il était comme vous et moi. (Il eut un rire silencieux.) L'avait peur de rien. Y sortait tout le temps. Y racontait qu'il était de la police.

— De la police ? demanda Ben.

— Ouais, dit le vigile. Il avait une panoplie de policier, un insigne en plastique et un pétard en jouet. Y racontait qu'il était assermenté.

— On a trouvé l'insigne, dit Ben. Mais pour le pétard, vous disiez que c'était un jouet ?

— Ouais, un jouet, dit le vigile. Un petit pistolet à plomb. (Il sourit tristement.) Y cavalait partout en tirant sur des trucs. Sur des boîtes de conserve et tout ; comme un gosse. Des fois, il le tournait contre sa tête et y tirait. « Chuis mort », qu'y disait, « chuis mort ». Et pis y se laissait tomber par terre. (Il jeta encore un coup d'œil dans la conduite et secoua la tête d'un air lugubre.) Y va nous manquer à l'usine, ce gars-là, dit-il. Y faut toujours un truc original dans une boîte.

23

La Quatrième avenue avait l'air d'avoir été balayée par une énorme tempête quand Ben et Coggins l'empruntèrent pour regagner le commissariat central. Des filets d'eau grasse coulaient lentement dans les caniveaux, entraînant de tourbillonnants agrégats de détritus, et on avait creusé dans la terre du parc de longues tranchées étroites maintenant pleines d'eau boueuse.

— Qu'ils nettoient tant qu'ils voudront, dit Coggins avec assurance ; une manifestation laisse derrière elle bien plus que des détritus.

Il scruta les allées du parc désert. Au loin, un camion de pompiers attardé faisait une tache rouge vif dans la chaude lumière de l'après-midi.

— Ils peuvent bien arroser les rues jusqu'au jugement dernier pour essayer de les rendre impeccables. Mais le monde entier saura bientôt combien Birmingham est sale en réalité.

Ben resta silencieux. Il gardait les yeux braqués droit devant lui. Des agents en ordre dispersé démontaient les barrages de police sous l'œil de gendarmes désœuvrés qui les regardaient à quelque distance. Un commandant se tenait devant eux, très grand et très droit. Son uniforme était impeccablement repassé et ses hautes bottes noires cirées à la perfection. Il se posta au milieu de la rue en plissant les yeux pour mieux voir la voiture de Ben qui s'approchait.

Ben s'arrêta à sa hauteur et le commandant vint à la portière.

— Le secteur est sous dispositif de sécurité renforcée, dit-il. (Il jeta un coup d'œil oblique à Coggins, puis reporta son attention sur Ben.) Vous avez à faire dans le quartier ?

— Je rentre au commissariat central, dit Ben en lui montrant son insigne.

Le commandant jeta un coup d'œil à l'insigne mais ne parut guère impressionné.

— Qu'est-ce que c'est que cet homme ? demanda-t-il en désignant Coggins d'un coup de menton. C'est un prévenu ?

— Non, dit Ben.

Il déchiffra la petite plaque d'identité noire épinglée sur l'uniforme du commandant : il s'appelait Halsey.

— C'est que ça a chauffé aujourd'hui, expliqua le commandant, alors on ouvre l'œil.

— Je vois ça, dit Ben en hochant lentement la tête.

Son regard se déporta à droite de Halsey. Il vit ce qui lui parut être une voiture de police banalisée, garée au bord du parc. Elle était vert foncé, couverte de poussière, et ses pneus étaient presque lisses. Il y avait deux hommes sur le siège arrière, et au hasard de leurs mouvements qui les faisaient entrer et sortir de la faible clarté qui baignait une partie de la cabine, Ben vit que l'un d'eux était Teddy Langley.

— Alors ce que je vous conseille, inspecteur Wellman, dit le commandant, c'est de ramener cet homme au commissariat le plus vite possible.

— Ouais, dit Ben d'une voix distraite, les yeux toujours fixés sur la voiture banalisée.

Tod Langley surgit tout à coup d'un buisson, s'approcha de la voiture et monta à la place du conducteur.

— Le secteur est encore dangereux, conclut le commandant.

Ben ne répondit pas mais suivit des yeux la voiture qui démarrait doucement et se mettait à descendre l'avenue.

Dans la petite plage de lumière qui s'étendait entre l'imposante masse du commandant et la limite de son champ visuel, Ben vit que Teddy Langley l'avait aperçu et qu'il le regardait fixement par la lunette arrière toute poussiéreuse.

— Par conséquent, circulez, fit le commandant, et restez sur vos gardes.

— Entendu, merci, dit Ben en enfonçant lentement la pédale de l'accélérateur.

Il aperçut encore dans son rétroviseur l'autre voiture qui prenait de la vitesse sur le pavé humide et faisait voler derrière elle une multitude de gouttelettes qui retombaient en un rideau argenté.

*

— Je peux pas dire que je suis content d'être rentré, dit Coggins tandis que Ben bouclait la cellule.

— Alors, je parie que vous vous êtes amusés comme des petites folles, rigola McCorkindale.

Ben garda les yeux fixés sur Coggins.

— Je te tiendrai au courant s'il y a du nouveau, dit-il.

Un étrange sourire de reconnaissance se peignit sur les traits de Coggins.

— Merci, dit-il. (Il ferma les doigts sur les barreaux.) Et bien sûr, tu sais où me trouver.

— Dis donc, vous avez l'air drôlement poteaux tous les deux, remarqua sournoisement McCorkindale en redescendant le couloir.

— Tu vas recevoir des trucs du labo, dit Ben. T'as intérêt à te coucher dessus.

— Quel genre de trucs ? fit McCorkindale, intéressé.

— Des pièces à conviction. Pour un meurtre. Il y aura au moins un pétard. Ils sont en train de relever les empreintes. Le reste part au labo. Ça n'arrivera sans doute pas ici avant plusieurs semaines.

A l'entrée du dépôt, McCorkindale se laissa tomber lourdement dans sa chaise pivotante.

— Sinon, j'ai ta mission pour cet après-midi, dit-il. Le commissaire Starnes me l'a donnée.

— Qu'est-ce que c'est ?

— Du millefeuille, dit McCorkindale. Un vrai cadeau. Tu dois aller représenter la police aux funérailles de Kelly Ryan. (Il déchira d'un bloc une feuille qu'il tendit à Ben.) Il n'avait personne, alors ça a pas traîné pour l'enterrement. Tu as tout là-dessus.

Ben jeta un coup d'œil à la feuille et la fourra dans sa poche.

McCorkindale eut un sourire rayonnant.

— Ma parole, Ben, t'es drôlement bichonné ces temps-ci, dit-il. (Il secoua la tête en signe de stupéfaction.) Je crois bien que tu te ramasserais tous les boulots peinards si j'étais pas là.

Ben ébaucha un petit sourire et commença à s'éloigner.

— Ah oui, encore un truc, dit vivement McCorkindale. Le commissaire veut te voir. Il est dans son bureau.

— D'ac, dit Ben qui prit le chemin du bureau de Luther.

Penché sur son bureau, celui-ci tenait un sandwich jambon-fromage dans ses grosses pognes.

— Un petit en-cas entre deux coups de bourre, dit-il quand Ben pénétra dans le bureau. (Il but une gorgée de café et s'essuya la bouche du dos de la main.) Dis donc, on m'a dit que tu avais du nouveau sur l'affaire de la petite fille.

— Ouais.
— Alors ?
— Eh ben, la bague nous a permis de remonter à un Noir qui vivait dans une conduite anti-tempête à côté de l'usine de caoutchouc.
— Vivait ?
— Il est mort, dit Ben. Une balle dans la tête.
— Quel calibre ?
— .22.
— Le même pétard que pour la môme ?
— Probablement, dit Ben. On a retrouvé l'arme dans la conduite. Elle était encore dans la main du mec. On est en train de vérifier que c'est bien la même qui a servi les deux fois.
Luther hocha la tête d'un air pensif.
— Alors c'est le plan classique, à ton avis ? Il l'a tuée, et puis il s'est donné la mort ?
— Peut-être, répondit Ben. On l'appelait Bluto. Il était tout le temps fourré dans une académie de billard de la Quatrième avenue. C'était un demeuré.
Ben décida de garder ses doutes pour lui jusqu'à nouvel ordre.
— Parfait, dit Luther. T'as bien travaillé, Ben. (Il mordit dans son sandwich.) Voilà une affaire rondement menée.
Ben hocha la tête sans se mouiller.
— On vérifie que le groupe sanguin du gars correspond au sperme prélevé sur la petite.
Il était clair que ces détails n'intéressaient plus beaucoup Luther.
— Dis donc, McCorkindale t'a dit pour les obsèques ?
— Ouais.
— C'est pas la mission du siècle, ajouta Luther, mais j'ai pensé que ce serait bien que tu t'en charges. Kelly n'avait pas vraiment la cote dans la boîte.

Ben garda le silence.

— Ça te dérange pas de représenter la maison, au moins ? demanda Luther.

— Non, dit Ben.

— Parfait, dit Luther. (Il sourit.) Tu sais comment ça se passe, quand un flic va au tapis, y faut qu'y ait un peu de bleu au boulevard des allongés quand on l'enterre. Ça a aucun rapport avec ce qu'il a pu faire de son vivant.

*

Kelly Ryan fut enterré à trois heures, cet après-midi-là, dans un petit cimetière proche de sa maison. Un corbillard isolé amena le corps, accompagné en tout et pour tout par un vieux prêtre qu'on avait nommé aumônier de la police bien des années auparavant et qu'on voyait presque toujours aux funérailles de policiers quand aucun autre n'avait été pressenti.

— Vous connaissiez bien M. Ryan ? demanda le prêtre en s'approchant de la tombe.

— Non.

— Moi non plus, dit le prêtre. J'ai simplement reçu un coup de fil du secrétariat du préfet. Ils se sont contentés de me dire qu'on aurait besoin de moi au cimetière. (Il posa sur Ben un regard appuyé.) Il n'avait personne ?

— A ma connaissance, il était tout seul, dit Ben. (Il haussa les épaules.) Moi, je suis seulement là pour représenter la préfecture.

Le prêtre hocha lentement la tête en reposant les yeux sur le cercueil.

— Sans doute que c'était un bon flic.

Ben revit Kelly tout seul à son bureau métallique pourri des Pièces à Conviction, puis debout devant les murs de chemises marron des archives, Kelly en train de gravir péniblement les marches du commissariat, flanqué de deux adolescentes qu'il emmenait au dépistage des maladies vénériennes, Kelly séchant verre sur verre au bar l'autre soir : « J'ai pas bu un coup avec un flic depuis qu'y m'ont retiré mon poste à Bearmatch », avait-il dit en tournant la tête de droite et de gauche comme s'il lui était impossible de soutenir le regard d'un collègue.

— Ouais, dit Ben. Probable.

— Jeune ?

— Ouais.

Le prêtre secoua la tête d'un air peiné.

— Quel malheur de mourir si jeune ! Enfin, c'est ainsi. Le cœur, ça ne pardonne pas.

— Comment ?

— Le cœur, reprit l'autre. Ça peut tomber sur n'importe qui, jeune ou vieux.

— Vous voulez dire les attaques cardiaques ?

Le prêtre acquiesça.

— Ils m'ont dit que c'est de ça qu'il est mort. Vous ne saviez pas ?

Ben secoua la tête. L'image de Ryan se balançant sous la lampe près de la chaise renversée avec sa langue noire et gonflée et ses yeux exorbités repassa devant ses yeux.

— Non, je ne savais pas.

Le prêtre sourit poliment, puis alla se placer devant la tombe. Un monticule de terre rougeâtre s'élevait à ses pieds, aussi nu qu'un cadavre.

— Je peux y aller ? demanda-t-il à Ben.

Ben hocha la tête.

Le prêtre courba lentement la tête et se mit à parler, mais Ben l'entendait à peine à cause des camions qui passaient dans la rue dans un bruit assourdissant, rugissant sous leurs énormes charges de fer et d'acier. Il détourna les yeux de la tombe et les braqua vers l'avenue par laquelle ils étaient venus. Au bout, il vit la haute palissade anti-tempête de l'usine de caoutchouc et se rendit compte que si le paysage avait pu s'élever au-dessus des arbres qui en masquaient le bas, il aurait vu l'œil rond et froid de la conduite d'évacuation, puis en se tournant vers la droite, le poteau de but déteint qui avait un bref moment indiqué la tombe de Doreen Ballinger. Il eut un instant le sentiment que ces trois sépultures lugubres et misérables formaient les trois sommets d'un triangle, mais il comprit que celui-ci n'était guère plus qu'une construction mentale faite de lignes invisibles tracées dans un vaste espace désert.

*

Le bar où Kelly avait invité Ben le soir de sa mort n'était qu'à quelques rues du cimetière, et c'est là, assis à la même place qu'alors, que Ben tenta d'imaginer ce qu'avait pu être la vie de Kelly pendant tant d'années avant qu'il ne se fût résolu à y mettre un terme. Il ne pouvait chasser l'image lugubre du corps de Kelly tournant lentement au bout de sa corde dans le léger courant d'air qui traversait la pièce, tournant inlassablement, comme à la recherche de quelque impossible délivrance. « Je l'aimais, tu comprends », avait-il dit d'une voix un peu pâteuse en buvant son dernier verre, les paupières ourlées d'un cerne violet. Ça, il l'avait payé très cher : il avait vécu dans une solitude que Ben ne parvenait même pas à imaginer, dans une maison minuscule et délabrée, perdue dans un océan hostile d'usines au tintamarre discordant, sans amis, sans famille, brocardé par ses collègues. La mort devait être un vrai cadeau après une vie pareille.

Ben but une gorgée de whisky et jeta un coup d'œil vers la devanture du bar. Le ciel de fin d'après-midi avait viré au bleu-mauve, et il vit les dernières traces du coucher de soleil au ras du toit de l'usine de caoutchouc, un reflet pourpre qui s'élevait au-dessus de la ville comme une brume. Ç'aurait été un spectacle splendide au-dessus d'une belle ville, mais le coucher de soleil paraissait mélancolique et comme déplacé au-dessus des crassiers et des toits de tôle ondulée. Ben détourna les yeux de la fenêtre et jeta un coup d'œil circulaire dans le bar. Quelques ouvriers étaient avachis à une table non loin de lui et deux autres, accoudés au bar, sirotaient leur bière en bavardant mollement avec le barman. Ben se demanda si Kelly avait connu l'un ou l'autre des hommes qui entraient ici d'un pas lourd après le turbin, s'il avait eu une seule vraie conversation avec l'un d'eux. Sans pouvoir en être sûr, il se dit que c'était fort improbable. A quoi bon, après tout, puisqu'il ne pouvait s'ouvrir à aucun d'eux au sujet de la grande histoire de sa vie. Aussi Kelly avait-il décidé de n'abuser personne ; il avait choisi l'isolement, le silence et la plus complète solitude, et il avait vécu ainsi tant qu'il avait pu, puis il avait pris congé comme un homme, sans mendier la pitié de personne ni tenter de se justifier ; il était mort comme il avait vécu, totalement et irréductiblement seul.

*

Il était près de minuit quand Ben regagna l'allée de gravier de sa maison. De l'autre côté de la rue, il y avait de la lumière à la fenêtre de M. Jeffries, et Ben imaginait sans peine le vieil homme se retournant sans cesse dans son lit ou arpentant la chambre d'un pas mal assuré. Son père était comme ça les derniers jours de sa vie : il passait sans but de pièce en pièce, hébété, profondément perturbé et à peine conscient des réalités les plus immédiates. Bien des fois, Ben s'était levé à l'aube pour le trouver échoué dans le couloir qu'il considérait d'un œil désespéré comme un gosse perdu dans une ville étrangère. Il était mort dans le même état de déroute désemparée. On eût dit que son esprit était tout bonnement tombé comme une dent, et Ben revoyait encore leur dernier repas ensemble et le vieil homme qui marmonnait des mots sans suite en contemplant les aliments sans que son visage trahît le moindre sentiment. Il garda encore un moment les yeux fixés sur la fenêtre de M. Jeffries, comme s'il avait pu par son seul regard relever le vieillard s'il tombait, ou le ramener à son lit et l'y border comme il l'avait fait tant de fois pour son père.

La lumière s'éteignit tout à coup, et Ben s'engagea dans l'étroite allée qui menait à la maison, gravit les étroites marches de bois, ouvrit la porte et entra.

Le canon du pistolet se posa sur son oreille avant qu'il ait eu le temps d'atteindre l'interrupteur et le froid glacial de l'acier le figea sur place.

— Bouge pas, fit une voix tendue et chevrotante.

C'était une voix d'homme, mais elle n'apprit rien de plus à Ben.

— Bouge pas, répéta l'homme d'une voix dure.

Ben resta immobile dans la pénombre, la main droite encore levée vers l'interrupteur, les doigts tendus mais raides, figés en l'air comme les fragiles doigts de bois d'une marionnette.

— Fais un pas en avant, dit l'homme.

Le canon s'enfonça un peu plus dans les chairs fragiles derrière l'oreille de Ben.

— Doucement, hein, dit l'homme. Un seul pas.

Ben fit un pas en avant et s'immobilisa de nouveau. Une ardeur étrange lui brûlait les yeux, comme s'il avait voulu détruire d'un regard l'obscurité qui lui cachait son adversaire.

— Laisse tes mains où elles sont, dit l'homme. Fais encore un pas.

Ben s'exécuta.

— Mets-toi à genoux, ordonna la voix.

— Quoi ?

— A genoux, bordel !

Ben se laïssa lentement glisser sur le sol.

— Allez, à plat ventre, dit la voix d'un ton subitement cruel et implacable.

Ben s'exécuta immédiatement.

— Maintenant écarte, continua la voix d'un ton radouci, comme étouffée par un mouchoir. Allonge les bras de chaque côté de ta tête.

Face contre terre, Ben s'aplatit contre le plancher et étendit les bras comme s'il essayait d'attraper un objet hors d'atteinte. Il resta un instant immobile dans l'obscurité, puis il sentit que l'homme lui donnait un coup de pied dans les talons.

— Ecarte les jambes !

Ben s'exécuta.

— Merde, fit l'homme à voix basse.

Ben sentit une main le palper et déboucler vivement son étui avant d'en tirer son arme.

— C'est déjà mieux, dit l'homme.

Ben ne dit mot et resta un moment allongé sur le plancher. Puis tout à coup il sentit l'homme qui s'abattait sur son dos de tout son poids.

— Relève-toi, maintenant, pour voir, dit l'homme d'un ton ironique.

— Pas facile, dit Ben d'une voix faible.

L'homme éclata de rire.

— Le truc, c'est que t'as un problème, dit-il d'un ton lourd de menaces. Comme qui dirait un problème nègre. Tu vois ce que je veux dire ?

Ben ne répondit pas.

Le canon du pistolet lui déchira les chairs.

— Eh chef, t'entends ? fit l'homme d'un ton impérieux.

— Ouais.

— Je te dis que tu t'es foutu un sale problème nègre sur le dos.

Ben attendit sans rien dire jusqu'à ce que le canon recommence à lui vriller le crâne.

— Quel problème ? lâcha-t-il.

— La petite négresse, répliqua aussitôt la voix. Celle qu'est morte.

— Eh ben ?

— Qu'est-ce tu sais sur elle ?

— Rien, dit Ben.

Un coup de poing s'abattit sur le crâne de Ben.

— Joue pas au con avec moi, grinça la voix. Sinon tu reverras jamais tes négros adorés.

— Je ne sais rien, dit Ben sans élever le ton. (Il sentait une brume douloureuse s'abattre sur lui comme un rideau qui se baisse.) Je ne sais rien, répéta-t-il platement.

Le poing s'abattit une nouvelle fois sur lui et sa tête roula sur le côté.

— Où ce qu'elle était ? demanda l'homme d'une voix impérieuse mais qui trahissait maintenant une tension énorme.

— Comment ? demanda Ben, déconcerté.

— Où ce qu'elle était ? répéta l'homme au bord de la crise de nerfs.

— Je ne comprends pas.

L'homme resta un moment silencieux, et Ben crut presque entendre les rouages de son cerveau cliqueter frénétiquement.

— Tu les détestes, les Négros ? demanda-t-il enfin.

Ben ne répondit pas. Une douleur insoutenable montait et descendait le long de son dos. Une main énorme vint se poser sur son crâne et lui écrasa le visage contre le plancher.

— Tu les détestes ? insista l'homme.

Ben resta silencieux.

Le canon s'enfonça encore un peu.

— Dis que tu détestes les Négros. Tout de suite.

Ben garda le silence. Les doigts de l'homme lui arrachaient les cheveux ; l'homme pesait sur lui de tout son poids, et Ben entendait sa respiration courte et furieuse.

— Dis que tu détestes les Nègres, répéta la voix. Dis-le tout de suite.

Ben persista dans son mutisme. Il sentit le canon du pistolet qui lui parcourait la nuque avant de venir se planter dans son oreille.

— Je vais te brûler la cervelle, connard, dit l'homme.

Ben l'entendit armer le pistolet. Il leva les yeux et vit une lueur jaunâtre par la fenêtre. M. Jeffries avait rallumé sa lampe. Il inspira longuement, bien à fond, et ferma les yeux avec force.

— Adieu, persifla l'homme.

Ben attendit, les poings serrés, les yeux fermés, et la bouche tout à coup si sèche que sa soif semblait impossible à étancher.

Le silence plana quelques instants pendant lesquels Ben regretta que ce fût la nuit et non le matin, qu'il n'y eût pas de lumière du soleil derrière ses paupières, pas de chants d'oiseaux, pas de circulation à la rumeur rassurante, mais seulement ce silence total dans une obscurité seulement percée par une lumière d'un jaune malsain.

Tout à coup, il fut soulagé du poids qui l'écrasait et comprit que l'homme s'était relevé. Il resta pourtant immobile, les yeux fermés, s'efforçant de ne pas nourrir de faux espoirs.

— Tu bouges d'un poil et je t'aligne, dit l'homme d'une voix presque lasse comme si son attaque l'avait épuisé.

L'instant suivant, il avait disparu d'un pas vif dans le long couloir qui menait à la cuisine avant de sortir par la porte de derrière et de se fondre dans les épaisses ténèbres de la nuit.

Ben entendit le bruit étouffé de ses pas rapides, puis le léger claquement de la moustiquaire qui se refermait sur lui. Alors seulement, il se redressa et gagna la cuisine à pas lents. Il referma la porte et la verrouilla, puis il alluma la lumière au-dehors. Au fond du jardin, il distinguait son grillage rouillé. Il était un peu affaissé là où l'homme l'avait franchi, et Ben vit son arme de service bizarrement accrochée à un des piquets de métal descellés, le canon prudemment braqué vers le ciel chargé de lourds nuages.

*

En ouvrant sa porte, Luther parut stupéfait de trouver Ben qui le dévisageait calmement.

— Bon Dieu, Ben, glapit-il, tu sais l'heure qu'il est ?

— Faut que je vous parle, commissaire, dit Ben d'un ton brusque.

Luther plissa les yeux.

— J'espère que tu me déranges pas pour des clous, dit-il. Ma femme est malade, et elle va sûrement pas se rendormir avec tout le barouf que t'as fait à la porte.

— C'est important, dit Ben.

Luther sortit sur le perron et referma soigneusement la porte derrière lui. Il était vêtu d'un pyjama bleu clair trop grand dont la veste bâillait un peu sur le devant comme il descendait les marches. Il s'avança dans le jardin ; ses pieds disparaissaient presque entièrement dans l'herbe humide de rosée.

— Alors, qu'est-ce qu'y a ?

— J'ai été agressé cette nuit, dit Ben.

— Agressé ?

— Chez moi, dit Ben d'un ton entendu.
Luther gloussa.
— Ecoute, Ben, c'est vrai, quoi, merde, même un flic peut surprendre un cambrioleur chez lui !
— C'était pas un cambrioleur.
Luther le dévisagea avec attention.
— Qu'est-ce que t'en sais ?
— Il m'attendait.
— Y t'attendait ?
— Parfaitement.
— A quelle heure ça s'est passé ?
— Un peu après minuit.
Luther parut réviser son jugement.
— Eh ben, continue, dit-il d'un ton bourru. Qu'est-ce qui s'est passé ?
— Le type m'est tombé dessus dès que je suis entré.
— T'as pas trop morflé en tout cas, observa Luther. Est-ce qu'il t'a volé ?
— Non, dit Ben. Il était pas là pour ça.
— Qu'est-ce que tu veux dire ?
— Ce qui l'intéressait, c'était la fille.
— La fille ?
— La petite Noire qu'on a trouvée sur le terrain de sport.
Le visage de Luther se durcit.
Le mec qui t'a agressé s'intéressait à ça ? demanda-t-il, incrédule.
— Exactement.
— Qu'est-ce qu'y voulait savoir ?
— Tout. Tout ce que j'ai pu trouver là-dessus.
— Qu'est-ce qu'il a demandé au juste ? demanda Luther avec une attention accrue.
— Il voulait savoir où elle était.
— Le cadavre ?
— Où elle était avant de mourir, dit Ben. En tout cas, c'est comme ça que je l'ai compris sur le moment.

(Il haussa les épaules.) Peut-être qu'il voulait savoir où on l'a trouvée. (Il secoua la tête.) Je sais pas.

— Est-ce qu'il voulait savoir qui était le coupable ?

— Je crois bien qu'il voulait tout savoir, dit Ben. Mais il a pas demandé ça.

— Qu'est-ce que tu lui as dit ?

— Que je n'avais pas trouvé grand-chose.

— Ça pourrait pas être un proche un peu cinglé ? demanda Luther. Est-ce que c'était un Noir ?

— Non.

Luther secoua la tête d'un air lugubre.

— J'aime pas ça, Ben. J'aime pas ça du tout.

— Et c'est pas ça le pire, dit Ben sans ménagement.

Luther lui décocha un coup d'œil perçant.

— C'était un flic, dit Ben.

Luther éclata d'un rire nerveux.

— Un flic ?

— Oui.

— Ma parole, Ben, t'es cinglé.

— J'en suis absolument sûr, commissaire, dit Ben avec fermeté.

— Et comment tu le sais, je te prie ?

— C'est la façon dont il s'y est pris, expliqua Ben. On aurait dit le cours de l'école de police. On fait mettre le mec à quatre pattes, puis à plat ventre. Il m'a même fait écarter les pieds.

— N'importe qui peut savoir faire ça, dit Luther d'un ton peu convaincu.

— Il a oublié de me fouiller avant de m'avoir fait mettre à plat ventre et il s'est rendu compte qu'il s'éait trompé.

— Ça pourrait être un entraînement militaire, fit Luther, évasif. Ou un mec d'un autre service de police.

— Il a laissé mon pétard accroché au grillage.

— Et après ?

— Pourquoi il a fait ça, à votre avis, commissaire ?

— Qu'est-ce que tu veux que j'en sache ? demanda Luther en haussant les épaules.

— C'est le premier truc auquel j'ai pensé, dit Ben.

— Alors, pourquoi ?

— Parce qu'un flic du même service que nous sait bien qu'on doit acheter nos armes nous-mêmes. Alors s'il me l'avait pris, j'aurais dû le remplacer de ma poche.

Le visage de Luther se radoucit, mais il garda le silence.

Ils restèrent un moment sans mot dire, face à face sous les épaisses frondaisons du gros chêne qui dominait le jardin de Luther.

— Comment tu vois le truc, alors ? demanda enfin Luther.

— Je crois qu'il y a quelqu'un dans le service qui a les foies.

— A cause de la gosse.

— Ou bien alors à cause de la façon dont on s'occupe de l'affaire sérieusement au lieu de la traiter par-dessus la jambe.

— Pourtant, tout ce que t'as trouvé pour le moment, c'est ce Bluto.

— Il doit nous manquer un élément.

— Lequel ?

— Je ne sais pas.

— Alors qu'est-ce que tu comptes faire ?

— Comment ça ?

— Tu veux être déchargé de l'affaire ?

— Non, répondit vivement Ben, froissé. Je ne vois pas pourquoi.

— Je veux dire, si c'est un collègue qui est à la base de toute l'affaire, on peut toujours la confier à la gendarmerie.

— Les mecs de Lingo ? fit Ben en ricanant.

— Ils ne sont peut-être pas tous comme ceux qu'on a

vus à l'œuvre ces derniers temps, plaida Luther. Et comme ça, au moins, tu n'aurais pas à enquêter sur des personnes qui te touchent de trop près.

— Non, je veux garder l'affaire, dit Ben en secouant la tête.

— Très bien, dit Luther d'une voix égale. (Il leva les yeux vers la ramure enchevêtrée.) Ça se complique un peu trop pour moi ces derniers temps, dit-il tristement. J'ai du mal à suivre. (Il considéra Ben d'un air résolu.) Mais en tout cas, n'oublie pas que je suis derrière toi.

Ben acquiesça d'un petit coup de tête, puis il fit volte-face et regagna sa voiture. Assis au volant, il distingua encore la silhouette sombre et massive de Luther qui le regardait partir sous les branches légèrement courbées, et il sentit en le regardant par le pare-brise poussiéreux que la trame familière de l'existence avait tout à coup cédé la place à un nouveau canevas plus complexe et plus dangereux, de sorte qu'il ne pouvait même plus déterminer avec certitude s'il lui fallait prendre les derniers mots de Luther comme un soutien ou comme une menace.

24

Les environs du commissariat central fourmillaient déjà de pompiers en tenue d'intervention lorsque Ben arriva au centre ville le lendemain matin de bonne heure. Ils étaient vêtus d'imperméables noirs, de casques et de bottes en caoutchouc, et la façon dont ils se rassemblaient en petits groupes auprès des étincelants camions rouges rappela à Ben les vols de corbeaux, fléau des champs de maïs de son grand-père ; ils étaient comme eux nerveux et bruyants, et jetaient sans cesse des coups d'œil de droite et de gauche, comme s'ils étaient prêts à prendre leur envol au moindre bruit.

Teddy Langley et Sammy McCorkindale se tenaient à l'entrée du bâtiment, les yeux tournés vers la Quatrième avenue.

— Qu'est-ce que c'est encore que ce bazar, demanda Ben en arrivant à leur hauteur.

— Toujours les mêmes conneries, cracha Langley.

McCorkindale éclata de rire.

— Qu'est-ce que tu ferais, toi, dit-il. Tu veux tout de même pas foutre des nids de mitrailleuses aux quatre coins et les faucher en bloc ?

— Si ça se trouve, on pourrait même y arriver avec une seule ; pas vrai, Ben ? dit Langley en lui lançant un regard appuyé.

McCorkindale secoua la tête.

— Ma parole, Teddy, mais t'es raciste ! c'est que tu deviens mauvais, avec l'âge, dit-il avec un sourire moqueur.

Irrité, Langley fronça les sourcils, rentra la tête dans les épaules et descendit les escaliers quatre à quatre vers sa voiture.

— Tout le monde est à bout de nerfs, Ben, dit McCorkindale en le regardant s'éloigner. (Il se tourna vers Ben.) Ça colle ?

— Bah, comme tout le monde, dit Ben.

— T'es toujours sur l'affaire de la môme ?

— Ouais.

— Si t'as besoin d'un équipier, fais-moi signe, dit McCorkindale d'une voix lasse en commençant à descendre les marches à son tour. Je commence à en avoir ma claque des manifs ; c'est trop de boulot pour un vieux gras-du-bide comme moi.

Ben fit volte-face et pénétra dans l'immeuble.

Il croisa T. G. Hollis à la porte du local des détectives.

— Y a eu un coup de fil pour toi il y a quelques minutes, dit-il. Au sujet de ton affaire.

— Qui était-ce ?

— Un certain Davenport, dit Hollis. Il a dit qu'il se tenait à ta disposition ce matin. Tu trouveras tous les détails sur ton bureau.

— Merci, T. G., dit Ben avec un sourire.

— Ouais, pour prendre des notes, je me débrouille, dit Hollis en ricanant. (Il frappa dans sa paume avec sa matraque.) Mais là où je touche ma bille, c'est pour filer des coups de trique.

*

Horace Davenport salua aimablement de la tête quand sa secrétaire introduisit Ben dans son bureau.

— Bonjour, monsieur Wellman, dit-il. (Il se tourna vers sa secrétaire :) Merci, Helen. Vous fermerez la porte en sortant, je vous prie.

La secrétaire s'exécuta ; lorsqu'elle fut sortie, Davenport désigna un siège en face de son bureau d'un geste de la main.

— Je vous en prie, asseyez-vous, dit-il.

Ben s'assit.

— Je n'ai appris la triste nouvelle qu'à mon retour d'Atlanta, hier soir, dit Davenport en se carrant dans son fauteuil. Vous ne pouvez pas savoir à quel point ça m'a affecté.

— Je cherche à savoir où elle était le jour de sa mort, enchaîna Ben aussitôt. J'ai cru comprendre qu'elle a travaillé chez vous toute la journée ce dimanche-là.

— En effet.

— Est-ce que vous l'avez ramenée chez elle en fin de journée ?

— Oui, dit Davenport. Nous avons eu des problèmes avec notre chauffeur. Ma femme a dû vous en toucher un mot ?

— Oui.

— Naturellement, il n'était pas question que Doreen rentre en autobus, dit Davenport. Ça m'aurait gêné.

— C'est donc vous qui l'avez ramenée ?

— Oui.

— Quelle heure était-il ?

— Il devait être cinq heures du soir environ quand nous avons quitté la maison, dit Davenport. J'étais assez pressé. Il fallait que je sois rentré vers six heures pour une réunion.

— Et vous l'avez ramenée directement ?

— Oui.

— Vous êtes-vous arrêtés en route ?

— Non.

— Et vous l'avez ramenée jusqu'au bout ?

— Vous voulez dire jusqu'à sa porte ?

— Oui.

— Eh bien non, à vrai dire. Pas jusqu'à sa porte.

— Nous cherchons à reconstituer ses faits et gestes, expliqua Ben ; au moins pour les vingt-quatre heures qui ont précédé le meurtre.

— Je comprends parfaitement, dit Davenport. Et il faut que vous sachiez que vous pouvez compter sur ma pleine coopération.

Ben eut un mince sourire.

— Alors où l'avez-vous déposée ?

Davenport leva les yeux au plafond.

— Eh bien, dans son quartier.

— A Bearmatch, donc ?

— C'est-à-dire, pas n'importe où à Bearmatch, répondit Davenport. Je l'ai déposée tout à côté de chez elle.

— A quel endroit ?

— A côté de ce terrain de sport, je crois ; ce petit terrain de base-ball.

— Là où on a retrouvé son corps ?

— C'est là que vous l'avez trouvée ?

Ben hocha la tête.

Davenport se pencha en avant.

— Et vous dites que Doreen n'est jamais arrivée chez elle ?

— Oui, dit Ben.

Davenport secoua la tête avec affliction :

— C'est affreux.

— M. Gilroy la ramenait toujours à sa porte, dit Ben.

— Qui ?

— Votre chauffeur.

— Ah, oui, dit Davenport. Evidemment. Eh bien, c'est vrai. Il avait ordre de la ramener jusque chez elle. C'est sans doute ce que j'aurais dû faire.

— Pourquoi avez-vous fait descendre Doreen ? demanda Ben.

— C'est elle qui a voulu, dit Davenport.

— Pourquoi ?

— Elle a vu d'autres enfants noirs, dit Davenport. Elle a voulu aller jouer avec eux. (Il haussa les épaules.) C'est l'été, la nuit tombe tard. Elle voulait s'amuser un petit peu. C'était bien normal pour une petite fille qui est restée enfermée toute la journée de vouloir chahuter un peu avec d'autres enfants.

— Et vous l'avez laissée descendre.

— En effet, dit Davenport. C'est ce qu'elle voulait.

— Comment avez-vous su que c'était ce qu'elle voulait ?

— Comment ?

— Eh bien, elle ne pouvait pas vous le dire.

— Ah oui, c'est vrai, dit Davenport. Mais elle avait une façon à elle de se faire comprendre ; par signes. Elle montrait les choses du doigt. C'était une petite fille très éveillée.

— Elle a donc montré du doigt... quoi, au juste ?

— Une autre petite fille, dit Davenport, qui devait avoir à peu près son âge.

— Où était cette petite fille ?

— A l'autre bout du terrain, dit Davenport. Elle faisait de la balançoire sous un arbre.

— Toute seule ?

— Je crois, dit Davenport. En tout cas je n'ai pas vu d'autre enfant avec elle.

— Avez-vous eu l'impression que Doreen connaissait cette petite fille ? demanda Ben.

— Oui, tout à fait, dit Davenport, Doreen semblait avoir très envie d'aller avec elle.

Ben acquiesça d'un rapide coup de tête.

— Et c'est à ce moment-là que vous l'avez laissée descendre ?

— C'est ça.

— Seriez-vous capable de reconnaître cette petite fille ?

— Je n'en jurerais pas, dit Davenport. Elle était assez loin.

— Est-ce que vous vous rappelez comment elle était vêtue ?

Davenport réfléchit un moment.

— Elle était en vert, dit-il enfin. C'est tout ce que je puis affirmer. Elle se balançait les jambes serrées. Je ne pourrais même pas vous dire si elle portait une jupe ou un pantalon.

Ben hocha la tête.

— Est-ce que Doreen est allée sur le terrain quand vous l'avez fait descendre ?

— Oui.

— Elle n'est pas partie dans une autre direction ?

— Non, elle est allée directement à la rencontre de l'autre petite-fille.

— C'est à ce moment-là que vous êtes reparti ?

— Oui, elle trottinait vers la petite fille, dit Davenport. (Il secoua la tête.) Pauvre petite. (Il baissa les paupières avec affliction.) Dire que je ne devais plus la revoir !

— Avez-vous fait d'autres arrêts avant de laisser descendre Doreen.

— Non.

— Vous vous êtes seulement arrêté au terrain de sport.

— C'est tout.

— A ce moment-là, vous n'avez vu personne traîner dans les alentours ?

— Non.

— Un type très costaud, par exemple ?

— Vous voulez dire que vous avez déjà une idée du signalement du coupable ?

— Peut-être.
— Un Noir ?
— Oui, dit Ben. Mais il est mort.
Davenport considéra Ben d'un air interrogateur.
— Mort ?
— Oui, dit Ben.
— Dois-je comprendre qu'il n'est pas mort de mort naturelle ?
— Ça pourrait être un suicide, dit Ben ; ou un meurtre.
Davenport parut réfléchir à toute vitesse.
— Ma foi, ça bouclerait la chose, n'est-ce pas ? dit-il enfin.
— Ça bouclerait quoi ?
— L'affaire.
— Oui, évidemment, dit Ben. (Il posa un regard attentif sur Davenport.) Votre chauffeur a un problème avec l'alcool.
— Comme son père, dit Davenport d'une voix lasse.
— Avez-vous la moindre raison de penser qu'il a pu s'attaquer à Doreen ?
— Pourquoi aurait-il fait une chose pareille ?
— Pour se venger.
— D'elle ?
— Non, de vous.
— De quoi voudrait-il se venger ?
— Eh bien, vous l'avez mis à la porte le jour où vous avez ramené Doreen.
— En effet, dit Davenport, mais c'était à propos de tout autre chose. Ça n'avait rien à voir avec Doreen. Je veux dire, si Jacob nous en voulait de l'avoir laissé partir, il s'en prendrait à moi, il me semble. Ou peut-être à Shannon. Ou à ma femme.
— Sans doute, dit Ben. Mais je dois envisager toutes les possibilités, voyez-vous.
— Bien sûr, je comprends.

— Vous avez donc quitté votre maison vers cinq heures, c'est bien ça ?

— Oui.

— Et vers quelle heure avez-vous déposé Doreen devant le terrain ?

— Sans doute dix minutes plus tard, dit Davenport. D'ici, on est vite arrivé à Bearmatch.

— Etes-vous tout à fait sûr de ce point ?

— Absolument, dit Davenport. (Il considéra Ben avec insistance.) Vous vous donnez beaucoup de mal pour cette affaire, n'est-ce pas ? demanda-t-il.

Ben ne répondit pas.

— C'est un petit peu inhabituel, non ?

— Un peu, convint Ben platement.

— Bien entendu, les choses évoluent, reprit Davenport. Il faut être prêt au changement ; voire le préparer.

Ben garda le silence.

— Vous êtes seul à travailler sur cette affaire ? demanda enfin Davenport.

Ben hocha la tête.

— Bien sûr, tout le monde doit être très occupé.

— Ouais, ils ont beaucoup à faire, dit Ben d'une voix neutre.

Davenport sourit sans conviction, puis il regarda sa montre :

— Y a-t-il autre chose ?

— Non, je crois que c'est tout, concéda Ben.

Davenport se leva aussitôt et tendit la main à Ben :

— Eh bien, enchanté d'avoir fait votre connaissance.

Ben lui serra la main poliment.

— Merci de m'avoir accordé un moment.

— N'hésitez pas à me recontacter si vous avez besoin d'autres précisions, dit Davenport en raccompagnant Ben à la porte.

— Je n'y manquerai pas, dit Ben.

— Doreen va beaucoup nous manquer, dit Davenport avec douceur. Surtout à Shannon. (Il secoua la tête.) Ce genre d'événement est toujours une tragédie.

Ben passa dans l'antichambre du bureau de Davenport.

— Oui, en effet.

Davenport secoua la tête avec tristesse.

— Pauvre petite Doreen. C'était vraiment une petite fille adorable.

*

Les résultats de l'expertise médico-légale tombèrent en début d'après-midi, et Ben passa les prendre au Hillman Hospital.

Patterson travaillait à une des tables quand il entra dans la salle de dissection.

— Un gars entre à Hillman pour un petit début de pneumonie, dit-il, et douze heures plus tard il est raide. (Il leva les yeux vers Ben et lui fit un clin d'œil.) Total ? Autopsie complète.

— Tu m'as dit que tu avais fini avec le type qu'on a trouvé dans la conduite ?

— Ouais, dit Patterson. (Il enfonça la lame de son scalpel à la base du cou de l'homme.) Le rapport est sur mon bureau. (Il fit une longue incision verticale sur la poitrine.) Tout concorde.

Ben gagna le bureau et prit l'enveloppe.

— Son groupe sanguin correspond au sperme prélevé sur le corps de la petite, lança Patterson de l'autre bout de la pièce. (Il jeta un coup d'œil vers Ben.) On dirait bien que c'est notre homme.

Ben mit le rapport sous son bras.

— Merci Léon, dit-il en commençant à s'éloigner.

— Y a aussi le pétard, ajouta vivement Patterson. T'as qu'à l'emporter, tu le déposeras au service des Pièces à Convictions.

— Qu'est-ce qu'ils en ont dit, au labo ?

— C'est le même pétard qui a servi pour les deux, dit Patterson. Pour la petite et pour ce Bluto. (Il guida le scalpel vers l'abdomen d'un mouvement constant, puis le fit bifurquer vers la droite.) D'après l'angle de tir, pour l'homme, il y a d'énormes chances qu'il se soit fait ça tout seul. (Il leva les yeux vers Ben.) D'autant qu'il y a pas mal de brûlures de poudre. Un beau petit rond gris juste autour du trou qu'il avait à la tête. Peut-être le poids de la culpabilité, qu'est-ce que t'en dis ?

— Peut-être, répondit Ben. (Il embrassa le bureau d'un coup d'œil circulaire.) Où il est ?

— Je l'ai mis dans un sac en plastique, dit Patterson. Il est dans le tiroir de gauche.

Ben ouvrit le tiroir et en sortit le pistolet.

— Merci encore, Léon, dit-il en se dirigeant vers la porte.

— Ah oui, Ben, encore un truc, dit Léon.

Ben s'immobilisa et se tourna vers lui.

— J'ai reçu un coup de fil hier, tard dans la soirée, dit Patterson. De la Chaire de Pathologie de l'université de Tuscaloosa.

— Qu'est-ce qu'ils voulaient ?

— Le type a dit qu'y cherchaient à savoir pendant combien de temps il était possible de déterminer la race d'un homme après son enterrement, dit Patterson. J'aurais pas cru qu'y faille appeler Birmingham pour savoir ça, et toi ?

— Moi non plus.

— J'ai trouvé que c'était une drôle de question, dit Léon. Surtout avec tout ce qui se passe par ici en ce moment.

Ben garda le silence.

— De toute façon, je lui ai dit que ça dépendait de beaucoup de choses : si le mort avait été embaumé, combien de temps il était resté en terre et dans quel type de sol, s'il avait été exposé aux intempéries ou aux bêtes sauvages et puis aussi de la saison, du degré de décomposition, de la composition chimique du sol, de toutes sortes de détails de ce genre. Des détails importants, quoi.

Ben hocha la tête.

Patterson suspendit le mouvement de son scalpel et regarda Ben bien en face.

— Mais après coup, je me suis posé des questions, alors en arrivant ce matin j'ai appelé l'université et j'ai vu que je ne me trompais pas.

— C'est-à-dire ?

— Il n'y a pas de Chaire de Pathologie à Tuscaloosa, Ben, dit Léon d'une voix sinistre ; il n'y a même rien d'approchant.

Ben regarda fixement Patterson.

— Qu'est-ce que ça veut dire, à ton avis, Léon ?

La voix de Patterson se fit solennelle.

— Si tu veux mon avis, je crois bien que c'était quelqu'un qui veut se débarrasser d'un Noir, dit-il.

25

Quand Ben fut de retour au commissariat central, les pompiers avaient disparu. Le bâtiment était encerclé par un cordon de gendarmes à l'aspect menaçant, mais l'intérieur était pratiquement désert.

Il n'y avait que le dépôt qui était encore bourré à craquer. Les manifestants étaient entassés par centaines dans l'atmosphère étouffante des étroites cellules. Ben comptait trouver Coggins parmi eux, mais en s'avançant dans le couloir, il le vit debout devant le bureau de McCorkindale.

— Je sors, lui dit Coggins. (Il se tourna vers McCorkindale et le fusilla du regard.) Mais je reviendrai.

— J'en doute pas, mon gars, ricana McCorkindale. Je brûle d'impatience.

D'une petite poussée aux épaules, Ben pilota Coggins à l'écart.

— Arrive un peu par là, dit-il. J'ai quelque chose à te demander.

Coggins jeta un coup d'œil à sa montre.

— Bon, mais vite fait, alors, dit-il. On a besoin de moi à l'église. C'est pour ça qu'ils ont payé ma caution.

Ben le raccompagna à la porte de l'immeuble. Sur les marches, Coggins fit un salut de la main à l'adresse d'une voiture en stationnement. Plusieurs hommes lui rendirent son salut.

— Y sont là pour s'assurer que j'arrive à traverser la rue jusqu'à la voiture, dit Coggins.

— Je veux que tu fasses bien gaffe à tout le monde, Leroy, dit Ben. Comme ces gars-là font avec toi.

Coggins lui jeta un regard noir.

— Précise un peu ta pensée, tu veux ?

Ben secoua la tête.

— On a posé une drôle de question au médecin légiste, au téléphone. Le mec voulait savoir combien de temps on peut reconnaître le cadavre d'un Noir après inhumation.

— Mon Dieu, fit Coggins en frissonnant.

— Attention, je ne sais pas vraiment à quoi ça rime, précisa Ben, mais ouvre l'œil tout de même ; et passe le mot.

Coggins hocha la tête avec un calme étrange.

— Tu crois que c'est pour moi ?

— Ça pourrait être pour n'importe qui.

— C'est sérieux, tu sais, ce que je t'ai dit l'autre fois, fit Coggins. J'ai pas peur de mourir ; vraiment pas.

— Je sais, dit Ben avec un sourire. Essaie tout de même de l'éviter.

*

Quand Ben revint dans le bureau de McCorkindale, celui-ci feuilletait le journal.

— Voilà le pétard dont je t'ai parlé, dit Ben en posant l'arme sur le bureau.

McCorkindale y jeta un rapide coup d'œil.

— D'ac ; je le noterai tout à l'heure dans le registre. (Il leva les yeux vers Ben.) Tu sais, je crois que le petit Coggins t'a vraiment à la bonne.

Ben embrassa le local désert d'un regard circulaire.

— Où y sont, tous ?

— Au parc, fit McCorkindale en se replongeant dans son journal. Y prévoient un gros chahut pour cet après-midi.

— Plus que d'habitude ?

— On dirait, répondit distraitement McCorkindale. Y paraîtrait que le préfet a décidé de changer de stratégie.

— Et c'est quoi, la nouvelle stratégie ?

— J'ai encore rien pigé, dit McCorkindale en haussant les épaules. On le saura bien assez tôt, si tu veux mon avis.

— Ouais, conclut platement Ben en s'éloignant.

Il regagna son bureau et s'assit pour réfléchir à ce qu'il allait faire. Il pensa à Doreen, à Coggins, à la fureur qui s'était emparée de la ville, et se sentit pris au piège comme jamais auparavant ; c'était comme s'il avait senti les doigts d'une main invisible se serrer sur sa gorge. Il la sentait d'une manière physique, comme les animaux sentent la venue de la tempête et vont se terrer dans leur trou pour la laisser passer, ou plantent solidement leurs pattes dans le sol, bandent leurs muscles et tournent lentement leur museau dans la direction du vent.

*

Les rues qui donnaient dans la Quatrième avenue étaient aussi désertes que les abords du commissariat central. En descendant de voiture, Ben ne vit que des impasses vides et sinistres et des magasins barricadés. Quant à l'avenue, elle était égale à elle-même. A l'extrémité nord du Kelly Ingram Park, une interminable file de voitures de pompiers s'étirait comme une longue touche de peinture rouge posée au milieu des arbres immobiles et des immeubles déserts. Les équipages se tenaient en petits groupes à côté de leurs machines. A quelque distance, les lignes grises des rangs de gendarmes barraient l'avenue et les rues perpendiculaires. Des groupes de policiers municipaux circulaient parmi eux, passant d'un poste à l'autre avec nervosité.

Ben leur tourna le dos et marcha vers le sud, gravissant la colline en pente douce qui s'élevait peu à peu pour redescendre dans le quartier noir.

L'académie de billard des Jours Meilleurs se trouvait presque au sommet, et la chaleur estivale aidant, Ben était en sueur quand il l'atteignit.

Les quelques parties en cours s'interrompirent dès que Ben passa la porte.

— Je viens voir Gaylord, dit Ben immédiatement. (Il sortit son insigne.) C'est une visite amicale.

Les gars le considérèrent d'un air peu convaincu.

— En tout cas, la dernière l'était pas de trop, fit une voix dans le fond de la salle.

Ben se tourna vers celui qui avait parlé et reconnut l'homme qu'il avait écrasé contre le mur pas plus tard que la veille.

— J'espère que ça ira mieux cette fois-ci, lui dit-il.

L'homme fit un pas en avant et son visage fut à demi éclairé par l'ampoule nue suspendue au-dessus de la table de billard voisine. Le bourrelet d'une cicatrice brune barrait un côté de son visage, courant en ligne courbe de la mâchoire au bas de l'oreille.

— Tu m'as vraiment mis la pâtée, chef, dit l'homme. C'est pas malin de revenir péter ici.

— C'est pas toi que je viens voir, dit Ben sans mollir.

— C'est vrai, tu veux voir Gaylord.

— Voilà.

— Et c'est pourquoi ?

— Ça, je lui dirai moi-même, dit Ben d'une voix rogue.

L'homme s'appuya contre la table, de sorte que le rai de lumière traçait maintenant une oblique jaune sur son visage sombre.

— On a su, pour Bluto, dit-il. Y paraît que c'est peut-être toi qui as fait le coup.

Ben garda le silence.

— Si ça se trouve, c'est nous qui t'avons mis sur sa piste, ajouta l'homme. On t'a dit où il était, et tu l'as buté. C'est comme ça que ça c'est passé ?

— Il était mort quand je l'ai trouvé, dit Ben. Il était mort depuis plusieurs jours.

L'homme fixa Ben en plissant les yeux.

— Ici, y a pas de « bons Nègres ». On est pas comme ces bouffons qui sont dans la rue, toujours à chanter et à beugler après Jésus.

— Et Bluto, il était comme ça ?

— Tu veux dire si c'était un « bon Nègre » ?

— Ouais.

L'homme éclata de rire.

— Bluto, c'était pas grand-chose. (Il secoua la tête.) Le pauvre gars en avait moins dans le cigare qu'un ouvrier agricole.

— Pas besoin d'avoir inventé la poudre pour tuer une petite fille, dit Ben brutalement.

L'homme rit à nouveau.

— Buter une môme ? Bluto ? T'es marteau, chef. (Il fit un geste vague de la main.) Mais Bluto, y...

La porte du bureau s'ouvrit tout à coup à la volée et la silhouette imposante de Gaylord en sortit, remplissant aussitôt l'espace de la salle obscure tandis que les tables de billard prenaient l'air de modèles réduits devant lui.

— On t'a causé ? aboya-t-il à l'intention de l'autre, qui se figea.

Gaylord frappa sur sa poitrine herculéenne.

— Si un mec vient me voir, tu me l'envoies, point final. C'est pas la peine de le gonfler.

L'homme acquiesça d'un petit coup de tête soumis, puis il se coula furtivement dans la pénombre et alla se faire oublier à l'autre bout de la salle.

Gaylord tourna vivement les yeux vers Ben.

— T'es un peu cinglé de revenir ici cet après-midi.

— Il fallait que je vous parle.

— Ça va pas tarder à péter méchamment dans le secteur, dit Gaylord.

— On dirait.

— Alors vide ton sac et casse-toi.

— Ça me va.

Gaylord lui fit signe de le suivre dans son bureau.

— Bon, amène-toi, dit-il avec vivacité. Je tiens pas à être dans le coin quand ça va commencer à chauffer.

Ben le suivit précipitamment et s'assit devant le petit bureau de Gaylord.

— J'ai besoin d'en savoir aussi long que possible au sujet de Bluto, dit-il.

— Ça sera vite vu, dit Gaylord. (Il croisa les mains derrière la tête et se renversa dans son fauteuil.) Y venait ici de temps en temps.

— Seulement pour jouer au billard ? demanda Ben.

— C'est ça, dit Gaylord.

— Il avait des copains ici ? demanda Ben. Des gars avec qui y traînait ?

— Pas que je sache, dit Gaylord en secouant la tête.

— Et il n'avait pas de travail, à votre connaissance ?

— De temps en temps, je le laissais disposer les boules, dit Gaylord, et je lui lâchais un peu de monnaie. Des fois, quelqu'un le chargeait d'une petite course ; porter un paquet à l'autre bout de la rue, des trucs comme ça.

— Qui est-ce qui le chargeait de ce genre de boulot ?

— N'importe qui, répondit Gaylord ; m'est avis qu'y

lui donnaient ce qu'y voulaient. Mais sinon, comme j'ai dit, il avait pas d'emploi régulier, autant que je sache.

Ben changea d'angle d'attaque.

— Est-ce qu'il lui arrivait d'être brutal, violent ?

Gaylord considéra Ben avec surprise.

— Bluto ? Violent ? Nan, c'était pas son genre. Il avait pas assez de cervelle pour être brutal.

— Est-ce que vous l'avez déjà vu se montrer agressif avec quelqu'un ?

— Nan, c'était pas son genre, répéta Gaylord en secouant la tête. (Il gloussa.) C'est qu'il se prenait pour un flic, tu vois. Il arrêtait pas de crâner avec ça. Y disait qu'il était assermenté. Même qu'il avait un petit insigne pour le prouver.

— Un insigne de police ?

— Ça en avait l'air.

— Et il le portait sur lui ?

— Tout le temps.

— Quand est-ce que vous avez vu cet insigne pour la dernière fois ?

— Ça devait être la dernière fois où j'ai vu Bluto, dit Gaylord. (Il réfléchit un moment.) Ouais, il l'avait. Epinglé sur sa chemise, comme toujours.

— Est-ce qu'il disait qui lui avait fait prêter serment ? enchaîna Ben.

— Un des Langley, je crois bien, dit Gaylord. Sans doute le plus débile. Tod. Y a que lui pour faire une connerie pareille.

— Vous avez déjà vu Bluto avec les Langley ?

Gaylord acquiesça.

— De temps en temps. Y-z-aimaient bien jouer avec lui. Y le charriaient, quoi. (Il fronça les sourcils.) Ça les faisait rigoler de le faire marcher. Y lui disaient qu'il était flic pour de la vraie. Y lui disaient qu'y-z-allaient lui trouver une femme, pour qu'y se marie, et que comme ça y aurait plein de petits Bluto qui pourraient entrer dans la police.

— Quand les avez-vous vus ensemble pour la dernière fois ? poursuivit Ben.

Gaylord réfléchit un moment.

— Ça doit faire un bout de temps.

— Essayez de vous rappeler avec précision, insista Ben.

— Ça fait plus d'une semaine, dit Gaylord ; peut-être même deux.

— Où les avez-vous vus ?

— Ici même, dit Gaylord. A l'académie.

— Qu'est-ce qu'ils faisaient là ?

— Rien, y traînaient, dit Gaylord en haussant les épaules. Des fois, je me dis qu'y doivent vraiment bien aimer les gens de couleur, vu comment y sont toujours à leur tourner autour. (Il éclata de rire.) Tu parles ! y cherchent le pauvre gars qu'y vont faire plonger, pour les cartes ou pour autre chose.

— Et ce jour-là, ils ont parlé avec Bluto ? demanda Ben.

— Je me souviens pas qu'y l'aient fait, dit Gaylord en secouant la tête ; et pourtant, je les ai toujours drôlement à l'œil. J'aime pas les voir rappliquer. Ça me fait froid dans le dos.

Ben laissa errer son regard dans le petit bureau encombré. On avait cloué des tas de vieilles plaques d'immatriculation aux murs ; l'une d'elles était de 1921. Il y avait aussi des calendriers coquins ainsi que des photos jaunies d'athlètes noirs : Joe Louis, Jesse Owens, Jackie Robinson.

Gaylord regarda Ben en silence jusqu'au moment où leurs regards se croisèrent à nouveau. Il se pencha alors lentement en avant.

— Vaut mieux que tu te tailles, maintenant, dit-il. Les gars seraient foutus de jaser.

— Que voulez-vous qu'ils disent ?

— Que le vieux Gaylord est un peu trop copain avec un flic blanc, par exemple.

— Ça vous inquiète ?

Gaylord eut un pâle sourire.

— C'est à peu près la seule chose dont j'ai peur en ce bas monde, si tu veux savoir. (Il se leva, comme mû par un ressort.) Allez, on y va. Ça va pas tarder à être malsain pour toi, dans le secteur.

Ben ne bougea pas de son siège.

— La petite fille, dit-il. Elle a été violée. Est-ce que Bluto aurait pu faire ça ?

— Je sais pas, dit Gaylord en haussant les épaules. Peut-être. Il arrêtait pas de se tripoter, tu vois ce que je veux dire ?

Ben acquiesça.

— En pleine rue, reprit Gaylord. Toujours à s'astiquer. J'y disais bien, moi, j'y disais « Arrête, Bluto. T'es en pleine rue. Rentre chez toi pour faire ça. » (Il secoua tristement la tête.) Mais lui, y se contentait de me faire son grand sourire, et hardi petit ! y continuait comme si y pigeait pas pourquoi tout le monde passait pas sa vie à se turluter. (Gaylord gagna la porte de son bureau et l'ouvrit.) Faudra plus revenir ici, dit-il d'une voix neutre. C'est bon pour personne.

Ben sortit dans la salle de billard. Elle était vide ; tous les joueurs étaient partis.

— Et voilà, regarde-moi ça, fit Gaylord, dégoûté. Encore une manif sur la Quatrième. Ça tue le commerce, et c'est tout ce que ça fait. (Il secoua la tête.) J'arrive pas à piger pourquoi y veulent se mélanger avec les Blancs. (Il considéra Ben d'un air perplexe.) Ça me dépasse. Tu sais pourquoi ? Pasque les Blancs, y-z-ont toujours l'air de s'emmerder.

26

Ben traversa la chaussée pour regagner sa voiture. Il voyait les pompiers se démener fébrilement autour de leurs camions. Certains déroulaient des mètres et des mètres d'épais tuyau tandis que d'autres se ruaient vers les quelques bouches à incendie qui ponctuaient les rues bordant le parc pour les mettre en service. Il resta un moment planté au milieu de l'avenue à les contempler avec stupéfaction quand tout à coup, il entendit des éclats de voix loin derrière lui ; il se retourna et vit les premiers manifestants se profiler au sommet de la colline. Les derniers passants attardés dans l'avenue se hâtèrent de s'engouffrer dans les rues latérales, et Ben resta seul sur le pavé, figé entre les rangs immobiles des policiers et des pompiers et la lente marée noire qui se déversait inexorablement sur le flanc de la colline.

Il reporta son attention vers le bas de l'avenue. Luther le scrutait attentivement, la main en visière pour protéger ses yeux de l'impitoyable lumière de l'après-midi. A quelques mètres de lui se tenaient Daniels et Breedlove. Côte à côte, ils regardaient eux aussi dans sa direction, et l'espace d'un instant, Ben eut l'impression que l'attention générale était fixée sur lui et que tous le regardaient : les pompiers et les gendarmes immobiles dans la chaleur estivale, ses collègues : Breedlove et Daniels qui se tenaient à un coin de l'avenue, les Langley qui occupaient l'autre, et même McCorkindale qui était juché sur l'un des camions de pompiers qui barraient l'avenue comme un mur ensanglanté.

Enfin la voix de Luther déchira l'air tandis qu'il adressait à Ben des signes frénétiques de son bras court et trapu.

— Ote-toi de là ! Arrive ici !

Ben ne broncha pas.

— Ramène-toi ! hurla Luther à tue-tuête ; sa voix parvenait à peine jusqu'à Ben.

Ben le fixa sans faire un pas ; il réfléchissait à cent à l'heure.

— Ben ! cria encore Luther. Magne-toi ! Viens nous rejoindre !

Ben resta là où il était. Il entendit les moteurs des bus scolaires démarrer, puis les sirènes se mettre à donner de la voix, et derrière lui un chœur harmonieux de douces voix qui s'approchaient, comme venues d'un autre monde.

— Allez, ramène-toi maintenant ! hurla Luther. Plus vite que ça ! T'es dans le chemin !

Mais il était comme paralysé. Il voyait les rangs grisâtres des gendarmes se tendre et leurs bottes noires et bien cirées jeter mille feux dans la lumière estivale ; puis son champ de vision fut empli par l'éblouissement des rayons réfléchis par des douzaines de focales d'appareils photos qu'une petite armée de journalistes braquaient vers le sommet de la colline. Ils semblaient le canarder sans bruit de leurs éclairs blancs et il se sentit coincé sur quelque front étrange et sans merci, comme un homme qui s'est aventuré dans le no man's land. Il savait que Luther continuait à l'appeler, mais il n'entendait plus que le roulement continu du pas lent des manifestants qui déferlaient par centaines de la colline. Leurs chants s'élevaient, lents et cadencés, et tandis qu'ils s'avançaient inexorablement vers les équipes de policiers et de pompiers aux nerfs tendus à craquer, Ben se sentit tout à coup irrémédiablement perdu au milieu de tout cela, flottant passivement comme sur un coussin d'air. Au loin, il vit Coggins qui descendait la côte en chantant et en frappant dans ses mains, mais il avait moins l'air d'un citoyen sûr de son bon droit que d'une infime partie de la colonne noire qui continuait à dévaler vers lui. Il fit volte-face et tourna encore une fois ses regards vers le bas de la côte. Il vit Luther qui gardait les yeux rivés sur lui, immobile ; il avait renoncé à l'appeler ou à lui faire signe, mais il le contemplait, sans voix, comme s'il se trouvait face à une énigme. Il sentit qu'il entamait la descente dans sa direction, s'arrêtait et faisait demi-tour pour partir en sens inverse, vers les manifestants. A peine avait-il fait quelques pas qu'il s'immobilisa de nouveau et resta sur place comme s'il attendait encore une nouvelle inspiration. Lorsqu'elle se manifesta, il pivota vivement et se jeta dans une rue transversale ; il se mit à courir de plus en plus vite et ne s'arrêta qu'arrivé à sa voiture.

*

L'air était encore plein du hululement des sirènes quand Ben se gara devant la cahute du vigile à l'entrée de l'usine.

A pas lents, le vigile vint à la portière et se pencha à l'intérieur.

— On dirait que ça chauffe en ville, dit-il.

— Ouais, répondit Ben platement. Dites, j'ai quelques questions à vous poser à propos de Bluto.

— D'ac, fit le vigile. Vous voulez rester dans votre voiture ou y fait trop chaud ?

— Il fait trop chaud, répondit Ben qui ouvrit la portière et descendit de voiture.

— J'ai un petit coin d'ombre par là-bas, dit le vigile en désignant le petit rectangle d'ombre qui s'étendait derrière sa cahute.

Ben le suivit jusqu'au mur de l'abri et les deux hommes s'y adossèrent nonchalamment. Un gros camion s'engagea sur la voie d'accès ; le vigile marcha jusqu'à la portière, échangea quelques mots avec le conducteur et lui fit signe de passer.

— Quand avez-vous vu Bluto pour la dernière fois ? lui demanda Ben lorsqu'il revint.

— Y me semble que ça devait être dimanche après-midi, dit le vigile. Il suivit des yeux le camion qui roulait vers l'énorme entrepôt situé à quelques centaines de mètres.

— C'est cette nuit-là qu'il a été tué, dit Ben. Sans doute entre huit heures et une heure du matin, d'après le médecin légiste.

Les yeux du vigile vinrent se fixer sur lui.

— Pas possible ?

— Est-ce que vous vous rappelez à peu près à quel moment vous l'avez vu ?

Le vigile réfléchit un moment.

— Eh bien, je l'ai vu plusieurs fois dans la journée de dimanche. J'ai un service de douze heures le week-end.

— Vous le prenez à quelle heure ?

— A midi.

— Alors vous êtes resté là jusque vers minuit.

— Jusqu'à minuit pile, corrigea le vigile. Je m'amuse pas à carotter la boîte. Je suis pas comme ça. (Il reporta son attention sur le camion, gardant les yeux rivés sur le gros nuage de poussière qu'il soulevait sur son passage.) Y a des trucs qui ont disparu ces derniers temps, expliqua-t-il. Faut que j'ouvre l'œil.

Ben acquiesça d'un rapide coup de menton.

— Et donc vous avez vu Bluto plusieurs fois au cours de ce service de douze heures ?

— Oui, monsieur.

— Est-ce que vous pourriez me dire à quels moments précis ?

Le vigile se perdit à nouveau dans ses réflexions.

— Eh ben, première chose en arrivant, je commence toujours par faire le tour du terrain, dit-il. Je me fais un café et je fais mon tour, histoire de voir si tout est en ordre.

— Et vous l'avez vu à ce moment-là ?

— Ouais. Il était dans le petit fossé qu'y a au-dessous de la conduite. (Il secoua la tête.) Il était tout recroquevillé sur lui-même. A croupetons, quoi.

— Il vous a parlé ?

— « Salut chef », qu'y m'a dit. C'est tout.

— Il n'a rien dit d'autre ? insista Ben. N'importe quoi, on ne sait jamais.

Le vigile tripota la visière de sa casquette.

— Y m'a dit « on dirait que ça se met au beau, pas vrai ». (Il sourit.) Le temps, quoi ! Y causait tout le temps de ça. Peut-être pasqu'y connaissait pas grand-chose en dehors de la pluie et du beau temps.

— Il n'a rien dit d'autre ?

— Moi, j'ai continué ma route, dit le vigile, et on en est restés là.

— Et ensuite, quand est-ce que vous l'avez revu ?

— Ben, je crois bien que c'était vers six heures, dit le vigile. C'est à ce moment-là que je refais une ronde.

— Où était Bluto cette fois-là ?

— Dans la conduite, dit le vigile. J'ai entendu du ramdam là-dedans, alors j'ai jeté un petit coup d'œil à l'intérieur.

— Qu'est-ce qu'il faisait ?

— Y chantait, c'est tout, dit le vigile. Pauvre vieux, il adorait chanter.

— Et il était dans la conduite ?

— C'est ça, il était assis tout seul là-dedans, à chanter, dit le vigile.

— Vous lui avez parlé ?

— Non.

— Et lui, il vous a dit quelque chose ?

— Je crois qu'y m'a pas vu, dit le vigile ; j'ai juste jeté un coup d'œil vite fait, et j'ai pas parlé. (Il haussa les épaules.) Il a fait drôlement chaud ce jour-là, même en fin de journée, et j'étais pas partant pour rester planté en plein soleil à bavarder avec Bluto.

Ben tira son mouchoir de sa poche et s'épongea le visage et le cou.

— Non, bien sûr, dit-il. Mais vous l'avez encore revu, n'est-ce pas ?

— Ouais, dit le vigile, mais c'était plus tard. Vers neuf heures. Y s'est carrément pointé à l'entrée principale, la gueule enfarinée ; j'étais scié.

— Comment ça ?

— Eh ben, d'habitude y passait jamais par là, expliqua le vigile ; il avait pas le droit.

— Comment est-ce qu'il rentrait ?

— Y a un trou dans la palissade, révéla le vigile.

— Où ?

— Tout à côté de la conduite, dit le vigile. C'est toujours par là qu'y passait, le Bluto. Jamais par la grande porte. Il avait pas le droit.

— Sauf cette fois-là, dit Ben.

— C'est vrai, dit le vigile. Cette fois-là, y s'est carrément pointé à la grande porte. « Dis donc, chef, je descends en ville, qu'y m'a dit. Mais faut que je rentre tôt, de toute façon, pasque je me marie », qu'y m'a dit.

— Quoi ?

— Tel que je vous le dis.

— C'était la première fois qu'il vous tenait ce genre de propos ?

— Y m'avait jamais rien dit de ce genre.

— Est-ce que vous l'avez déjà vu avec une femme ?

— Bluto ? Non, je l'ai même pratiquement jamais vu avec qui que ce soit, dit le vigile. D'ailleurs, j'y ai demandé qui était la fille et y m'a dit qu'y savait pas encore. Où qu'elle est alors, que j'y ai dit. Elle est pas encore arrivée, qu'y m'a répondu, et pis il a passé le portail.

— Et donc, ça se passait à quelle heure au juste ?

— Moi, je dirais neuf heures tapantes.

— Est-ce que vous l'avez vu rentrer ?

— Ouais, fit le vigile. Il est resté parti à peu près une heure.

— Alors il est rentré vers dix heures ?

— A peu près, dit le vigile. (Il sourit.) Bon Dieu, ce qu'y pouvait avoir l'air jouasse !

— Il est encore passé par le portail principal ?

— Non, pas cette fois-là, dit le vigile. Y devait avoir remarqué que je tirais la gueule le coup d'avant. (Il secoua la tête.) Non, il est plus repassé par le portail. Il a dû rentrer par le trou de la palissade.

— Et où l'avez-vous vu ?

— Quand je faisais ma dernière ronde, dit le vigile, je passais toujours lui dire bonsoir avant de rentrer chez moi. C'est pour ça que je suis repassé du côté de la conduite.

— Est-ce qu'il y était ?

— Y faisait un peu de ménage, dit le vigile ; du rangement, quoi. Et y chantait.

— Il vous a dit quelque chose ?

— Il a dit « Eh, chef ! comment tu trouves ma nouvelle télé », raconta le vigile avec un gloussement. C'est certainement quelqu'un qui voulait se débarrasser de ce vieux clou qui lui a bourré le mou comme quoi elle marchait sans électricité.

— Et c'est la dernière fois que vous l'avez vu ?

— C'est ça.

— Il n'y avait personne d'autre ? demanda Ben ; une fille, par exemple ?

Le vigile éclata de rire.

— Une fille ? je me demande ce qu'une fille serait venue foutre avec Bluto.

— Celle qu'il devait épouser, expliqua Ben.

— Non, mais ça c'était sa façon de parler, dit le vigile avec un geste vague. Il était pas doué pour parler avec les gens.

Ben se redressa lentement.

— Le trou dans la palissade, dit-il. Celui par où il passait. Où est-ce qu'il est ?

— Tout à côté de la conduite, vous voulez jeter un coup d'œil ?

— Ouais.

Le vigile tourna les talons et montra du doigt l'angle sud-est du terrain.

— C'est juste là, dit-il. En suivant la palissade, vous pouvez pas le louper.

— Merci, dit Ben en quittant l'ombre protectrice de la cahute pour traverser le terre-plein poussiéreux.

Il ne lui fallut que quelques minutes pour dépasser la tranchée toujours parsemée d'ordures et trouver le trou. Il semblait avoir été fait bien des années auparavant à l'aide de grosses cisailles. Les bords de la brèche étaient rouillés et le trou s'était élargi d'année en année avec les passages répétés de l'énorme masse de Bluto. Devant la brèche, le sol était égal et nu, et un étroit sentier serpentait jusqu'au fossé et à l'ouverture de la conduite. Ben le parcourut plusieurs fois des yeux. Il n'arrivait pas à imaginer que Doreen l'ait jamais emprunté. Il s'adossa à la palissade, puis se remit d'aplomb et suivit le sentier jusqu'au bord du fossé. Il vit la conduite en contrebas, qui le fixait de son œil terne ; il resta planté là, cherchant à fixer la chronologie des événements dans son esprit. Bluto était sorti par le portail principal vers neuf heures. Il avait alors fait allusion à une femme. A dix heures, il faisait le ménage comme pour se préparer à l'accueillir. Quelques heures plus tard, il était mort ainsi que Doreen Ballinger.

Ben s'accroupit sur le sol compact sans quitter des yeux l'ouverture de la caverne de béton. Il tenta d'imaginer ce qui avait pu s'y passer entre neuf heures et minuit, seulement quelques jours auparavant. « Elle est pas encore arrivée », avait dit Bluto, et il semblait à Ben que ça signifiait que la femme qu'il attendait devait venir de son plein gré puisqu'il avait rangé ce qui lui tenait lieu de foyer et ramené une vieille télé ; une femme pour qui il semblait avoir éprouvé une adoration sans bornes dans sa simplicité. « Elle est pas encore arrivée », se répéta Ben. Mais avait-il compté qu'elle arrive par ses propres moyens ou qu'elle lui soit remise par une tierce personne, comme un jouet gagné à la loterie ?

27

Les quelques consommateurs assis aux tables du Smiley's Café se tournèrent tous vers Ben lorsqu'il passa la porte. Ils étaient comme pétrifiés, figés dans un silence et une immobilité absolus.

— Je voudrais voir Esther Ballinger, dit Ben sobrement en refermant derrière lui la porte de la moustiquaire en lambeaux.

— Elle est dans le fond, fit le petit homme qui se tenait derrière le bar. (Il s'essuya les mains à son tablier maculé.) Qu'est-ce que vous lui voulez, chef ?

— Police, dit Ben. C'est au sujet de sa nièce.

L'homme jeta un coup d'œil perplexe aux autres comme s'il n'était pas très sûr de ce qu'il devait faire.

— Ah, si c'est ça, alors vous pouvez la voir, dit-il enfin en évitant le regard de Ben. Faut faire le tour. Elle jette les ordures derrière.

Ben tourna aussitôt les talons et sortit, puis il s'engagea dans l'impasse qui bordait l'immeuble. Il vit Esther devant une grande poubelle en bois. Elle déchirait des boîtes en carton et les y jetait.

— Bonjour, madame, dit Ben poliment en s'approchant.

Esther leva les yeux de son travail mais ne répondit pas. Elle continua à déchirer les cartons en arrachant les rabats pour les aplatir. Elle portait un chemisier bleu clair et une tache de transpiration en arc de cercle lui barrait la poitrine. Ses cheveux étaient tirés en arrière, et dans la vive lumière estivale, elle lui parut tout à coup beaucoup plus jeune que les jours précédents. Seules son expression et la lassitude de son regard la vieillissaient.

— Je suis toujours sur votre affaire, dit Ben, et j'ai quelques éléments nouveaux.

Esther s'essuya le front du bras, puis elle entreprit de déchirer encore un carton.

— Bon, alors allez-y, dit-elle presque distraitement comme si elle avait de plus grandes questions en tête, comme si la mort de sa nièce ne lui apparaissait plus que comme un épisode dans le cours d'une histoire plus vaste.

— Eh bien, j'ai peut-être découvert celui qui a violé Doreen, dit Ben. C'était un Noir. Un certain Bluto. Ça vous dit quelque chose ?

— Non, répondit sèchement Esther.

— Il est mort.

Esther se mit tout à coup à déchirer son carton avec plus de violence.

— Une balle dans la tête, dit Ben. Peut-être de sa propre main.

Esther acquiesça d'un petit coup de tête et jeta un grand bout de carton dans la poubelle :

— Alors tout est dit ?

— Je ne crois pas, dit Ben.

— Pourquoi ?

— Eh bien, il y a encore un truc qui me tracasse, dit Ben platement.

— Quoi ?

— Je n'arrive pas à comprendre comment Doreen est arrivée chez lui, dit Ben. (Il prit un carton, arracha un des rabats et l'aplatit.) Alors j'aimerais vous poser encore quelques questions. (Il jeta le carton aplati dans la poubelle.) Ça vous dérange pas ?

— Allez-y, dit Esther en détournant les yeux comme si elle avait craint qu'il pût y lire ses sentiments.

— Est-ce que Doreen vous a jamais laissé entendre qu'on la surveillait ou qu'on la suivait ?

Esther secoua la tête.

— Si quelqu'un lui avait fait peur, je crois qu'elle me l'aurait dit.

Ben sortit une photo de Bluto de sa poche.

— Connaissez-vous cet homme ?

Esther posa un regard inexpressif sur la photo.

— C'est lui ?

— Ce n'est pas très ressemblant, dit Ben, parce que la photo a été prise à la morgue. Mais sinon, c'est lui.

— L'homme qui a violé Doreen ?

— Peut-être.

Esther détourna vivement les yeux de la photo.

— Je ne le connais pas.

— Vous ne l'avez jamais vu traîner autour de chez vous ou dans le quartier ?

— Non, répondit sèchement Esther.

— Il était vraiment très costaud, poursuivit Ben. Est-ce que Doreen vous a jamais dit qu'elle connaissait ou qu'elle avait vu un colosse ?

— Non.

Ben remit la photo dans sa poche.

— Vous voyez l'usine de caoutchouc, pas loin de Bearmatch ?

— Oui.

— Doreen n'a jamais dit qu'il lui arrivait d'y aller ?

— Non.

— Est-ce qu'elle aurait pu traîner dans ce coin-là ? demanda Ben. Avec d'autres gosses, par exemple ?

Esther considéra Ben avec étonnement.

— Non ; pourquoi voulez-vous ?

— C'est là qu'il habitait.

— A côté de l'usine ?

— Dans le dispositif anti-tempête, répondit Ben. Dans une conduite d'écoulement.

Une lueur passa dans les yeux d'Esther.

— C'est là que... ?

— Apparemment, dit Ben. Mais je n'arrive tout de même pas à comprendre comment elle est arrivée jusque-là.

— C'est peut-être lui qui l'a emmenée, dit Esther.

— J'y ai pensé, dit Ben, mais M. Davenport dit qu'il l'a déposée vers cinq heures de l'après-midi. Il dit qu'elle a voulu jouer avec une autre petite fille qu'elle a vue sur le terrain de sport. Vous ne savez pas qui ça pourrait être ?

Esther réfléchit un moment. On eut dit qu'elle se rapprochait de lui après être restée très lointaine.

— Il y a une petite fille qui s'appelle Ramona. Elle habite près du terrain. J'ai déjà vu Doreen jouer avec elle.

— Vous connaissez l'adresse ? demanda Ben aussitôt.

— C'est une maison bleu clair au coin du parc, du côté du centre ville.

— A l'angle de la Vingt-deuxième et de la Première, alors dit Ben.

— C'est ça, dit Esther. C'est ce coin-là.

Ben jeta le dernier carton dans la poubelle. Du coin de l'œil, il voyait plusieurs visages noirs qui le scrutaient par la fenêtre poussiéreuse de l'arrière-salle du café.

— Ils sont tous là à nous regarder, dit-il à Esther.

— Evidemment, rétorqua-t-elle sèchement. Vous vous attendiez à quoi ?

— Ils sont au courant pour votre nièce ?

— Ils savent qu'elle est morte, c'est tout, dit Esther. Le reste, ça ne regarde personne.

— Je vais trouver le coupable, Miss Ballinger, dit Ben.

— Je croyais que c'était déjà fait.

Ben se rendit compte d'un seul coup qu'il avait le sentiment de ne rien avoir en main ; il lui restait encore presque tout à découvrir.

— Je ne pense pas, dit-il doucement en secouant lentement la tête, d'une voix qui ne s'adressait qu'à lui-même.

*

Le soir était presque tombé lorsqu'il regarda son rétroviseur et vit quelques retardataires fatigués qui traversaient péniblement le sol nu et pelé du terrain de sport vers le centre ville. Pendant toute la fin de l'après-midi, Ben était resté dans sa voiture, examinant attentivement tous les passants qui s'approchaient de la petite maison bleu clair. L'atmosphère semblait s'alourdir de seconde en seconde, et en écoutant le hululement des sirènes, assis dans sa voiture, Ben sentait que quelque chose devait aller de travers sur la Quatrième avenue ou sous les ormes frissonnants du Kelly Ingram Park. Il le voyait aux visages furieux et tendus des gens qui le dévisageaient avec insistance en remontant la rue d'un pas lourd dans leurs vêtements trempés. Leurs pantalons et leurs jupes étaient maculés de boue comme si on les avait roulés par terre ; pourtant, Ben ne descendit pas de voiture pour savoir ce qui leur était arrivé, mais resta au volant jusqu'au moment où il vit une grande femme mince pousser le portail rouillé de la maison bleu clair. Une petite fille était pendue à son bras, et elle étreignit la main de la femme lorsque Ben descendit de voiture et se dirigea vers elles.

— Bonjour madame, dit-il en ôtant son chapeau.

La femme posa sur lui un regard craintif. Elle ne répondit pas.

— J'enquête sur ce qui est arrivé à une de vos voisines, poursuivit Ben avec douceur ; Doreen Ballinger.

La femme continua à le considérer avec méfiance :

— Et moi, qu'est-ce que je viens faire là-dedans ?

— Eh bien, on m'a dit que Doreen jouait de temps en temps avec une petite fille du nom de Ramona Davies sur le vieux terrain de sport, dit Ben. (Il baissa les yeux sur la petite fille, puis les releva vers la femme.) Est-ce que c'est Ramona ?

La mère attira instinctivement l'enfant contre sa hanche.

— Qu'est-ce que vous lui voulez ?

— J'aimerais lui parler un peu, voilà tout, dit Ben. De Doreen. Votre fille est peut-être la dernière personne à l'avoir vue vivante.

— Vous êtes de la p-police ?

— Oui, madame, dit Ben.

— Y nous ont arrosés aujourd'hui, lança la femme avec amertume. Et y-z-ont lâché leurs chiens sur nous.

— Je l'ignorais, dit Ben.

— Et y-z-avaient pas à faire ça, poursuivit-elle avec véhémence. On était tous pacifiques.

— Oui, madame, dit Ben en hochant doucement la tête.

— Y-z-ont fait ça par méchanceté, voilà tout, ajouta-t-elle d'un ton cassant. Par pure méchanceté.

Ben baissa les yeux vers la petite fille. Il lui sourit calmement, mais elle se contenta de lui jeter un regard impénétrable et sa petite main se crispa sur celle de sa mère.

— Vous y étiez pas ? demanda celle-ci.

— Non, madame, dit Ben en relevant les yeux vers elle.

— Comment ça se fait ?

— Eh bien, j'essaie de ne pas m'en mêler, si vous voulez, dit Ben. Moi, j'essaie seulement de découvrir l'assassin de Doreen Ballinger.

La femme le dévisagea avec attention.

— Bon, dit-elle enfin. Je pense que vous pouvez parler avec Ramona.

— Merci beaucoup, dit Ben.

La femme se tourna vers sa fille :

— Reste dans le jardin avec le monsieur, lui dit-elle ; je vais faire le dîner.

La petite ne voulait pas lâcher la main de sa mère.

— N'aie pas peur, Ramona, dit-elle d'un ton apaisant. Je serai là, à l'intérieur. (Elle dégagea sa main de l'étreinte de la petite fille.) T'auras qu'à crier si tu veux quelque chose, ajouta-t-elle en s'engageant dans l'allée en direction de la maison.

Les yeux de la petite fille vinrent se fixer sur Ben.

— Salut, dit-il d'une voix douce.

— Bonjour.

Ben s'assit dans l'herbe tout au bord du jardinet.

— Je sais que tu as sans doute envie d'aller jouer, dit-il. Ça ne sera pas long.

La petite fille se balança nerveusement d'un pied sur l'autre.

— On m'a dit que tu jouais de temps en temps avec Doreen, dit Ben.

Ramona hocha la tête.

— Est-ce que tu as joué avec elle dimanche après-midi ?

La petite fille le regarda avec perplexité.

— Je parie que tu vas à l'église le dimanche soir, pas vrai ? demanda Ben.

— Oui monsieur.

— Et la dernière fois, juste avant d'y aller, est-ce que tu as vu Doreen ?

— Oui monsieur.
— Où est-ce que tu l'as vue ?
— Là-bas, derrière les arbres, dit Ramona en désignant le terrain de sport.

Ben regarda dans la direction indiquée. Trois grands arbres se dressaient au bord du terrain, et on avait suspendu une balançoire à une branche de l'un d'eux ; la brise du soir la faisait osciller doucement.

— Je me balançais, dit Ramona, et pis elle est arrivée.
— Tu ne sais pas quelle heure il pouvait être ?

La petite fille haussa gracieusement les épaules.

— C'était longtemps avant le dîner ?
— Non, juste avant.
— Alors c'était peut-être vers cinq heures, non ?
— Juste avant dîner, répéta Ramona. Maman est venue m'appeler.
— Est-ce que Doreen était avec toi quand ta maman t'a appelée ?
— Non monsieur.
— Où est-ce qu'elle était ?
— Elle était rentrée chez elle.
— Combien de temps est-ce qu'elle a joué avec toi ?
— Pas longtemps.
— Une heure, quelque chose comme ça ?
— Elle a traversé le terrain, dit Ramona qui désigna cette fois l'autre bout du terrain.
— C'est de là qu'elle est venue ? demanda Ben.
— Oui monsieur, dit Ramona. J'ai vu la lumière bleue, alors j'ai regardé et pis j'ai vu Doreen.
— La lumière bleue ?
— Celle de la voiture de police.
— Tu as vu une voiture de police ?
— Oui monsieur. Y-z-ont arrêté quelqu'un.
— Une autre voiture ?
— Oui monsieur.

— La voiture de police, à quoi est-ce qu'elle ressemblait ?

— C'était la Black Cat.

— Pourquoi est-ce qu'elle était arrêtée ?

— Y faisaient une contravention à quelqu'un.

— Ils avaient arrêté une voiture ?

— Oui monsieur. Y lui faisaient une contravention, penchés à la portière.

— Tous les deux ?

— On les appelle les gars de la Black Cat. C'est deux frères. Tout le monde les connaît à Bearmatch.

Ben se pencha un peu vers elle.

— Et l'autre voiture ? Tu te rappelles ce que c'était ?

— Non monsieur.

— Comment elle était ?

— Tout ce que je me souviens, c'est qu'elle était noire, ou bien bleue, dit Ramona en secouant la tête.

— Et c'est à ce moment-là que tu as vu Doreen ?

— Oui monsieur.

— Où est-ce qu'elle était ?

— Elle venait vers moi par le terrain.

— Toute seule ?

— Oui monsieur, elle était toute seule, dit Ramona. Y avait personne avec elle. (Elle sourit timidement.) Ce qu'elle avait l'air contente ! Elle riait toute seule. Elle est toujours à rigoler toute seule. Elle peut pas parler, vous savez.

Ben hocha la tête.

— Mais cette fois-là, elle rigolait encore plus que d'habitude, ajouta Ramona en souriant.

— Alors elle a traversé le terrain et vous avez joué à peu près une heure ensemble, c'est bien ça ?

— On a joué jusqu'à ce qu'elle s'en aille.

— Et par où est-ce qu'elle est partie ?

— Vers chez elle, dit Ramona en montrant encore l'autre bout du terrain. Par là.

Ben hocha lentement la tête.

— Tu vas peut-être trouver que c'est une drôle de question, mais est-ce que tu connais l'usine de caoutchouc ?

— Oui monsieur, répondit-elle immédiatement. Mon papa y travaille.

— C'est par là, non ? demanda-t-il en indiquant la direction opposée. Tu es sûre que Doreen n'est pas partie vers l'usine ?

— Oh oui monsieur, répondit-elle sans hésiter. Elle est partie vers chez elle. (Elle montra la même direction que précédement.) Par là, comme d'habitude.

Ben lui sourit gentiment.

— Tu n'as vu personne d'autre dans le coin cet après-midi-là, par hasard ?

— Y avait des gens qui traversaient le terrain, comme d'habitude.

— Tu as déjà entendu parler d'un monsieur qui s'appelle Bluto ?

— Non monsieur.

— Il est très grand et fort.

— Non monsieur, j'en ai jamais entendu parler.

Ben sortit de sa poche la photo de la morgue et la montra à Ramona qui l'examina attentivement.

— Y dort ? demanda-t-elle enfin.

— Oui, c'est ça.

Les yeux de Ramona se reposèrent sur la photo.

— On dirait qu'il est malade.

— Tu l'as déjà vu ?

— Non monsieur, je l'ai jamais vu, dit Ramona sans cesser de contempler la photo avec curiosité. Il est de la famille de Doreen ?

— Non, dit Ben en lui retirant doucement la photo.

— Qui c'est ? fit Ramona en le considérant d'un air interrogateur.

— Un monsieur, dit Ben en rangeant la photo dans sa poche.

— Il a fait du mal à Doreen ?

— Peut-être, dit Ben. (Il se redressa, puis resta un moment sur place, donnant de petits coups de pied dans une motte de terre sèche.) Tu sais pas si quelqu'un d'autre a vu Doreen après toi, par hasard ?

— Je crois pas, dit Ramona en secouant la tête. (Son regard se reporta vers l'autre bout du terrain.) Sauf peut-être les policiers et le type à qui y faisaient une contravention.

28

Des groupes de pompiers traînaient encore devant le commissariat central lorsque Ben se gara au bord du trottoir, descendit de voiture et gravit les marches. Ils n'avaient pas tous ôté leur lourd imperméable noir. Certains étaient seuls, d'autres discutaient paisiblement dans le crépuscule.

Lamar Beacham était affalé contre la façade ; son long corps maigre évoquait une canne à pêche appuyée contre un mur.

— Qu'est-ce qu'y a eu aujourd'hui ? demanda Ben en arrivant en haut des marches.

— D'où tu tombes, de la lune ? rétorqua Beacham avec un sourire sans joie.

— J'étais sur une affaire.

Beacham laissa tomber son mégot sur les marches et l'écrasa du bout du pied.

— Y nous ont mis dans le bain. Tous les pompiers de la ville !

— Comment ?

— Y nous ont disposés en travers de la rue, dit Beacham, et pis le Chef a dit « ouvrez les vannes ». (Il haussa les épaules en signe d'impuissance.) Alors on a ouvert les vannes.

— Vous avez arrosé les manifestants ?

— Ouais, on les a arrosés. (Une grimace de dégoût

tordit ses traits.) Et pas à moitié, crois-moi. Bon Dieu, Ben, l'eau sort de ces putains de lances sous une pression de plus de cinquante kilos par centimètre carré. Tu te rends compte de ce que ça fait de se prendre ça sur la gueule ? (Il détourna les yeux et alluma une autre cigarette.) Franchement, ça me fait gerber, ce que le préfet nous a fait faire.

— Et les autres, y pensent comme toi ?

— On est pas mal à se dire la même chose, en tout cas. (Son regard se tourna vers l'avenue sur laquelle on voyait un camion de pompiers se profiler dans le couchant.) Le préfet aurait plutôt intérêt à faire gaffe à ce qu'y demande aux pompiers. On est pas des flics ni des gendarmes. On est pas comme eux. Nous, c'est autre chose.

— Combien de temps ça a duré ?

— J'ai cru que ça finirait jamais, dit Beacham. Moi, je tenais la lance. C'est vachement lourd. Au bout d'un moment, j'avais l'impression de porter une bagnole à bout de bras. Et avec la flotte à la pression maximum, c'était carrément comme de lutter avec un taureau. (Il rit.) Tu connais Jim Pointer ? Un petit mec avec une moustache ?

— Ouais.

— C'est avec lui que je faisais équipe ; y tenait le tuyau derrière moi. Eh ben à la fin, il a tout lâché. Je me casse, Lamar, qu'y m'a dit. Y peuvent me demander d'entrer dans un immeuble en flammes, mais ça, c'est pas mon boulot et j'en ai ma claque. (Beacham dévisagea Ben comme s'il n'en était toujours pas revenu.) Et y s'est carrément cassé. Il a enlevé son casque et y s'est cassé. C'est trop, non ?

Ben ne répondit pas.

La voix de Beacham se fit menaçante.

— Le préfet a intérêt à faire gaffe. Y va trop loin, et si ça continue, il aura plus que la lie de son côté. Tiens, t'as qu'à voir les gars de Lingo ! Putain, la moitié d'entre eux, c'est eux qui devraient être en taule. (Il secoua la tête d'un air atterré, puis quitta son appui contre le mur.) Bon, à plus tard, Ben, dit-il en s'engageant sur les marches. Faut que je rentre, mais Dieu sait que ça me met les glandes. Ma femme va me tuer quand elle saura ce qu'on a fait.

Ça faisait des semaines que Ben n'avait pas vu le commissariat central si peu bondé. Les rangées de lits de camp étaient vides et seuls quelques retardataires traînaient encore dans le local des détectives. Le bureau du préfet était plongé dans les ténèbres, et la seule lumière de tout le couloir filtrait sous la porte de Luther. Tout conspirait à donner l'impression qu'un vide étrange et angoissant s'était abattu sur toutes choses : les couloirs presque déserts, les salles de réunion vides, et jusqu'aux ténèbres qui s'épaississaient derrière les vitres. Il régnait un calme étrange et surnaturel, et Ben sentait en passant de pièce en pièce qu'un aspect de la frénésie qui s'était emparée de la ville longtemps auparavant était enfin retombé ; il s'était épuisé, puis s'était éloigné en boitant comme une bête blessée qui va soigner ses blessures au cœur d'impénétrables fourrés. Ben ne savait pas très bien quel phénomène au juste avait atteint son terme, mais il avait le sentiment en marchant vers la porte des archives plongées dans les ténèbres que son apaisement allait désamorcer tout le mécanisme et que la tourmente dans laquelle la ville avait été plongée n'était qu'un feu de paille qui ne laisserait sur son passage que l'odeur un peu âcre de la colère inassouvie.

— Qu'est-ce que vous faites là ?

Ben se retourna et vit une haute silhouette qui se détachait à contre-jour dans l'encadrement de la porte au bout du couloir.

— Qui c'est ? fit Ben en cherchant à percer les ténèbres.

L'homme sortit de la pénombre et un rai de lumière tomba sur son visage.

C'était Breedlove, et il y avait dans sa posture quelque chose de tendu et de félin, comme s'il était prêt à bondir.

— Y sont presque tous rentrés chez eux, dit-il.

— Ouais, dit Ben. On dirait.

— T'étais pas avec nous aujourd'hui, Ben, il me semble, dit Breedlove avec un sourire dégagé.

— Non.

— Comment ça se fait ?

— Je suis toujours sur une affaire.

— La petite fille ?

— Ouais.

Breedlove plongea les yeux dans ceux de Ben.

— On dirait qu'elle te tient à cœur, cette affaire.

— Ça se peut.

Breedlove fit un pas en avant, de sorte que la lumière du couloir l'éclairait maintenant en entier.

— Pourquoi donc, Ben ? Pourquoi tu t'intéresses tant à cette affaire ?

— C'était une petite fille, dit Ben platement. J'aime pas ce qui lui est arrivé.

— Bien sûr, mais ça arrive tout le temps, pas vrai ? dit Breedlove avec un sourire.

— Ouais, beaucoup trop.

— Et tu te défonces autant sur toutes les affaires de ce genre ?

— Sur toutes, répondit Ben avec raideur.

Breedlove eut un petit rire.

— J'admire ta conscience professionnelle, dit-il d'un ton de légèreté forcée. Sincèrement. (Toute agressivité avait d'un seul coup disparu de ses propos pour faire place à une cordialité de commande.) Eh ben t'as raison, mon vieux, dit-il en se détendant manifestement. Rien de tel qu'un flic intègre pour changer le monde, pas vrai ?

— Sans doute, répondit Ben d'un ton sec.

Breedlove se gratta la nuque d'un air dégagé.

— Bon, ben moi aussi, faut que je rentre, dit-il. Tu viens ?

— Non. J'ai quelques trucs à vérifier.

Une grimace passa sur les traits de Breedlove, mais il se détendit aussitôt.

— Bon, et ben salut alors, dit-il. A demain.

Ben resta planté dans le couloir sans rien dire jusqu'à ce que Breedlove ait disparu dans la cage d'escalier, puis il fit volte-face, pénétra dans le bureau des archives et fit la lumière.

Le mur du fond était tapissé de classeurs métalliques et Ben se dirigea vers ceux qui portaient la mention « infractions au code de la route ». Les contraventions étaient classées par date d'émission, et Ben se mit aussitôt à remonter le fichier vers le dimanche où Doreen avait été tuée. C'était une fine liasse retenue par un élastique, et il ne lui fallut pas longtemps pour trier les quelques contraventions dressées par Tod et Teddy Langley. Il y en avait une qui avait été faite au centre-ville vers deux heures de l'après-midi. Une deuxième avait été dressée pour stationnement illicite aux confins de Bearmatch. La troisième concernait un excès de vitesse vers trois heures. La quatrième se rapportait à la même infraction ; l'heure consignée sur le rapport était cinq heures et quart, et le lieu était l'angle de la Vingt et unième rue et de la Deuxième avenue, c'est-à-dire l'angle sud-ouest du vieux terrain de sport. Le contrevenant était un certain Norman Siegel, domicilié au 2347 de William street, à Mountain Brook.

*

Il était près de huit heures du soir quand Ben s'engagea dans Williams Street. Il roulait lentement, en se tordant le cou pour voir les numéros en passant d'une petite maison de bois à la suivante. Il arriva enfin à celle qu'il cherchait. C'était une maison de bois peinte en bleu clair avec un garage et Ben remarqua en s'engageant dans l'allée l'important assortiment de jouets qui jonchait la pelouse fraîchement tondue.

La porte s'ouvrit au second coup, et Ben découvrit une petite femme entre deux âges à travers le crible argenté de la moustiquaire.

— Je suis bien chez les Siegel ? demanda-t-il.

— Oui.

— Est-ce ici qu'habite Norman Siegel ?

— Oui, c'est ici, dit la femme.

Ben sortit son insigne de police.

— Rien de grave, madame, mais j'aimerais parler à M. Siegel, s'il a un moment à m'accorder.

La femme lui jeta un regard inquiet.

— Bon, dit-elle à contrecœur. Entrez.

Elle ouvrit la porte de la moustiquaire et Ben entra.

— Asseyez-vous où vous voulez, dit la femme en s'éclipsant vers le fond de la maison.

Ben resta debout. Il embrassa la pièce d'un regard circulaire. Il y avait une cheminée à feu ouvert en brique dont le manteau, une simple poutre de bois, était orné de photos de famille dans des cadres en plastique rose. La moquette rougeâtre mouchetée de blanc était jonchée de jouets qui semblaient avoir été éparpillés au petit bonheur et laissés en plan. Une chaise longue en skaï marron faisait face à un canapé de cuir fauve couvert de coussins rouge vif.

— Je suis Norman Siegel.

C'était un petit homme à grosses lunettes ; il portait un pantalon kaki et une chemise blanche à col ouvert.

— J'étais en train de tondre derrière, dit-il avec un mince sourire. Il n'y a que le soir que je trouve le temps de le faire. (Il tendit la main à Ben.) Sarah m'a dit que vous étiez de la police.

— En effet, répondit Ben en lui serrant rapidement la main.

— Ma foi, je crois bien que je n'ai rien à me reprocher, dit Siegel avec un petit rire nerveux en se dandinant un peu, mal à l'aise. Mais asseyez-vous donc ! Voulez-vous un verre de thé froid ? Ou alors quelque chose de plus corsé ?

— Non merci.

— Bon, dit Siegel en fourrant ses mains au fond des poches de son pantalon. Alors, de quoi s'agit-il ?

— Vous avez reçu une contravention dimanche dernier, n'est-ce pas ? demanda Ben.

— Ouais, dit Siegel. J'ai déjà mis le chèque à la boîte.

— Ce n'est pas à propos de l'amende, dit Ben.

— Ah bon ? fit Siegel en lui jetant un coup d'œil déconcerté. C'est à quel sujet, alors ?

— Peu de temps après que vous ayez été verbalisé, une petite fille a été vue en train de traverser le terrain de sport ; peu de temps après, elle a été tuée.

Siegel prit une longue inspiration.

— Une petite fille ? Faut dire que le quartier...

— Une autre fille noire, précisa Ben. Elle avait douze ans.

Une tension apparut dans les yeux de Siegel.

— Bon Dieu, j'espère que vous ne vous figurez pas que j'y suis pour quelque chose ?

— Pas du tout, le rassura Ben aussitôt. Mais je me demandais si vous aviez vu quelque chose.

— Quand ?

— Pendant qu'on vous dressait le procès-verbal.

Siegel réfléchit un moment.

— D'habitude, je regarde la route et rien d'autre quand je traverse ce quartier-là, dit-il. En principe, je n'y passe même pas, mais j'ai une usine de jouets de l'autre côté, alors quand je suis en retard il m'arrive de couper par Collins avenue. C'est comme ça que je me retrouve dans le quartier.

— C'était le cas dimanche après-midi ?

— Ouais, dit Siegel. Je suis arrivé à l'usine à cinq heures et demie. Il y a des tas de témoins.

— Vous faisiez de la vitesse ?

— Sans doute, fit Siegel en haussant les épaules. Plein de gens appuient sur le champignon en passant dans ce quartier-là.

— Savez-vous à quelle heure vous avez été arrêté ?

— Il était très exactement cinq heures et quart, dit Siegel. Je le sais parce que j'ai aussitôt regardé ma montre. Je voulais essayer d'expédier les formalités aussi vite que possible pour reprendre le chemin de l'usine.

Ben hocha la tête.

— Et je sais aussi l'heure à laquelle j'ai redémarré, dit Siegel. Parce que j'ai regardé ma montre une deuxième fois. (Il eut un sourire timide.) Je suis plutôt à cheval sur l'horaire, si vous voyez ce que je veux dire.

— A quelle heure êtes-vous reparti ?

— A cinq heures vingt-deux, dit Siegel. Ça n'a pris que sept minutes en tout.

— Avez-vous vu une petite fille pendant que vous étiez à l'arrêt ? demanda Ben.

— Non, j'ai rien... commença Siegel en secouant la tête, mais il s'interrompit : Attendez voir. Si, je crois bien. Elle était tout à l'autre bout du terrain ; sur une balançoire.

— Et sur le terrain même ? insista Ben en comprenant que la petite fille à la balançoire devait être Ramona Davies. Vous n'en avez pas vu une autre, en train de marcher vers la balançoire ?

— Non, il n'y avait que celle-là, dit Siegel. C'est la seule petite fille que j'ai vue.

Ben sortit de sa poche la photo de Bluto.

— Et cet homme, dit-il en la tendant à Siegel. Est-ce que sa tête vous dit quelque chose ?

Siegel contempla un moment la photo, puis il secoua la tête.

— Non.

— C'est un colosse, dit Ben. Vous n'avez ps vu un type très baraqué dans les environs ? Un peu à l'écart ?

— Non, dit Siegel en lui rendant la photo.

— Alors vous n'avez vu que la petite fille ? demanda Ben. Celle de la balançoire ?

— C'est tout, dit Siegel. (Il sourit.) Et puis les deux flics, bien sûr. (Il eut un rire léger.) Y-z-étaient plus vrais que nature ; Y sont arrivés chacun d'un côté de la voiture, comme à la télé.

Ben hocha silencieusement la tête.

— Ils n'ont fait que se conformer au règlement.

— Ah ouais, dit Siegel ; alors pourquoi ils l'ont pas fait à l'autre mec ?

— Comment ?

— C'est vrai, quoi ! Ils lui ont pas fait tout ce cinéma, à celui qu'ils ont arrêté après moi.

— Après vous ?

— Tout de suite après.

— Ils ont arrêté quelqu'un d'autre ?

— Plutôt, oui, tonitrua Siegel. J'avais à peine redémarré, qu'ils s'étaient déjà mis après une autre voiture. J'avais même pas encore rangé mes papiers dans mon portefeuille qu'y remettaient ça.

— Vous avez vu la scène ? demanda Ben.

— Je n'avais fait que quelques mètres, dit Siegel. Ça s'est passé à l'autre bout du terrain.

— Qu'est-ce que vous avez vu au juste ?

— Je les ai vus arrêter une grosse voiture, et ils sont descendus tous les deux, dit Siegel. Je roulais presque au pas, j'avais repris le chemin de l'usine, et je l'avais plutôt mauvaise, si vous voyez ce que je veux dire, et c'est là que j'ai vu qu'ils avaient arrêté une autre voiture.

— Qu'est-ce qu'ils faisaient ?

— Eh ben, y sont allés trouver le conducteur, dit Siegel ; mais ce coup-là, y-z-avaient décidé d'oublier un peu le règlement.

Ben hocha la tête.

— En tous les cas, y sont tous les deux passés côté conducteur, et quand le grand est arrivé à la portière, il a carrément passé la tête à l'intérieur.

— Il a passé la tête à l'intérieur ?

— Il aurait pas fait autrement s'il avait voulu lui rouler une pelle, gloussa Siegel.

— Justement, vous avez vu la personne qui était au volant ?

— Non, il avait la tête tournée vers le flic, dit Siegel. Je ne voyais que sa nuque. Tout ce que je peux vous dire, c'est qu'il avait les cheveux gris.

— Et la voiture ?

— Attention, c'était pas n'importe quoi, dit Siegel. C'était une Lincoln. Bleu foncé ; et alors, nickel ; un miroir. J'ai pas eu l'impression qu'elle était à quelqu'un du quartier.

— Vous l'avez vue repartir ? demanda Ben.

— Non.

— Est-ce qu'il y avait quelqu'un d'autre à l'intérieur ?

— Non.

— Est-ce que vous avez vu quelqu'un en descendre ?

— Non, personne, dit Siegel. (Il s'essuya le front.) Vous êtes sûr que vous ne voulez pas un verre ?

— Non merci, vraiment, dit Ben, puis il reprit :

— Cette voiture, la Lincoln ; il n'y avait pas une petite fille dedans ?

— Non.

— Sur le siège arrière ?

Siegel réfléchit un moment puis il secoua la tête :

— J'ai vu que les flics.

— Et le conducteur, rappela Ben.

— Vaguement, répondit Siegel. Mais c'est surtout ces deux flics qui pourraient vous renseigner, vu la façon dont y l'ont regardé sous le nez.

29

La chaleur de la journée n'était presque pas retombée bien que le soleil fût couché depuis quelques heures, et Ben sortit son mouchoir pour s'éponger le visage et le cou avant de gravir le monumental escalier en demi-cercle de la maison des Davenport. Sa chemise trempée lui collait désagréablement sur le dos, et il remarqua en ôtant son chapeau qu'une bande sombre de transpiration le maculait déjà au-dessus du ruban. Non loin de l'escalier, une petite pièce d'eau dormante luisait sous la lune. Un fantomatique nuage de vapeur flottait au-dessus. Un vieux colvert tout flapi y nageait, le bec un peu levé comme pour boire l'humidité ambiante.

Une bonne un peu boulotte en tablier blanc vint ouvrir.

— Monsieur ? demanda-t-elle.

Ben lui montra son insigne de police.

— J'ai déjà eu une entrevue avec M. Davenport. Il m'a dit que je pouvais passer le voir si j'avais d'autres questions à lui poser.

La bonne s'effaça prestement et ouvrit la porte en grand.

— Entrez, dit-elle.

— Merci, dit Ben en passant le seuil.

— Si vous voulez bien attendre ici, dit la bonne. Je vais chercher M. Davenport.

Davenport arriva presque aussitôt. Sa mise était beaucoup plus décontractée que la première fois. Il portait une chemise à carreaux et un large pantalon à pinces. Il tenait un club de golf à la main.

— Je faisais quelques trous en intérieur, dit-il en tendant la main à Ben. Voulez-vous un rafraîchissement ?

— Non merci, dit Ben.

— Allons discuter, en ce cas, dit Davenport. Entrons ici, nous serons tranquilles.

Ben le suivit dans un petit cabinet lambrissé dont les murs étaient couverts de trophées et de scènes de chasse au renard.

— Vous devez vous dire que je suis un grand chasseur, dit plaisamment Davenport.

Ben garda le silence.

— Eh bien, vous voyez, je n'en ai pas descendu un seul, poursuivit Davenport. Ni le lynx, ni le léopard ; et certainement pas cet horrible gnou. (Il s'esclaffa.) Tout cela appartenait à mon beau-frère ; ce bric-à-brac a atterri ici à sa mort et ma femme refuse de s'en séparer ; vous voyez le résultat. (Il s'approcha à grandes enjambées d'un canapé en cuir cramoisi et s'y assit.) Prenez un siège, je vous en prie, dit-il en désignant un fauteuil assorti. Un homme qui travaille encore à cette heure-ci doit avoir besoin de s'asseoir.

Ben s'assit.

— Avez-vous du nouveau sur ce qui est arrivé à Doreen ? demanda aussitôt Davenport.

— Un peu, dit Ben.

— Et que puis-je pour vous ?

Ben se pencha un peu en avant.

— Lors de notre première entrevue, vous m'avez dit

que vous avez ramené Doreen jusqu'au terrain de sport.

— En effet, répondit négligemment Davenport.

— Et que vous l'avez laissée descendre parce qu'elle avait vu une petite fille en train de jouer et qu'elle voulait aller s'amuser avec elle.

Davenport acquiesça.

— Est-ce la seule raison pour laquelle vous vous êtes arrêté, M. Davenport ? demanda Ben en plongeant les yeux dans les siens.

Le regard de Davenport se durcit.

— Que voulez-vous dire ?

— Eh bien, il y a là quelque chose qui me chiffonne un peu.

— Quoi donc ?

— Le fait que vous ne vous soyez arrêté que pour la laisser descendre, répéta Ben platement.

— Pour quelle autre raison me serais-je arrêté avant d'être arrivé chez elle ? demanda Davenport.

— Eh bien, vous auriez pu être interpellé, dit Ben.

— Continuez, dit Davenport en levant un peu la tête.

— Par une voiture de police.

Davenport laissa échapper un long soupir.

Ben posa sur lui un regard perçant.

— On a deux types qui s'occupent de Bearmatch ; vous n'en avez jamais entendu parler ?

Davenport ne répondit pas.

— Ils se baladent dans une voiture de patrouille qu'ils ont arrangée pour lui donner l'air d'un gros chat noir.

Davenport resta coi.

— Il y a même un chat peint sur le capot, poursuivit Ben. Vous n'avez j'amais vu de voiture comme ça, M. Davenport ?

Davenport parut un moment faire l'impasse sur la question.

— Si, dit-il enfin. Je l'ai vue. Ils m'ont arrêté, tout comme vous l'avez dit. Mais j'avais déjà laissé descendre Doreen.

— Pourquoi vous ont-ils arrêté ?

— Pour excès de vitesse, dit Davenport ; c'est ce qu'ils m'ont dit, en tous cas.

— Etiez-vous vraiment en excès de vitesse ?

— Peut-être, dit Davenport. J'étais très pressé, je vous l'ai dit. J'avais une réunion très importante.

— Ils ne vous ont pas dressé de contravention, dit Ben.

— Comment le savez-vous ?

— J'ai consulté leurs rapports. Ils ont dressé une contravention pour excès de vitesse à Bearmatch ce jour-là, mais pas à vous.

— Alors comment avez-vous su qu'ils m'avaient arrêté ? demanda Davenport.

— Quelqu'un les a vus arrêter une Lincoln bleu foncé, dit Ben.

— Et vous avez supposé que c'était la mienne ?

— Oui.

— Qu'est-ce que vous savez au juste ? demanda enfin Davenport.

— Je préférerais que la suite vienne de vous, dit Ben.

— C'est impossible, dit Davenport presque tristement.

— Il le faut pourtant, dit Ben.

Davenport le dévisagea sans mot dire, les yeux fixes et pourtant étrangement animés par son agitation intérieure.

— Une petite fille est morte, reprit Ben au bout d'un moment, et tout le monde veut que j'aille jusqu'au bout.

— Tout le monde ? Peut-être pas, dit Davenport. Il y a peut-être même des gens qui ne tiennent pas du tout à vous voir aller jusqu'au fond des choses.

— Les frères Langley, par exemple ? demanda Ben, les nerfs à fleur de peau, d'une voix soudain tranchante comme l'acier.

Davenport ne répondit pas.

— Vous étiez tous les trois ensemble quand elle a disparu, dit Ben.

— Ce n'est pas interdit, que je sache.

— Par contre, il est interdit de mentir dans le cadre d'une enquête criminelle, rappela Ben. Vous devez le savoir en votre qualité d'avocat. Je vous rappelle qu'il s'agit d'un meurtre.

— Et moi, je vous rappelle qu'il s'agit d'une Noire, dit Davenport avec chaleur. Je crois d'ailleurs que vous seriez très bien inspiré de ne pas l'oublier, inspecteur Wellman.

Ben sentit une bouffée de chaleur lui monter le long de l'épine dorsale.

— M. Davenport, j'ai été élevé par des gens qui croyaient aux convenances ; ne me les faites pas oublier.

— Des menaces ?

— Parfaitement, rétorqua Ben d'un ton glacial, à sa propre stupéfaction.

— Ne m'obligez pas à vous manquer de respect, M. Wellman, fit Davenport avec un rire méprisant.

— J'ai la ferme intention de faire toute la lumière sur ce qui est arrivé à Doreen Ballinger, dit Ben avec détermination. Et je divulguerai largement les résultats, quels qu'ils soient.

— Vous croyez sincèrement que je suis mêlé au meurtre de Doreen ? demanda Davenport en secouant la tête.

— Tout ce que je sais, c'est que vous m'avez menti plusieurs fois.

— J'ai peut-être mes raisons.

— Lesquelles ?

— Ce sont des raisons strictement personnelles, répliqua Davenport d'un ton raide.

— Plus maintenant.

Davenport se détourna légèrement.

Ben se leva, et les yeux de Davenport revinrent se fixer sur lui aussitôt.

— Hé là, où est-ce que vous allez comme ça ? aboya-t-il.

Ben haussa les épaules avec désinvolture.

— Je comptais retourner au commissariat. Les Langley ne devraient pas tarder à venir y prendre leur service. Je me disais que je pourrais discuter un peu de tout ça avec eux.

Davenport se leva d'un bond.

— Vous n'en ferez rien, dit-il d'un ton sans réplique. Vous ne comprenez rien à la situation, et croyez-moi, ça vaut mieux pour vous.

Ben se tourna vers la porte en remettant lentement son chapeau.

Davenport lui agrippa le bras.

— Asseyez-vous, Wellman.

Ben pivota sur lui-même, saisit Davenport au collet et le repoussa dans son fauteuil.

— Ne vous avisez plus jamais de me toucher, dit-il froidement.

Davenport leva les yeux vers lui, atterré :

— Alors vous êtes décidément une incorrigible tête de mule ? Vous croyez vraiment tout savoir ? Eh bien ce coup-ci vous êtes loin du compte, croyez-moi ! Vous êtes complètement à côté de la plaque.

Ben garda le silence.

— L'eau monte, ajouta Davenport d'un ton sinistre. Elle monte tout autour de vous.

Ben le fusilla du regard.

— Je n'aurai de cesse que je n'aie découvert ce qui est arrivé à Doreen Ballinger.

Un moment, Davenport dévisagea Ben avec intensité comme pour chercher le moyen d'atteindre sa conscience. Puis tout à coup, ses traits se détendirent et son regard s'adoucit de façon presque imperceptible.

— Laissez donc un autre s'en charger, dit-il.

— Comment ?

— Pas vous, fit Davenport presque dans un souffle. Un autre.

Une lueur étrange passa dans ses yeux comme s'il essayait de lui dire quelque chose avec son regard.

— De quoi est-ce que vous parlez ?

— Il y a des vies humaines en jeu.

— Que voulez-vous dire ?

Davenport fut sur le point de répondre, mais il se ravisa et ses lèvres restèrent hermétiquement closes. Ben le regarda d'un œil inquisiteur.

— De quoi est-ce que vous parlez ? répéta-t-il.

Davenport ne répondit pas. Au lieu de ça, il se leva posément, sortit de la pièce et gagna la porte de la maison.

— Bonsoir, inspecteur, dit-il en l'ouvrant.

Ben sortit dans la nuit ; Davenport lui emboîta le pas et ferma la porte derrière lui.

Ils restèrent un moment côte à côte sur les blanches marches arrondies, baignés par la lumière de la lune qui faisait luire le lac immobile dans la pénombre de la nuit d'été.

— Nul ne saura jamais l'identité des vrais héros, dit Davenport d'une voix calme.

Ben lui jeta un regard interrogateur :

— Quels héros ?

Les yeux de Davenport se perdirent dans les reflets du lac.

— C'est sans importance, dit-il comme s'il s'adressait à quelque présence lointaine, à une apparition parmi les arbres. (Il resta un moment perdu dans la contemplation de l'herbe grasse et humide. Puis il se tourna vers Ben.) Tout ce que je peux vous dire, et je ne vous en dirai jamais davantage, c'est ceci : (Il se tut un instant, pesant ses mots, puis il se pencha vers lui et lui souffla d'un ton de conspirateur :) Quoi que vous puissiez croire, vous vous trompez complètement.

*

Le premier étage du commissariat central faisait penser à une forteresse totalement abandonnée par de valeureux défenseurs à l'issue d'un siège impitoyable. Les lits de camps vides étaient défaits ; draps et literie traînaient sur le carrelage crasseux. A perte de vue, bureaux, étagères, rebords de fenêtres, tout était jonché de boîtes de soda, de verres en carton et de papier gras. Il n'y avait que son propre bureau qui avait à peu près échappé à ce désordre général, mais Ben compris en s'y installant lourdement que c'était tout simplement parce qu'il ne s'y était presque pas assis depuis le début de l'affaire, lui ayant toujours préféré la course de sa voiture ou le bruit de ses pieds foulant l'asphalte. « Un bureau c'est un tombeau », lui avait dit son père un jour que les brumes de l'extrême vieillesse laissaient percer des éclairs d'une clarté aveuglante.

Et pourtant, en se renversant dans son fauteuil pour étendre ses longues jambes maigres sur le bureau, il n'en était plus si sûr. Ailleurs, il le savait, des gens faisaient des métiers propres, dans lesquels ils avaient à résoudre des questions dont les solutions étaient singulièrement toujours innocentes et anodines ; des solutions qui ne nuisaient à personne. Le travail de police, c'était autre chose. C'était comme une tronçonneuse laminant indistinctement les bons et les méchants, pour ne laisser sur son passage que des victimes désarmées.

Il pensa à Doreen Ballinger et se demanda quelle sorte de victime c'était. Peut-être Bluto l'avait-il tuée pour abuser d'elle. De tous les dangers dont la femme doit se garder, le désir de l'homme est le plus grand, et il semblait possible que Doreen ait perdu la vie parce qu'un colosse enfantin avait perdu le contrôle de lui-même l'espace d'un instant insoutenable.

Ben joua un moment avec cette hypothèse, mais elle s'estompa de plus en plus à l'analyse tandis que les derniers mots de Davenport résonnaient dans sa tête de façon toujours plus insistante.

Quoi que vous puissiez croire, vous vous trompez complètement.

Il se retourna donc mentalement vers les pistes qui l'avaient mené à Davenport. Peut-être était-ce Siegel qui mentait ; peut-être voulait-il détourner l'attention sur Davenport. Peut-être la réponse était-elle tapie parmi ces jouets éparpillés partout, parmi ces poupées allongées dans l'herbe ; peut-être se lovait-elle comme un serpent dans quelque obscur recoin de l'esprit de Norman Siegel.

Quoi que vous puissiez croire, vous vous trompez complètement.

Le coupable aurait même pu être Jacob, le chauffeur. Après tout, c'est sous les traits d'un employé haineux et aigri que l'on va tout d'abord chercher le visage d'un criminel. Il connaissait de nombreux exemples de telles gens que leur rancune avait poussés à faire sauter des immeubles, à incendier des usines ou à tirer au fusil à pompe dans la fenêtre de la chambre à coucher de leur patron. Il avait lui-même assisté plus d'une fois à de telles scènes. C'était une éventualité à envisager — comme toutes les autres.

Quoi que vous puissiez croire, vous vous trompez complètement.

Il prit une cigarette et l'alluma en continuant à remonter lentement le fleuve des événements dans sa mémoire. Des noms et des visages se succédèrent dans son esprit. Kelly, Breedlove, Daniels, Les Langley. Il s'attarda un moment sur ces derniers. Il était clair que les deux frères faisaient la loi sans aucun contrôle extérieur quand ils rôdaient dans les bas-fonds de Bearmatch. « Après moi, avait dit Kelly, y-z-ont voulu essayer un autre genre. » De ce point de vue, c'était un succès, mais Ben se prit à se demander si la hiérarchie n'avait pas dépassé ses objectifs en confiant Bearmatch à la Black Cat 13 ; d'un autre côté, c'était peut-être précisément le genre escompté. Il se souvint de la réaction de Luther le jour où il l'avait interrogé à leur sujet : « Devant qui y doivent répondre de leurs actes, c'est ça que tu veux savoir ? Bon sang, Ben, à ton avis ? Qui c'est qui engage et qui vire le monde comme y veut ? » Ils avaient à répondre de leurs actes devant le préfet, et devant lui seul.

Quoi que vous puissiez croire, vous vous trompez complètement.

La cigarette lui brûla le bout des doigts et il se hâta de l'écraser dans le petit cendrier en fer blanc, puis il en alluma une autre. Deux ventilateurs sur pied ronronnaient doucement ; il s'enfonça lentement dans son fauteuil, desserra son nœud de cravate et s'abandonna à la caresse de l'air frais. Le silence du local s'abattit soudain sur ses épaules et il resta un moment immobile dans la lumière grise, les yeux fixés sur les pales en mouvement qui finirent par prendre l'aspect de deux yeux mornes qui le dévisageaient fixement depuis les deux coins de la pièce. Il se redressa enfin, cligna vivement des yeux et détourna le regard vers la fenêtre sans store qui donnait une vue panoramique sur la rue depuis le troisième étage. Il se leva, gagna la fenêtre et se mit à contempler la ville. Elle lui parut plus ténébreuse que jamais, drapée dans son manteau d'obscurité chaude et putride, suffoquant comme un enfant sous une grosse couverture noire. Il n'aurait pu dire à quel moment il avait cessé de l'aimer, ni même s'il l'avait jamais aimée, s'il avait jamais aimé le Sud ou quoi que ce soit au monde hormis les quelques personnes auxquelles il n'avait été lié que par les seuls liens du sang, dont la disparition se perdait dans les brumes de sa mémoire, presque hors d'atteinte, et qui reposaient maintenant dans le silence du tombeau.

*

De retour à son bureau, il repassait encore une fois en revue tous les éléments dont il disposait lorsque McCorkindale entra. Il se redressa et leva vers lui des yeux ébahis :

— Qu'est-ce que tu fais ici à cette heure ?

McCorkindale se pétrifia dans la lumière grisâtre, puis il se tourna vers l'interrupteur et le bascula, inondant la pièce d'une lumière crue.

— Pourquoi tu restes comme ça dans le noir, Ben ? demanda-t-il en se remettant en marche vers son bureau.

— Je suis surpris de te trouver là, Sammy.

— C'est vrai que j'habite pas carrément ici, comme toi, fit McCorkindale avec désinvolture. J'ai une famille et tout le merdier.

— Qu'est-ce que tu fais ici ?

— Ma femme est malade, j'ai oublié les médicaments au boulot, dit McCorkindale en passant derrière son bureau où il saisit un petit sac en papier d'un geste sec, après quoi il reprit le chemin de la porte. Je croyais qu'elle pourrait s'en passer au moins cette nuit, mais pas moyen. (Arrivé au milieu de la pièce, il continuait à contourner lourdement les bureaux, son sac en papier sous le bras.) Merci d'avoir rendu le pétard aux Pièces à Conviction, dit-il en arrivant à l'interrupteur. J'éteins en sortant ?

— Quel pétard ? dit Ben en se redressant légèrement.

— Celui que t'as renvoyé au bureau, fit McCorkindale, agacé. Mais y s'étaient plantés sur l'étiquette.

— Qui ça ?

— La morgue.

— Tu veux parler d'un .22 ?

— C'est ça. Une jolie petite saloperie.

— Il a servi à un meutre.

— Tu déjantes, Ben, fit McCorkindale avec un petit rire.

— Pourquoi ?

— Parce que ce pétard avait disparu du bureau des Pièces à Conviction, dit McCorkindale. C'est de là qu'y vient. T'as qu'à voir le numéro de série. C'était la seule arme qui manquait quand j'ai fait l'inventaire il y a quelques jours.

Ben sursauta.

— Qui manquait ? Tu veux dire qu'elle était déjà enregistrée au bureau ?

— Parfaitement, dit McCorkindale. Elle a été saisie lors d'un braquage.

— Qui a procédé à l'arrestation ?

— Breedlove, répondit négligemment McCorkindale. Ce bon vieux Charlie Breedlove.

Il éteignit le plafonnier.

30

La chaleur recouvrait encore la ville comme un épais tissu quand Ben se gara juste en face de la maison de Breedlove. Elle était plongée dans l'obscurité ; les stores étaient bien tirés à toutes les fenêtres, et il n'y avait même pas de luminaire sur le perron pour percer les ténèbres. L'allée de gravier inoccupée apprit à Ben que Breedlove n'était pas chez lui. Comme presque tous les habitants de la ville, il ne se séparait jamais de sa voiture, de sorte qu'on pouvait être sûr que son propriétaire n'était pas là si elle n'était pas garée près de la maison. Ben regarda sa montre. Il était près de minuit. Il enlaça mollement le volant et se pencha un peu en avant. Les fenêtres de la maison étaient hermétiquement closes malgré la chaleur, et Ben se demanda s'il se pouvait que la femme et le jeune fils de Breedlove soient absents eux aussi.

Il resta un long moment assis au volant à surveiller la maison. La fatigue de sa longue journée s'abattit peu à peu sur lui et ses membres se firent si lourds qu'il lui parut être cloué au siège par un poids écrasant. Pour combattre la torpeur, il sortit de voiture, alluma une cigarette et se mit à descendre la petite rue bordée d'arbres pour se dégourdir les jambes. Toutes les maisons étaient plongées dans l'obscurité et leurs fenêtres le fixaient comme des yeux crevés. Le monde entier dormait, c'était entendu, mais il lui semblait que c'était d'un sommeil léger. Les lances à incendie n'avaient pas chassé toute tension des rues de la ville, et Ben se demanda en continuant à suivre le trottoir tout fissuré quel serait le prochain palier de l'escalade. Il voyait le tank blanc du préfet faisant le tour du Kelly Ingram Park et la Black Cat 13 en maraude dans les ruelles du quartier noir comme une bête fauve, lente et maussade, humant l'air en quête d'une proie. Il avait l'impression que les errements du passé avaient mené la ville à un point de non-retour, de sorte que le poids qui l'enfonçait se faisait chaque jour un peu plus lourd.

Foulant toujours l'asphalte en silence, il tourna à droite une fois, puis deux et trois, et se retrouva à la voiture. Il se glissa au volant ; la chaleur et la fatigue qui ne s'était pas totalement dissipée lui arrachèrent un gros soupir, et il garda les yeux rivés sur la maison jusqu'à ce que les premiers rayons de l'aube apparaissent autour d'elle, révélant la peinture écaillée, les moustiquaires déchirées, l'allée défoncée et le jardin sinistre et mal entretenu.

Le ciel commençait à peine à s'éclaircir lorsque la première voiture passa dans la rue. Ben se redressa, se frotta vivement les yeux et la regarda tourner le coin, remonter la rue et s'arrêter devant chez Breedlove.

Ben se pencha en avant et essuya la buée qui s'était condensée sur le pare-brise avec la manche de son veston.

C'était une voiture noire couverte de poussière, semblable à beaucoup d'autres, et Ben ne la reconnut que lorsqu'il vit Luther s'extraire péniblement de l'habitacle, parcourir l'allée à grandes enjambées, et piétiner un peu sur le perron, le dos tourné à la rue, la tête rentrée dans les épaules. Il frappa à plusieurs reprises mais la porte resta fermée.

Ben consulta sa montre. Il était cinq heures et quart.

Il fit jouer ses épaules endolories et frotta ses yeux encore un peu irrités avant de les reposer sur la maison. La porte était toujours fermée ainsi que les stores aux fenêtres.

Luther resta encore un moment sur le perron, puis il se tourna vers la rue qu'il examina à droite, puis à gauche, et descendit les marches du perron avant de regagner sa voiture d'un pas rapide. Il avait déjà ouvert la portière lorsqu'il vit Ben qui traversait la rue dans sa direction. Il se figea un instant pour scruter Ben d'un regard fixe.

— Qu'est-ce que tu fais là ? demanda-t-il d'un ton sévère.

Ben le rejoignit sur le trottoir.

— J'attendais Breedlove.

— Pourquoi ?

— Le pétard, là, celui avec lequel la petite a été tuée, expliqua Ben. Il provenait du bureau des Pièces à Conviction. Saisi lors d'un braquage. C'est Breedlove qui s'était chargé de l'affaire. Je me disais qu'y saurait peut-être à qui il était, ce pétard.

— Comment tu sais qu'il vient du bureau des Pièces à Convictions ?

— McCorkindale a fait une sorte d'inventaire il y a quelques jours, dit Ben. Il a tout passé en revue. C'était le seul pétard qui manquait.

Luther continuait à le dévisager, impassible.

— C'est tout ?

— Oui, répondit Ben malgré l'étrangeté de la question.

— Et tu as poireauté toute la nuit ?

— Pas loin.

Luther réfléchit un moment. Puis il respira à fond.

— Très bien, Ben. T'as qu'à venir, puisque t'es là.

— Qu'est-ce qui se passe ?

— Monte, dit doucement Luther en désignant sa voiture d'un coup de menton. J'ai un truc à aller voir.

Ben monta dans la voiture et resta silencieux tandis que Luther descendait la rue, tournait à gauche et roulait vers le nord jusqu'à laisser à des kilomètres derrière eux les immeubles de brique trapus de Birmingham.

— On sort de notre juridiction, dit Luther. Tu me diras que les frontières de ce genre ont tendance à s'estomper, ces temps-ci.

Les traits de Luther avaient quelque chose de tendu, une sorte de raideur décidée, comme s'il s'efforçait de garder son calme. Etait-ce la peur ou la colère qu'il repoussait à grand-peine de son esprit ? Ben n'aurait pu le dire, mais il se rendit compte qu'il n'avait encore jamais vu Luther dans cet état.

— C'est par ici que je suis né, dit Luther.

Il embrassa le paysage du regard avec un doux sourire. Le soleil matinal s'était suffisamment enhardi pour révéler les épais taillis verdoyants des bois qui s'étendent au nord de la ville. La ligne de crête des collines qui bordaient la route ondulait de part et d'autre, et on entendait parfois le croassement d'un corbeau ou d'une buse par-dessus le fracas du moteur et le sifflement du vent s'engouffrant dans l'habitacle par les vitres baissées.

— Où on va ? fit Ben.

— On pêchait, on se baignait, poursuivit Luther sans lui prêter attention. C'est ici que j'ai connu ma femme. C'était une fille de la montagne.

— Où on va ? répéta Ben.

Luther se racla bruyamment la gorge. Il jeta un rapide coup d'œil par la vitre de gauche mais reporta aussitôt son attention sur la route.

— J'ai reçu un coup de fil ce matin. Le sheriff du patelin est un vieux pote. (Un sourire fugace passa sur ses lèvres.) Il avait un faible pour ma femme, y a un million d'années, quand y avait encore des mecs qu'avaient des couilles au cul.

Ben se pencha un peu vers lui et plongea les yeux dans les siens.

— Qu'est-ce que tu faisais chez Breedlove ce matin ? demanda-t-il.

— Je te dis, j'ai reçu un coup de fil, répondit Luther.

— A quel propos ?

— A propos de Breedlove, dit Luther.

Il se concentra sur la conduite, et ralentit de plus en plus jusqu'à un chemin de terre. Il s'y engagea en donnant un brusque coup de volant vers la droite et ils roulèrent jusqu'à une clairière. Il se gara tout au bord, de sorte que les fourrés et les branches basses des arbres giflèrent le flanc de la voiture.

— Descends, dit enfin Luther en coupant le contact.

Ben eut l'impression qu'un filet invisible se refermait sur lui.

— Que je descende ?

— C'est ça, acquiesça Luther.

— Où est-ce qu'on est ? fit Ben en ouvrant de grands yeux.

— Dans le comté de Jackson, dit Luther. Le terreau de mes jeunes années, comme je te disais.

Ben ouvrit la portière, repoussant la végétation des épais fourrés comprimés contre la voiture, et descendit.

— C'est à quelques pas d'ici, dit Luther. Suis-moi.

Il s'engagea d'un pas vif sur un sentier qui allait en se rétrécissant et le suivit jusqu'à une seconde voiture. Elle était bleu ciel et portait les mots *Bureau du Sheriff* en grosses lettres blanches. L'homme qui en descendit était vêtu d'un pantalon kaki et d'une chemisette blanche sur laquelle pendouillait une étoile argentée.

— Salut Luther, dit-il.

— Alors, Fred, ça colle ?

— Pas des masses, tu t'en doutes.

— Où il est ? demanda Luther.

— En haut de la colline, dit le sheriff. Y-z-ont pas essayé de le planquer, en tous les cas.

Luther tapota l'épaule du sheriff.

— Merci de m'avoir affranchi, Fred. Si ça te gêne pas, on va grimper tout seuls.

— Bien sûr. T'auras qu'à me dire ce que vous comptez faire.

— D'ac, fit Luther. Puis il se tourna vers le flanc de la colline qu'il se mit à gravir en faisant signe à Ben de le suivre.

L'air se fit plus vif pendant leur marche dans l'herbe humide. Luther restait silencieux et gardait les yeux fixés sur la côte. Il marchait d'un pas lent et décidé mais se retournait parfois vers Ben comme pour surprendre son expression ou étudier sa démarche oscillante.

Ben sentit ses muscles se raidir.

— Quelqu'un a téléphoné à Léon Patterson hier, dit-il.

Luther persista dans son mutisme.

— Le mec voulait savoir pendant combien de temps on pouvait déterminer la race d'une personne après inhumation, ajouta Ben d'un ton lourd de sous-entendus.

Luther continuait l'ascension de la grande côte ; il était maintenant hors d'haleine et son front était baigné de sueur.

— Léon s'est dit que ces mecs qui ont appelé, ils devaient avoir quelque chose derrière la tête.

— Un meurtre, dit Luther d'un air détaché comme si ça ne l'intéressait qu'à moitié. Le meurtre d'un Noir.

— Exactement, dit Ben.

Luther avançait toujours, se frayant un chemin dans l'herbe haute en trébuchant sur ses grosses pattes. Son pantalon était trempé de rosée, et Ben vit qu'il lui collait sur le derrière et les cuisses.

— Alors, reprit Ben, si là-haut, il y a un…

Luther s'immobilisa dès qu'il fut arrivé sur le terre-plein. Un grand pré s'étendait devant eux, vers le milieu duquel s'élevait un grand orme à la ramure doucement agitée par le vent.

— Là, dit Luther en désignant l'arbre du doigt.

La vive lumière matinale vint briller au coin de ses yeux et il parut un instant projeté au-delà du langage.

Ben fixa les yeux sur l'arbre. Il n'était qu'à quelques mètres et voyait parfaitement le corps qui y était pendu. La tête avait basculé en avant, les pieds étaient joints, les bras écartés et attachés à deux grosses branches, comme Ben le remarqua au bout d'un moment.

— Breedlove, lâcha Ben dans un souffle.

— Fred m'avait dit qu'il avait l'air du Christ, dit Luther. Du Christ en croix.

Ils ne firent mine ni l'un ni l'autre de s'approcher du mort. Ils restèrent immobiles, côte à côte, à le contempler. Ils baignaient dans une légère brume matinale qui semblait être là pour adoucir les détails pénibles que Ben distinguait peu à peu, comme les liens qui entravaient les poignets et les jambes.

— Des fois, je me demande si on nous a pas jeté un sort, dit Luther en secouant la tête. (Il se tourna vers Ben.) Tu sais, genre vaudou et tout ça. Y a pas mal de Noirs qui croient à ces trucs-là, pas vrai ?

Ben ne répondit pas.

Luther s'avança de quelques pas, les yeux plissés pour contempler la dépouille.

— Je le connaissais pas très bien ; et toi ?

— Moi non plus.

— Tu sais pas où peut être sa famille ?

— Non.

— Tu les as pas vus du tout la nuit dernière ?

— Non.

— T'as une idée de ce qu'y pouvait foutre ici ?

Ben secoua la tête.

Luther tourna les talons pour lui faire face, les yeux rouges, agité d'un fort tremblement.

— Me cache rien, Ben, glapit-il. Surtout sois pas con à ce point.

— Je ne sais rien.

— Mon cul, rétorqua sèchement Luther. A ce moment-là, qu'est-ce que tu foutais garé juste devant chez lui ?

— Je l'attendais, c'est tout, dit Ben.

— Pour l'histoire du pétard ?

— Précisément, commissaire.

Luther le considéra attentivement.

— Je sais pas trop si je dois te croire, dit-il. C'est pour ça que je t'ai rien dit en venant. Je voulais te mater en douce et essayer de te tirer les vers du nez.

Les yeux de Ben revinrent se poser sur le cadavre de Breedlove.

— Je n'ai rien à voir avec tout ça, dit-il. J'ignore ce que ça veut dire et qui peut être dans le coup.

— Et sa famille ? demanda Luther. Tu sais qui c'est ?

— Non.

— Tu sais pas depuis combien de temps y peuvent être partis ?

— Non.

Luther continuait à le dévisager avec méfiance.

— Faut rien me cacher, Ben, prévint-il. Parce que sinon, moi, je te casse, et tu seras encore content d'avoir un poste de cantonnier dans un cimetière.

— Je ne sais rien, commissaire.

— Bon, dit Luther d'une voix faible. Je suis bien obligé de te croire. (Ses yeux revinrent au centre du pré.) Allons voir ça de plus près.

Ben s'avança aux côtés de Luther et ils cheminèrent

dans l'herbe haute jusqu'aux pieds du mort. On avait déchiré sa chemise et gravé *espion* dans la chair en lettres grossières.

— Bon Dieu, souffla Luther en contemplant le supplicié. Qui est-ce qui a pu faire un truc pareil ?

Les yeux de Ben remontèrent de la poitrine de Breedlove à son visage tourmenté. Un œil était ouvert et l'autre mi-clos. Du sang lui avait coulé des oreilles sur le cou et les épaules. Il en avait perdu énormément par le nez, noyant la bouche grande ouverte au fond de laquelle Ben distingua le jour qui s'ouvrait au fond du crâne de Breedlove.

— Y lui ont mis le pistolet dans la bouche et y-z-ont tiré, dit Luther.

Ben hocha la tête.

— C'est bien ce que Fred m'avait dit, ajouta Luther. Y l'ont carrément pendu comme un cochon.

— Ils ont dû se mettre à plusieurs, dit Ben, pratique.

— Evidemment, dit Luther. (Il sortit son appareil photo d'une de ses poches, recula d'un pas et prit une photo.) Au moins deux, ajouta-t-il. Peut-être trois.

— Ouais.

Luther fouilla la terre noire et molle du bout de sa chaussure.

— Y-z-auraient au moins pu l'enterrer, dit-il avec mépris. La terre est molle par ici, c'était facile.

— C'est pas le but, expliqua Ben. Ils veulent faire un exemple.

— Un exemple de quoi ?

— Je sais pas, dit Ben.

Il baissa les yeux vers le pied de l'arbre. Le sol était maculé de sang, et d'après les hautes herbes qui étaient entièrement couchées, on pouvait imaginer que Breedlove s'était bien défendu — mais en vain — avant d'être abattu.

Ben arracha une longue herbe pliée et se perdit dans la contemplation d'une goutte de sang séché.

— Pourquoi l'avoir amené jusqu'ici ? demanda-t-il.

— Je sais pas, dit Luther. Je suis même pas sûr que les choses se soient passées comme ça.

— Pourquoi est-ce qu'il serait venu là tout seul ? demanda Ben en se tournant vers Luther.

— Je sais pas non plus, dit-il. Ce que je sais, c'est que Fred a trouvé sa voiture sur la route en contrebas. Son insigne était posé sur le tableau de bord. C'est pour ça que Fred m'a appelé.

— Mais tu n'as aucune idée de ce qu'il faisait par ici ?

— Non, aucune, dit Luther en secouant catégoriquement la tête.

Le hululement d'une sirène retentit dans le lointain et s'enfla de seconde en seconde.

— Y-z-arrivent de Birmingham, expliqua Luther. Fred est d'accord pour qu'on ramène Breedlove. (Il leva les yeux vers la tête horriblement déchiquetée et défigurée.) Je lui ai expliqué que c'était un de nos gars et qu'on allait mettre la main sur ceux qui lui ont fait ça. (Il gratifia Ben d'un regard appuyé.) Mais en fait, je suis pas sûr qu'on en soit capables, dit-il ; puis il se détourna brusquement et regagna péniblement la route en se frayant un chemin dans l'herbe haute.

31

A huit heures du matin, le préfet de police pénétra dans la salle des inspecteurs d'un pas solennel et fit sa déclaration : il courba un peu la tête avant d'attaquer, puis la redressa et jeta un regard sublime aux policiers assemblés.

— Nous avons perdu un des nôtres, déclara-t-il en plissant ses petits yeux bleus. Nous ne savons pas encore ce qui lui est arrivé, mais je vous fais le serment, messieurs, que nous n'allons pas tarder à l'apprendre. (Son énorme figure de bulldog se plissa pour exprimer une résolution farouche.) Personne ne peut faire des trucs pareils à un de nos gars et s'en tirer.

Les inspecteurs échangèrent des regards perplexes. A l'autre bout de la pièce, Ben vit Daniels qui écoutait seul et les Langley qui se tenaient côte à côte dans un coin à quelques mètres de lui.

— Messieurs, prononça lentement le Chef d'une voix de circonstance, Charlie Breedlove nous a quittés.

Un murmure confus parcourut la pièce, vague et indistinct.

Le Chef attendit qu'il retombe et poursuivit :

— J'aimerais pouvoir vous dire... enfin, le mot est mal choisi, mais je préférerais pouvoir vous dire que l'inspecteur Breedlove est mort de mort naturelle, ou dans un accident d'auto, ou quelque chose de ce genre.

(Il marqua un temps et son visage se durcit.) Mais ce n'est hélas pas le cas, messieurs. Il se trouve, messieurs, qu'une ou plusieurs personnes ont fait ça à l'inspecteur Breedlove. Je n'irai pas par quatre chemins : on l'a assassiné de sang-froid.

Un brouhaha d'éclats de voix et de mouvements divers balaya la salle, et le Chef attendit à nouveau qu'il retombe.

— Nous ne savons pas encore précisément ce qui s'est passé, reprit-il, mais un collègue est mort de mort violente. Le commissaire Starnes va vous fournir les détails dont il dispose, et je tiens à vous dire qu'il ne laissera aucun aspect de ce drame dans l'ombre. Aussi, messieurs, il ne me reste plus qu'à vous dire ceci : (Il prit une longue inspiration théâtrale.) Bien que nous soyons débordés en ce moment, nous allons découvrir qui a tué Charlie Breedlove, et nous veillerons à ce que cette personne soit sévèrement punie de son acte.

Le brouhaha emplit une fois de plus la salle, et se prolongea cette fois si longtemps que le Chef dut lever les bras pour y mettre fin.

— Bien entendu, je vous dis tout ceci parce que ce sera dans les journaux de toute façon, dit-il ; et il y a des tas de gens à Birmingham qui vont essayer de se servir de ce tragique événement pour nous calomnier ou nous ridiculiser. Vous ne devez surtout pas prêter le flanc à de telles menées. Continuez à faire votre devoir là où il se trouve, et laissez aux collègues qui ont été chargés de l'affaire le soin de faire le leur. (Il s'interrompit et contempla les policiers réunis devant lui, puis salua sèchement d'un coup de tête.) C'est tout.

Luther prit aussitôt le relai et exposa ce qu'il avait vu avec Ben dans la matinée, puis il se volatilisa aussi rapidement que son supérieur.

Ben se retourna vers la salle à l'instant où Luther s'éclipsait : Daniels était effondré à son bureau ; plusieurs inspecteurs s'étaient regroupés autour de lui et il leur parlait d'une voix éteinte. Dans le coin opposé, les Langley étaient à l'écart, plongés dans une conversation si animée qu'ils ne virent Ben que lorsqu'il fut presque sur eux.

— Salut Teddy, dit Ben. (Il se tourna vers Tod :) Ça baigne ?

Les deux frères toisèrent Ben d'un œil inexpressif.

— C'est moche, pour Breedlove, dit Ben.

Tod hocha la tête mais Teddy continua à fusiller Ben du regard.

— Je le connaissais assez mal, dit Ben. Et vous ?

Teddy fixa Ben avec insistance.

— C'est toi qui es chargé de l'affaire, Wellman ?

— Hein ?

— Y doivent avoir désigné quelqu'un, dit Teddy, et je sais que c'est pas moi.

— Ni moi non plus, dit Ben en haussant les épaules.

— Et voilà, toujours les mêmes conneries, fit Teddy d'un air entendu.

— Pourquoi voudrais-tu qu'ils me donnent cette affaire, Teddy ? demanda Ben.

— Parce que ça touche Daniels de trop près et que tous les autres sont débordés.

— Moi aussi, j'ai à faire, objecta Ben. J'ai l'enquête sur le meurtre de la petite fille.

— Mais ça, c'est une affaire de Nègres, ricana Teddy. Personne en fera une maladie si tu laisses tomber.

— Mais moi je laisse pas tomber, rétorqua Ben.

— Peut-être que tu ferais mieux.

— Tu sais quelque chose que j'ignore, Teddy ? demanda Ben.

— Ouais, je sais que c'est pas avec les affaires de Nègres qu'on prend du galon dans ce service, dit Teddy.

Daniels surgit tout à coup aux côtés de Ben.

— Et comment est-ce qu'on prend du galon, alors ? demanda-t-il d'un ton discrètement accusateur.

Teddy lui jeta un regard de mépris.

— C'est toi qui demande ça, Harry, depuis le temps que tu y cires les godasses ?

Daniels se raidit.

— Qu'est-ce t'as dit ?

— Arrête, Harry, fit Teddy avec un rire moqueur. Tu crois que tout le monde voit pas comment tu fais de la lèche au préfet ?

Daniels s'avança un peu vers lui.

— T'as intérêt à fermer ta gueule, Teddy.

— Avant, le préfet venait tout le temps me demander des trucs, poursuivit Teddy d'une voix pleine de ressentiment. Maintenant y préfère s'adresser à des mecs comme toi. Des jeunes. Des mecs prêts à discuter avec les Négros et à leur céder.

Daniels fit encore un pas vers lui en le toisant, les poings serrés.

— Qu'est-ce que tu veux, Daniels ? demanda Teddy avec un sourire glacial. Tu veux prendre la place du préfet, ou c'est carrément le fauteuil du maire que tu vises ? (Il plissa les yeux.) Pour la ramener, vous êtes forts, toi, Breedlove et tous les jeunots. Mais en fait, vous pensez qu'à vos gueules. Dans le fond, vous vous en foutez. (Il secoua la tête.) Tu te figures que je te vois pas faire des messes basses avec le préfet sans arrêt, ou coller au cul du commissaire ? Tu te figures que je te vois pas ? (Il haussa les épaules.) Peut-être bien que tu tiendras un jour le haut du pavé à Birmingham, mais laisse-moi te dire que ce sera devenu un ramassis de bâtards, de Blancs dégénérés et de Nègres, un bled qui comptera pour du beurre.

Daniels pencha un peu la tête sur le côté et dit d'un air moqueur :

— Mais toi, tu vas renverser la situation, pas vrai Teddy ? tu vas sauver la putain de race blanche ?

— Au moins, j'aurai fait de mon mieux, dit Teddy d'un ton ferme. Mais vas pas t'imaginer que je sais pas parfaitement que si les communistes et les dingues du métissage chopent trop les boules, y vont finir par monter un bateau pour faire plonger quelqu'un ; moi, Tod ou n'importe lequel de ceux qui les gênent.

— Tu penses qu'on veut te faire plonger, Teddy ? demanda Ben avec sérieux.

— Ça se peut.

— Qui est-ce qui ferait ça ?

— Je sais pas.

— Est-ce que tu as une idée de l'identité des assasins de Breedlove ?

— Non.

— Ou de leurs motifs ?

— Tout ce que je sais, dit Teddy, c'est qu'on m'a pas chargé de l'affaire. Et ça, c'est louche. (Il rit amèrement.) Mais tout est louche dans cette combine. Je veux dire, de l'avoir accroché comme ça, d'avoir prévenu le shériff du cru. (Il grimaça.) C'est des trucs qu'on fait quand on veut attirer l'attention ou monter une cabale. Sinon ça rime à rien.

Daniels se tourna vers Tod.

— Et toi, t'es d'accord ?

Tod allait répondre mais Teddy lui coupa la parole.

— Mon frère est d'accord avec tout ce que je dis.

— Vous vous tenez les coudes, pas vrai ? demanda Daniels.

— Parfaitement.

— Faites gaffe tout de même, les gars. Les gens vont finir par penser que vous vous tenez aussi autre chose, dit Daniels avec un sourire railleur.

Les muscles de Teddy se contractèrent, mais il ne broncha pas.

— Eh, vous deux, vous étiez de patrouille à Bearmatch dimanche dernier ? demanda Ben à brûle-pourpoint.

Tod hocha la tête.

— Vers le vieux terrain de sport ? demanda Ben d'un ton insinuant. Vers les cinq heures de l'après-midi, par exemple ?

— C'est pour la petite fille ? fit Teddy avec un sourire.

— Pourquoi est-ce que vous avez interpellé Horace Davenport ? poursuivit Ben sans aménité.

— Vous avez interpellé Horace Davenport ? répéta Daniels ébahi.

— Parfaitement.

— Mais Teddy, tu sais pas qui c'est ? fit Daniels en éclatant de rire. C'est peut-être bien le futur maire.

— Il était en excès de vitesse, dit sévèrement Teddy. Je veux pas d'excès de vitesse à Bearmatch.

— Ma parole, t'es vraiment demeuré, lança Daniels en riant de plus belle.

Teddy le foudroya du regard.

— Tu ferais mieux de t'occuper de celui qui a dégringolé ton équipier, cracha Teddy. Si tu mettais la main dessus, c'est ça qui te mettrait dans les petits papiers des huiles.

— Davenport m'a menti, dit Ben à Teddy. Il m'a raconté qu'il avait laissé descendre la petite fille parce qu'elle avait vu une petite copine qui jouait sur le terrain.

— C'est peut-être vrai.

— Il a dit qu'il ne s'était arrêté que pour cette seule raison.

Teddy ne répondit pas.

— Mais vous l'avez bien interpellé, reprit Ben. Toi et Tod.

Les deux frères se consultèrent d'un coup d'œil inquiet.

— Pourquoi est-ce que vous l'avez arrêté ? demanda Ben d'un ton impérieux.

— Mais on en arrête des tas, à Bearmatch, répliqua Teddy d'un ton bourru. Putain, c'est ça que tu piges pas, Wellman ! Tiens, on a même interpellé un autre mec juste avant Davenport.

— Norman Siegel, compléta Ben. Ouais, je sais. Je l'ai interrogé.

Teddy était scié :

— Dis donc, tu te crèves vraiment le cul pour cette affaire, on dirait. (Il se tourna vers son frère avec un sourire mauvais.) Tu vas voir que Ben va vouloir nous coller cette petite pute de Négresse sur le dos par-dessus le marché.

Impossible de se contrôler : Ben vit sa main ouverte fendre l'air et s'abattre sur la figure de Teddy Langley, puis revenir le gifler une seconde fois du revers. Langley recula en chancelant, trébucha contre une chaise et s'étala par tere.

Tod Langley se raidit, mais il ne fit pas mine de s'avancer. Au contraire, il se colla inconsciemment contre le mur et regarda Ben avec de grands yeux, tétanisé. Daniels était à peine moins ébahi et roulait lui aussi des calots, mais un petit sourire satisfait s'élargissait à vue d'œil sur son visage.

Un silence total s'abattit sur la salle l'espace d'un instant. Les quelques policiers attardés après le discours du Chef suivaient la scène des yeux, pétrifiés par la stupéfaction. Langley se redressa péniblement mais ne se releva pas. Il s'efforçait encore de reprendre ses esprits quand Ben sortit en claquant la porte.

32

Ce n'est qu'après avoir descendu les escaliers quatre à quatre et s'être mis au volant que Ben se rendit compte qu'il ne savait pas où aller. La prise de parole de King était programmée dans deux heures, et il n'avait d'autre consigne jusque-là que de continuer à rechercher par tous les moyens l'assassin de Doreen Ballinger.

Tous les autres avaient en revanche fort à faire, comme il pouvait s'en rendre compte en regardant autour de lui : les pompiers se rassemblaient à nouveau sur les marches, entourés de nombreux policiers en tenue et de gendarmes. En rangs ou en petits groupes, les trois armes se côtoyaient sans jamais se mélanger entre elles. Les pompiers regardaient d'un air étrangement maussade et distant les policiers qui se baladaient sur l'escalier en roulant des mécaniques, les pouces passés dans leurs lourds ceinturons. Ben se demanda fugitivement combien de fois il avait vu Breedlove dans la même posture, les épaules voûtées, et son ombre qui faisait des crans sur les marches quand il poussait la porte vitrée du commissariat. Puis il essaya d'imaginer ce que Breedlove pouvait bien penser quand il rigolait avec les Landley, blaguait avec son équipier ou cognait Coggins avec une fureur si bien jouée que même Daniels s'y était laissé prendre et s'était interposé. Il jouait la comédie, et Ben se dit qu'une situation qui oblige le respect humain à prendre le masque de la brutalité est insoutenable. Il regrettait de n'avoir pas compris dans quel camp était Breedlove avant qu'il ne soit trop tard, car il se serait comporté autrement à son égard ; peut-être lui aurait-il parfois posé la main sur le bras ou décoché un coup d'œil discrètement complice : il aurait en tout cas trouvé le moyen de lui faire comprendre que même parmi ses collègues policiers, il n'était pas complètement isolé.

Ben consulta sa montre et se demanda comment tuer le temps pendant ces deux heures. L'image de Doreen passa dans son esprit, puis celle d'Esther, puis celle de Ramona sur la balançoire, regardant Doreen arriver du fond du terrain de sport en gambadant. Ensuite, ce fut comme un film à l'accéléré : Kelly Ryan se balançant au bout de sa corde, le corps de Bluto tout gonflé, et puis Breedlove, ses bras écartés comme des ailes cassées et sa tête brisée qui lui pendait sur la poitrine. On eût dit qu'un démon s'était abattu sur la ville l'épée haute, taillant en pièces tous ceux qui lui barraient le chemin.

Il se retourna vers l'hôtel de ville. Le préfet de police sortait justement de l'immeuble, projetant sur les marches l'ombre de sa silhouette de pot à tabac. Tous se figèrent aussitôt, et ils étaient toujours au garde-à-vous quand Ben démarra et s'en fut.

*

— T'as du nouveau pour moi ? demanda Ben en arrivant devant le bureau de Patterson.

— La petite est dans le trou, Ben dit Patterson d'un ton résigné. Ça sera comme pour toutes les mômes de Bearmatch. (Il haussa les épaules.) Je le savais depuis le début. Je l'ai toujours dit.

— Non, pour Breedlove, je veux dire, fit Ben.

Patterson leva le nez de ses paperasses.

— T'es là-dessus aussi ?

— A peine, dit Ben. Disons que c'est officieux.

— Officieux ? On m'a rien dit.

— Je sais pas qui est-ce qu'ils vont charger de l'affaire, expliqua Ben. Alors pour le moment, disons que je fais juste deux ou trois petites vérifications ; comme ça, quoi.

— Qu'est-ce que c'est que ces salades ? fit Patterson en le considérant d'un œil méfiant.

Ben ne répondit pas.

Un mince sourire se dessina sur les lèvres de Léon.

— Y-z-ont personne d'autre de fiable, c'est ça ?

Ben persista dans son mutisme.

— Ça va si mal que ça ? demanda Léon en secouant la tête.

— C'est pas simple, dit Ben en secouant la tête à son tour.

— Tout se complique en ce moment.

— C'est sûr.

Patterson se leva.

— Alors, qu'est-ce que tu veux savoir ?

— J'aimerais bien voir le corps.

— Bon, dit Patterson.

Il fit passer Ben dans la chambre froide, sortit la civière de sa niche et tira la couverture. Le corps nu de Breedlove reposait à même l'acier du chariot.

— On lui a tiré une balle dans la bouche, dit Patterson. Et puis on l'a charcuté et accroché dans l'arbre. Il était déjà mort.

— Est-ce que le corps a été officiellement identifié ?

— Par sa femme, acquiesça Patterson.

— Sa femme ? Elle est venue ici ?

— Ouais.

— Quand ?

— Il y a une heure environ, dit Patterson. Je te prie de croire qu'elle était dans tous ses états, et pas seulement pour son mari ; y avait d'autres trucs.

— Quoi, par exemple ?

— Tiens, ben quand on a reçu le corps, il avait pas son alliance, dit Léon. Elle en a fait tout un plat. J'ai même vérifié qu'il en avait porté une. (Il prit la main de Breedlove et la tint à la lumière.) Pas de problème, il en portait une, dit-il en montrant un cercle plus pâle sur le doigt. Mais moi, j'en ai jamais vu la couleur.

— Où est-ce qu'elle est passée, à ton avis ?

— Elle a pu tomber pendant qu'on lui faisait la peau, dit Patterson en reposant la main sur le chariot. Qui sait ?

— Je vais appeler le sheriff du coin, dit Ben. Y l'auront peut-être trouvée dans le pré ou dans sa voiture.

— T'es allé sur place ? demanda Patterson en rentrant le chariot dans son habitacle.

— Ouais.

— Ça doit être la mare aux canards.

— Comment ça ? fit Ben, intrigué.

— Vu l'état de ses pompes...

— C'était dans un pré bien vert, dit Ben. Y avait pas de boue.

Un éclair passa dans les yeux de Patterson.

— En tout cas, les chaussures de Breedlove étaient couvertes d'une espèce de terre collante ; de la glaise blanchâtre.

— Il avait dû la ramasser ailleurs, conclut Ben. Tu l'as fait analyser ?

— Non, dit Patterson en secouant la tête.

— Essaie de savoir ce que c'est que cette terre, dit Ben d'un ton précipité, et appelle-moi dès que tu auras les résultats.

*

Susan Breedlove ouvrit la porte presque aussitôt. Petite, un peu boulotte, elle était rousse avec une peau laiteuse. A côté d'elle, son fils fixait Ben en silence.

— Je regrette de devoir vous déranger, madame Breedlove, dit Ben en ôtant son chapeau.

— Qui êtes-vous ?

Ben lui montra sa carte de police.

— Ben Wellman, dit-il.

Mme Breedlove le dévisagea d'un œil méfiant.

— Vous connaissiez Charlie ?

— Nous n'étions pas très liés, dit Ben. Daniels était bien plus proche de lui.

Mme Breedlove le considérait toujours d'un œil craintif.

— Eh bien, merci beaucoup d'être venu, dit-elle en s'apprêtant à refermer la porte.

Ben retint le battant.

— J'aimerais vous poser quelques questions.

— A quel sujet ?

— On m'a dit que Charlie n'avait plus son alliance.

Mme Breedlove se raidit.

— On l'a volée.

— Elle a peut-être glissé toute seule ?

Son visage s'obscurcit.

Y l'ont volée. Ceux qui l'ont tué. (Elle secoua la tête d'un air sombre.) Cette alliance pouvait pas glisser. Elle était bien trop ajustée pour ça. On la lui a retirée, voilà tout.

— Il avait vingt dollars dans son portefeuille, observa Ben. On n'y a pas touché.

Mme Breedlove réfléchit un moment à cette remarque :

— C'est de ces choses qui ne s'expliquent pas, dit-elle enfin. Je sais sans l'ombre d'un doute que mon

Charlie a pas pu perdre son alliance. C'est eux qui lui ont arrachée. (Elle baissa les yeux sur son fils et passa ses doigts courts dans les cheveux châtains de l'enfant.) Va jouer dans le jardin, Billy, dit-elle.

L'enfant s'éloigna à contrecœur et garda les yeux fixés sur Ben jusqu'au dernier moment.

Mme Breedlove attendit qu'il eût disparu dans la maison.

— C'est vous qui allez essayer d'y voir clair dans tout ça ? demanda-t-elle quand elle eut entendu claquer la moustiquaire de la porte de derrière qui lui annonçait que son fils était sorti dans le jardin.

— Oui.

— Pourquoi c'est pas Harry qui s'en occupe ?

— Y se sont sans doute dit qu'il était trop proche de lui, dit Ben.

— Justement, y me semble que c'est plutôt mieux, dit-elle en lui jetant un coup d'œil interrogateur.

— Peut-être, dit Ben.

Elle ouvrit un peu plus le battant de la porte.

— Enfin, entrez, de toute façon, dit-elle avec un petit haussement d'épaules résigné.

Ben la suivit dans une petite salle de séjour.

Il y avait un poste de télé dans un coin et le parquet était recouvert par un tapis à points noués marron.

— L'alliance était exactement comme ça, dit Mme Breedlove en posant sa main à plat sous une lampe. Y avait une petite pierre bleue tout comme celle-là. (Elle sourit pour elle-même et sa voix se fit plus douce :) Un saphir, comme on appelle. C'est joli. C'est un bleu qui dure éternellement. En tout cas, c'est ce qu'y m'ont dit à la bijouterie.

— Est-ce qu'il y avait une inscription ? demanda Ben, les yeux toujours rivés sur l'alliance.

— Pour Charlie, Susan qui t'aime, dit Mme Breedlove. C'est tout, ajouta-t-elle en haussant les épaules.

(Elle jeta un coup d'œil circulaire dans la pièce vide.) J'ai pas de famille, dit-elle en s'asseyant sur une petite chaise au siège tendu de plastique. Charlie non plus. C'est pour ça que c'est vide ici. Personne pour venir nous consoler. (Elle secoua la tête.) Attention, je dis pas que personne est venu. Y a déjà eu Harry. Et puis le préfet. Et M. Starnes. Et puis y a des voisins qui sont passés dans la matinée. Mais c'est pas pareil. Et sinon, on reste tous les deux tout seuls dans la maison, Billy et moi.

Ben s'assit sur un petit canapé orange.

— Je suis très affecté par ce qui est arrivé à Harry, dit Ben. (Il marqua un temps, surveillant l'expression de Mme Breedlove pour choisir sa prochaine question.) Est-ce que je peux vous demander sur quoi était votre mari, madame ?

— Comment ça, sur quoi ?

— Sur quoi il enquêtait.

— Il ne me parlait jamais de ça.

— Et la nuit dernière, poursuivit doucement Ben. Vous étiez absente.

— Charlie nous avait demandé de passer la nuit ailleurs, dit Mme Breedlove.

— Pourquoi vous a-t-il demandé ça ?

— Il a dit que c'était à cause des Noirs, expliqua Mme Breedlove. A cause de tous ces désordres.

— Il n'a rien dit d'autre à ce sujet ?

— C'est la seule raison qu'il m'a donnée, dit Mme Breedlove. En rentrant à la maison, il a dit qu'il fallait vite qu'il nous emmène à la gare routière, et puis il a pris la vieille pelle du jardin et il est allé nous déposer.

— Il a emporté une pelle ?

— C'est ça.

— Est-ce qu'il vous a dit pourquoi ?

— Non. Y l'a posée devant le siège arrière et on est partis.

— A la gare routière ?

— Voilà.

— Et il a dit qu'il devait vous déposer tôt parce qu'il devait aller quelque part.

— Exactement, et y fallait qu'y se dépêche.

— Il ne vous a pas dit où il allait ?

— Non, dit Mme Breedlove. Y disait jamais ce genre de choses. Je peux dire que je le connaissais un petit peu, mais je crois bien que j'étais la seule.

— Et à quelle heure est-il parti, cet après-midi-là ?

— Il me semble qu'il nous a emmenés à la gare routière vers six heures, dit Mme Breedlove. Il m'a dit de l'appeler en arrivant à Huntsville.

— De l'appeler chez vous ?

— Oui.

— Il pensait donc être rentré vers huit heures ?

— Il y a à peu près deux heures de trajet jusqu'à Huntsville, acquiesça Mme Breedlove.

— Quand avez-vous appelé ?

— Peu après huit heures. Mais ça ne répondait pas. J'ai continué à appeler toutes les demi-heures presque jusqu'au matin. Je me faisais déjà un sang d'encre, alors c'est là que j'ai appelé la police de Birmingham.

— Qui avez-vous eu au bout du fil ?

— Le commissaire Starnes, dit Mme Breedlove. Il avait une drôle de voix.

— Dans quel genre ?

— Un peu hachée.

— Qu'est-ce qu'il vous a dit ?

— De rentrer à Birmingham, dit Mme Breedlove. (Elle haussa les épaules.) Y devait déjà être au courant pour Charlie.

— Je regrette de devoir vous poser toutes ces questions, dit Ben avec sincérité.

Mme Breedlove le fixa un moment d'un œil inquisiteur, puis elle détourna les yeux vers le fond de la pièce. Au bout d'un long et étroit couloir, ils voyaient le petit garçon qui courait en tous sens dans le jardin en tirant avec un pistolet à plomb.

— C'est bizarre, la vie, dit Mme Breedlove avec un petit sourire. J'ai pas eu de papa, et voilà que Billy n'en aura pas non plus. Et vous, vous en avez eu un ? demanda-t-elle à Ben en se tournant vers lui.

— Oui, madame.

Une lueur passa dans les yeux de Mme Breedlove.

— Il était gentil ?

— Oui.

Elle se détourna, avala péniblement sa salive et se retourna vers lui.

— J'aimerais bien récupérer cette alliance, dit-elle d'un ton presque suppliant. Vous croyez que vous pourriez me la retrouver ?

Ben sentit se durcir en lui une détermination forcenée et quasiment meurtrière.

— Madame Breedlove, dit-il, croyez bien que personne ne s'y emploiera autant que moi.

33

Ben venait de rentrer dans la salle des inspecteurs quand il entendit une voix derrière lui :

— Qu'est-ce que tu fous là, Ben ?

— J'enquête sur une affaire, dit-il en se retournant.

— Laquelle ? demanda Luther en s'approchant.

— Toujours la même, mentit Ben. La petite fille du terrain de sport.

— La piste est froide depuis longtemps, dit Luther en secouant la tête. Essaie plutôt de concentrer tout ton effort sur King. Il a fait deux discours depuis ce matin et t'étais à aucun des deux.

— Y avait bien assez de monde à nous, rétorqua Ben.

— C'est pas la question, aboya Luther. On a perdu deux gars depuis le début de ce merdier. D'abord Ryan, et maintenant Breedlove. S'agit d'en mettre un coup.

— Comment, par exemple ?

— Déjà, en laissant tomber tout ce qui piétine de trop, martela Luther. Je veux dire, t'as fait peau de balle depuis que t'es sur l'affaire de la môme et je crois bien que c'est grillé.

Ben ne répondit pas. Luther avait raison, c'était grillé. Une petite fille était descendue d'une voiture, elle avait traversé un terrain de sport jonché de détritus, et s'était évanouie dans l'atmosphère. On aurait dit qu'une main surnaturelle l'avait arrachée à la terre, tuée et violée, et puis l'avait reposée à quelques mètres seulement de l'endroit où Ramona Davies l'avait vue pour la dernière fois.

— C'est vrai ou pas, Ben ? dit Luther d'un ton mordant.

— C'est pas faux.

— Heureux que tu veuilles bien en convenir, dit Luther. (Il consulta sa montre.) Dans une demi-heure, King prend une dernière fois la parole à l'église de la Seizième pour leur donner la pêche. Tâche d'y être.

Ben resta un moment planté sur place, suivant des yeux Luther qui tourna les talons et passa les doubles portes au pas de charge. Puis il se sentit plier à contrecœur sous le poids de l'autorité du commissaire. Dans le même temps, il se rendit compte qu'elle lui pesait de plus en plus ces derniers jours, et même lorsqu'il sortit pour prendre sa voiture, il sentait encore ce fardeau sur ses épaules d'une façon nouvelle : en plus de son poids écrasant, il lui attribuait une volonté maligne, comme une bête immonde qui lui aurait dévoré les épaules tout en pesant sur lui de tout son poids.

*

L'atmosphère de l'église Baptiste de la Seizième rue et de ses alentours s'était sensiblement modifiée depuis la dernière fois où Ben s'était planté devant pour écouter la voix de King rouler sur l'océan de la foule en délire. Les chiens et les lances à incendie n'avaient pas brisé l'élan des jeunes gens qui se pressaient sur les marches et les trottoirs, mais ils en avaient considérablement modifié le sens. Les visages étaient plus graves, plus durs, et les yeux plus vifs et plus attentifs.

Le murmure de la foule avait maintenant quelque chose de tendu et l'étrange extase de la veille s'était muée en une farouche détermination qui augurait des actes les plus radicaux.

Non loin de Ben, vautrés sur la Black Cat 13, les frères Langley étudiaient la foule d'un œil lourd de soupçons. Tod était assis sur l'aile, les jambes pendantes, et Teddy était appuyé près de lui, très droit, de sorte qu'il avait l'air au garde-à-vous devant le fourmillement continu de la foule. Il fusilla brièvement Ben du regard, les yeux brillants, puis il se détourna d'un mouvement brusque et gagna l'arrière de la voiture. Son frère se laissa aussitôt glisser de son perchoir pour le suivre, ramassant au passage l'épaisse couche de poussière accumulée sur la carrosserie. Ils discutèrent ensemble un moment, si près l'un de l'autre que leurs nez se touchaient presque. Puis ils se séparèrent et partirent dans des directions opposées.

Presque au même instant, le chœur éclata et Ben leva les yeux vers les haut-parleurs qu'on avait installés au-dehors. C'était une interprétation baroque de « Appuyé sur le bras de l'Eternel », mais la foule se contenta d'écouter en silence au lieu de reprendre les couplets bien connus, et tous restèrent plantés au garde-à-vous au lieu de se laisser gagner par le rythme entraînant du vieux cantique comme les jours précédents.

Les chants religieux se succédèrent, et Ben continua à parcourir la foule des yeux. Il commençait à reconnaître des gens qu'il avait déjà aperçus à Bearmatch. Certains étaient passés près de sa voiture quand il faisait le guet devant le terrain de sport, d'autres s'étaient trouvés sur son chemin pendant ses trajets dans le quartier, d'autres encore lui avaient jeté un coup d'œil inquiet depuis un arrêt d'autobus, le fond d'une impasse ou un perron à demi écroulé ; leur silhouette d'abord vague, seulement caractérisée par leurs yeux noirs luisant au milieu de la peau noire, s'était précisée au fil de sa fréquentation du quartier, de sorte qu'il reconnaissait les traits distinctifs de ces visages maintenant familiers, ces visages qui avaient défilé sans cesse sur la Quatrième avenue, défié les chiens et les lances à incendie, ces yeux qui l'avaient regardé derrière les barreaux des cellules ou à travers les vitres poussiéreuses d'innombrables cars scolaires. L'espace d'un instant, il eut le sentiment qu'il connaissait tous ceux qui l'entouraient, qu'il avait lutté à leurs côtés dans l'adversité, qu'il partageait avec eux quelque chose de noble, de grave, quelque chose de fort qui l'impliquait obscurément dans leur devenir.

— Je sais que vous êtes fatigués, lança tout à coup King à la foule de plus en plus agitée.

— Je sais que vous êtes las.

Quelques « amen » fusèrent du public, suivis d'applaudissements clairsemés.

— Mais nous devons poursuivre ce que nous avons entrepris à Birmingham.

Il y eut de nouveaux « amen » et l'intensité des applaudissements augmenta imperceptiblement.

— Et je sais bien que certaines gens voudraient nous voir passer notre chemin.

— Oui, Seigneur, cria quelqu'un, déclenchant des applaudissements cette fois nettement plus nourris.

— Mais nous allons rester ici même, à Birmingham, jusqu'à l'avènement du règne de la justice.

Ben tira son calepin et l'ouvrit à une page blanche.

— Le gouverneur Wallace ne veut peut-être pas de nous, cria King. Mais au-dessus de son autorité, il y en a une plus haute.

Les « amen » fusaient maintenant sans discontinuer.

— Et peut-être que Hanes, le maire, ne veut pas de nous, hurla King, remplissant à nouveau l'atmosphère de sa voix métallique. Mais il y a une plus haute autorité au-dessus de la sienne. Car le Tout-Puissant est en Paradis, et Il tient ses créatures en Sa Sainte Garde.

Ben posa la pointe de son stylo sur la page.

— Combien de temps resterons-nous à Birmingham ? lança King. Pas longtemps, car aucun mensonge ne peut durer toujours.

Les applaudissements ininterrompus couvraient maintenant les interjections isolées. Ils se répandaient dans les rues comme une vague sans cesser de monter en intensité.

— Combien de temps ? Peu de temps, car la vérité bafouée va redresser la tête.

Des clameurs d'approbation frénétique vinrent s'ajouter au tonnerre des applaudissements.

— Combien de temps ? Peu de temps, car si vaste que soit l'arc moral de l'univers, il se bande toujours du côté de la justice.

Clameurs et applaudissements se fondirent en un énorme rugissement ininterrompu qui roulait de l'église à la rue avant de revenir, gagnant en intensité à chaque voyage ; il se nourrissait de lui-même et se renforçait un peu plus à chaque fois qu'il se propageait à nouveau dans la foule.

Ben leva le nez de son carnet, l'étreinte de ses doigts sur le stylo se relâcha contre sa volonté, et il garda les yeux rivés sur l'église, prêt à boire les paroles du pasteur.

— Combien de temps ? Peu de temps. Car Le Seigneur est maintenant dans les vignes où poussent les raisins de la colère.

La foule se mit à hurler et à sauter, à chanter et à danser, et des bras noirs ondulèrent par milliers dans l'air en fusion.

— Combien de temps ? Peu de temps ! Sa Vérité va de l'avant !

Le rugissement de la foule se mua en un chœur puissant et majestueux, et Ben se sentit inexplicablement exalté par sa splendeur altière et rebelle.

— Qu'est-ce que tu fous ?

Ben se tourna vers l'origine de la voix. C'était Coggins. Il le fusillait du regard.

— Qu'est-ce que tu fous ? répéta-t-il en désignant le calepin d'un coup de menton.

Ben ouvrit la bouche mais aucun son n'en sortit.

Une étrange déception emplit les yeux de Coggins tandis qu'ils se reposaient sur le calepin, puis remontaient vers ceux de Ben.

— Bon Dieu, fit-il d'une voix désespérée. (Il secoua la tête.) Bon Dieu.

*

Luther garda un moment les yeux rivés sur le calepin que Ben avait posé sur son bureau. Enfin, il le ramassa et feuilleta rapidement les pages avec son pouce :

— Y a rien de marqué, dit-il.

— Il n'a pas dit grand-chose, dit Ben en haussant les épaules.

— J'ai même l'impression qu'il a rien dit du tout, rétorqua Luther. (Il fit à nouveau défiler les pages blanches devant ses yeux.) Je t'ai pas dit de noter ce qui te chantait, Ben, dit-il. Je t'ai dit de noter tout ce que dirait King.

Ben détourna les yeux vers la fenêtre qui se trouvait à droite du bureau de Luther et resta coi.

Luther le foudroya d'un regard accusateur.

— Tu es allé à l'église, au moins ?

— Oui.

— King a fait un discours ?

— Oui.

Luther brandit le calepin et l'agita en l'air.

— Alors où il est ? Y a que des pages blanches là-dedans !

— J'ai rien noté, dit Ben.

— Rien ? dit Luther, consterné. Pas un seul putain de mot ?

— Non.

Luther fit claquer le calepin sur son bureau.

— Alors pourquoi tu m'apportes ce truc-là ?

— Je le rends, lâcha Ben, obéissant à une impulsion irrésistible.

— Tu le rends ?

— Ouais, reprit Ben d'un ton mieux assuré. Je veux plus de cette mission.

Les yeux de Luther se muèrent en deux fentes étroites.

— Et depuis quand est-ce que vous choisissez vos missions, inspecteur ? demanda-t-il d'une voix furieuse.

Ben ne répondit pas.

— Tu te rends compte comme on est débordés ?

Ben persista dans son mutisme.

Luther se leva.

— Vous avez été chargé d'une mission officielle, dit-il sévèrement. Je compte que vous la meniez à bien.

Ben le regarda placidement et répondit :

— Non.

— C'est un ordre !

Ben secoua la tête.

Luther se raidit :

— Rendez-moi votre insigne, inspecteur Wellman.

Ben fut pris d'une hésitation. Il n'avait jamais été confronté à un choix aux causes si vagues et aux conséquences si énormes, de sorte qu'il chercha un moment le moyen de biaiser ; mais il se souvint de sa main crispée sur le stylo, suspendue au-dessus de la feuille, et il comprit qu'il ne pourrait jamais la remettre au travail.

— Votre insigne, inspecteur, répéta Luther.

Ben sortit lentement l'étui qui contenait son insigne et sa carte de police de la poche de sa veste. Il était lourd, comme si Ben avait renoncé à tout ce qu'il possédait au monde en même temps qu'à ce petit étui. Sa volonté vacilla encore une fois, puis il lâcha l'objet sur le bureau.

Luther y jeta un coup d'œil, puis leva les yeux vers Ben.

— Il ne faudra pas compter sur une recommandation favorable de ma part, dit-il d'un ton glacial. Je vous considère comme un déserteur en temps de guerre.

34

Esther était tranquillement assise sur le perron de sa maison quand Ben se gara au bord du trottoir et descendit de voiture. Il s'était écoulé plusieurs heures depuis qu'il était sorti du bureau de Luther, et il avait passé tout ce temps à rouler sans but dans la ville en essayant de se faire à sa nouvelle situation. Il avait d'abord été soulagé de planter là tous les soucis accumulés depuis des jours et des jours. Il était sorti du commissariat aux anges et il avait roulé dans Birmingham, plein du sentiment jubilatoire de sa liberté retrouvée ; à la tombée du jour, il s'était retrouvé à Bearmatch.

— Vous aurez plus à craindre de me voir débouler tous les quatre matins, dit aussitôt Ben pour la tranquilliser. Je ne suis plus sur l'affaire de Doreen. Ni sur aucune autre, d'ailleurs, ajouta-t-il en souriant.

Esther continuait à le dévisager sans mot dire, les yeux braqués sur lui.

— J'ai rendu ma casquette, quoi, dit Ben. A moins que j'aie été viré, je sais pas trop.

— De la police ? demanda Esther.

— Oui.

— Pourquoi ?

— Y me faisaient faire des trucs qui me plaisaient pas.

— Mon Dieu, plus personne irait bosser dans tout Birmingham si tout le monde faisait pareil, dit Esther en secouant la tête.

— Ça se peut, fit Ben avec un petit sourire. Enfin voilà, je voulais seulement vous dire que je suis plus sur l'affaire, c'est tout.

Il était sur le point de retourner à sa voiture, mais le son de sa voix le fit se retourner.

— Et qui est dessus, alors ?

— Je ne sais pas.

— Sans doute personne.

— C'est bien possible, fit Ben en hochant la tête.

— Alors c'est classé, dit Esther. (Elle s'éventa avec un mouchoir blanc.) Je me doutais bien que ça irait pas très loin.

— J'ai fait de mon mieux, Miss Ballinger dit Ben. Vraiment.

— Vous croyez que c'est Bluto l'assassin ? demanda Esther en appuyant sur les mots. Vous croyez qu'il avait assez de cervelle pour ça ?

— Peut-être assez de cervelle, dit Ben en la regardant bien en face. Mais pas assez de méchanceté.

— Alors vous ne savez pas qui a tué Doreen ?

— Je ne sais pas qui l'a tuée, convint Ben. Je n'en ai absolument aucune idée. (Il secoua tristement la tête.) Vous ne me croyez sans doute pas, dit-il doucement. Je vois bien qu'y a pas moyen de vous en convaincre.

Pour la première fois, ses yeux se posèrent sur lui avec douceur et parurent l'étreindre amoureusement comme ses bras ne pourraient jamais le faire.

*

Ben était rentré chez lui depuis plusieurs heures lorsqu'il renonça enfin à s'énumérer ce qu'il n'aurait plus à faire. Il n'aurait plus à rédiger de procès-verbal d'arrestation, à poireauter des heures à la porte d'un tribunal, à écouter le préfet pérorer ou à boire le café du distributeur de la cafétéria du commissariat. Tout ça, il était ravi de faire une croix dessus. Mais le boulot n'était pas fait que de ça, et il y avait des choses auxquelles il n'était pas prêt à renoncer. Il n'aurait plus la possibilité d'enquêter dans Bearmatch, de suivre la piste brouillée de Bluto dans les heures qui avaient précédé sa mort ou d'arpenter le sentier dénudé qui reliait les tôles tordues de la palissade anti-tempêtes à la conduite de béton où Doreen avait perdu la vie. Ces choses-là, il fallait que quelqu'un les fasse, mais elles lui avaient échappé à l'instant où son insigne avait touché le bois du bureau de Luther, en même temps que la salle d'attente du tribunal et le jus de chaussette. Mais l'insigne était loin ; il avait l'impression de flotter de pièce en pièce, sans attache et sans but, comme si c'était le poids de son insigne qui l'avait lesté jusqu'alors. L'insigne et le boulot lui avaient servi de point d'attache, de fil conducteur pour se guider dans le désordre du monde au moyen de devoirs et d'obligations clairement édictés. Il avait toujours cru que ce n'était pour lui qu'un moyen de gagner son bœuf, mais les heures passèrent et il comprit que c'était aussi ce qui lui donnait une raison de vivre et, qu'il devrait improviser son comportement jusqu'à ce qu'il se soit trouvé une autre ligne de conduite et se soit forgé un nouvel insigne, différent du précédent. Il faisait les premiers pas dans cette direction et il était près de minuit quand Lamar Beacham frappa à la porte de la moustiquaire.

— J'avais peur de te trouver au lit, dit Lamar dont la figure prenait un aspect gris et fantomatique derrière le grillage de la moustiquaire.

Ben lui fit signe d'entrer avec un petit sourire.

— Entre, Lamar. Qu'est-ce que tu fais dans les rues à cette heure-ci ?

Lamar se planta gauchement au milieu de la salle de séjour, les mains profondément enfouies dans les poches de son pantalon. Il avait l'air d'une grande perche de garçon de ferme perdu dans la ville, avec ses cheveux blonds ébouriffés et sa peau qu'on aurait dit un peu dorée par le contact permanent du feu.

— On m'a dit que t'as quitté la police aujourd'hui, dit-il.

Ben hocha la tête.

— Pourquoi ?

— Y me faisaient faire des trucs qui me plaisaient pas.

— Genre ?

— De suivre King partout et de noter tout ce qu'y disait, dit Ben. (Il secoua la tête avec dégoût.) C'est pas propre, comme boulot, Lamar.

— Tu sais, arroser des gens à la lance à incendie, c'est pas terrible non plus, dit Lamar d'un ton las.

Il alla s'asseoir face à Ben.

— Tu veux du thé glacé ? demanda Ben en lui montrant son verre à moitié vide.

— Non, merci. Mais je boirais bien une petite mousse.

— J'en ai plus.

— Moi c'est pareil, dit Lamar. Je suis sorti pour racheter un paquet de six mais le marchand était fermé. (Il sourit.) Alors j'ai continué à rouler. Et tu vois, j'ai fini par arriver ici.

— T'as une idée derrière la tête.

— Moi aussi, je pense à tirer ma révérence, dit Lamar. Comme t'as fait, quoi.

— Super, dit Ben avec un sourire. Moi, je voudrais que tout le monde démissionne d'un coup.

— Et les proprios, qu'est-ce qu'y diraient ?

— Tu trouveras un autre boulot.

— C'est ce que je me dis, fit Lamar. Et toi ?

— Moi ausi, je retrouverai du boulot.

— T'as de quoi croûter jusque-là ?

— Trois cent dix-sept dollars, voilà toute ma fortune, dit Ben avec un sourire.

— Quatre de plus que moi, dit Lamar en riant. (Il se rembrunit d'un seul coup.) Dis donc, Ben, tu savais que Charlie Breedlove était mon cousin ?

Ben secoua la tête et se mit à dévisager Lamar avec plus d'attention.

— Tu sais pas qui c'est qui l'a buté ? demanda tout à trac ce dernier.

— Non, dit Ben.

Lamar regrada un moment Ben dans les yeux.

— Est-ce que tu savais de quoi y s'occupait ? demanda-t-il enfin.

— De quoi tu causes, Lamar ? demanda Ben en se raidissant un peu.

— C'est un gars qui savait cacher son jeu, dit Lamar d'une voix soudain empreinte d'une douceur étrange. Il valait bien mieux qu'il ne le laissait paraître.

— A savoir ?

— Il ne pouvait se confier à aucun de ses collègues, poursuivit Lamar. Même pas à toi. Il pouvait pas avoir de certitude à ton sujet. (Il lui décocha un regard méfiant.) Bon Dieu, Ben, même moi, je suis pas sûr de pouvoir te faire confiance, mais quand j'ai appris que t'avais tiré l'échelle à cause de l'histoire de King, je me suis dit qu'y fallait que je coure le risque de toute façon, et qu'y avait qu'avec toi que je me sentais de le courir.

— Quel risque ?

— De te dire certains trucs, dit Lamar. A propos de Charlie.

— Quels trucs ?

Lamar hésita.

— Tu en as trop dit pour te taire maintenant, Lamar,

dit Ben. En plus, je ne suis plus qu'un citoyen comme les autres, ajouta-t-il en haussant les épaules.

Lamar secoua énergiquement la tête :

— Non, Ben, pas toi. Je serais pas là si je croyais ça.

Il prit une inspiration interminable tout en regardant Ben fixement.

— Allez, hop, dit-il enfin. C'est parti. Quand j'aurai fini, tu feras ce que tu voudras.

— Vas-y, dit Ben sans la moindre hésitation.

— Je sais pas si ça a ou non à voir avec sa mort, commença Lamar, mais celui ou ceux qui l'ont descendu se trompaient pas.

— Sur quoi ?

— Eh bien, c'est vrai que c'était un informateur.

— Tu es sûr ?

— Oui.

— Pour qui est-ce qu'il travaillait ?

— Je sais pas, dit Lamar. Mais en tout cas, y réunissait des renseignements sur des gens et y se préparait à les divulguer d'une façon ou d'une autre.

— Quel genre de renseignements ?

— Sur la question raciale, dit Lamar. Sur la façon dont ça se passe ici.

— Tu veux dire des trucs sur le Klan et tout ça ?

— Des trucs à l'intérieur de la police, en tout cas. Il ouvrait l'œil sur tout ce qui se passait au commissariat.

— Mais tu sais pas à qui il transmettait l'information ?

— Non, Ben, ma parole, je sais pas, dit Lamar. Mais ce que je crois, c'est que quelqu'un a découvert le pot aux roses et que c'est pour ça qu'y lui ont fait la peau.

— Comment tu sais tout ça ?

— C'est Charlie qui me l'a dit.

— Pourquoi ?

— Parce qu'y commençait à avoir les foies, dit

Lamar. A mort. Mais je crois que c'était pas pour lui-même qu'il avait peur ; tu comprends.

— Qu'est-ce que tu veux dire ?

— Qu'il était sur le point de mettre la main sur quelque chose, dit Lamar, et que ça lui foutait les boules à mort.

— Quand est-ce que tu lui as parlé pour la dernière fois ?

— Le soir de sa mort, dit Lamar. Y m'a appelé pour me dire qu'il envoyait Susan et Billy hors de la ville pour quelque temps. Y m'a dit qu'il avait des trucs à aller vérifier.

— Mais il a pas dit quoi ?

— Non, dit Lamar. Mais ce soir-là, il était vraiment à bout de nerfs et il a fait un truc qu'il aurait jamais fait avant ; y m'a appelé et y m'a dit : « Tu te rappelles quand on faisait de la spéléo tous les deux ? » (Une expression attendrie passa sur les traits de Lamar.) On allait faire de la spéléo dans le comté de De Kalb. Ce qu'on est casse-cou quand on est môme !

Ben hocha la tête.

— Toujours est-il, reprit Lamar, qu'y me dit : « tu te souviens qu'on disait toujours à quelqu'un où on allait des fois qu'on serait restés coincés ? » Ouais, que j'y dis, je m'en rappelle, et lui y me dit : « eh ben voilà où je vais ce soir », et y me donne une adresse.

Ben sentit une énergie énorme se déverser dans tous ses membres tendus à craquer.

— Quelle adresse ?

— Je l'ai notée, dit Lamar. (Il fouilla dans sa poche et en sortit un bout de papier plié qu'il tendit à Ben.) La voilà.

Ben ouvrit le papier et lut l'adresse.

— T'es allé voir ? demanda-t-il.

— Non, j'y suis pas allé, dit précipitamment Lamar en secouant la tête. Je suis pas de la trempe de Charlie.

Je serais plutôt un père tranquille. Mais Charlie, il avait pas froid aux yeux. (Il sourit.) Faut être gonflé à bloc rien que pour penser aux trucs qu'il osait faire.

— Quoi, par exemple ?

— Des trucs contre le préfet, expliqua Lamar. Contre la façon dont ça se passe.

— Alors pour toi, y faisait pas ça pour le fric ? demanda Ben.

— L'informateur ? demanda Lamar. Pour le fric ? (Il secoua la main en signe de dénégation.) Tu y es pas, Ben. Pas Charlie. Tout ce qu'y faisait, y le faisait par conviction.

— Tu es sûr ?

— Je vais te dire un truc, répondit Lamar. Quand Charlie était môme, il habitait un petit bled de la Black Belt (Ndt : région du sud des Etats-Unis à forte population noire.) C'était un de ces petits patelins construits autour d'une seule rue en terre battue.

Ben hocha la tête.

— Quand y pleuvait, c'était un vrai bourbier, poursuivit Lamar. Y avait de tous petits trottoirs de chaque côté de la rue. Eh ben un jour, Charlie marchait sur le trottoir et une vieille Noire arrivait en sens inverse. Elle était chargée de sacs à provisions, mais elle est descendue dans la boue pour laisser passer Charlie. Sans même y penser ; elle est descendue du trottoir, et pourtant elle avait de la boue jusqu'à la cheville. Charlie, ça l'a marqué, alors quand ça a démarré ici avec les Noirs, y s'est dit qu'y ferait tout ce qu'y pourrait pour les soutenir.

Tout en considérant Lamar en silence, Ben repensa à Breedlove, au style de ses propos, à la façon dont il blaguait avec les Langley ou dont il avait cogné Leroy Coggins contre le mur.

Lamar plissa les yeux.

— Tu l'as vu, Ben ? demanda-t-il au bout d'un moment. Son corps, je veux dire.

— Ouais.

— On m'a dit qu'il était drôlement amoché.

— C'est vrai.

— J'espère que ça va pas en rester là, ajouta Lamar en guise de conclusion. Ça me ferait mal au cœur de penser que ces salauds s'en tirent comme une fleur.

Ben revit en pensée le corps meurtri de Charlie Breedlove pendu à l'arbre, sa tête meurtrie basculée en avant.

— T'en fais pas, dit-il.

35

Ben baissa les yeux sur l'adresse que lui avait donnée Lamar et la confronta attentivement au numéro de la petite maison de bois qui se dressait devant lui. Elle paraissait à l'abandon, et le jardin qui s'étendait devant elle était en friche, seulement piqué de loin en loin de têtes d'oignon sauvage ou de digitaria. Une vigne vierge grimpait bien sur les côtés du perron, mais il n'y avait ni fleurs ni bosquets verdoyants pour tempérer l'impression générale d'abandon.

En fait d'allée, il n'y avait guère que deux ornières parallèles dans la boue, mais même depuis le trottoir d'en face, Ben vit qu'il y avait des traces de pneus fraîches. Il les considéra un moment comme si l'empreinte de la gravure des pneus allait tout à coup se transformer en message écrit à son intention ; puis ses yeux revinrent lentement se poser sur la maison.

Les volets de bois étaient hermétiquement clos malgré la chaleur, comme si on avait voulu protéger l'intérieur des regards indiscrets. Ben les regarda longtemps, essayant de surprendre quelque chose entre les lattes écaillées. Il cherchait à déceler un mouvement, le passage d'une ombre, tout ce qui pourrait trahir une présence. Quand il en eut assez, il respira à fond et descendit de voiture.

Il fit le tour de la maison une fois, puis deux, en

concentrant toute son attention sur les fenêtres. La plupart étaient équipées de volets, mais on s'était contenté pour quelques-unes de badigeonner les vitres de l'intérieur avec une peinture noire épaisse et opaque.

La porte de derrière était condamnée avec des clous, et la porte principale était fermée par ce que Ben identifia comme un verrou. Il lui faudrait donc démolir la porte, car elle ne s'ouvrirait pas au premier coup de pied comme avec une serrure ordinaire. Il refit le tour de la maison en quête d'une voie d'accès plus facile, mais la maison avait été transformée en véritable fortin de bois propre à résister à toutes les infractions classiques.

Il fit encore le tour de la maison et haussa les épaules, découragé. Il ne pouvait tout de même pas sortir la hache de sapeur du coffre de sa voiture et défoncer la porte. Il resta un moment silencieux dans l'air immobile à étudier la maison, laissant courir ses yeux du perron étriqué à la porte d'entrée, puis jusqu'aux gouttières en zinc à moitié descellées, pour finir par la courte cheminée de brique qui coiffait l'édifice. La poterie de la cheminée était recouverte d'une couche de matière noire et collante, et Ben comprit aussitôt que le conduit avait autrefois servi à évacuer l'épaisse fumée noire d'une cuisinière à charbon. Il devait donc y avoir un soupirail menant aux fondations pour la livraison du charbon.

Il ne lui fallut que quelques minutes pour le trouver ; c'était une ouverture rectangulaire dans le ciment des fondations, fermée par un fragile panneau de bois. Ben jeta un coup d'œil circulaire autour de lui et rampa vivement dans l'ouverture en formant des vœux pour qu'on ne l'aie pas remarqué.

Dans les ténèbres humides de la cave à charbon qui sentait le moisi, Ben distingua de fins rais de lumières qui formaient un rectangle. Il s'allongea sur le ventre et se traîna lentement sur le sol jusqu'à se trouver juste en-dessous de la lumière. Il se retourna alors et poussa vers le haut. Les petits gonds métalliques de la trappe grincèrent faiblement et la lumière pénétra à grands flots dans l'espace exigu de la réserve à charbon.

Il attendit un moment, le dos plaqué au sol, l'oreille tendue. Puis il se redressa lentement et poussa progressivement la trappe qui finit par s'ouvrir complètement en claquant sur le plancher.

Il se leva d'un bond, se hissa hors du trou et rabattit la trappe. Il n'y avait qu'une lampe allumée dans la pièce. Et Ben vit à sa faible lumière jaune un grand rond bleu peint sur le mur en face de lui. A l'intérieur du cercle, deux zigzags noirs se dressaient verticalement côte à côte. Le long des zigzags, on avait écrit en lettres blanches : « Pureté de la race ». De part et d'autre du rond bleu, on avait scotché deux photos un peu floues qui représentaient une jeune Blanche livrée aux assauts d'un vieux Noir à l'œil égrillard.

Ben se détourna lentement et entreprit de faire l'inventaire exhaustif du contenu de la pièce. Plusieurs fusils de chasse de fort calibre étaient posés contre un mur à côté d'un assortiment de pistolets automatiques. Des boîtes de munitions étaient empilées derrière les armes, rangées par calibre, ouvertes et prêtes à l'emploi.

A gauche, il y avait un lit de camp, et derrière un petit bureau métallique aux parois couvertes de slogans. Un catalogue de vente par correspondance était ouvert sur le bureau. De présentation luxueuse, en couleurs, il proposait toutes sortes de pistolets-mitrailleurs de fabrication étrangère.

Ben s'approcha rapidement et le retourna pour voir à qui il était adressé. Le destinataire était Teddy Langley.

Le premier tiroir du bureau n'était pas verrouillé et

Ben l'ouvrit. Il contenait des stylos, des crayons, des blocs de papier, et une pile de vingt à trente tirages de la photo accrochée au mur. Sur chaque exemplaire, on avait écrit : *C'est ça que vous voulez pour vos enfants ?*

Le deuxième tiroir était également ouvert, et en l'inventoriant rapidement, Ben trouva d'autres catalogues d'armement et d'équipement paramilitaire ainsi que des messages ou des pense-bêtes apparemment rédigés par Teddy Langley pour lui-même ou pour son frère. Ils débordaient pour la plupart d'élucubrations racistes et d'appels furieux à l'action violente. Ben essaya brièvement d'imaginer le monde intérieur des Langley ; ils étaient si totalement embourbés dans la haine qu'ils en étaient devenus incapables des sentiments humains les plus élémentaires, de ces petits mouvements de pitié, de gentillesse ou de générosité qui sont la base de l'existence. Il s'efforça d'imaginer comment on pouvait devenir si dépendant de son propre poison intellectuel qu'il en venait à être aussi indispensable que l'air ou le sommeil. C'était manifestement ce qui était arrivé à Langley. Sans la haine, il n'était plus rien. Elle seule donnait but et sens à sa vie.

Le dernier tiroir contenait un fatras d'objets disparates : un insigne de police, une boucle de ceinture, plusieurs boîtes d'allumettes, des ciseaux, du scotch, des attaches-trombones. Il y avait un pistolet de calibre .22 et une boîte de munitions entamée, un canif et un flacon d'aspirine. Il y avait aussi un rouleau de chatterton dans le coin gauche du tiroir. En le prenant en main, Ben remarqua qu'il était bombé au milieu. Il déroula lentement l'adhésif et le relief se fit de plus en plus marqué jusqu'au dernier tour de ruban qui lui révéla un anneau de mariage. Ben le tourna entre ses doigts et lut : *Pour Charlie. Susan qui t'aime.*

*

— L'alliance de Charlie Breedlove, dit Ben en la laissant tomber sur le bureau de Luther.

Luther la ramassa et l'examina d'un air peu convaincu.

— Comment tu le sais ?

— Sa femme a signalé l'absence de l'alliance sur le corps de son mari à Patterson, dit Ben. Elle m'a dit ce qui était gravé dessus quand je suis allé lui en parler.

Luther continuait à faire tourner l'alliance entre ses doigts.

— Où tu l'as trouvée ?

— Dans un rouleau de chatterton que j'ai trouvé dans une petite maison de Courtland Street.

— Courtland Street ?

— C'est bien ça.

— Chez qui ?

— Il y avait du courrier sur un bureau. Tout était adressé à Teddy Langley.

Le visage de Luther se figea et ses yeux bleu clair parurent virer au blanc.

— Langley ?

— La baraque est bourrée de trucs racistes, dit Ben en tendant à Luther une des photos trouvées dans le tiroir.

— Bon sang, grogna Luther en la voyant.

— Tu savais que Langley trempait dans ce genre de trucs ? demanda Ben.

— Je savais qu'il était pas aimé à Bearmatch, dit Luther en secouant la tête, qu'il arrêtait pas de faire des descentes dans les clandés et de rudoyer tout le monde. (Il décocha un coup d'œil à Ben.) Mais des saletés comme ça, non, je savais pas. (Il se renversa dans son fauteuil. Ses yeux vinrent se poser sur la photo. Au bout d'un moment, il les releva vers Ben.) Tu crois que c'est lui qui a tué Charlie Breedlove ?

— C'est possible, dit Ben en hochant la tête.

— Pourquoi ? demanda Luther. Parce qu'il pensait que c'était un informateur ?

— Oui.

Luther bascula en avant et posa les coudes sur son bureau.

— Mais si Breedlove était vraiment un informateur, dit-il, à qui est-ce qu'il communiquait ses informations ?

— Je ne sais pas.

— Mon cul, fit Luther en lui jetant un regard accusateur.

— Je ne sais pas, commissaire, répéta Ben avec fermeté.

— Ouais ? Et comment t'as su, pour la maison de Courtland Street ?

— On m'a refilé un tuyau.

Le visage de Luther prit une expression peu amène.

— Un tuyau ? Quel genre de tuyau ? demanda-t-il d'un ton impérieux.

Ben ne répondit pas.

— Tu veux dire que toi aussi, tu as ton petit réseau de mouches parmi les collègues ? fit Luther en le fusillant du regard.

— Ça vient pas d'un collègue, dit Ben. C'est tout ce que je peux dire.

Luther parut hésiter un moment. Il roulait des yeux menaçants mais ne savait pas sur qui déverser son courroux.

— Très bien, dit-il enfin. Voilà ce qu'on va faire. Tu es réintégré à ton poste, Ben.

Ben resta muet.

— Tu veux être réintégré, au moins ?

— Faut croire.

— Bon, dit Luther. Tant mieux, parce que j'ai déjà une mission pour toi.

Ben attendit, redoutant vaguement d'être à nouveau lancé sur la piste de Martin Luther King.

— Ta première mission, Ben, dit Luther d'un ton presque sarcastique, c'est de mettre la main sur ce connard de Teddy Langley et de me le ramener.

36

Il fallut plusieurs heures à Ben pour repérer la Black Cat 13. Elle était garée sous un arbre en plein cœur de Bearmatch. Langley se prélassait sur le capot, une cigarette aux lèvres et une bouteille de coca à la main.

— A ta place, je chercherais pas la merde, prévint-il en voyant Ben s'approcher. Le coup de l'autre fois, au commissariat, ça comptait pour du beurre. Mais maintenant, gare à ta gueule si tu me touches.

Il but une grande lampée de coca, puis s'essuya le front du dos de la main.

— Je t'ai cherché toute la matinée, dit Ben.

Langley ricana et au coin de sa bouche, la cigarette se balança en cadence.

— Ben tu vois, tu m'as tellement foutu les foies que j'étais parti me planquer. (Un mauvais sourire se peignit sur son visage.) En tout cas, c'est ça qu'y doivent tous se dire, au commissariat. (Il dévissa la cigarette du coin de sa bouche et la jeta par terre.) Mais y savent pas tout. Y sont même plutôt loin du compte, nom de Dieu !

— Où t'étais passé toute la matinée ? demanda Ben d'un ton sec.

— A droite, à gauche.

— Jamais tu viens au rapport au commissariat ?

— Si, quand je veux.

— Les autres, ils viennent qu'ils le veuillent ou non.

— Les autres s'occupent pas de Bearmatch, dit Langley avec un sourire cette fois teinté d'une certaine amertume. Y prennent leur temps, les Nègres, alors on est obligés de se mettre à leur rythme pour suivre les événements.

Ben appuya son épaule contre l'arbre.

— Où t'habites, Teddy ?

— A Birmingham même.

— Non, mais ton adresse ?

— Qu'est-ce que ça peut te foutre ? demanda Teddy en lui jetant un coup d'œil méfiant. T'es pas invité à dîner, que je sache !

— J'ai regardé ton adresse dans ton dossier, dit Ben. Y a marqué que tu habites un terrain pour caravanes dans le quartier sud.

— Et après ?

— T'habites encore là ?

— De quoi je me mêle ? rétorqua Langley d'un ton rageur.

— Le Camping des Monts d'Ecosse, c'est bien ça ?

— Tu te prends pour un agent de recensement ? dit Langley en lui jetant un coup d'œil irrité.

Ben fit mine de ne pas avoir entendu.

— Qu'est-ce que tu savais sur Charlie Breedlove ? demanda-t-il à brûle-pourpoint.

— Rien.

— Tu l'aimais bien ?

— Pas particulièrement.

— T'es content qu'il soit mort ? demanda Ben en le regardant bien en face.

— Ça m'est égal, dit Langley à contrecœur en haussant les épaules.

— Y a des gens qui trouveraient ça bizarre, dit Ben avec circonspection.

— Qu'est-ce que j'en ai à foutre, de ce que les gens

peuvent penser ? fit Langley, agacé. Y en a bien qui pensent qu'on devrait bouffer, aller à l'école et faire des chiares avec les Nègres.

— Comme Breedlove ?

Langley éclata d'un petit rire rocailleux.

— Ma parole, Ben, mais t'as tout pigé à Breedlove. (Il se donna une claque sur la cuisse et s'esclaffa, cette fois de bon cœur.) Putain, faut croire que t'es moins con que t'en as l'air !

— Comment ça ? Tout pigé à quoi ?

— Que Breedlove était un espion.

— Qu'est-ce qui te fait croire ça ? demanda Ben, médusé par la franchise de Langley.

— Eh, on me la fait pas, dit Langley. C'était gros comme une maison. Y fallait toujours qu'il en rajoute. Les Nègres par-ci, les Nègres par-là... Et pis toujours à leur gueuler dessus ou à les bousculer. C'était des conneries de ce genre sans arrêt.

— Mais toi, tu fais bien pareil.

— Ouais, mais y a des gens, quand y le font, on sent que c'est pour de la vraie. On sent qu'y-z-ont la haine, quoi.

— Mais pas Breedlove ?

— Bon Dieu, non, dit Langley. Lui, c'était de la pipe de A à Z. (Il fit un geste vague de la main.) Je l'ai toujours su. C'était de la frime. C'était une couverture.

— Et c'est comme ça que tu l'as repéré comme espion ?

— Ecoute, c'est pas compliqué. Je me suis dit : soit y bluffe pour être comme les autres, pour avoir l'air d'un dur et tout, et alors y cogne un peu un Négro contre le mur de temps en temps ; soit y a autre chose. A ce moment-là, y fait ça parce que c'est pas du tout ses opinions, au contraire. (Il but nonchalamment une gorgée de coca.) C'est comme ça que j'ai grillé Breedlove.

— Mais t'avais aucune preuve ?

— Que c'était un espion ? Non, j'avais pas de preuve. Je le savais, voilà tout. (Il leva les yeux vers la ramure du grand arbre, puis les reposa sur Ben.) Tout comme je sais que t'aime bien les Négros, Ben. (Il sourit.) Remarque, tu t'en caches pas, faut dire !

— Si tu le dis.

Langley siphonna la dernière goutte de coca, puis jeta la bouteille de l'autre côté du trottoir lézardé, dans un jardinet.

— Alors c'est toi qu'y-z-ont mis sur l'affaire ? demanda-t-il.

— Laquelle ?

— Pour Breedlove.

— En quelque sorte, dit Ben.

— Pourquoi ça tombe sur toi ?

— Peut-être parce que j'aime bien les Négros.

— Tu sais pourquoi je t'ai pas éclaté la gueule l'autre jour au commissariat ? demanda Langley en s'esclaffant.

Ben ne répondit pas.

— Pasque c'est justement ça qu'y-z-auraient voulu, les Nègres, expliqua Teddy. Si on s'était carrément bastonnés, on était révoqués tous les deux. (Il secoua la tête.) Et je pourrais plus leur foutre des coups de trique à Bearmatch, interrompre leurs parties de crap, faire des descentes dans leurs clandés dégueulasses, foutre en l'air leurs distilleries clandestines et raccompagner leurs putes aux limites de la ville à coups de pied dans le prose. (Il eut un sourire rusé.) C'est pour ça que je t'ai pas mis ta trempe, Ben, dit-il d'un ton soudain glacial. Mais y faut tout de même pas trop compter sur moi ; je serai peut-être pas toujours aussi raisonnable.

Ben persista dans son mutisme. Il voyait la fureur qui passait et repassait dans l'esprit de Langley comme un vent brûlant et il voulait susciter une nouvelle accalmie pour lui tirer encore un peu les vers du nez.

— Où est Tod ? demanda-t-il donc.

— Malade, répondit Langley d'une voix morne. Il a de la fièvre, alors il est pas venu bosser. (Il parcourut la rue des yeux, l'air sévère et un peu amer.) Si tu grattais dans ce dépotoir, dit-il enfin, tu deviendrais comme moi.

— Je croyais que t'aimais bosser sur Bearmatch.

— Ça oui, répondit Langley en bombant fièrement le torse. Tu sais pourquoi ? Pasqu'ici je me rends utile. Je sers ma race, moi, au moins, Nom de Dieu ! (Il se laissa glisser du capot, ce qui fit une bande propre sur la carrosserie pleine de poussière.) Bon, ben c'est pas que je m'emmerde, mais je crois qu'on a fait le tour. Tu sais ce que c'est, faut patrouiller, quand on est condé.

— Attends un peu, fit Ben en posant la main sur son bras.

Langley se figea sur place et se tourna vers lui.

— T'as pas pigé ce que je t'ai dit ? fit-il d'un ton chargé de menaces. Me touche plus jamais.

— J'ai jeté un coup d'œil à l'intérieur d'une petite maison, ce matin, commença Ben.

— Quelle maison ?

— Une bicoque sur Courtland Street.

Le visage de Langley se figea mais il resta silencieux.

— Tu vois laquelle je veux dire ?

Langley ne répondit pas.

— Plutôt négligée, entre parenthèses. Elle a besoin d'un coup de peinture. Et qu'est-ce qu'y a comme mauvaises herbes !

— Eh ben, et après ? demanda Langley en tanguant d'un pied sur l'autre, mal à l'aise.

— C'est là que t'habites ?

— Non.

— Alors qu'est-ce que t'en fais, de cette baraque ?

— Ça me regarde.

— C'est une sorte de quartier général, quoi ?

— J'ai le droit de penser ce que je veux, dit Langley avec aigreur. J'ai pas de comptes à rendre sur mes opinions. Et je vais te dire une bonne chose. Les Nègres, y-z-ont la cote en ce moment, mais y a une chose que tous les Blancs savent au fond d'eux-mêmes. Tu le sais, je le sais, et y a pas un seul Blanc sur terre qui le sait pas.

— Quoi donc, Teddy ?

— Qu'un Nègre vaut moins qu'un Blanc, dit Langley d'un ton formel. Y sont plus proches du singe. Personne pourra rien changer à ça, ni Martin Luther King, ni les frères Kennedy, ni toi, ni Breedlove, ni personne. La race c'est la race, point final.

Il fit encore mine de monter au volant mais cette fois Ben lui saisit fermement le bras.

— Je dois te ramener au commissariat, Teddy, dit-il.

— Au commissariat ? répéta Langley éberlué.

— C'est ça.

— Pour quoi faire ?

— Il y a des gens qui veulent te poser quelques questions.

— Qui ça ?

— Le commissaire Starnes, dit Ben. Et moi.

Langley partit dans un éclat de rire qui s'arrêta net.

— Merde alors, je me suis jamais caché de mes opinions. Je sais qu'y a des gens à qui ça doit pas plaire, ce que j'ai dans la maison. Les photos. Je sais bien. Mais y s'y feront. Tu sais pourquoi ? pasqu'y sont d'accord avec les idées qu'y a en dessous. Y savent que c'est la vérité.

— J'ai trouvé une alliance dans ton bureau, reprit imperturbablement Ben. Dans le dernier tiroir.

— Quel bureau ?

— Celui de ta petite maison de Courtland Street.

Langley lui jeta un coup d'œil perplexe :
— C'est vrai au fait, comment t'as su, pour la maison ?
— Breedlove a dit à quelqu'un qu'il y allait le soir où il a été tué. Il a donné l'adresse.
— Il a dit à quelqu'un qu'il allait là-bas ? demanda Langley, confondu.
— Oui.
— C'est à toi qu'il l'a dit ?
— Non.
— Mais on te l'a répété, et tu es venu y fourrer ton nez.
— C'est ça.
— Putain, Ben, dit Langley en éclatant d'un rire plein d'amertume, je savais que t'étais amoureux des Négros, mais j'aurais pas cru que tu faisais carrément la mouche pour leur compte.
Ben sentit ses doigts se crisper un peu plus sur le bras de Langley.
— J'ai trouvé une bague, répéta-t-il. Elle était planquée dans un rouleau de chatterton. (Il plongea les yeux dans ceux de Teddy en achevant :) Elle appartenait à Charlie Breedlove, et il l'avait sur lui le soir de sa mort.
Langley devint pâle comme un linge en comprenant tout à coup ce qu'on lui disait.
— Alors ça y est, dit-il à voix basse. Y vont me foutre ça sur le dos.
— Où étais-tu la nuit dernière ? demanda Ben.
— Qu'est-ce que ça changera ?
— Il s'agit d'un meurtre, dit Ben.
— Alors tu crois que j'ai un alibi tout prêt ?
— Je veux savoir où t'étais, c'est tout.
— Aucune importance, fit Langley en secouant la tête. Les Nègres veulent ma peau et les huiles aussi. Je dérange tout le monde.

— Où est-ce que t'étais ? répéta Ben.

— J'étais avec Tod, dit Teddy d'une voix ferme. Il était malade la nuit dernière, comme je t'ai dit. Il avait de la fièvre. J'ai passé la nuit à son chevet.

— T'as vu personne d'autre ?

— Non, répondit Langley. On était tout seuls chez nous. Rien que nous deux. T'imagines que quelqu'un va gober ça ?

Ben ne répondit pas.

— Bien sûr que non, reprit catégoriquement Langley. Personne. (Il secoua la tête.) Ça y est, je suis marron. Y m'ont eu. C'est comme si j'étais déjà en taule. Mais je vais te dire un truc, poursuivit-il avec un sourire supérieur. Quand les gens auront remis les pieds sur terre, je serai un putain de héros. Y me sortiront du trou en triomphe.

Ben le pilota vers sa voiture.

— Ça se peut, Teddy, dit-il. Mais c'est pas pour tout de suite.

37

Luther frappa du poing sur son bureau.

— Teddy, nom de Dieu ! beugla-t-il. Qu'est-ce que c'est que cette baraque avec des photos pas possibles au mur ? Qu'est-ce que c'est que ces conneries ?

Calmement assis sur une chaise devant le bureau, Langley dévisageait ses interlocuteurs, passant lentement de l'un à l'autre.

Ben se tenait à gauche, à côté de la fenêtre. Daniels était adossé au mur d'en face et ne quittait pas Langley des yeux.

— Qu'est-ce que c'est que cette maison, Teddy ? reprit le commissaire d'un ton impérieux.

— Vous le savez déjà, dit Langley d'un ton presque dégagé. Wellman vous a déjà tout dit. Vous avez déjà tout ce qu'y vous faut.

Luther se pencha vers lui d'un air menaçant.

— T'es vraiment à la masse, hein ? gronda-t-il.

Langley ne répondit pas.

— Bon Dieu, Teddy, de quoi on a l'air avec tes conneries ? continua Luther. D'un tas de débiles, de demeurés !

Daniels repoussa le mur des épaules.

— Moi, j'en ai rien à branler de cette maison, dit-il. Mais si t'as touché un seul cheveu de la tête de Charlie Breedlove, je vais...

Langley secoua la tête avec affliction.

— C'est déjà fait, Harry, dit-il. Y s'en sont chargés.

Daniels posa sur lui un regard chargé de menaces.

— C'est toi qui as tué Charlie ?

— Non.

Daniels s'approcha de lui :

— Surtout essaie pas de me mentir, Teddy. C'était mon équipier.

— J'ai pas touché à Charlie Breedlove, dit froidement Langley. Pour moi, c'est un coup du FBI. Ça fait un moment qu'y nous tournent autour, à essayer de nous coller quelque chose sur le dos.

— Mon cul, siffla Daniels. (Il saisit l'alliance sur le bureau de Luther et la fourra sous le nez de Langley.) Tu vois ce truc-là, Teddy ? C'est l'alliance de Charlie. Tu sais où est-ce que Ben l'a trouvée ?

Langley ne prit pas la peine de répondre.

Daniels s'avança prestement et lui assena une gifle.

— Tu sais où il l'a trouvée, petit con ?

— Arrête tout de suite, Harry, cria Luther en se levant d'un bond. Donne-moi ce putain de truc. (Il arracha l'alliance des doigts de Daniels.) Où t'as eu ça ? demanda-t-il en baissant des yeux sévères sur Langley.

— Jamais vu ce truc-là, dit Langley d'un ton maussade.

— Harry est déjà passé chez Mme Breedlove, dit Luther. Elle l'a reconnue formellement ; c'est bien l'alliance de Charlie.

Langley resta silencieux.

— Où tu l'as eue, Teddy ? répéta Luther.

— J'ai jamais vu ce truc-là, fit Langley en secouant la tête.

Luther prit le rouleau de chatterton et le brandit devant Langley.

— Et ça ? Tu reconnais ce chatterton ?

— Non.

— C'est pas toi qui l'as acheté ? insista Luther. C'est pas à toi ?

— Non.

— Y ressemble drôlement à celui qu'on a trouvé autour des poignets de Breedlove, dit Luther.

Le regard de Langley dévia lentement vers la droite et vint se poser sur Ben.

— J'ai jamais vu cette alliance. J'ai jamais vu ce chatterton. Tout ça, c'est un coup des Négros. Avec l'aide de leurs copains haut placés.

— Les Négros ? gueula Luther. Tu veux me faire croire que c'est eux qui ont descendu Breedlove ? (Il éclata de rire.) Il est nul, ton pipeau ! Tu t'enfonces avec des conneries pareilles !

Langley détourna les yeux de Ben pour reporter son attention sur Luther.

— Vous allez m'arrêter ?

— Donne-moi une bonne raison de ne pas le faire.

— J'étais avec mon frère.

— Je dis pas le contraire, dit Luther d'un ton glacial. Mais où est-ce que vous étiez tous les deux, c'est ça la question.

— On était dans notre caravane, voilà où qu'on était.

— Il a sans doute fallu deux personnes pour suspendre Breedlove là où il était, dit Luther d'un ton accusateur.

— Tod et moi, c'est ça ? demanda Langley avec un sourire forcé. C'est comme ça que vous voyez le truc ?

— Ma foi, ça commence à prendre tournure.

Langley serra les lèvres. Il reporta son attention sur Ben mais garda le silence.

— Où est Tod en ce moment ? demanda Luther.

— A la maison.

— La maison, c'est le taudis de Courtland street ?

— Non, il est à la maison. A la caravane, quoi.

— Et je parie qu'y va dire que vous êtes restés ensemble toute la nuit ?

Langley hocha la tête.

— Et que vous avez pas quitté la caravane ?

— C'est ça, dit Langley. Il était malade. Il avait de la fièvre. C'est mon frère, alors c'est à moi de m'occuper de lui quand il va pas bien.

Daniels vint se planter devant Langley.

— Laisse-moi te dire un truc, Teddy, dit-il. Si c'est toi qu'as fait du mal à Charlie, je me chargerai de toi moi-même.

Langley le dévisagea froidement.

— J'ai pas touché à ton connard d'équipier, cracha-t-il, mais ça n'empêche que Breedlove était un putain d'espion et ça m'épate pas du tout que quelqu'un se soit décidé à le refroidir.

Daniels leva aussitôt le bras pour le frapper mais Luther le saisit au vol.

— Laisse-moi plutôt m'en occuper, Harry ; tu vas perdre ton poste et tu seras bien avancé.

Le poing de Daniels trembla un instant en l'air, puis redescendit lentement.

— Ouais, fit-il, vous avez raison, commissaire.

Luther lui lâcha le bras et se tourna vers Ben :

— Va voir Tod, dit-il, et écoute ce qu'il a à dire.

Ben hocha la tête avec empressement et gagna la porte d'un pas rapide.

— Et puis, j'y pense, dit Luther, t'as oublié ça en partant, ce matin.

Ben se retourna juste à temps pour saisir au vol l'insigne de police lancé par Luther.

*

La caravane des Langley était posée sur des parpaings au fond du terrain. D'autres caravanes étaient dispersées sur le sol de terre battue, toutes portes et fenêtres ouvertes en raison de la chaleur étouffante. Quelques chemises de travail et des draps en lambeaux flottaient sur la corde à linge commune à l'autre bout du terrain, et au-delà, Ben aperçut quelques balançoires rouillées et une bascule antédiluvienne.

Tod Langley entrouvrit la porte et offrit à Ben le spectacle d'un œil unique brillant dans la pénombre.

— J'ai à te parler, Tod, dit Ben.

— A moi ? fit Tod, surpris. Où est Teddy ?

— Il a pas fini son service.

Tod ne se décidait pas à ouvrir la porte.

— Ben, je sais pas, tergiversa-t-il d'une voix un peu chevrotante. Je veux dire, après ce que t'as fait à Teddy, je...

— Ça n'a rien à voir, assura Ben.

— Alors c'est pour quoi ?

— C'est au sujet de Charlie Breedlove.

— Eh ben ?

— Je fais quelques petites vérifications.

— J'ai rien à voir avec ça.

Ben commençait à en avoir assez de rester planté sous le soleil de plomb.

— Ouvre, Tod, dit-il. Je n'ai pas le temps de discuter, c'est une affaire qui concerne le service.

Il posa la main sur la porte et la sentit céder tandis que Tod battait en retraite.

Tod s'était laissé tomber sur une petite chaise à quelques pas de la porte, et Ben resta un moment sur le seuil pour habituer ses yeux à la pénombre de la caravane.

— Moi et Teddy, on laisse toujours tout bouclé, expliqua-t-il. Vu qu'on est flics et tout, tu vois ?

Ben lui jeta un regard perplexe.

— A cause des vengeances, précisa Tod. Des fois qu'y en aurait qui viendraient nous faire la peau.

On avait scotché de grandes feuilles de papier d'argent sur toutes les fenêtres, ce qui donnait à la pièce l'aspect inquiétant d'un lieu totalement coupé du monde extérieur.

— C'est pour les photos, expliqua Tod. Pour pas qu'y-z-en prennent. On met du papier d'argent aux fenêtres, comme ça personne peut nous voir et personne peut prendre de photos. (Il se pencha vers Ben avec une mine de conspirateur.) Pour les Fédés, tu vois ? Les gars du FBI, je veux dire. (Il éclata d'un rire stupide.) Y seraient foutus de photographier un mec jusque sur les gogues si y croyaient pouvoir utiliser ça contre lui.

Ben s'appuya contre l'encadrement de la porte.

— Pourquoi est-ce que le FBI voudrait te prendre en photo, Tod ?

— A cause de trucs que je pense, dit Tod. Ça les rend dingues.

— Quel genre de trucs ?

— Surtout sur les Nègres, dit Tod d'un ton tout à coup désinvolte. (Il se pencha en avant.) Tu vois, le truc, avec les Nègres, c'est qu'y-z-ont tous...

Ben le fit taire d'un geste impérieux de la main.

— Ecoute, Tod, on a un gros problème avec les collègues. C'est au sujet du meurtre de Breedlove.

Tod se renfrogna un peu sur sa chaise mais ne bougea pas.

— Tu connais la petite maison de Courtland street ? demanda Ben.

Tod détourna craintivement les yeux.

— J'y suis allé, poursuivit Ben. Et j'ai trouvé quelques trucs qui pourraient causer beaucoup d'ennuis à certaines personnes.

— A Teddy, tu veux dire ? Beaucoup d'ennuis à Teddy ?

— Ouais.

— Et à moi aussi ?

Ben hocha la tête.

— Mais je vois pas pourquoi, chevrota Tod, la gorge serrée. Je veux dire, et la liberté d'opinion ?

— C'est pas la question de vos opinions.

— Ben qu'est-ce qu'y a alors ? lança Tod d'une voix précipitée. Les photos ? (Il éclata d'un rire nerveux.) Elles sont marrantes, tu trouves pas ?

Ben ne répondit pas.

Le désespoir fit monter la voix de Tod dans un registre suraigu.

— Tu sais, Ben, je te dirais pas ça si Teddy était là, mais pour moi, c'est comme une sorte de jeu, tu vois ?

— Un jeu ?

— Comme quand on jouait à la guerre, tu sais, comme les petits gosses.

Ben le laissa continuer.

— Comme pour jouer, quoi, bafouilla Tod. Je veux dire, y a vraiment pas de quoi inquiéter les collègues. J'ai les photos et des autres trucs, mais c'est tout, et puis je m'amuse un peu avec les pistolets de temps en temps. (Il secoua la tête avec énergie.) Mais c'est pas pour de la vraie, tu comprends ? C'est juste pour de rire.

— Où est-ce que tu étais la nuit dernière, Tod ? demanda Ben d'une voix sévère.

— Ben, j'étais ici, dans la caravane, dit-il. J'étais malade. J'avais de la fièvre.

— Et Teddy ?

— Il est resté avec moi. C'est ma famille, tu comprends ? Y reste que nous deux de toute la famille.

— Est-ce que vous êtes sortis, l'un ou l'autre ?

Tod secoua la tête.

— Est-ce que quelqu'un est venu vous voir ?

Tod secoua une nouvelle fois la tête.

— Personne vous a vus ici la nuit dernière ? demanda Ben.

— Eh ben non, on peut pas nous voir, dit Tod avec un petit rire peureux. Avec le papier d'argent, je veux dire.

Ben baissa sur Tod un regard grave.

— Réfléchis bien, Tod, dit-il. Y a vraiment personne qui est venu vous voir hier soir ?

Tod ne répondit pas. Il se pencha encore vers Ben ; il fourrageait nerveusement dans ses cheveux.

— Qu'est-ce qui se passe, Ben ? Qu'est-ce qu'y a eu hier soir ? Y a encore eu un petit Nègre de buté ou quoi ?

— Non, dit Ben. Mais Charlie Breedlove a été tué.

Les lèvres de Tod s'ouvrirent, mais aucun son n'en sortit.

— J'ai trouvé l'alliance de Breedlove dans la petite maison de Courtland street, dit Ben. Là où vous jouez à vos petits jeux avec Teddy.

Les yeux de Tod s'écarquillèrent.

— Tu crois que c'est nous ?

— Comment elle est arrivée là, cette alliance ? demanda Ben d'une voix glaciale.

Tod continua à dévisager Ben, hébété.

— T'as intérêt à avoir des réponses à donner, Tod, prévint Ben.

— Bon Dieu de bon Dieu, haleta Tod en secouant la tête. Mais je peux pas avoir fait le coup, Ben. J'étais trop malade. Ça fait deux jours que je suis cloué au pieu. (Il se mit à pleurnicher.) J'avais bien dit à Teddy qu'on aurait pas dû accrocher les drapeaux et tout. Je lui avais bien dit que le citoyen moyen, y comprendrait pas.

Ben assistait sans mot dire à la décomposition de Tod.

— Je me suis gerbé dessus tout partout, beugla ce

dernier, et pis j'ai la trouille. (Il jeta à Ben un regard plein de reproche.) On attrape des trucs en bossant à Bearmatch. On attrape des trucs qu'y-z-ont ramenés de la jungle, des fièvres et tout.

Appuyé contre l'encadrement de la porte, Ben gardait les yeux rivés sur lui.

— Et pis j'ai une fièvre de cheval, je suis trempé, continua Tod. Ça fait longtemps que ça dure.

— Tu as un thermomètre ? demanda Ben en se redressant.

Tod roula des yeux ébahis.

— Un thermomètre ?

— Oui, c'est ça.

— Ouais, y en a un dans l'armoire à pharmacie.

Ben traversa l'espace tout en longueur de la caravane, trouva le thermomètre et le tendit à Tod.

— Mets-le dans ta bouche, dit-il sèchement.

— Pour quoi faire ?

— T'occupe, ordonna Ben.

Les yeux pleins d'une détresse absolue, Tod mit le thermomètre dans sa bouche à contrecœur et attendit avec anxiété jusqu'au moment où Ben le prit en main.

— Alors ? demanda-t-il au comble de l'agitation. Combien que j'ai ?

— Trente-huit huit, dit tranquillement Ben.

— Tu vois, tu vois bien ! exulta Tod. Et ça fait deux jours que ça dure.

38

Tod et Teddy Langley furent suspendus tous les deux et Teddy fut arrêté quelques heures plus tard. Ben et Luther passèrent au peigne fin les trois petites pièces de la maison de Courtland street pendant tout le reste de l'après-midi.

— J'ai refilé ton boulot à McCorkindale, dit Luther en éventrant le matelas devant la fenêtre. Je me suis dit que de toute façon, tu ne retournerais pas surveiller King. (Il secoua la tête.) Et si Sammy s'endort dans sa bagnole, Daniels est là pour assurer le coup.

Ben auscultait les pièces à la recherche de caches à l'intérieur des murs.

Luther sortit une grosse poignée de bourre du matelas et la palpa en quête d'objets solides.

— Si y-z-ont gardé l'alliance, ils peuvent avoir gardé n'importe quoi. Le pétard dont ils se sont servi, n'importe quoi. Quand on commence à merder, y a plus de limite. (Il interrompit sa besogne pour gratifier Ben d'un regard appuyé :) Et buter un collègue, moi j'appelle ça merder.

Ben continua de longer les murs en les tapotant régulièrement du dos de la main. Il revoyait en esprit la colonne de mercure indiquant trente-huit huit. C'était un de ces petits faits qui viennent révoquer en doute tout l'édifice logique qu'on a bâti sans qu'on puisse les contourner, et il le traînait comme un papier collé à sa chaussure.

— Si tu veux mon avis, dit Luther en jetant au sol une poignée de bourre, y lui ont tendu un piège. Y l'ont fait venir ici, y l'ont buté et y l'ont emmené là-bas.

Ben ne répondit pas. Il se baissa et fit courir ses doigts sur le plancher à la recherche d'une latte déclouée. Il essayait de récapituler tout ce qu'il savait des circonstances de la mort de Breedlove tout en travaillant. Il revit le corps flasque pendu à l'arbre, les lettres de sang scarifiées sur sa poitrine, son masque d'horreur et le petit trou lumineux qui luisait au fond de son crâne.

— Voilà ce qui se passe quand on s'excite trop sur un truc, dit Luther en secouant la tête. On devient cinglé. Bon Dieu, Ben, des fois j'ai l'impression que même le préfet est complètement cinglé.

Ben se redressa et passa au mur suivant, sans cesser de retourner tous les points mal éclaircis de l'affaire dans son esprit. Il se sentait de plus en plus mal à l'aise. Trop de questions nouvelles se dressaient là où tout aurait dû être élucidé. Il se décida à soumettre l'une d'entre elles à un autre jugement que le sien.

— Pourquoi est-ce qu'ils l'ont signalé, à votre avis ?

— Signalé quoi ? demanda Luther sans cesser de vider la bourre du matelas.

— Le corps de Breedlove.

— Au sheriff, tu veux dire ?

— Ouais.

Luther s'interrompit dans son travail, réfléchit un moment, puis replongea les mains dans le matelas.

— Pasqu'y-z-étaient fiers de ce qu'y-z-avaient fait, dit-il d'un ton bourru. Y voulaient que d'autres gens le voient.

— Ils ont épinglé son insigne sur sa chemise, ajouta Ben.

— Ouais.

— Pourquoi ils ont fait ça ?

— Bon sang, Ben, comment veux-tu que je le sache ? dit Luther. Bon Dieu, y l'ont suspendu comme un trophée. Y sont complètement secoués. Y faut pas chercher à comprendre quand on a à faire à des tordus pareils. (Il jeta le reste de bourre sur le plancher et se redressa.) Ça doit chauffer dur au parc à l'heure qu'il est. (Il consulta sa montre.) Le cortège devait se mettre en marche à trois heures précises. (Il se livra à un rapide calcul.) Y doivent être en train d'arriver au niveau du parc.

Ben lui jeta un regard étonné.

— On peut minuter ça au quart de poil ?

— Bien obligé, fit Luther. Dans une situation comme celle-ci, le temps c'est tout. (Il désigna d'un coup de menton le mur le plus éloigné d'eux.) T'as déjà fait celui-là ?

— Non.

— Bon, je vais y jeter un coup d'œil, dit Luther. (Il s'approcha du mur et se mit à l'ausculter.) De toute façon, à mon avis, Teddy est pas assez démerde pour fabriquer une bonne cachette. (Sa main resta en suspens tandis qu'il réfléchissait.) Maintenant, c'est vrai que l'alliance était drôlement bien planquée.

— Pourquoi il aurait pris ce truc ? demanda Ben.

Luther reprit son inspection du mur.

— Je sais pas. Peut-être en souvenir. Pour se rappeler que c'est un vrai dur de dur. (Il secoua la tête avec dégoût.) Mais il aurait dû s'en tenir à Bearmatch. C'est facile de rouler des mécaniques avec les Noirs. Y-z-en prennent déjà tellement plein la gueule. Mais quand on se met à faire le con avec un collègue, y vaut mieux être prêt à passer à la caisse. (Sa main resta à nouveau suspendue en l'air et il regarda Ben bien en face :) Si les

Langley ont vraiment tué Charlie Breedlove, c'est la chaise à tous les coups.

Ben hocha lentement la tête et reprit sa fouille. Il inspecta successivement les trois pièces, vidant les tiroirs, ouvrant les placards et quelques cartons empilés çà et là qui étaient pleins de brochures et de tracts non distribués. Il acheva enfin l'examen des planchers. Il ne trouva rien d'autre que la trappe de la réserve à charbon. Il alluma sa lampe torche et se glissa à l'intérieur. Le pinceau de lumière jaune balaya la petite cavité à gauche et à droite, éclairant soigneusement les moindres recoins, mais il n'y avait rien sous la maison sinon une terre grasse et rouge que rien n'était apparemment venu déranger depuis un siècle au moins.

Il s'extirpa du vide situé en dessous de la maison et se pencha pour brosser la poussière rougeâtre de son pantalon. La trappe toujours ouverte lui présentait sa face intérieure qui était bien éclairée par les fenêtres dont ils avaient ouvert les volets. Il vit que l'empreinte de sa propre main s'était imprimée très nettement sur la surface poussiéreuse et unie. A quelques centimètres à gauche, il vit une autre empreinte; elle était moins nette, plus poussiéreuse, mais indiscutablement, elle était là et témoignait qu'une autre personne dont la main avait une forme complètement différente s'était introduite dans la maison par le soupirail. La main était un peu plus grande que la sienne, les doigts plus allongés et plus fins, et il lui sembla l'espace d'un instant qu'elle montait désespérément vers lui pour l'empêcher de regarder.

*

Les cellules du deuxième étage de l'hôtel de ville étaient bondées de manifestants, et ils chantaient à tue-tête lorsque Ben longea le couloir jusqu'à la dernière cellule qui s'ouvrait sur la droite. Elle était silencieuse et presque vide, et il sentit en jetant un œil entre les barreaux la solitude farouche qui en émanait comme une odeur agressive.

Teddy Langley était assis tout au bord de la banquette du haut, le buste très droit, bombant le torse, les yeux perdus dans la contemplation de la cuvette de WC dépourvue de lunette qui occupait le centre de la pièce. Il semblait étrangement apathique et amoindri, comme s'il avait été vidé de toute vitalité. Il n'avait pas l'air d'entendre les chants joyeux qui faisaient vibrer l'étage entier ni de souffrir de la chaleur étouffante. Il portait toujours son uniforme de police, n'avait pas défait le premier bouton de sa chemise, et sa cravate était toujours bien ajustée au ras du cou.

— Qu'est-ce que tu fais là ? demanda-t-il d'une voix artificielle quand Ben pénétra dans la cellule et referma la porte sur lui.

Un feu d'artifice d'interjections enthousiastes éclata à la fin de la chanson, suivi d'applaudissements très prolongés. Ben attendit que tout cela se soit fondu dans un nouvel hymne tonitruant, puis il s'approcha de Langley et lui offrit une cigarette.

Langley contempla le paquet sans y toucher.

— C'est maintenant que t'es censé me mener sur la voie des aveux en faisant le gentil ?

— Seulement si tu as des aveux à faire, dit Ben.

— Eh ben j'en ai pas, aboya Langley. Alors rentre chez toi.

Ben garda le silence.

— D'ailleurs, c'est bientôt l'heure de la relève, non ? demanda Langley.

— A peu près.

— Il est cinq ou six heures, c'est ça ?

— Cinq heures et demie.

— C'est bien ce que je pensais, dit Langley avec un hochement de tête.

Il recula sur sa couchette de façon à s'adosser contre le mur de béton.

— Qu'est-ce tu fous là, Wellman ?

— Je pensais qu'on pourrait causer un peu tous les deux.

— De quoi tu veux qu'on cause ? Tu crois que j'ai buté Breedlove, hein ?

— Peut-être.

— Pasque c'était un espion, dit Langley. C'est ça qu'y donneront comme motif du crime.

— Possible, dit Ben.

— Y-z-ont pas encore arrêté Tod ?

— Non.

— Pourquoi ?

— On le garde à l'œil, dit Ben. Mais tout le courrier qu'on a trouvé dans la maison était à ton nom.

— Alors y peuvent pas l'impliquer dans l'histoire du meurtre.

— Pas encore.

— Sauf que c'est lui mon alibi, dit Langley. Evidemment, là-dessus, y pourrait avoir menti, pas vrai ?

— S'il en jure devant le tribunal, il risque d'être poursuivi pour faux témoignage, dit Ben. Et il pourrait bien plonger pour complicité s'il ressort qu'il était au courant pour Breedlove, avant ou après.

— Tu crois que je le sais pas ?

— Je crois au contraire que tu le sais très bien.

— Tod savait que dalle, dit Langley avec irritation. Putain, même moi je sais que dalle pour ce qui est du meurtre.

Ben tendit à nouveau le paquet de cigarettes dans sa direction en l'agitant doucement.

— T'es sûr que t'en veux pas ?

— Et merde, dit Langley. J'en prends une.

Il tira une cigarette du paquet et se pencha en avant pour l'allumer à l'allumette que lui tendait Ben.

— J'ai passé presque tout l'après-midi dans la maison, dit Ben en éteignant l'allumette.

— Je m'en doutais bien, dit Langley. Qu'est-ce que t'as trouvé, ce coup-ci ? La culotte de Breedlove, c'est ça ? avec ses initiales cousues au fond ? (Il secoua la tête.) Vas-y, dis-moi, tu pourrais trouver n'importe quoi que ça m'épaterait pas. Y-z-ont pu planquer n'importe quoi.

— Le hic, fit Ben, c'est comment y sont entrés.

Langley haussa les épaules et tira sur sa cigarette.

— Les fenêtres étaient clouées au dormant, dit Ben. Et les portes sont intactes.

Langley resta silencieux.

— Tu vois un autre moyen d'entrer ? demanda Ben d'un ton caustique.

— Je sais pas, dit Langley. Ça fait que quelques semaines que j'ai loué la maison. J'y suis presque jamais allé. (Il éclata d'un rire amer.) Peut-être que quelqu'un est descendu par la cheminée. Tu sais, comme le père Noël.

— Le conduit est condamné, dit Ben. T'as pas d'autre idée ?

Langley tira encore une bouffée de sa cigarette, puis il jeta un coup d'œil vers la droite.

— Y-z-ont le chic pour garder le moral, ces Nègres, tout de même.

— Teddy, tu risques la chaise, rappela Ben d'un ton sévère. C'est un flic qui est mort. Espion ou pas espion, c'est tout de même un flic.

Langley se retourna lentement vers lui.

— Qui est-ce qui veut ma peau, Ben ? demanda-t-il d'une voix presque radoucie. Je vois pas du tout.

Ben resta sans rien dire, la tête un peu levée pour observer le visage de Langley.

— Tends ta main droite, dit-il enfin.

— Quoi ? fit Langley, déconcerté.

— Tends ta main droite.

Langley tendit une main mal assurée, la paume en avant.

— Comme ça ?

— Ouais, dit Ben en superposant sa propre main à celle de Teddy.

Elle était bien plus courte que la sienne ; les doigts de Langley lui arrivaient à peine à la deuxième phalange.

— Pourquoi tu fais ça ? demanda Langley. Y-z-ont déjà relevé mes empreintes.

Ben retira sa main, gagna la porte de la cellule, l'ouvrit et sortit dans le couloir.

Langley resta figé sur sa couchette, la main encore tendue en l'air comme pour attraper un oiseau invisible.

— Je suis prêt à mourir pour mes idées, Wellman, dit-il d'une voix âpre, mais comme un homme. Je veux pas être emmené au bout d'un couloir comme une bête qu'on mène à l'abattoir. Pas avec des chaînes aux pieds.

Ben hocha lentement la tête.

— Pas sur la chaise, ajouta Langley avec force. Pas avec des chaînes aux pieds.

Ben ferma la porte de la cellule et la verrouilla.

— Pas avec des chaînes aux pieds, Nom de Dieu ! hurla encore une fois Langley tandis qu'il s'éloignait.

*

Plusieurs cars scolaires jaunes du comté de Jefferson étaient stationnés côte à côte au garage, et Ben vit des centaines de visages à leurs fenêtres en gagnant sa voiture. Les cars étaient cernés par un cordon de gendarmes en uniforme anti-émeute. A l'intérieur du cordon, McCorkindale faisait les cent pas devant l'un des cars en donnant de petits coups de matraque réguliers sur sa jambe. De temps à autres, il s'arrêtait net, faisait volte-face et donnait un coup dans une vitre du bout de sa matraque. Les visages pressés à la vitre reculaient par réflexe, puis lui jetaient un regard noir tandis qu'une hilarité blessante agitait l'énorme bedaine de McCorkindale.

Ben se détourna et reprit le chemin de sa voiture. Il n'en était plus qu'à quelques mètres quand il vit Patterson qui venait vers lui.

— Qu'est-ce que tu fais là ? demanda-t-il quand les deux hommes se furent rejoints.

— J'ai les résultats pour l'affaire Breedlove, dit Patterson.

— Et où tu les apportes, comme ça ?

— Directement au commissaire Starnes.

— Au commissaire Starnes ?

— Il va sûrement rien avoir de plus pressé que de les refiler au préfet.

— Qu'est-ce que tu as trouvé ?

Patterson parut hésiter.

— Qu'est-ce qui se passe, Léon ? fit Ben en lui lançant un regard inquisiteur.

Patterson jeta des coups d'œil méfiants autour de lui.

— Tout ce que je sais, c'est que le commissaire Starnes veut que je lui rende compte directement.

Ben baissa les yeux sur la petite enveloppe jaune nichée sous le bras de Patterson.

— Qu'est-ce qu'il y a dans le rapport, Léon ?

Cette fois, l'hésitation de Patterson fut de courte durée.

— Pas grand-chose, si tu veux savoir. La cause de la mort était assez évidente. Comme toujours, d'ailleurs.

— Est-ce qu'il y a quelque chose qui n'était pas évident ?

— Seulement que Breedlove a l'air de s'être pas mal baladé, cette nuit-là.

— Comment tu le sais ?

— A cause de ce qu'il avait sous ses chaussures, expliqua Léon. J'ai pu distinguer deux types de sol. Le premier, c'est une terre végétale plutôt légère, comme on en trouve dans les prés du nord de la ville.

— Comme celui où on l'a trouvé, compléta Ben.

— Voilà, dit Patterson. Mais elle était collée à une première couche complètement différente. Une espèce de glaise blanche et très acide. Deux types de terrains qui sont pas vraiment à touche-touche dans notre paysage. (Il eut un faible sourire.) Je sais que ça servira sans doute pas à grand-chose...

— Rien d'autre ? enchaîna Ben.

— Pour ce qui est... euh... des mutilations, elles ont été perpétrées après la mort, dit Patterson.

— Et le couteau ?

— C'était un couteau de chasse, dit Patterson sans enthousiasme. La lame devait faire quatre centimètres de large au niveau du manche. (Il haussa les épaules.) Cette fois, tu sais tout. C'est pas grand-chose, hein ?

— Non.

— Ça avance ?

Ben secoua la tête.

Patterson se pencha vers Ben et demanda en baissant la voix :

— C'est vrai que c'était un espion ?

— Je sais pas, dit Ben. Y a pas mal de gens qui le pensent.

— Pour les Fédés, à ton avis ?

— Je sais pas.

— En tout cas, faut bien que ce soit pour quelqu'un,

souligna Patterson. A quoi ça servirait, un espion qui communiquerait ses informations à personne ?

Ben se sentit tout à coup enveloppé par une légère brise nocturne et vit un lac noir scintillant au clair de lune.

39

La ville brillait de mille feux, enveloppant comme une cape étincelante Davenport qui se tenait devant la vaste baie vitrée de son bureau.

— Il y a un rebondissement dans l'affaire? demanda-t-il en serrant la main à Ben.

— Quelle affaire ?

— L'affaire de Doreen, fit Davenport en lui jetant un regard déconcerté. Ce n'est pas pour ça que vous êtes là ?

— Non.

— Je ne comprends pas, dit Davenport. Je croyais que vous veniez m'informer des dernières évolutions de l'affaire.

— La force de l'habitude, peut-être ? demanda Ben d'une voix chargée de sous-entendus.

— Quelle habitude ?

— Celle de recevoir des informations de la police.

— Pas du tout, dit Davenport. Pourquoi ?

Ben réfléchit un moment et décida de changer d'angle d'attaque et de tisser autour de Davenport une toile de preuves dont il ne pourrait s'échapper le moment venu.

— Vous vous souvenez de notre dernière entrevue ? commença-t-il.

— Oui, répondit Davenport. Je sais qu'elle n'a pas

été très amicale, mais voyez-vous, vous sembliez m'accuser ; je ne sais pas de quoi au juste, mais il me semble que vous me soupçonniez d'être impliqué dans le meurtre de Doreen.

— J'avais tort ? demanda Ben platement.

— Naturellement, dit Davenport en le foudroyant du regard.

Ben lui rendit son regard sans rien dire.

— Pourquoi irais-je faire du mal à une petite fille ? demanda Davenport. Qu'est-ce que j'aurais à y gagner ?

— Vous avez parlé de vies en jeu, rappela Ben en négligeant de répondre.

Une expression de tristesse passa sur le visage de Davenport, si fugitive qu'elle semblait échappée de quelque lieu secret enfoui au plus profond de son esprit. Elle palpita un instant dans ses yeux avant de se fondre dans la mine sévère de Davenport qui serra les dents et se mit à dévisager Ben par-dessus le bureau ciré.

— Quelles vies ? demanda Ben.

— C'est sans importance, dit Davenport.

— Pourquoi ?

— C'est sans importance, répéta Davenport. Il faudra vous contenter de ça.

— Pourquoi est-ce que c'est sans importance ?

Davenport ne répondit pas et soutint le regard de Ben sans fléchir.

— Parce que c'est trop tard, dit Ben, puis il se tut pour observer la réaction de Davenport.

Celui-ci garda la même posture figée dans son fauteuil.

— Quand vous avez voulu me dissuader de continuer à enquêter sur cette affaire, dit Ben, vous m'avez dit que je devrais laisser un autre que moi s'en charger. Se charger de quoi ?

— Je ne sais pas ce que j'ai pu vouloir dire, dit Davenport d'une voix faible et mal assurée. A vrai dire, je ne suis même pas sûr d'avoir dit quoi que ce soit dans ce genre.

— Laissez donc quelqu'un d'autre s'en charger, insista Ben. Voilà ce que vous avez dit.

— C'est possible, convint Davenport en hochant la tête.

— C'était qui, ce quelqu'un d'autre ?

Davenport tressaillit, mais ne répondit pas.

— C'était un autre policier, dit Ben. Qui vous fournissait des renseignements.

Davenport persista dans son mutisme.

— Charlie Breedlove, lâcha Ben.

Davenport prit une longue inspiration.

— Alors, vous voyez bien que je vous avais dit la vérité ? Il y avait bien une vie en jeu.

— Depuis combien de temps vous servait-il d'informateur ? poursuivit inexorablement Ben.

— Quelques semaines.

— Sur quel sujet vous renseignait-il ?

— Le FBI s'inquiétait de l'existence éventuelle d'une sorte d'escadron de la mort au sein de la police de Birmingham. Ils se faisaient du souci pour leurs agents et pour quelques autres cibles ; un juge, notamment, et quelques autres personnes. Ils m'ont donné quelques noms. Il y avait un homme d'affaires important qui œuvre activement à un rapprochement avec les Noirs. Ils craignaient qu'il ne fasse l'objet d'une tentative de meurtre. (Il secoua la tête.) Breedlove n'a rien trouvé de concret. Il a pensé que le meurtre de Doreen était peut-être une provocation visant à pousser les Noirs à l'émeute. Il s'est dit que c'était peut-être un coup de l'escadron de la mort.

— Est-ce qu'il a trouvé des preuves pour appuyer cette hypothèse.

— Non, dit Davenport en secouant la tête. Il m'a raconté qu'une nuit il en a eu marre et qu'il vous est tombé dessus.

— Moi ?

— Chez vous, précisa Davenport. Il m'a dit qu'il pensait vous avoir fichu une bonne frousse mais que vous n'aviez rien dit.

— Je ne savais rien, dit Ben.

— C'est bien ce que s'est dit Breedlove, répondit Davenport avec un petit sourire. Un verre ne me ferait pas de mal. Vous en voulez un ?

— Non.

Davenport gagna le petit bar installé au fond du bureau et se servit à boire. Il resta un moment perdu dans la contemplation du liquide ambré qu'il avait versé dans son verre, puis il le descendit d'un trait et revint à son bureau.

— Je n'ai pas besoin de vous dire qu'il faut à tout prix garder le secret sur tout ceci. Cet escadron de la mort, je veux dire, peut-être qu'il est encore dangereux. (Il haussa les épaules.) D'un autre côté, c'est peut-être du vent, un fantasme délirant des bureaucrates de Washington.

— Tout de même, il y a bien quelqu'un qui a tué Charlie Breedlove, dit Ben.

— Bien sûr, dit Davenport. Teddy Langley.

— Qu'en savez-vous ?

— Ce n'est pas une certitude, dit Davenport ; mais Charlie avait peur de Langley. Il pensait que Teddy se doutait du jeu qu'il jouait, et il se disait que si quelqu'un avait l'étoffe d'un tortionnaire d'escadron de la mort, c'était bien lui. Je veux dire, Bon Dieu, il a fondu sur Bearmatch comme une sorte d'ange exterminateur ; d'après Charlie, il était devenu encore plus brutal depuis le début des manifestations, et en parole, il avait poussé la surenchère jusqu'à des sommets inquiétants. (Il parut hésiter et jeta un coup d'œil à la fenêtre avant de reporter son attention sur Ben.) Des fois, je me dis que c'est lui qui a tué Doreen, dit-il. Peut-être qu'il m'a percé à jour et qu'il a voulu riposter d'une façon ou d'une autre.

— En tuant Doreen ? Drôle de riposte, fit Ben d'un air peu convaincu.

— Il ne s'agit pas de pensée rationnelle, inspecteur Wellman, dit Davenport. Ce ne sont pas des grosses têtes. (Il secoua la tête.) Non, il s'agit de ces choses qu'on sent dans ses tripes, qui vous brûlent comme un brasier. Qui sait à quoi ça peut mener ?

— Est-ce que Charlie vous a jamais parlé de la maison de Langley ?

— Sa maison ? demanda Davenport, interloqué. Quelle maison ? Je croyais qu'ils habitaient dans une caravane.

— En effet, dit Ben. Mais Teddy Langley avait aussi une maison.

— Quel genre de maison ?

— Aucune importance si Charlie ne vous en avait pas parlé.

— D'accord, mais tout de...

— Est-ce que Charlie soupçonnait quelqu'un d'autre ? coupa Ben.

— De quoi ?

— De savoir qu'il faisait du renseignement.

— Je ne pense pas, répondit Davenport.

— Starnes ? Daniels ? McCorkindale ? Ou même le préfet ?

Davenport secoua la tête.

— Ou alors en dehors de la police ?

— Je crois que Charlie ne voyait pas beaucoup de monde en dehors de ses collègues, dit Davenport en faisant la moue.

— Alors vous ne voyez pas du tout qui a pu le griller ?

— Je crains bien que non, fit Davenport en secouant la tête. (Il se tourna vers la fenêtre et plongea les yeux dans la nuit d'été aux lumières papillottantes.) Ça peut être n'importe qui, souffla-t-il. N'importe qui. (Il se retourna vers Ben.) C'est ça le problème dans une situation comme celle-ci, dit-il. On ne sait pas à qui on a à faire.

40

Le vrombissement frénétique des grillons et des cigales parvenait à Ben par la fenêtre de sa chambre, accompagné par le discret ronronnement d'un ventilateur qui n'apportait en revanche aucune fraîcheur. Il était couché sur le dos sous un drap, et ses sous-vêtements lui collaient à la poitrine et aux cuisses. Dans la chambre, l'obscurité était presque totale, seulement traversée par les rais de lumière grise qui pénétraient par la fenêtre et témoignaient que M. Jeffries était éveillé et arpentait inexorablement les couloirs défraîchis de la maison d'en face. De temps à autre, une voiture isolée descendait la rue étroite à tombeau ouvert, une bagnole gonflée conduite par un adolescent roulant vers une de ces innombrables routes des environs de Birmingham qui se muent au milieu de la nuit en pistes de vitesse, véritables gouffres pour l'argent durement gagné des gars de la ville, et dont le vertige néfaste était déjà légendaire lorsque Ben était enfant.

Il se tourna sur le flanc et serra fortement les paupières pour se réfugier dans une obscurité absolue. Il s'efforça de ne penser à rien, de fermer complètement son esprit ; mais il se rendait compte minute après minute qu'il lui était impossible de raccompagner ses pensées à la porte et de les enfermer dans la pièce voisine pour les relâcher le lendemain. Elles le tourmentaient comme de la vermine et le harcelaient sans cesse ni repos.

En esprit, il vit Esther comme il ne l'avait jamais vue dans la réalité, allongée sur le lit de fer qu'il avait entrevu le jour où il était entré chez elle. Tout comme lui, elle se retournait sans parvenir à trouver le sommeil, en sueur, et finissait par ouvrir les yeux et scruter les ténèbres jusqu'à distinguer peu à peu le mur opposé, parcourant lentement du regard les photos scotchées ici et là par Doreen pour arriver à la photo de cette dernière, immortalisée sous les traits d'une petite fille en jupe à carreaux toute usée et souliers à boucles noirs, posant immobile sur les marches de l'église Baptiste de la Seizième Rue.

Il se retourna complètement et se retrouva à plat ventre, la figure dans l'oreiller. Cette fois, l'obscurité était complète, et il put croire l'espace d'un instant qu'il pourrait s'abandonner à un oubli réparateur ; mais son esprit continuait à résister ; il serra encore plus fort les paupières, se remit sur le dos, prit une profonde inspiration, attendit quelques minutes et rouvrit enfin les yeux, renonçant à trouver le sommeil. Les rais de lumière grisâtre avaient disparu ; il en conclut que M. Jeffries était retourné au lit. Il se redressa et regarda par la fenêtre, perdu dans la contemplation de la courbe harmonieuse des branches élancées du petit mimosa planté derrière la maison. Il resta longtemps ainsi, s'efforçant de s'imbiber du calme de la nuit. Comme il n'y parvenait pas, il se leva, mit son pantalon, passa dans la salle de séjour et s'assit dans le vieux fauteuil à bascule en bois qui trônait vers le milieu de la pièce.

La chaleur était épaisse et étouffante, mais elle devenait plus supportable en se balançant et Ben se souvint comme il s'endormait dans les bras de son père, son petit visage blanc enfoncé dans la chemise de travail en flanelle grise du vieil homme. C'était un souvenir plein de douceur, mais son état d'esprit tourmenté en fit une image perturbante où son innocence devenait ridicule, et cela l'emplit d'un désespoir étrange ; pour s'y soustraire, il se releva, sortit sur le perron et alla s'asseoir sur la balancelle délabrée. Il y resta longtemps immobile, passant sans cesse en esprit de Doreen à Breedlove, s'arrêtant un instant à un point obscur d'une affaire pour ensuite revenir à la seconde. Lentement, l'épuisement s'empara de lui et le ramena enfin à l'intérieur. Il rentra dans la salle de séjour et prit le chemin de la chambre, tête basse.

Il n'avait pas balayé depuis plusieurs jours, et un mouton roula sans bruit sur le plancher devant lui. Il s'arrêta et parcourut le plancher des yeux, se préparant intérieurement à lui donner un coup de balai dont le besoin se faisait sentir. C'était même un nettoyage complet qu'il faudrait faire ; tout était recouvert d'une pellicule de fine poussière et de pollen : les chaises, le guéridon du téléphone, la table basse... Mais le pire restait tout de même le plancher. Une poussière blanchâtre s'était accumulée dans un coin de la pièce comme de la neige poudreuse. D'autres choses étaient venues du jardin, de petits bouts de feuilles, de la terre et des fragments d'herbe grillée. Mais la poussière d'un blanc mat qui s'était accumulée dans le coin, poussée par les courants d'air qu'il provoquait chaque fois qu'il ouvrait la porte, ça, c'était autre chose, et tandis que ses yeux s'attardaient sur le petit tas, il comprit qu'elle venait d'ailleurs.

*

La voix de Patterson était rendue pâteuse par son réveil en sursaut.

— Hein, quoi, bafouilla-t-il. Qui c'est ?

— C'est Wellman.

— Ben ? fit Patterson, surpris. Quelle heure il est ?

— Pas loin de trois heures du matin, répondit Ben d'une voix précipitée. Ecoute Leon, ça m'embête de te réveiller comme ça, mais j'ai une question urgente à te poser.

— Si c'est pour l'alliance, mauvaise nouvelle, dit Patterson. Elle était nickel. Aucune empreinte.

— C'est pas pour ça.

— Quoi alors ?

— Ses pompes.

— Ses pompes ? à Breedlove ? Eh ben ?

— Tu m'as dit qu'il y avait deux sortes de terre dessus.

— Ouais.

— L'une des deux, c'était une sorte de glaise blanche ?

— C'est ça.

— Qu'est-ce que c'est ?

— Comment ça ? demanda Patterson un peu agacé. Je te l'ai dit : une glaise blanche.

— Où est-ce qu'on trouve ce genre de terre ?

— Pas dans les comtés du nord, en tous les cas.

— Où, alors ?

— Eh ben c'est le genre de glaise dont se servent les entreprises de travaux publics pour la réfection des routes. Ils mélangent ça avec du gravier de granit.

— D'accord, alors ça se trouve où ?

— Moi, je dirais dans une carrière de gravier. C'est encore là que t'as le plus de chances d'en trouver, répondit aussitôt Patterson.

— Merci, Leon, dit Ben, sur le point de raccrocher.

Patterson l'interrompit dans son mouvement par une question :

— A quoi ça rime, tout ça, Ben ?

— Rien de sûr, pour l'instant.
— Un pressentiment ?
— Peut-être un peu plus que ça, dit Ben. Je te raconterai en revenant.
— En revenant ? Où tu vas ?
Même lorsque Ben raccrocha et se dirigea vers sa voiture, il n'était pas sûr de connaître la réponse.

*

Ben lâcha son insigne de police sur le comptoir.
— Je me disais que vous pourriez peut-être me donner un petit coup de main, les gars, dit-il.
L'agent en uniforme qui assurait la permanence baissa les yeux sur l'insigne.
— Police de Birmingham, hein ? qu'est-ce qui t'amène ?
— J'enquête sur un meurtre.
— Commis dans notre juridiction ?
— Non, dans la mienne.
L'agent se retourna sur le bureau presque désert.
— C'est qu'à cette heure-ci, ça se tasse un peu.
— J'ai seulement besoin d'un renseignement.
L'homme sourit, soulagé.
— Bon, j'espère pouvoir t'être utile. Qui est-ce que tu cherches ?
— Personne en particulier. Je cherche un endroit.
— Pas de problème, la carte de la région est là, sur le mur, fit l'homme avec un soulagement manifeste. Annonce la couleur.
— Je cherche des espèces de carrières, dit Ben. Où on extrait du gravier.
— Sur l'ensemble de la région ?
Ben réfléchit un moment, s'efforçant de rassembler ses souvenirs. Il revit Kelly Ryan se balancer doucement dans l'air humide, et il entendit à nouveau la pluie

qui tambourinait sur le toit de papier goudronné. Sur le bruit de la pluie vinrent se greffer des voix qui parlaient de Kelly, de ses élucubrations, de ses accusations délirantes au sujet d'un vieux Noir enseveli dans une carrière de gravier d'Irondale.

— Non, seulement à Irondale, répondit Ben en reportant son attention sur le policier.

— Ah ouais, y en a une, dit ce dernier, mais y a encore personne à cette heure-ci.

— Aucune importance, dit Ben.

— Bon, fit l'homme en haussant les épaules. Il s'approcha de la carte punaisée au mur et désigna un petit rectangle gris.

— C'est là, dit-il. Dawkins Road passe juste devant.

Il ne fallut que quelques minutes à Ben pour trouver Dawkins Road. C'était une longue route étroite qui montait en lacets au flanc d'une colline, luxuriante en cette période de végétation maximum. A mi-hauteur de la colline, le bitume s'arrêtait net. Au-delà, la route devenait encore plus étroite et finissait par ne plus être formée que par deux ornières glaiseuses. Les faisceaux jaunes des phares tressautaient brutalement au hasard des innombrables nids de poules et dans son rétroviseur, Ben voyait des volutes de poussière jaune s'élever dans la grise lumière de l'aube.

Le portail de la carrière était grand ouvert, et Ben le franchit en voiture après avoir marqué un temps d'arrêt. Un second chemin menait à travers un bouquet d'arbres à un parking en terre battue qui avait été excavé à flanc de colline à la dynamite. Une muraille de pierre aux arêtes vives se dressait au fond du parking, et Ben vit un petit abri à son pied. Une grande pancarte rouge prévenait qu'on y entreposait des explosifs et que toute ingérence non autorisée constituait un crime fédéral.

Ben descendit vivement de voiture. Il resta un

moment planté face à la vallée où quelques lumières clignotaient de loin en loin ; le sifflet d'un train de marchandises roulant vers Birmingham déchira l'air. Ses derniers échos s'étaient évanouis quand Ben se dirigea vers la sortie du parking. Il gardait les yeux fixés sur la muraille de roche qui surplombait le fragile baraquement de tôle, mais il avait déjà trouvé ce qu'il cherchait. Un gros tas de terre blanchâtre s'élevait au pied du mur de roche. Lorsqu'il y fut arrivé, il se baissa, gratta un peu de glaise et l'examina attentivement.

Il eut l'impression que la voix le fendait comme un hachoir lorsqu'elle résonna derrière lui.

— Qu'est-ce vous faites là, monsieur ?

Ben fit brusquement volte-face, le souffle coupé.

L'homme était vêtu d'une salopette de travail et d'une chemisette à carreaux. Le canon du fusil à pompe niché au creux de son bras était un peu levé, dans la direction approximative du sommet du crâne de Ben.

— C'est pas l'allée des amoureux, ici, dit-il d'un ton menaçant.

— Je sais, répondit Ben.

— Alors qu'est-ce que vous foutez là ?

— Je suis de la police de Birmingham.

— Vous pouvez me le prouver.

— Oui.

— Voyons ça, alors, dit l'homme d'une voix glaciale.

Ben leva une main en l'air tandis que l'autre glissait lentement sous sa veste pour en retirer son insigne.

— Tendez-le en l'air, dit l'homme.

Ben le brandit dans sa direction et laissa l'homme en prendre connaissance, puis il recula d'un pas.

— Vous êtes peut-être de la police, dit l'homme, mais ça me dit toujours pas ce que vous maquillez ici.

— J'enquête sur un meurtre, expliqua Ben. Il se peut que tout ait commencé ici.

— Dans la carrière ? fit l'homme d'un ton incrédule.

— Oui, dit Ben. Vous êtes là toutes les nuits ?

— Nan, fit l'homme en secouant la tête. La boîte vient de m'embaucher. C'est ma première nuit.

— Et avant cette nuit, il y avait quelqu'un qui gardait la carrière ?

— Non. Y-z-ont décidé de mettre quelqu'un parce qu'y a eu quelques petits vols.

— Des vols ?

— Ouais, fit l'homme en s'esclaffant. Y a pourtant pas grand-chose à piquer, à part de la terre et des cailloux.

— Qu'est-ce qui a été volé ?

— Oh, des bricoles, dit l'homme. Pas grand-chose. Mais les tauliers sont plutôt chatouilleux là-dessus. Faut comprendre, y sont obligés de garder l'œil sur le matos.

— Ouais, fit Ben en s'arrachant un sourire.

— Mais un meurtre, fit l'homme en secouant la tête, alors ça j'en ai pas entendu causer.

— C'est normal, dit Ben.

— Qui c'est qu'a été tué ?

— Un policier.

— De Birmingham ?

— Ouais.

— Alors ça, c'est le bouquet, fit l'homme en secouant la tête.

Il sourit à nouveau, baissa le canon de son arme vers le sol et tapota la poche de sa salopette.

— Un petit gorgeon ?

— Non merci.

— Pasque vous êtes en service ?

— Non, parce que j'en ai pas envie, répondit Ben en s'écartant un peu. Il faut que je rentre à Birmingham.

— D'ac, fit l'autre d'un ton accommodant. Un conseil : faites le grand tour. Si vous essayez de faire une marche arrière, vous allez vous prendre dans les fondrières.

— Merci, dit Ben.

L'homme se tenait encore au milieu du terrain quand Ben commença à en faire le tour. Il roula lentement et prit congé d'un signe de la main en passant, puis il repartit en longeant la paroi rocheuse. Il entendit la terre blanche voler sur le châssis lorsqu'il appuya sur le champignon et reprit le chemin de Birmingham.

41

Il n'y avait pas de voiture sur la petite allée de gravier qui desservait la caravane des Langley, aussi Ben fut-il étonné quand Tod vint lui ouvrir la porte en frottant du poing ses yeux gonflés et rouges, vêtu en tout et pour tout d'un caleçon en loques.

— Tu viens m'embarquer ? demanda-t-il en vacillant sur ses jambes.

— Non.

— Chaque fois qu'on frappe je me dis qu'y viennent m'embarquer.

— Où est ta voiture ?

— Laquelle ?

— T'avais pas une Chevy, modèle 59 ?

— Si.

— Où elle est ?

— Au garage, dit Tod. Le radiateur a explosé. Elle a dû chauffer de trop.

— Chez qui elle est ?

— Chez Gallager.

— Depuis combien de temps ?

— Ça fait trois jours, dit Tod. Pourquoi, tu vas me la confisquer ?

— Confisquer ?

— Ben ouais, comme y-z-on fait pour la Black Cat, dit Tod. Y nous l'ont déjà reprise.

— Quand ?

— Hier, dit Tod. Y-z-ont envoyé McCorkindale. Il a dit que pisqu'on était suspendus Teddy et moi, le commissaire Starnes avait dit qu'on avait pu le droit de rouler dedans et qu'y la revoulait.

— Où est-ce que McCorkindale l'a emmenée ?

— Je sais pas, dit Tod en haussant les épaules. Sans doute au garage de la police. Y vont probablement gratter la peinture pour en refaire une voiture de ronde normale.

— Tu as parlé à Teddy ?

Tod secoua la tête, puis posa son regard angoissé sur Ben.

— Y vont m'arrêter aussi, hein, Ben ?

— Je sais pas.

— Y-z-ont rien sur moi, hein, dis ?

— Pas que je sache.

— C'est rien que pour faire plaisir aux Négros, dit Tod d'un ton tragique. Comme y dit Teddy. (Il ouvrit un peu plus la portière rouillée de la caravane.) Tu veux entrer ?

Un remugle où se mêlaient l'odeur de la crasse et de la vaisselle sale parvint aux narines de Ben.

— Non, merci, Tod, dit-il précipitamment.

Tod le regarda d'un œil presque suppliant.

— C'est pas juste d'essayer de nous coller ce meurtre sur le dos, Ben, dit-il. On faisait ce qu'on avait à faire à Bearmatch. On serrait la vis à fond.

Il broda encore un moment sur ce thème, relatant d'un ton presque badin les parties de crap que Teddy et lui avaient interrompues et leurs descentes dans les clandés. Une expression de terreur délicieuse jouait dans ses yeux quand il parlait de balancer des types dans les escaliers ou de les jeter par les fenêtres, et Ben se prit à penser à l'autre Bearmatch qui avait dû assister à tout cela sans rien pouvoir faire, derrière des centaines de vitres fêlées.

— On les a drôlement secoués, conclut Tod avec un petit rire. (Son visage s'assombrit à cette pensée.) Peut-être même un peu trop. (Il tourna vers Ben un regard interrogateur, clignant douloureusement des yeux dans l'éblouissante lumière du soleil de la fin de matinée.) C'est ce qu'y dit Teddy. Y nous en veulent de trop avoir secoué les Négros.

— Qui nous en veut ?

— Ceux du centre ville, dit Tod. Les huiles. Teddy y m'a dit qu'y sont fous de rage après nous pasqu'on leur a fait tomber tout ce merdier de manifs sur la gueule. Y dit que si on avait moins serré la vis à Bearmatch, les Nègres y-z-auraient continué à se tenir à carreau. (Il considéra Ben avec sérieux.) Tu crois que c'est vrai, toi, Ben ?

Comme un alpiniste qui se retourne à la fin de son ascension et jouit enfin de l'ensemble du paysage, Ben vit la coulée noire de Bearmatch qui s'étendait autour des voies de chemin de fer rouillées comme une flaque d'eau grasse. Il vit les bicoques en bois brut, les impasses boueuses et les grillages à poulet défoncés qui partageaient le quartier en petits terrains stériles.

— Non, dit-il d'une voix douce, en secouant la tête. Non, je crois qu'ils se seraient tenus à carreaux, Tod. (Il sentit que ses yeux se plissaient tout en se tournant vers Tod.) Je crois que, de toute façon, ils auraient fini par vous tomber sur le râble, à Teddy et à toi.

*

Le garage Gallager n'était guère qu'un toit de tôle protégeant un élévateur hydraulique entouré d'outils et de pièces détachées pleins de cambouis. Une grande pancarte délavée promettait les plus bas tarifs de Birmingham.

La Chevy des Langley était sur l'élévateur lorsque Ben entra dans le garage. Un petit homme en bleu de travail qui travaillait en dessous était en train de tirer comme un perdu sur une longue clé métallique.

Ben sortit son insigne et l'homme suspendit aussitôt son effort.

— Cette voiture appartient à Teddy Langley, c'est bien ça ? demanda Ben.

L'homme fit mine de reculer, comme s'il craignait de répondre.

— Oui, c'est ça, dit-il d'un ton mal assuré.

— Depuis combien de temps est-elle ici ?

— Trois jours.

— Z'en êtes sûr ?

— Ale est arrivée y a trois jours, dit l'homme d'un ton catégorique. Et ale est pas prêt d'être en état de ressortir.

Ben leva les yeux vers les flancs de la carrosserie. Elle était sale et pleine de poussière, mais il n'y avait nulle trace des taches blanches qui avaient maculé les flancs de sa propre voiture lorsqu'il avait quitté la carrière.

— Je l'ai remorquée jusqu'ici, dit l'homme en sortant de sous la voiture. Teddy m'a appelé pour que je vienne la prendre.

Ben hocha la tête.

— Ils n'avaient pas d'autre voiture, je crois ?

— C'est la seule que je leur connaisse, dit l'homme en secouant la tête. (Un grand sourire se peignit sur son visage.) Sauf la Black Cat, ajouta-t-il. C'est surtout de celle-là qu'y se servaient.

*

McCorkindale leva le nez des piles de papier éparpillées sur son bureau.

— Salut, Ben, dit-il.

— Je suis passé chez Tod Langley ce matin, dit Ben.

McCorkindale le considéra avec nonchalance.

— Il m'a dit que tu avais récupéré leur voiture de patrouille hier.

— C'est vrai.

— Qui est-ce qui t'a dit de faire ça ?

— Le commissaire Starnes, dit McCorkindale avec un petit haussement d'épaules. Ça s'est passé comme dans du beurre. Tod m'a donné les clés sans faire de salades. Si tu veux mon avis, y les a vraiment à zéro.

— Où tu l'as amenée ?

— En bas, tout simplement. T'as dû passer devant en venant.

— Je me suis garé dehors.

— Eh ben elle est avec les autres voitures de ronde, dit McCorkindale. Y vont la retaper, la repeindre et tout, quoi. Le truc, c'est que les Langley sont vraiment allés trop loin ; même avant le coup de Breedlove, je veux dire, alors y vont se dépêcher d'effacer le chat et d'oublier tout ça.

— Mais c'est pas encore fait ? demanda Ben précipitamment.

— En principe, elle est encore au garage.

Elle était dissimulée dans un coin du garage, mais Ben la repéra quand même tout de suite, comme une tache floue rampant vers lui à la limite de son champ de vision. En s'approchant, il retrouva le chat de son souvenir, brutal et hargneux ; de ses yeux rouges et débordants de haine, il semblait rendre son regard à Ben tandis que celui-ci marchait vers la voiture dans l'atmosphère grise et cotonneuse du garage.

La voiture n'avait pas encore été lavée, et en la

contournant à pas lents, Ben vit qu'elle était couverte de plusieurs mois de crasse, de poussière et de boue accumulées, comme si les Langley avaient délibérément cherché à lui donner l'air aussi défraîchi que possible. A l'arrière, il se baissa pour chercher des traces de terre blanche à l'intérieur des garde-boue ou sur les flancs des pneus. Aucune trace de projections blanches. Il se pencha davantage et regarda dans la gravure du pneu elle-même. Rien.

Il s'était déjà redressé lorsqu'il entendit des pas qui venaient vers lui depuis l'entrée du garage. Il se retourna vivement et vit Luther qui s'approchait de sa propre voiture.

Luther ralentit son allure en voyant Ben, le salua d'un petit coup de tête et vint à lui.

— Qu'est-ce que tu fais ici ? demanda-t-il.

— Je vérifie juste deux trois bricoles.

— Sur la Black Cat ?

— Ouais.

— Quoi ?

— Cette histoire de Breedlove et des Langley, dit Ben. Y a des détails qui collent pas.

— Comme quoi, par exemple ?

— Eh ben, déjà, la deuxième empreinte qu'y avait sur la trappe, dit Ben. C'était pas la mienne.

— Et après ? fit Luther en secouant la tête d'un air évasif. Elle pourrait être à n'importe qui. A l'un des frères Langley, par exemple.

— Et pourquoi ils seraient entrés chez eux par un soupirail dégueulasse ?

— Peut-être tout bonnement parce qu'y-z-ont de la merde à la place du ciboulot, Ben, dit Luther, agacé. Tu sais, ça a jamais été des lumières, ces deux-là.

Ben le dévisagea d'un air dubitatif.

— Ou alors un cambrioleur, ajouta Luther. Un mec qui voulait les casser.

Ben ne répondit pas.

— Alors toi t'y crois pas ? demanda Luther d'un ton sec.

— Non.

— Et pourquoi pas ? Tu me caches quelque chose ?

— Je crois que je sais où est allé Breedlove le soir de sa mort, dit Ben.

— C'est vrai ? Où ça ? fit Luther en faisant un pas vers Ben.

— Dans une carrière à Irondale.

— Qu'est-ce qu'il allait faire là-bas ?

— Il cherchait un cadavre.

— Un cadavre ? dit Luther, incrédule. Celui de qui ?

— Je ne sais pas, dit Ben.

— Qu'est-ce que tu sais, alors ? fit Luther d'un ton impérieux. Avec certitude, je veux dire.

— Rien.

— Alors d'où tu sors ton histoire de cadavre et d'Irondale ?

— C'est les Langley.

— Et tu les as crus ? gloussa Luther.

— Le jour où Kelly Ryan est mort, commença lentement Ben en se retrouvant une fois de plus transporté dans la pièce humide où le corps de Ryan se balançait au bruit de la pluie, Daniels a dit que Ryan avait toujours été persuadé que Teddy et son frère avaient tué un Noir et l'avaient enterré dans une carrière à Irondale.

Ben allait poursuivre, mais il s'interrompit tout à coup.

Luther dévisagea Ben en silence avant qu'un seul muscle de son visage ne tressaille.

— Eh ben, continue, dit-il avec impatience.

Ben garda le silence, tout à son effort de ranimer le souvenir dans tous ses détails.

— Où tu veux en venir, Ben ? demanda Luther.

Ben ne répondit pas. Il s'efforçait de se rappeler tous les propos qu'il avait entendus par-dessus le clapotis de la pluie tambourinant sur le toit. Il entendait des phrases, des mots marmonnés, un rire forcé. Tout cela se mêlait en désordre dans son esprit.

— Ça m'a l'air plutôt fumeux, cette histoire de Kelly Ryan, dit Luther d'une voix sévère. Et on a pas le temps de chercher midi à quatorze heures.

Ben hocha la tête, les yeux fixés droit devant lui sur une voiture vert foncé garée à quelques mètres d'eux. C'était celle qu'il avait vue quelques jours auparavant près du Kelly Ingram Park, mais elle était comme transfigurée. De poussiérieuse qu'elle était alors, et Ben se souvenait de la traînée qu'avait fait Teddy en se laissant glisser de la carrosserie, voilà qu'elle brillait doucement malgré la pénombre, et le lustre de ses flancs indiquait à Ben qu'elle avait été lavée, mais aussi soigneusement cirée.

— A qui elle est, cette voiture ? demanda Ben en la désignant d'un coup de menton.

— La verte, là ?

— Ouais.

— C'est celle de Daniels, dit Luther.

Ben revint en un éclair à la lugubre chambre de Kelly Ryan. Il revit la scène comme un tableau de genre et la place de chacun lui parut tout à coup répondre à sa nature profonde et lui avoir été dévolue de toute éternité : certains se tenaient en pleine lumière, entiers dans leurs convictions, tandis qu'un homme attendait en coulisse, silencieux, accroché au rideau.

— Daniels, répéta-t-il à voix basse.

— Ouais, Daniels, répéta Luther d'une voix tonitruante. On dirait qu'y s'est enfin décidé à la briquer un peu.

Ben hocha la tête.

— Je me demande bien pourquoi, dit-il comme pour lui-même.

— Sans doute pour l'enterrement de Breedlove, répondit platement Luther. Après tout, c'était son équipier.

42

L'enterrement de Charlie Breedlove eut lieu en fin d'après-midi dans un petit cimetière des environs de Birmingham. De nombreux voisins étaient présents, mais Daniels et Ben étaient les seuls à représenter le commissariat ; côte à côte sous un érable, ils contemplaient Mme Breedlove et son fils qui pleuraient doucement dans le crépuscule.

— Personne est à l'abri, lâcha Daniels d'un ton lugubre pendant un silence de l'officiant. Tu sais, y a peut-être tout de même du vrai dans ce qu'on dit.

— Quoi ?

— Que c'est les meilleurs qui s'en vont les premiers.

Ben ne répondit pas. Il voyait la femme et le fils de Breedlove qui gardaient les yeux fixés sur la fosse. Il se demanda si Breedlove leur en avait dit long, s'ils soupçonnaient seulement le jeu qu'il avait joué en réalité.

— Tu sais ce qui me chagrine avec toutes ces histoires qu'y a en ce moment ? demanda Daniels tout à trac.

Ben secoua la tête.

— C'est le nombre de gens qui se trouvent pris dans l'engrenage, dit Daniels. Aussi bien des Blancs que des Noirs. Je veux dire, t'as qu'à voir tous ces mômes qui sont bouclés. Putain, Ben, mais y en a les trois quarts qui savent absolument pas de quoi il retourne. (Il inclina un peu la tête sur le côté et se mit à fouiller le sol du bout de sa chaussure.) Et pour Charlie, je me dis qu'on saura jamais vraiment ce qu'il a fait au juste, ni même s'il a fait quoi que ce soit.

— Eh ben, hasarda Ben, on sait au moins ce qui lui est arrivé.

— Ouais, mais on sait pas pourquoi, rétorqua Daniels. Pas avec certitude.

Ben ne répondit pas, et ils en restèrent là jusqu'à la fin de la cérémonie à laquelle ils assistèrent jusqu'au bout sans plus échanger un mot. Quand la dernière prière eut été dite, ils s'approchèrent de Mme Breedlove.

— Je suis de tout cœur avec toi, Susan, dit Daniels d'une voix de circonstance en lui serrant la main ; et il faut que tu saches qu'on va retrouver ceux qui ont fait ça à Charlie et qu'ils le paieront très cher.

Puis il s'effaça vivement pour laisser Ben faire ses condoléances à Mme Breedlove, après quoi ils s'en furent tous deux parmi les tombes vers le chemin de terre qui traversait le cimetière.

En marchant à côté de Ben, Daniels secoua la tête d'un air navré.

— Dis donc, en tout cas, y se sont dépêchés de le mettre dans le trou, ça a pas traîné, dit-il.

Ben hocha la tête.

— C'est le commissariat qui a poussé à la roue, à ce qu'y paraît, ajouta Daniels.

— Comment y-z-auraient fait ça ? demanda Ben.

— En menaçant de pas payer l'enterrement, dit Daniels d'un ton pratique. Tu sais ce que c'est, tout le monde est fauché. Alors comme y voulaient expédier ça vite fait, y-z-ont fait pression.

— Pourquoi ils voulaient expédier ça vite fait ?

— Ecoute, Ben, dans tous les cas de figure, Charlie

est plutôt gênant pour le commissariat. Je veux dire, d'une main, t'as un espion, et de l'autre une victime. Tu vois ce que je veux dire ?

— Une victime ? De qui ?

— De ceux qui voulaient sa peau.

— Les Langley, tu veux dire ?

— Je veux dire tous ceux qui tenaient pas à ce qu'on bave à leur sujet, dit Daniels. Ça pourrait être n'importe qui.

Arrivés à la voiture de Daniels, ils s'arrêtèrent un moment pour contempler la ville dont les toits rabougris se perdaient presque complètement dans la brume.

Le regard de Daniels dériva de nouveau vers la fosse encore ouverte.

— Tu crois que Charlie était vraiment un espion ? demanda-t-il.

— En tout cas, quelqu'un le croyait.

— Tu es sur une piste ?

— Tout le monde a l'air de penser que c'est les Langley qui ont fait le coup, fit Ben en haussant les épaules.

— Et toi ?

— Faut bien.

— T'as trouvé des preuves ?

— Eh ben, l'alliance de Breedlove a pas pu tomber du ciel.

— Ouais, dit Daniels d'un ton lugubre, comme s'il méditait sur le sort de son collègue. Ouais, tu dois avoir raison.

— A moins que ce soit une machination, ajouta Ben d'un ton détaché. Un montage.

— Ça se peut ?

— Tout est possible.

— Ouais, dans un boulot comme le nôtre, je crois bien que t'as raison, dit Daniels avec un rire amer. (Il posa la main sur la poignée de la portière.) Bon, y faut que je retourne en ville.

— T'es de service ?

— Nan, fit Daniels avec un geste de dénégation. Vu que j'étais l'équipier de Breedlove, y m'ont donné congé aujourd'hui. Et toi ?

— J'ai encore des recherches à faire, dit Ben.

Daniels ouvrit la portière et se glissa au volant. Il sortit la tête par la fenêtre, desserra le nœud de sa cravate et poussa un gros soupir.

— Y va me falloir un nouvel équipier, dit-il. Ça te dit ?

— Peut-être.

— Evidemment, personne pourra jamais remplacer Charlie.

— Bien sûr, dit Ben avec un sourire placide en s'écartant de la voiture. (Ses yeux coururent le long de la carrosserie. Daniels avait fait les choses à fond. S'il y avait jamais eu des projections blanches sur la peinture, il ne pouvait en rester aucune trace après le nettoyage à haute pression et le lustrage.) Dis donc, tu l'as drôlement bichonnée, ta bagnole, observa-t-il.

— Ouais, et elle en avait drôlement besoin, répondit Daniels avec un petit gloussement. Tu vois, c'est marrant, Charlie se plaignait toujours de ce qu'elle était dégueulasse et négligée.

L'image de la voiture de Breedlove, une ruine recouverte d'une épaisse couche de grasse poussière urbaine, passa dans l'esprit de Ben.

— C'était l'hôpital qui se fout de la charité, alors ? observa-t-il.

Les yeux de Daniels se braquèrent vers lui.

— Hein ?

— Je veux dire que sa vieille Ford était pas très reluisante.

— Ah ouais, c'est vrai, dit Daniels. C'est marrant,

j'y avais jamais pensé. (Il sourit comme pour lui-même.) En tout cas, je sais qu'y va me manquer. On se voyait pas beaucoup après le boulot, mais dans le travail, c'était un bon camarade.

Ben hocha la tête sans mot dire.

Daniels démarra.

— Bon, ben à plus tard, Ben.

— C'est ça, dit Ben, puis il s'écarta à nouveau de la voiture et monta sur le talus herbeux qui bordait le chemin.

Daniels fit un peu ronfler le moteur, puis passa en première et se mit à rouler.

Ben regarda la voiture s'éloigner dans un nuage de poussière rougeâtre et entendit claquer de petits graviers projetés sous le châssis par les pneus arrière. Il avait entendu le même bruit la nuit où il était allé à la carrière, et il comprit que ce qu'il avait alors entendu, c'était les centaines de grains de glaise blanche humide qui frappaient le châssis de sa voiture. Les pluies diluviennes de la veille devaient avoir suffisamment détrempé le sol pour que ces particules de glaise projetées à la volée sur le châssis y soient restées collées. Il aurait vraiment fallu un lavage forcené pour les éliminer complètement.

*

Patterson décrocha dès la première sonnerie du téléphone.

— Léon, dit Ben d'un ton pressant, j'ai essayé de te joindre toute la soirée.

— J'étais à une réunion d'anciens combattants, dit Patterson. Toi aussi, t'es ancien combattant, je crois ?

— Ouais.

— Tu devrais te joindre à nous ; penses-y !

— Ecoute, Léon, dit Ben. Il faut que tu fasses quelque chose pour moi.

Patterson ne répondit pas.

— C'est important, ajouta Ben.

— C'est un boulot officiel ?

— Ouais.

— De quoi s'agit-il ?

— De Breedlove.

— Je sais pas trop, Ben, dit Patterson d'une voix encore pleine de réticence. Qu'est-ce que tu veux ?

— Je veux que tu appelles Harry Daniels. Tu lui diras que tu as trouvé sur Breedlove quelque chose qui pourrait l'intéresser.

— Comme quoi ?

— Je veux que tu lui dises que les analyses t'ont fait tomber sur un truc dont tu sais pas trop quoi faire. Tu lui dis que c'est au sujet de Breedlove et que tu me fais pas confiance, alors tu préfères t'adresser à son équipier. Là-dessus, tu passes le prendre chez lui. Surtout, arrange-toi pour qu'il monte dans ta voiture. Il faut à tout prix que la sienne reste chez lui.

— Et si y veut pas ?

— Arrange-toi pour qu'il veuille.

— Attends voir, Ben, dit Patterson. Je crois que tu surestimes un peu mes moyens.

— Je peux demander ça à personne d'autre, Léon, dit Ben.

— Et le commissaire, alors ?

— Le problème, c'est la confiance, Léon, martela Ben.

— Tu fais pas confiance au commissaire ?

— Non.

Il y eut un silence, et Ben sentit que Patterson pesait le pour et le contre à l'autre bout du fil.

— J'ai vraiment besoin de ce coup de main, Léon.

— Très bien, dit Patterson. Alors j'appelle Daniels ;

d'accord. Mais qu'est-ce que je vais lui sortir ? Y me faut un pipeau valable.

— T'as qu'à lui parler du pétard qu'on a trouvé dans la conduite d'évacuation, dit Ben. T'as qu'à lui dire que t'as établi qu'il était à Breedlove.

— Mais c'est vrai ? demanda Patterson d'un ton incrédule.

— Il se trouve que oui, dit Ben ; mais c'est pas la question. C'est juste histoire d'avoir quelque chose à lui raconter.

— D'accord, rétorqua Patterson. Mais quand je lui ai balancé tout ça, qu'est-ce que je fais ?

— Tu le ramènes chez lui, répondit Ben. Mais arrange-toi pour t'arrêter quelque part en route et m'appeler chez Daniels.

— T'as son numéro ?

— Ouais, dit Ben, puis il le lui donna. Quand tu appelleras, ajouta-t-il, je ne parlerai pas ; je me contenterai de décrocher, tu me diras où vous êtes et tu raccrocheras.

— D'accord, dit Patterson. J'ai tout pigé.

— Parfait, dit Ben d'une voix précipitée. Et puis écoute bien : je serai garé près de chez Daniels quand tu passeras le prendre. Après, je serai à l'intérieur jusqu'à ton coup de fil. Arrange-toi pour arriver vers huit heures, et laisse-moi au moins une demi-heure. Tu y est ?

Patterson ne répondit pas.

— Léon, tu comprends ce qu'il faudra faire ?

— Ben, est-ce que ça peut être dangereux pour moi ?

— Non.

— Tu es sûr ?

— Certain.

Patterson émit un long soupir chevrotant.

— D'accord, dit-il enfin. A huit heures.

*

Patterson fut d'une ponctualité rigoureuse, et de sa voiture stationnée une rue plus loin, Ben vit Daniels traverser sa petite pelouse, saluer Léon d'un rapide coup de tête et monter en voiture.

Ben attendit que l'auto ait disparu derrière une petite colline avant de se mettre à longer lentement le trottoir de ciment. Arrivé à la clôture du terrain de Daniels, il y pénétra rapidement, puis remonta l'allée d'un pas aussi naturel que possible jusqu'au garage. Il ouvrit la porte sans difficultés et entra. Il resta un moment immobile pour permettre à ses yeux de s'habituer à l'obscurité. L'intérieur du garage lui apparut graduellement, et Ben se fraya un chemin entre les tuyaux d'arrosage emmêlés et les chaises de jardin jusqu'à l'arrière de la voiture de Daniels. Il ne se donna pas la peine d'examiner les ailes ou les pneus, mais passa au contraire directement sous le châssis et tira de sa poche une petite lampe-torche qu'il alluma. Le frêle pinceau de lumière jaune lui révéla des centaines d'éclaboussures de terre blanche dont il détacha un échantillon qu'il glissa dans un sac en papier.

Ben n'eut aucun mal à crocheter la porte de communication qui permettait d'accéder à l'habitation. Il passa dans la cuisine, referma la porte derrière lui et entra dans la salle de séjour.

Daniels avait laissé une lampe allumée. Le téléphone était sous la lampe, et Ben fut pris d'une hésitation, ne sachant par où commencer sa fouille avant le coup de fil de Patterson. Il remarqua des photos de Daniels en uniforme de la Seconde Guerre mondiale, et d'autres, un peu jaunies, qui étaient sans doute celles de ses parents. Un piano droit décati occupait un coin de la pièce et un petit secrétaire lui faisait pendant. Tout avait un air familier et rappelait à Ben sa propre salle de séjour, son vieux tapis et ses meubles de l'Armée du Salut arrangés au petit bonheur.

Il contemplait encore la pièce d'un œil indécis quand le téléphone sonna. Il décrocha aussitôt et porta le combiné à son oreille. Tout d'abord, il n'y eut que le silence, puis il entendit une voix grave et sonore dans laquelle il reconnut le rythme languissant de Bearmatch.

— Banco. A minuit, comme on a dit. Même endroit. Collins avenue. Et ensuite, avant l'aube. GM, trente.

Puis il y eut un déclic métallique, suivi du faible grésillement des communications interrompues. Ben se renversa sur la chaise ; la voix résonnait encore dans son oreille.

Le téléphone sonna une nouvelle fois quelques minutes plus tard. Ben décrocha.

— Je suis au café Smith, dit Patterson. On s'en va.

Ben garda le silence.

— Je raccroche, maintenant, dit Patterson d'une voix tendue. Café Smith. Dans le centre ville. On s'en va tout de suite. On devrait arriver dans une dizaine de minutes.

43

Ben était déjà dans sa voiture depuis quelques minutes quand il vit Patterson se garer devant la maison de Daniels.

Daniels descendit aussitôt et regarda la voiture de Patterson s'éloigner en lui faisant au revoir de la main depuis sa pelouse. Il s'attarda un moment au-dehors ; sa longue silhouette mince était parfaitement visible à la lumière d'un réverbère. Il regarda dans la rue, à droite, puis à gauche, comme s'il s'attendait à ce qu'une autre voiture vienne le prendre, puis il tourna brusquement les talons et rentra dans la maison.

Ben desserra son frein à main et se laissa glisser sans bruit dans la rue en pente douce. Quand il fut suffisamment descendu pour voir l'allée de Daniels, il s'arrêta, prit une cigarette et se mit à attendre. Il ne cessa de bombarder pendant l'heure qui suivit, si bien que le paquet fut bientôt vide. L'habitacle était plein d'une épaisse fumée bleue malgré les fenêtres ouvertes, et il était périodiquement obligé de se pencher un peu en avant et de la chasser de la main pour continuer à voir la maison de Daniels.

En attendant, Ben se répétait sans cesse le message qu'il avait intercepté : Collins avenue. A minuit. Et ensuite, avant l'aube, GM, trente.

Collins avenue est une longue artère peu peuplée qui

serpente d'un bout à l'autre de la ville, depuis la gare de triage située aux confins de Bearmatch jusqu'aux grandes pelouses de Mountain Brook. Les gens pressés l'empruntent parfois pour traverser la ville en évitant les boulevards plus commerçants et donc plus encombrés. En dehors de ça, on n'y passe guère, et c'est un des rares vestiges des rues que les avenues bien entretenues desservant le centre des affaires ont remplacées depuis longtemps. Ben s'efforça de reconstituer Collins avenue centimètre par centimètre dans son esprit ; elle descendait des hauteurs ombragées de Mountain Brook et traversait des bois presque déserts, puis les taudis de Bearmatch, avant de s'arrêter en cul-de-sac devant la palissade de la gare de triage.

Il reporta ensuite son attention sur la deuxième partie du message pour s'efforcer de déterminer le lieu du second rendez-vous. GM, avant l'aube. Il savait qu'il y avait une usine General Motors dans la banlieue de Birmingham, et il lui apparut que c'était probablement l'endroit où Daniels devait se rendre. Mais qui devait-il y rencontrer, et pourquoi ?

Ben retournait encore la question en tous sens lorsque les feux arrière de la voiture de Daniels s'allumèrent tout à coup. Il se pencha vivement en avant et garda les yeux rivés sur les petites lanternes rouges jusqu'à ce que la voiture de Daniels soit sortie dans la rue en marche arrière. Elle partit vers le nord et disparut dans un tournant.

Ben regarda sa montre. Il était minuit moins le quart. Il démarra précipitamment et se lança à sa poursuite. Arrivé au virage, il constata que la voiture de Daniels était à nouveau dans son champ de vision. Elle roulait lentement, comme pour une promenade nocturne.

Elle continua à faire route vers l'est jusqu'à Collins avenue. Elle s'y engagea dans la direction de Mountain Brook. Il n'y avait presque pas de circulation et Ben n'eut aucun mal à suivre la voiture de Daniels. *Comme on a dit.* Le coup de fil n'était qu'une confirmation. Daniels connaissait déjà le lieu et l'heure du rendez-vous. Ben le suivit de loin et resta en feux de position jusqu'à ce qu'ils eussent laissé derrière eux les lumières de la ville et que Collins avenue se fut transformée en une route étroite, mal entretenue et pratiquement déserte qui serpentait dans la partie la plus boisée de la ville.

Daniels ralentit sensiblement son allure tandis que le bois s'épaississait autour de lui et Ben en fit autant, s'efforçant de rester aussi loin que possible sans se laisser semer pour autant. Plus loin, il vit les feux stop s'allumer et la voiture de Daniels quitta la route pour s'arrêter près d'une table de pique-nique isolée.

Une profonde rigole creusait la route là où Daniels avait tourné et Ben ralentit un peu pour la franchir ; il fit encore quelques centaines de mètres puis tourna dans un chemin, s'arrêta et descendit de voiture. Il s'enfonça un peu dans le bois afin de ne pas être vu depuis la route et se dirigea vers la table de pique-nique.

Daniels y était assis les jambes croisées et fumait tranquillement une cigarette. Les ténèbres étaient très épaisses mais le bout incandescent de la cigarette éclairait faiblement le visage de Daniels. Pendant un moment, ce fut la seule lumière visible, mais une autre voiture apparut bientôt ; elle roulait lentement et venait du centre-ville. Elle ralentit en approchant de la rigole, la franchit et vint se garer derrière celle de Daniels qui fut un instant baignée d'une faible lumière argentée.

Daniels ne broncha pas. Il continua à fumer nonchalamment, tourné vers la voiture.

Un homme de haute taille en descendit et s'approcha de Daniels. C'était un colosse, et Ben reconnut sa voix dès qu'il ouvrit la bouche. C'était celle qu'il avait entendue au téléphone chez Daniels, une heure auparavant.

— Tout s'est bien pa-passé, on dirait, dit l'homme.

— Comme dans du beurre, répondit Daniels. C'est Teddy qui va morfler pour Breedlove.

— Tu t'es servi de l'alliance ?

— Ouais, dit Daniels. Mais j'ai même pas eu besoin de tuyauter qui que ce soit. Quelqu'un d'autre est tombé sur la planque de Langley.

— Qui-qui ça ?

— C'est pas tes oignons, dit sèchement Daniels. T'as bien assez à faire de ton côté. Tout est prêt ?

— On a cru que c'était gri-grillé.

— A cause de la gosse ?

— Hin hin, dit l'homme. (Il gloussa doucement.) M-mais on a arrangé le coup.

Daniels cracha par terre.

— Ouais, vous avez arrangé le coup, singea-t-il. Même que vous avez bâclé ça comme des salauds.

— Peu-peut-être, mais on était drôlement à la bourre, aussi, fit l'homme d'une voix glaciale.

— N'empêche qu'y commence à y avoir un peu trop de maccabs dans cette affaire, dit Daniels en écrasant sa cigarette sur la table en ciment. Y devait y en avoir que deux, tu te souviens ? Un chacun, pour être à égalité. (Il secoua la tête.) A partir de maintenant, si on fait des trucs ensemble, faut y aller mollo. J'ai beaucoup de projets et je peux pas passer ma vie à recoller les morceaux de ce genre de gâchis.

— T'as les foies ?

— Tu m'as pas regardé ?

— Non, mais c'est co-comment tu causes, dit l'homme, pour la fille et tout ça.

Daniels fit un geste vague de la main, déjà las de discuter.

— De toute façon, la fille, c'est pas mes oignons, dit-il. J'y suis pour rien et je veux pas m'en mêler.

Il jeta un coup d'œil inquiet autour de lui et Ben se tapit dans les épais fourrés. Il régnait un puissant parfum de chèvrefeuille et Ben entendait un bruissement d'eau, comme s'il y avait eu une petite cascade non loin de là.

— Ce que je vois, c'est que j'ai fait ma part, reprit Daniels d'un ton sec. A vous d'en faire autant. Le reste, je te répète que c'est pas mes oignons. Je veux pas m'en mêler.

L'homme sortit une enveloppe de la poche de sa veste.

— Ça, pa-par contre, je suis sûr que c'est tes oignons, persifla-t-il en agitant l'enveloppe entre ses doigts pour le narguer. Je pa-parie que tu veux bien t'en mêler, de ça.

Daniels hocha la tête.

— Eh bien, vas-y, alors, dit l'homme en lui tendant l'enveloppe.

Daniels la lui arracha d'un geste vif.

— Ce n'est qu'un début, dit-il. On va pouvoir se faire des couilles en or à Bearmatch, sans toutes les merdes qu'y a eu ces derniers temps.

— Des deux cô-côtés de la barricade, dit l'homme.

— Exactement.

— A pro-propos, dit l'homme, où qu'y sont, les gars de la Black Cat ? Faut que je sache ce qu'y trafiquent. (Il rit doucement.) Au moins pour cette nuit, pas vrai ?

— Teddy est en taule, dit Daniels, et pour un bon bout de temps.

— Ah ouais, dis donc, tu l'as drô-drôlement soigné, hein ?

— Et l'autre est suspendu de ses fonctions, conclut Daniels d'un ton cassant.

— On s'en fout, de-de l'autre, dit l'homme. Y

compte pour du beurre. C'est un pe-petit branleur qu'a rien dans le ci-citron.

— Eh ben, Teddy est lessivé, dit Daniels. Y vous emmerdera plus. (Un sourire sarcastique se peignit sur son visage.) Alors, je me suis pas foutu de vos gueules ?

— T'as fait co-comme t'avais dit.

— Mais de votre côté, poursuivit Daniels, on ne peut pas en dire autant.

— Te-te fait pas de bile, assura l'autre. Ça sera fait.

— Y a intérêt, menaça Daniels. Après un coup pareil, le préfet sera grillé. Y pourra jamais se maintenir à la tête de la police quand ça va péter. Le nouveau maire passera les doigts dans le nez, et il aura besoin de quelqu'un pour s'occuper de la police.

— Et toi tu l'attendras au tournant, la gueule enfarinée, compléta l'homme.

— Tout juste, dit Daniels. Vous, vous serez débarrassés de votre problème, et moi je serais le nouveau préfet. (Il baissa les yeux sur l'enveloppe et sourit.) Avec un petit magot dans la poche.

— Ce que t'es ma-malin, dit l'autre. T'es peut-être le Blanc le plus malin que j'aie ja-jamais rencontré.

Daniels examina le contenu de l'enveloppe. Tout à coup, il releva la tête.

— Y manque cinquante sacs, dit-il d'un ton tranchant.

— Tu sais bien qu'on a eu des frais.

Daniels se leva.

— Et toi, tu sais bien que c'est pas mes oignons.

— C'est toi qu'as choi-choisi l'endroit, dit l'homme d'un ton menaçant. C'est ça qui nous a foutus dedans.

— Arrête tes conneries, aboya Daniels. Regarde autour de toi. C'est l'endroit idéal. C'est tout de même pas de ma faute si cette petite pisseuse nous est tombée dessus sans crier gare.

— On au-aurait pu descendre un peu plus au sud, dans la Black Belt.

— Ouais, c'est ça qu'aurait été du joli, fit Daniels avec un rire sarcastique. Non, mais tu nous vois, gentiment assis sur notre banc à discuter avec tous ces vieux bouseux en train de tailler leur bout de bois autour de nous ?

— N'empêche qu'on a eu des frais, dit l'homme.

Un mouvement spasmodique vint agiter la jambe de Daniels.

— On a fait un marché, vous et moi. Y avait quelqu'un qui vous pompait l'air, et moi aussi, j'avais quelqu'un qui me pompait l'air. C'était censé être un échange de bons procédés.

L'homme ne répondit pas.

— Maintenant, ce que je vois, dit Daniels, c'est que votre problème est liquidé, tandis que le mien est toujours de ce monde.

— Pa-pas pour longtemps, dit l'homme. Je t'ai dit que ce sera ré-réglé avant demain matin.

— Ecoute, dit Daniels en se levant, j'ai rempli mon contrat. Putain, j'ai même fait plus que ça : j'ai gratté le truc dont vous aviez besoin pour vous occuper de la fille. J'étais pas obligé. Mais moi, sympa, je pouvais, alors je vous l'ai passé. (Il prit une profonde inspiration.) Alors maintenant, je veux mon blé.

Les deux hommes restèrent un long moment face à face à se dévisager dans un silence glacial; puis l'hercule s'esclaffa bruyamment.

— Bien sûr, t'as-t'as raison, dit-il sans cesser de rire. Passe-moi l'enveloppe, je vais te le chercher. C'était juste pour rigoler. Je mets ce qui-qui manque et je te la rends.

Daniels lui tendit l'enveloppe à contrecœur et le surveilla attentivement tandis qu'il montait dans sa voiture.

— Voilà, dit l'homme au bout d'un moment.

Ben regarda dans la voiture et vit une mince enveloppe blanche qu'on agitait dans les ténèbres.

Daniels s'approcha de la voiture.

— Si t'es réglo, la ville sera à nous un de ces jours. (Il éclata d'un rire froid.) Tu dois avoir pigé que c'est pratique d'avoir un ami haut placé.

— Tu m'étonnes, fit l'autre joyeusement. C'est su-super.

Daniels se pencha en avant et tendit la main vers l'enveloppe. Tout à coup, un sifflement bref déchira l'air. On aurait dit le bruit d'un jet d'eau à haute pression. Daniels recula en trébuchant, les mains crispées sur la poitrine. Il y eut encore un sifflement, accompagné cette fois d'une petite flamme orange, et le visage de Daniels bascula vers la lune qui le baigna de ses rayons argentés tandis qu'un flot de sang jaillissait de son front.

L'espace d'un instant, Ben resta sur place, tétanisé. Puis il retrouva la maîtrise de ses membres et bondit hors de sa cachette, sortit son pistolet et se rua en avant parmi les fourrés. Les phares de la voiture transpercèrent l'épaisse ramure du sous-bois comme elle en sortait à toute allure en marche arrière dans un nuage de poussière. Elle s'éloigna dans un crissement de pneus presque aussi aigu et déchirant que le dernier cri de Daniels.

44

— Qu'est-ce que tu as entendu au juste ? demanda Luther.

— Je vous l'ai déjà dit, répondit Ben en secouant la tête.

Luther le foudroya du regard.

— On m'a buté deux flics en à peine plus de jours, Ben. Alors maintenant, je veux des résultats, bordel de merde !

— Ils parlaient d'un marché, dit Ben avec lassitude.

Il jeta un coup d'œil à l'horloge accrochée au-dessus du bureau de Luther. Il était presque trois heures du matin, et depuis deux heures qu'il était assis dans le bureau étriqué, il avait dû répéter son histoire au moins vingt fois.

— Mais t'as pas réussi à piger ce que c'était ? demanda Luther.

— Ils avaient l'air de dire qu'on avait payé Daniels pour faire plonger Langley.

— Pour l'assassinat de Breedlove ?

— Je crois.

— Et c'est tout ?

— L'assassinat de Breedlove ne constituait que la moitié du marché, celle qui concernait Daniels, dit Ben. L'autre n'avait pas encore rempli son contrat.

— Et ce contrat, t'as pas idée de ce que ça pourrait être ?

— Tout ce que je sais, c'est que ça va se faire avant demain matin, dit Ben. Peut-être à l'usine General Motors.

— Les locaux sont cernés, dit Luther.

— Mais c'est peut-être ailleurs, continua Ben. Tout ce qu'il a dit, c'est « GM. Avant l'aube. »

Effondré dans un coin de la pièce, le préfet fixait Ben d'un œil inquisiteur en mâchonnant son cigare. Ses yeux étaient gonflés de sommeil, mais lorsqu'il bougeait, c'était par mouvements vifs et saccadés, comme si toute sa fatigue avait été concentrée dans ses yeux.

— Et alors l'autre, vous dites que c'était un Nègre ?

— Oui.

— Qu'est-ce qui vous permet d'affirmer ça, inspecteur ?

— Sa voix.

— Il y a beaucoup de gens qui bégaient, observa Luther.

— C'est pas le bégaiement.

— Alors il a dit des mots d'argot noir ?

— Non, c'est sa voix elle-même, dit Ben en secouant la tête.

— Alors peut-être que c'était pas du tout un Nègre, si ça se trouve, dit le préfet. Vous avez pas vu sa figure, je veux dire ?

— Il faisait trop noir.

— Evidemment, dit le préfet. (Il réfléchit un moment, puis se tourna vivement vers Luther :) Est-ce qu'il y a des Noirs au FBI ?

— Je ne sais pas, dit Luther en haussant les épaules.

— Pasque si ça se trouve, tout ça, c'est un coup monté de A à Z, poursuivit le préfet. (Il se tourna vers Ben.) On peut imaginer que c'était Daniels l'espion, en fait, et qu'il a tué Breedlove pour se couvrir.

Ben garda le silence.

Le préfet leva lentement les yeux au plafond.

— Peut-être qu'y bossait pour le FBI depuis le début ; ou alors pour le Ministère de la Justice, c'est pareil. Ceux-là, tout ce qu'y veulent, c'est nous faire passer pour une horde de brutes assoiffées de sang. (Il retira son mégot de cigare de sa bouche et souffla une épaisse colonne de fumée dans l'atmosphère déjà irrespirable de la pièce.) Et Dieu sait qu'y-z-aimeraient bien me faire sauter. (Il sourit à la pensée de sa propre clairvoyance.) Comme ça, y feraient d'une pierre deux coups, tu piges ? Y-z-auraient la peau de Langley et la mienne en rab. C'est ça qui les ferait jouir. (Il se tourna vers Luther.) Qu'est-ce que vous pensez de cette hypothèse, commissaire ?

— C'est une possibilité, convint Luther.

Le préfet se remit à mâchonner son cigare dont le bout pointait crânement vers le haut.

— Et vous, inspecteur ?

— Je ne sais pas, dit Ben en haussant les épaules.

— Eh ben je vais vous dire une bonne chose, dit le préfet. Si y se figurent qu'y vont me virer de mon fauteuil, y vont pas tarder à comprendre leur douleur. (Il replongea un moment dans ses pensées, puis écrasa tout à coup son cigare dans le petit cendrier du bureau.) Et le nouveau maire ; encore un qui voudrait bien me voir sauter. Peut-être que Daniels a mijoté tout ça avec lui et sa clique.

Ben ne répondit pas.

Le préfet leva un doigt trapu en l'air.

— Alors voilà le tableau : y a le FBI, le palais de justice et la nouvelle municipalité qui ont rien de plus pressé que de me faire gicler pour me piquer ma place ou y mettre un de leurs larbins. (L'effronterie d'un tel projet le fit grimacer.) Tout ça pour dire qu'y faut serrer les fesses, les gars.

— Oui, Monsieur, dit Luther avec empressement.

Le préfet s'approcha de Ben et lui posa la main sur l'épaule.

— Rentrez vous coucher, inspecteur, dit-il. C'est tout pour cette nuit. (Il s'esclaffa.) Même les meneurs nègres sont peinards au Gaston, bien bordés dans leurs lits. (Il rit de plus belle.) Y se refont une santé pour mieux nous emmerder demain.

Ben hocha la tête.

— Et surtout, vous cassez pas trop le bonnet pour toutes ces conneries, ajouta le préfet d'un ton paternaliste. Dites-vous bien ce que se disent tous ceux qui arrivent à faire de vieux os dans le métier : vous êtes encore verni de pas y être resté.

*

Ben ne se sentait pas particulièrement verni, et en tirant sur son col, affalé sur la balancelle dans l'épaisse obscurité de la nuit d'été, il sentait confusément que ses jours au service de la police étaient comptés. Il se creusa la tête un long moment pour chercher un autre métier qui pourrait lui convenir. Il ne serait pas le premier à quitter la police, mais l'exemple de ses prédécesseurs n'était guère encourageant ; certains finissaient dans la peau d'un détective d'hôtel adipeux ou d'un vigile de club sportif ; d'autres qui ne pouvaient plus se passer de la perpétuelle animation de la rue devenaient routiers et convoyaient à longueur d'année des tonnes d'acier, de nourriture ou de couches-culottes d'une côte à l'autre. Il devait tout de même y avoir de meilleures façons de gagner son bœuf.

Il tua un moustique et alluma une cigarette. Il savait que la fumée les éloignerait, aussi tira-t-il plusieurs grosses bouffées qu'il laissa échapper de façon continue tout en tournant lentement la tête de part et d'autre jusqu'à former un épais nuage autour de lui. Ça lui rappela les volutes de gaz lacrymogène qu'il avait vues s'élever la veille au-dessus de la tête des manifestants. Encore une chose qui n'était pas mentionnée dans le contrat qu'il avait passé avec la police lorsqu'il s'était engagé en 1949, pas plus que la violence qui se donnait libre cours depuis quelques jours tant en ville qu'à la campagne ou dans la tête de quelques psychopathes haineux. Surtout, comprit-il tout à coup, il ne s'était pas engagé à mal faire, ni à tolérer qu'on lui demande ou qu'on lui ordonne de faire quelque chose de mal. Il revit le premier petit garçon qu'il avait piloté à travers le parc et poussé dans un bus scolaire. Il ne s'était jamais engagé à s'exposer au regard que le gosse lui avait alors lancé.

Incapable de tenir en place, il se leva, vint au bord du perron et s'appuya contre le vieux pilier de bois en dépit d'un grincement de mauvais augure. Il se mit à regarder de l'autre côté de la rue, puis au-dessus de la maison de M. Jeffries, vers les lumières clignotantes de l'hôtel Tutweiler. Il n'y en avait pas beaucoup d'allumées. Presque tout le monde dormait. Il lui sembla que la ville entière dormait, même les dirigeants du mouvement des droits civiques bien bordés dans leurs lits au cœur du quartier noir, comme l'avait dit le préfet. Ils pouvaient dormir plus paisiblement que quiconque à Birmingham : ils faisaient leur devoir. Leur âme était pleine de grands desseins ; et même d'un point de vue pratique, ils n'avaient pas de souci à se faire : le Gaston Motel était en plein cœur du quartier noir, hors d'atteinte des communautés blanches qui l'entouraient. Seuls d'autres Noirs pouvaient les approcher, de sorte qu'au moins jusqu'au matin, ils étaient...

Ses doigts se crispèrent sur le frêle poteau de soutènement et il se retrouva tout à coup dans le bois obscur qui bordait Collins avenue. La grave voix noire de l'interlocuteur de Daniels s'engageant à honorer leur accord résonna de nouveau à ses oreilles : *GM, avant l'aube. Trente.* Ce fut comme si une lame d'acier glacé le traversait de part en part.

GM.

Gaston Motel.

Il se rua à l'intérieur et appela le Gaston Motel.

Le réceptionniste répondit d'une voix endormie.

— Dans quelle chambre est King ?

— Quoi ?

— Dans quelle chambre est King ?

L'homme ne répondit pas.

— Tu vas jacter, nom de Dieu !

Silence.

Ben se rappela d'un seul coup que sa voix était celle d'un Blanc ; d'un Blanc hystérique. Il la radoucit aussitôt.

— Je vous en prie, reprit-il. C'est important. Il faut que je sache.

Le réceptionniste raccrocha.

Ben frappa entre les fourches pour obtenir à nouveau la tonalité, puis il appela le commissariat central. Ce n'est qu'à la deuxième sonnerie qu'il se rendit compte qu'il n'y avait là-bas personne à qui il pût se fier. Il abattit rageusement le combiné sur les fourches et se rua au-dehors, laissant la porte ouverte derrière lui.

Au volant de sa voiture, il démarra et appuya à fond sur le champignon. Les pneus arrière patinèrent follement et la voiture bondit en avant dans un crissement assourdissant. Il resta pied au plancher. Les masses sombres des maisons défilaient de part et d'autre de l'auto, indistinctes et floues. Il sentait le vent de la course s'engouffrer dans la voiture en le décoiffant et en faisant claquer les manches de sa chemise.

La lumière sourde de la falote enseigne au néon du Gaston Motel lui fonça dessus comme il s'en approchait à toute vitesse et s'engageait dans l'allée menant au bâtiment. Sammy McCorkindale sommeillait au volant d'une voiture de patrouille à quelques mètres de l'allée gardée par un homme seul qui tripotait un émetteur-récepteur.

C'était Leroy Coggins ; il leva des yeux ébahis vers l'auto qui fonçait sur lui et s'arrêtait in extremis dans un grand crissement de freins.

— Dans quelle chambre est King ? rugit Ben en descendant de voiture.

Coggins le considéra d'un air ébahi.

— Qu'est-ce que tu fais là ?

— Est-ce qu'il est chambre trente ? poursuivit Ben en le saisissant au collet.

— Tu crois peut-être que je vais te le dire ? rétorqua furieusement Coggins dont les yeux se plissèrent sous l'effet de la colère.

Ben le secoua violemment.

— Est-ce que King est chambre trente ?

La colère reflua des yeux de Coggins.

— Ecoute mec, je peux tout de même pas...

Ben lui arracha la radio des mains et appuya sur la commande d'émission.

— Faites sortir King ! Evacuez la chambre trente !

Il rendit le poste à Coggins.

— Va vérifier que tout le monde sort, Leroy, demanda-t-il fébrilement.

Coggins recula et porta à sa bouche sa main crispée sur l'émetteur.

— Faites sortir tout le monde ! hurla-t-il en courant vers le motel.

Ben retourna dans la rue pour regarder la façade de béton brut. Il vit des silhouettes se démener sur le palier extérieur du deuxième, et même de là où il était, il les entendit frapper du poing aux portes et pousser des cris affolés.

Il jeta un coup d'œil à la voiture de police : McCorkindale était toujours dans les bras de Morphée.

Quand il se retourna vers le motel, le deuxième palier était désert et il vit plusieurs personnes qui descendaient l'escalier quatre à quatre et sortaient sur le parking.

Un grand éclair blanc accompagna l'explosion. Les gens qui s'étaient réfugiés sur le parking se jetèrent au sol et certains se glissèrent sous les voitures pour échapper aux éclats de verre et de béton qui retombaient sur eux. Le souffle avait arraché la porte du trente de ses gonds ; elle bascula sur la rampe métallique du palier et tomba dans le pare-brise d'une voiture garée en dessous.

Le parking s'emplit presque aussitôt d'une foule compacte. Ils restaient immobiles, comme foudroyés, tandis que l'éclair blanc se fondait en un rideau de flamme oranges. Un silence étrange plana un moment. et on n'entendit plus que les flammes crépiter. Puis tout à coup, des cris déchirèrent l'air en même temps que de nombreuses sirènes se faisaient entendre au loin. Quelques minutes plus tard, des voitures de police se mirent à tourner le coin de la rue sur les chapeaux de roues, suivies de camions de pompiers.

Ben traversa la chaussée et vit que les gens qui étaient sortis au moment de l'explosion se regroupaient en poussant des cris vengeurs et commençaient à lancer des pierres et des bouteilles aux policiers et aux pompiers, comme si le petit hôtel qui flambait dans la nuit était tout à coup devenu le dernier bastion de leur mouvement et qu'ils s'apprêtaient à le défendre jusqu'au dernier. La police s'avança sous une pluie de projectiles, matraque en main. Derrière eux, en rangs, les gendarmes attendaient leur signal.

Il ne se fit pas attendre, et Ben regarda sans y croire les gendarmes qui se ruaient sur la foule en tirant des grenades de gaz lacrymogène. Les émeutiers résistaient de toutes leurs forces et se battaient pied à pied en battant lentement en retraite, s'arrêtant pour hurler des injures et lancer des briques, des bouteilles et des bouts de planches sur leurs assaillants. Les gendarmes avançaient cependant inexorablement, repoussant la foule vers le mur du motel en flammes. Ils se vengeaient avec une violence inouïe sur ceux qui restaient en arrière ; ils les jetaient à terre et les rouaient de coups avant de les embarquer sans connaissance dans les paniers à salade. Les vagues d'assaut se succédèrent sur le parking jonché de débris pour attraper les combattants déjà étourdis par les gaz ou les coups de matraque et leur donner un dernier coup dans le ventre ou sur la tête.

Silencieux, à moitié dissimulé par un arbre, le visage animé par les lueurs du brasier, Ben se concentrait de toutes ses forces sur l'origine de tout cela ; il remâchait chaque mot prononcé par l'homme qui s'était entretenu avec Daniels dans l'obscurité et retournait en tous sens l'accord dont ils avaient parlé : une vie pour une autre, King en échange de Langley. Pour King, les motifs étaient évidents. Mais pour Langley ?

Coggins le rejoignit au bout d'un moment, sale et déguenillé, brisé de fatigue.

— Regarde-moi ça, dit-il en désignant d'un coup de menton les ruines fumantes de l'hôtel.

— Ils en construiront un autre, dit Ben.

— C'est toute la ville qui est en train de faire faillite, dit Coggins. Tout le monde en souffre. Les affaires des Noirs en pâtissent autant que celles des Blancs. (Il secoua la tête.) Même les clandés sont vides.

Ben sentit que la lumière se faisait tout à coup dans son esprit.

— Oui, dit-il.

— Quoi, oui ? fit Coggins en se tournant vers lui.

Mais Ben n'était déjà plus là.

45

Les premiers feux de l'aube s'allumaient à peine à l'horizon quand Ben se gara au bord du trottoir non loin de la maison. Il descendit sans bruit et fourra l'enveloppe qu'il avait achetée dans un magasin ouvert la nuit dans sa poche de pantalon ; il gagna ensuite l'arrière de la voiture et ouvrit le coffre. Le petit démonte-pneu de métal noir était posé sur des chiffons pleins de cambouis, aussi l'essuya-t-il soigneusement avant de le coincer au creux de ses reins. Il ôta enfin sa veste et la jeta dans le coffre qu'il referma.

L'homme qui était assis sur le perron se releva vivement en voyant Ben s'engager dans l'allée. Il se planta sur ses pieds bien écartés et attendit, les yeux baissés sur le visiteur.

— Je pensais trouver Gaylord, dit Ben d'un ton léger.

L'homme garda le silence.

— C'est pas Gaylord qui monte la garde ici, d'habitude ?

— Gaylord y ga-garde rien du tout, répliqua l'autre d'une voix grave et un peu chantante que Ben aurait reconnue même sans le bégaiement.

— Et toi, comment tu t'appelles ?

— D-douglas.

— Moi c'est Wellman, dit Ben. Je viens voir M. Jolly.

— C'est p-pour quoi ?

— Pour affaires.

— Ben, c'est que d'ha-d'habitude on reçoit pas à cette heure-ci.

— Il a peut-être envie de me voir, dit Ben avec un sourire caustique.

— Pourquoi ça ? demanda l'homme en s'esclaffant.

— Parce que c'est moi qui remplace Teddy Langley à Bearmatch, dit Ben d'une voix ténue et vaguement menaçante. Alors je me suis dit que ça serait une bonne idée de rencontrer l'homme dont tout le monde me dit que c'est le taulier de ce coin de Bearmatch.

— Alors v-vous êtes de la police ?

— C'est ça, dit Ben ; il se tapota l'aisselle. C'est pour ça que je porte ce truc-là. (Il sourit.) Je suis censé toujours le garder avec moi, même en dehors du service.

— Le truc, c'est qu-que M. Jolly veut pas qu'on l'approche avec un pétard.

Ben haussa les épaules.

— Ça se défend. (Il écarta le bras du corps.) Prends-le.

L'homme fit un pas en avant et prit le pistolet de Ben dans son étui.

— Drôlement bien équilibré.

— Et je me démerde pas mal avec, en plus, dit Ben d'un ton léger. Mais je crois que j'aurai pas beaucoup à m'en servir dans le quartier.

L'homme eut un sourire ravi.

— A-alors ça, c'est une bonne nouvelle. M. Jolly, y va être content de savoir ça. Pasque les gars de la Black Cat, y lui ont drôlement donné du fil à retordre.

— Ouais, je sais, dit Ben. C'est vraiment moche. Mais y sont hors circuit, maintenant.

— Ça-ça aussi ça fera plaisir à M. Jolly.

— J'en étais sûr, dit Ben. Et franchement, je le

comprends. (Il piétina discrètement.) Evidemment, y faut qu'on discute un peu, lui et moi. (Il regarda nonchalamment autour de lui.) Et je me suis dit que je ferais mieux de passer maintenant qu'en plein jour.

— Ça c'est b-bien vu, convint l'homme. (Un grand sourire s'épanouit sur son visage et ses dents brillèrent à la lumière de la lanterne.) Bougez pas. Je vais dire à M. Jolly que vous êtes là.

Ben gravit les marches tandis que l'homme disparaissait à l'intérieur. Il s'assura prestement que le démonte-pneu était bien en place et garda les doigts posés dessus jusqu'au retour de l'homme.

— C'est bon, dit l'homme en ressortant. M. Jolly, y veut bien vous recevoir.

— Merci, dit Ben.

L'homme fit un pas de côté pour laisser passer Ben.

— Après toi, dit Ben poliment.

L'homme remercia d'un petit coup de tête et se tourna vers la porte.

Le démonte-pneu l'atteignit exactement là où Ben l'avait voulu et il s'effondra comme une masse sur les planches du perron avec un bruit sourd ; un flot de sang s'écoula de sa nuque et macula le col de sa chemise. Ben lui tomba aussitôt à califourchon sur le dos et lui passa les menottes. L'homme émit un petit grognement mais ne reprit pas connaissance. Sa respiration était faible mais régulière, et en l'enjambant pour se diriger vers le bureau de Jolly, Ben n'était pas loin d'espérer qu'il ne respire plus du tout quand il reviendrait.

Quand Ben entra dans la pièce, Roy Jolly était assis à son bureau. Il était vêtu d'une veste d'intérieur rouge vif beaucoup trop grande pour lui. Un énorme miroir à cadre doré était suspendu derrière lui et Ben y surprit son propre reflet en s'approchant du bureau ; ses vêtements étaient fripés et boueux et son visage si vieux et si usé qu'il eut du mal à se reconnaître.

— Douglas me dit que tu remplaces les gars de la Black Cat, dit Jolly.

Ben acquiesça.

Y-z-ont été écartés, hein ?

— Oui.

Jolly resta impassible. Sa voix resta presque complètement neutre, cassante comme un vent sec dans les roseaux desséchés.

— Qu'est-ce tu me veux ?

— On m'a dit que c'était vous le taulier, à Bearmatch.

— Chuis dans les affaires, corrigea Jolly avec modestie. Un homme d'affaires, y doit s'intéresser à tout ce qui se passe. (Une de ses paupières s'abaissa légèrement.) Y doit garder un œil sur la caisse, pas vrai ?

Ben ne répondit pas.

— Çui-là qui perd quèque chose, c'est qu'il a bien voulu le lâcher, pas vrai ?

— Sauf la vie, dit Ben. Je ne crois pas que Daniels était pressé de la perdre.

Jolly inclina légèrement la tête sur le côté.

— Qu'est-ce tu veux, Monsieur Blanc ? demanda-t-il.

Ben le dévisagea sans mot dire.

— Çui qui m'arrange, je l'arrange aussi, dit Jolly. C'est comme ça que ça marche en ce bas monde. C'est pas le paradis. (Il eut un petit rire.) Plutôt l'enfer, si tu veux mon avis. Plutôt l'enfer. (Il se pencha un peu en avant et ses petits yeux bruns se fichèrent dans ceux de Ben.) Pourquoi y t'ont collé à Bearmatch ?

— C'est moi qui ai voulu, répondit Ben.

— Comme les gars de la Black Cat, dit Jolly. Y-z-ont débarqué ici, et y se sont mis à faire leur cirque. Moi j'ai dit d'accord, faites vos conneries, je vous cherche pas la merde. (Il agita vers Ben un doigt menaçant.) Ça va un moment,. Je laisse pisser un peu, le temps que ça se passe. Qu'y comprennent tout seuls. Et alors on peut s'arranger.

— S'arranger comment ?

— Donne-moi ce que t'as, t'auras ce que j'ai, dit Jolly avec un sourire gamin.

— Mais les Langley voulaient pas s'arranger.

— Non, pas moyen de s'arranger avec ces gars-là, dit Jolly. Et tu sais pourquoi ? Pasque le fric des Nègres, y voulaient pas en entend' causer. (Il s'esclaffa au souvenir d'une telle stupidité.) Alors que le fric, il est que d'une seule couleur. Il est pas blanc. Il est pas noir. Il est vert et pis c'est tout. (D'un petit geste de la main, il fit signe à Ben d'approcher.) Viens dans la lumière, dit-il. Je te connais.

Ben vint au bord du bureau et la lumière rouge de la lampe qui y était posée vint éclairer son visage.

— Ah, ouais, fit Jolly d'un ton léger. T'es déjà venu. Tu voulais des tuyaux sur la petite gosse.

— C'est ça.

— Alors, t'as eu le fin mot de l'histoire ?

— Je crois, dit Ben. (Il marqua un temps, puis ajouta :) Collins Avenue.

Jolly le dévisagea sans broncher :

— Tu y étais cette nuit.

— Ouais.

— T'étais dans la combine avec Daniels ?

— Non.

— Alors qu'est-ce tu foutais là ?

— J'étais sur une autre affaire, dit Ben.

Jolly haussa les épaules.

— Je m'en fous de ce que t'as pu voir, dit-il. T'as bien fait de venir me trouver. Tu repartiras pas mécontent.

Ben le dévisagea sans mot dire.

Jolly se renversa un peu dans son fauteuil.

— Qu'est-ce qu'y peut te donner qui te plairait, le

vieux Roy-Joy ? Tu veux une petite poule pour toi tout seul ? J'en ai des tas. Rien que des canons, et bien chaudes.

Ben ne répondit pas.

— Du blé, alors, reprit Jolly. Ça aussi, j'en ai un max.

— La dernière fois que je suis venu, dit Ben, vous m'avez dit que vous aimiez bien traiter avec les gens face à face. Vous vous souvenez ?

— J'ai rien besoin de me souvenir, dit Jolly. Je connais le monde comme si je l'avais fait.

— Et c'est bien ce qui s'est passé un dimanche après-midi, poursuivit Ben. Vous avez rencontré Harry Daniels sur Collins Avenue.

Jolly le dévisageait toujours, imperturbable.

— Vous avez traité avec lui face à face, comme toujours, continua Ben. Vous ne pensiez pas être dérangés. Mais une voiture est passée sur la route. C'était une Lincoln bleu foncé. Il y a une rigole en travers de la route, alors elle a été obligée de ralentir pour la passer. Dans la voiture, il y avait une petite fille. Vous l'avez vue, mais surtout, elle, elle vous a vu. Comme elle était de Bearmatch, elle vous avait forcément reconnu.

— Ale m'a fait signe, dit Jolly, presque tendrement. Un vrai trésor. Et ale m'a fait un grand sourire. (Ses yeux se braquèrent vers la porte, comme s'il attendait Douglas.) Ça t'épate, hein ? Ça t'épate que je te dise ça comme ça ? (Il rit.) Mais tout ça, c'est pas grave, maintenant que t'es venu me trouver. Personne rentrera chez lui mécontent.

Ben lui jeta un regard glacial.

— Daniels était un branque, dit Jolly. Y disait qu'y voulait çi et ça, mais dans ses yeux, j'ai bien vu qu'y voulait tout pour sa gueule. (Il sourit.) Mais toi c'est pas pareil. Je crois qu'on va pouvoir s'entendre tous les deux.

Ben ne répondit pas.

— Parfaitement, poursuivit Jolly. Tes yeux à toi, y me disent qu'on va faire des affaires tous les deux. Et quand on fait des affaires avec quelqu'un, y faut être réglo. Y faut pas se faire de cachotteries. On peut pas raconter de salades, à Bearmatch. Tout le monde sait tout. Y a pas un pêgreleux qui sait pas comment ça se passe. (Il esquissa un geste élégant de la main.) Y savent tous qui c'est qui ramène les putes et le whisky ; et y crachent pas dessus. (Il s'esclaffa.) Daniels, y voulait devenir une huile. Y voulait être préfet et tout ça. Mais l'ancien préfet, il est pas encore déboulonné. (Il secoua la tête en gloussant.) Pas moyen de le buter. Ça vaut rien. Y faut le faire gicler autrement. Le fout' dans la merde.

— En tuant Martin Luther King, dit Ben.

Jolly émit un ricanement suraigu.

— Tu vois un peu le merdier, dit-il. Crois-moi qu'y a pas un seul préfet qui pourrait s'en sortir après un coup pareil. (Il secoua la tête.) Et ce petit merdeux de Daniels qui se figurait que la place serait pour sa gueule. Il était bien trop nul. Même pas foutu d'êt' poli. Il adorait les gars de la Black Cat. Et y pouvait pas saquer Bearmatch. (Il leva la tête, grandiose.) Tandis que moi, j'aime Bearmatch, et je sais de quoi qu'il a le plus besoin, ce quartier.

Ben persista dans son mutisme.

— D'oubli, tonitrua Jolly. D'un peu de bon temps entre une petite poule et un verre de whisky.

— Vous avez tué Doreen, dit Ben.

— Pas moi-même, dit Jolly avec un sourire.

— Et c'est aussi Douglas qui l'a violée ?

— Non, c'est le gros qu'a fait ça, dit Jolly en fronçant les sourcils. Pas Douglas. Il a rien à faire d'une petite pisseuse. Il a une vraie femme à lui tout seul. (Il fit un geste vague de la main.) Et pis, Doreen était déjà morte quand Bluto y a grimpé dessus. Douglas y a dit : « Vas-y petit, tu lui plais. C'est ta femme. Fonce. » (Il haussa les épaules.) Ce Bluto, y m'avait jamais servi à rien.

Ben garda le silence. Les faits s'enchaînèrent dans son esprit comme les images d'un film. Il vit le pauvre petit corps de Doreen tressauter sous les assauts de Bluto, puis Bluto basculer à son tour à l'instant où Douglas lui tirait une balle dans la tête à bout portant.

Un sourire effronté se peignit sur les traits de Jolly.

— On y a pris sa grosse bague à vingt sous et pis on l'a mise dans la robe à la gosse, dit-il. (Il se renversa un peu dans son fauteuil.) Tu sais, chuis pas obligé de te dire tout ça. Mais je veux que tu voies que je garde rien pour moi. On va bosser ensemble tous les deux. (Il tira une enveloppe d'un tas de papiers posé sur son bureau et la fit glisser vers Ben.) C'est pour toi, dit-il. Je suis pas rat. (Il eut un sourire entendu.) Bien sûr, pour toi, c'est pas grand-chose. (Il poussa encore un peu l'enveloppe sur le bureau.) Mais prends toujours ça ; en acompte.

Ben ne bougea pas.

— Langley, c'était la moitié de l'accord, dit-il. L'autre moitié, c'était King. (Il laissa glisser sa main vers le démonte-pneu.) Est-ce que vous allez essayer à nouveau de l'avoir ?

— Les gens de Bearmatch, y se figurent que ce gars-là va leur donner ce que je leur donne moi, dit Jolly avec un sourire. Mais y se gourent. Y déboule un beau jour et y leur monte le coup, et pis y remonte dans l'avion et y se casse. Tandis que moi, chuis là pour toujours.

Ben sentait la barre d'acier sous ses doigts.

— Est-ce que vous allez essayer à nouveau ? répéta-t-il.

Jolly garda le silence.

— Vous l'avez raté ce coup-ci, dit Ben.

— Ça sera pour une autre fois, fit Jolly avec un sourire mauvais. Surtout que le préfet, il est toujours là.

Ben sortit le démonte-pneu du creux de ses reins et s'en frappa bruyamment la paume de la main.

— Laissez King tranquille, dit-il d'un ton ferme.

Jolly sourit avec cordialité.

— Pourquoi ? Tu veux te le faire toi-même ?

Ben brandit le démonte-pneu et le lança dans le miroir. Il l'atteignit à quelques centimètres au-dessus de la tête de Jolly ; une pluie de verre pulvérisé s'abattit sur le vieil homme, s'amassant sur ses genoux et sur les épaules de la veste d'intérieur comme une fine couche de neige poudreuse.

— Je ne sais pas comment tout ça va finir, dit Ben sur un ton de détermination farouche, mais je suis venu vous dire ceci. S'il arrive quelque chose à King, vous y aurez droit aussi.

Jolly se tortillait en tous sens en époussetant sa veste.

— Douglas ! brailla-t-il. Douglas !

Ben s'approcha du bureau et empoigna les larges revers de la veste d'intérieur.

— S'il arrive quelque chose à King, vous y aurez droit aussi, répéta-t-il.

Il le fit passer par-dessus le bureau et le jeta à terre.

— Je n'ai pas le temps de discuter avec vous, dit-il d'une voix qu'une volonté de fer rendait soudain étrangement calme. Je n'ai que le temps de vous arrêter.

46

Le ciel pâlissait à peine quand Ben regagna le centre. Il passa devant le vieux terrain de sport où il avait aperçu la petite main de Doreen pour la première fois, puis il suivit la rue jonchée d'ordures qui bordait le Gaston Motel. Une partie du bâtiment continuait à se consumer lentement, et dans la lumière du matin, Ben distingua ce qui restait de la chambre trente : des pans de murs carbonisés et à demi effondrés. Des gendarmes se tenaient en rang devant les ruines, le fusil pendant à l'épaule comme un animal mort ; tête basse, ils jetaient des coups d'œil inquiets autour d'eux, scrutant les bouquets d'arbres et les immeubles voisins à la recherche de tireurs isolés. Tout autour d'eux, des carcasses de voitures brûlées reposaient dans un silence surnaturel que seuls les premiers chants d'oiseaux venaient rompre.

Arrivé au commissariat, il posa l'enveloppe sur le bureau de Luther et lui raconta tout ce qu'il savait.

— Je ne sais pas si ça suffit pour faire tomber Jolly et sa clique, dit-il, mais je crois au moins qu'il faudra en parler à celui qui sera chargé de Bearmatch.

Luther était effondré à son bureau et son visage portait les traces des combats du motel.

— C'est toi qui devrais t'en charger, Ben, dit-il.

Peut-être que les gens de là-bas te feront confiance, à toi.

Ben secoua la tête, puis il sortit son insigne et le posa sur le bureau de Luther.

Celui-ci se leva d'un bond.

— Je te comprends, Ben, dit-il, mais on aurait encore besoin de toi, au moins pour quelques jours.

— Non.

— Mais ils ont préparé une grande manifestation pour ce matin, et...

— Non, répéta Ben. C'est fini.

*

En quittant le commissariat pour la dernière fois, Ben se rendit compte qu'il y avait encore un devoir dont il devait s'acquitter. Il monta en voiture et se mit en route pour Bearmatch. Les trottoirs défoncés étaient bondés de Noirs qui se dirigeaient vers l'église Baptiste de la Seizième Rue, mais ils ne firent pas attention à lui.

M. Ballinger était paisiblement assis sur le perron de sa maison quand Ben y arriva. Il ne fit pas mine de bouger quand Ben descendit de voiture, franchit le petit portail et gravit les marches disjointes.

— Je me demandais si je pourrais m'entretenir quelques minutes avec votre fille, dit Ben.

— Ale est pas là, dit M. Ballinger.

— Je suis passé devant l'endroit où elle travaille, dit Ben. Je ne l'ai pas vue.

— Ale est pas au travail. Ale est avec les autres. Y vont tous descendre dans le centre.

— Pour la manifestation, vous voulez dire ?

M. Ballinger acquiesça.

— C'est là qu'Ale va, oui, monsieur. Mais là, Ale doit encore être à l'église.

— Merci, dit Ben, puis il tourna les talons et remonta dans sa voiture.

La foule s'écoulait déjà par les portes de l'église quand Ben y arriva. Il se posta là où il avait déjà passé tant d'heures de surveillance, mais cette fois, il était presque seul à côté des gendarmes. Les Langley n'étaient plus là, et Breedlove et Daniels étaient morts. Il ne restait que McCorkindale qui regardait le cortège s'écouler vers la Quatrième Avenue, nonchalamment appuyé à un poteau téléphonique.

Plusieurs minutes s'écoulèrent avant que Ben ne repère Esther qui descendait les marches. Il s'approcha d'elle d'un pas rapide, fendant la foule qui se déversait dans la rue en chantant et en frappant des mains.

— J'ai des choses à vous dire, dit-il d'un ton précipité en la rejoignant.

Elle se tourna vers lui, étonnée.

— Vous devriez vous en aller, chuchota-t-elle avec véhémence. Vous ne devriez pas être ici.

— Je sais ce qui est arrivé à Doreen, dit-il.

Les yeux d'Esther s'agrandirent.

— C'est Roy Jolly, dit Ben. Il a passé un accord avec des policiers. Doreen l'a vu.

Les yeux d'Esther brillèrent d'un éclat plus vif dans le clair soleil. Elle fut parcourue par un frisson, puis se raidit.

— Voilà, dit-elle. Vous me l'avez dit. Maintenant, vous devriez vous en aller.

Il fit ce qu'elle disait et s'éloigna mais continua pourtant à suivre le cortège jusqu'à la Quatrième Avenue. Il vit les gendarmes et les pompiers qui formaient un épais barrage en bas de la colline, protégeant le quartier des affaires. L'espace d'un instant, il s'écarta du cortège et le laissa défiler devant lui. Puis tout à coup, il se remit à marcher lentement, d'un pas régulier, à quelques mètres seulement du gros de la foule. Au pied de la colline, il vit le préfet de police qui fixait de ses petits yeux la marée humaine qui s'écoulait vers lui. Quand elle fut assez près, il leva son mégaphone et cria :

— La manifestation ne peut pas continuer dans cette direction.

Mais tous continuaient à marcher et Ben fit de même, un peu à l'écart des autres ; il gardait les yeux fixés droit devant lui et son cœur battait de plus en plus fort au fur et à mesure qu'ils approchaient des gendarmes et des pompiers.

Le cortège s'arrêta à quelques mètres seulement du préfet de police, et les deux groupes s'observèrent un moment sans mot dire. Enfin, le préfet hurla de plus belle dans son mégaphone, leur intimant l'ordre de regagner leurs églises et leurs quartiers et répétant que la manifestation ne pouvait pas continuer.

Tout à coup, un homme se détacha de la foule et s'adressa aux forces qui se tenaient derrière le préfet, les interpellant de façon personnelle, presque intime, comme s'il avait parlé à chacun d'eux en privé.

— Nous n'avons rien fait de mal, commença-t-il, et nous ne réclamons que la liberté à laquelle tous les Américains sont censés avoir droit.

Le préfet recula d'un pas, puis tourna les talons et rejoignit ses hommes.

L'autre ne parut pas remarquer son manège. Il continua à haranguer les policiers et les pompiers.

— Nous avons le droit d'être traités en êtres humains, lança-t-il. Nous sommes des hommes tout comme vous. Nous avons les mêmes besoins que vous.

Sa voix résonnait au-dessus d'eux, et Ben vit que certaines des lances à incendie commençaient à pendre lamentablement dans les mains des pompiers. Il vit aussi qu'ils échangeaient des regards et parlaient entre eux à voix basse.

— Nous avons le droit de prier, reprit l'homme. Et nous allons nous agenouiller et nous recueillir un moment. Ensuite, nous nous relèverons et nous reprendrons notre marche.

Ben se mit à descendre lentement la pente. Les pompiers avaient cessé de discuter entre eux et se tenaient maintenant très droits, les yeux rivés sur la colonne noire qui emplissait la Quatrième Avenue.

La prière s'acheva et les manifestants se relevèrent posément, marquèrent un temps d'arrêt, puis se remirent à avancer.

Le préfet de police bondit derrière les pompiers, leva son mégaphone et hurla :

— Ouvrez les vannes !

Personne ne bougea, et en prenant pied sur le trottoir, Ben vit que les pompiers restaient absolument immobiles ; leurs mains étaient toujours serrées sur les lances à incendie, mais ils ne faisaient rien pour les mettre en action.

— Ouvrez les vannes ! répéta le préfet.

Il n'y eut pas plus de réaction que la première fois, et l'eau sous pression resta bloquée dans les grosses lances métalliques.

Les manifestants des premiers rangs échangèrent des regards stupéfaits mais continuèrent à avancer ; ils passèrent le cordon des pompiers, puis les rangs de gendarmes abasourdis, et poursuivirent leur marche vers l'hôtel de ville sans encombre.

De là où il était, Ben vit que certains pompiers pleuraient. Plusieurs avaient lâché leurs lances à incendie et restaient immobiles tandis que la brèche dans le mur gris des rangs de gendarmes s'agrandissait de plus en plus. Tout à coup, ce fut comme s'il se retrouvait dans le tramway de son enfance, mais c'étaient des centaines et des centaines de visages graves et résolus qui lui rendaient son regard.

Les manifestants s'étaient mis à chanter doucement, et en les écoutant, il se sentit à son tour envahi par une sorte de musique, ses yeux se brouillèrent et ses mains tremblèrent. Il pensa à Doreen, si innocente, à Kelly si amoureux et à Breedlove si courageux, et en évoquant tout cela, il sentit au fond de son cœur quelque chose qui le poussait en avant, lentement d'abord, puis de plus en plus irrésistiblement, si bien qu'il finit par descendre du trottoir et marcha un moment au bord du cortège avant de se fondre totalement dans le flot incompréhensible de l'humanité en marche.

DU MÊME AUTEUR

Aux Éditions Gallimard

Dans la collection Série Noire

LES FEUILLES MORTES, 2008.

LES OMBRES DU PASSÉ, 2007.

LA PREUVE DE SANG, 2006.

LES RUES DE FEU, 1992, n° 2299, Folio Policier n° 533.

HAUTE COUTURE ET BASSES BESOGNES, 1989, n° 2210.

QU'EST-CE QUE TU T'IMAGINES ?, 1989, n° 2188.

DU SANG SUR L'AUTEL, 1985, n° 2021.

SAFARI DANS LA 5e AVENUE, 1981, n° 1809.

Aux Éditions de l'Archipel

DISPARITION, 2003.

INTERROGATOIRE, 2003, Livre de Poche n° 37167.

LES OMBRES DE LA NUIT, 2002, Livre de Poche n° 37067.

LES INSTRUMENTS DE LA NUIT, 1999, J'ai Lu n° 5553.

COLLECTION FOLIO POLICIER

Dernières parutions

291. Nicholas Blincoe	*Acid Queen*
292. Robin Cook	*Comment vivent les morts*
293. Ian Rankin	*L'ombre du tueur*
294. François Joly	*Be-bop à Lola*
295. Patrick Raynal	*Arrêt d'urgence*
296. Craig Smith	*Dame qui pique*
297. Bernhard Schlink	*Un hiver à Mannheim*
298. Francisco González Ledesma	*Le dossier Barcelone*
299. Didier Daeninckx	*12, rue Meckert*
300. Dashiell Hammett	*Le grand braquage*
301. Dan Simmons	*Vengeance*
302. Michel Steiner	*Mainmorte*
303. Charles Williams	*Une femme là-dessous*
304. Marvin Albert	*Un démon au paradis*
305. Fredric Brown	*La belle et la bête*
306. Charles Williams	*Calme blanc*
307. Thierry Crifo	*La ballade de Kouski*
308. José Giovanni	*Le deuxième souffle*
309. Jean Amila	*La lune d'Omaha*
310. Kem Nunn	*Surf City*
311. Matti Y. Joensuu	*Harjunpäa et l'homme-oiseau*
312. Charles Williams	*Fantasia chez les ploucs*
313. Larry Beinhart	*Reality show*
315. Michel Steiner	*Petites morts dans un hôpital psychiatrique de campagne*
316. P.J. Wolfson	*À nos amours*
317. Charles Williams	*L'ange du foyer*
318. Pierre Rey	*L'ombre du paradis*
320. Carlene Thompson	*Ne ferme pas les yeux*
321. Georges Simenon	*Les suicidés*
322. Alexandre Dumal	*En deux temps, trois mouvements*
323. Henry Porter	*Une vie d'espion*

324. Dan Simmons — *L'épée de Darwin*
325. Colin Thibert — *Noël au balcon*
326. Russel Greenan — *La reine d'Amérique*
327. Chuck Palahniuk — *Survivant*
328. Jean-Bernard Pouy — *Les roubignoles du destin*
329. Otto Friedrich — *Le concasseur*
330. François Muratet — *Le Pied-Rouge*
331. Ridley Pearson — *Meurtres à grande vitesse*
332. Gunnar Staalesen — *Le loup dans la bergerie*
333. James Crumley — *La contrée finale*
334. Matti Y. Joensuu — *Harjunpää et les lois de l'amour*
335. Sophie Loubière — *Dernier parking avant la plage*
336. Alessandro Perissinotto — *La chanson de Colombano*
337. Christian Roux — *Braquages*
338. Gunnar Staalesen — *Pour le meilleur et pour le pire*
339. Georges Simenon — *Le fils Cardinaud*
340. Tonino Benacquista — *Quatre romans noirs*
341. Richard Matheson — *Les seins de glace*
342. Daniel Berkowicz — *La dernière peut-être*
343. Georges Simenon — *Le blanc à lunettes*
344. Graham Hurley — *Disparu en mer*
345. Bernard Mathieu — *Zé*
346. Ian Rankin — *Le jardin des pendus*
347. John Farris — *Furie*
348. Carlene Thompson — *Depuis que tu es partie*
349. Luna Satie — *À la recherche de Rita Kemper*
350. Kem Nunn — *La reine de Pomona*
351. Chester Himes — *Dare-dare*
352. Joe R. Lansdale — *L'arbre à bouteilles*
353. Peppe Ferrandino — *Le respect*
354. Davis Grubb — *La nuit du chasseur*
355. Georges Simenon — *Les Pitard*
356. Donald Goines — *L'accro*
357. Colin Bateman — *La bicyclette de la violence*
358. Staffan Westerlund — *L'institut de recherches*
359. Matilde Asensi — *Iacobus*
360. Henry Porter — *Nom de code : Axiom Day*
361. Colin Thibert — *Royal Cambouis*
362. Gunnar Staalesen — *La Belle dormit cent ans*
363. Don Winslow — *À contre-courant du Grand Toboggan*

364. Joe R. Lansdale — *Bad Chili*
365. Christopher Moore — *Un blues de coyote*
366. Jo Nesbø — *L'homme chauve-souris*
367. Jean-Bernard Pouy — *H4Blues*
368. Arkadi et Gueorgui Vaïner — *L'Évangile du bourreau*
369. Staffan Westerlund — *Chant pour Jenny*
370. Chuck Palahniuk — *Choke*
371. Dan Simmons — *Revanche*
372. Charles Williams — *La mare aux diams*
373. Don Winslow — *Au plus bas des Hautes Solitudes*
374. Lalie Walker — *Pour toutes les fois*
375. Didier Daeninckx — *La route du Rom*
376. Yasmina Khadra — *La part du mort*
377. Boston Teran — *Satan dans le désert*
378. Giorgio Todde — *L'état des âmes*
379. Patrick Pécherot — *Tiuraï*
380. Henri Joseph — *Le paradis des dinosaures*
381. Jean-Bernard Pouy — *La chasse au tatou dans la pampa argentine*
382. Jean-Patrick Manchette — *La Princesse du sang*
383. Dashiell Hammett — *L'introuvable*
384. Georges Simenon — *Touriste de bananes*
385. Georges Simenon — *Les noces de Poitiers*
386. Carlene Thompson — *Présumée coupable*
387. John Farris — *Terreur*
388. Manchette-Bastid — *Laissez bronzer les cadavres !*
389. Graham Hurley — *Coups sur coups*
390. Thierry Jonquet — *Comedia*
391. George P. Pelecanos — *Le chien qui vendait des chaussures*
392. Ian Rankin — *La mort dans l'âme*
393. Ken Bruen — *R&B. Le gros coup*
394. Philip McLaren — *Tueur d'aborigènes*
395. Eddie Little — *Encore un jour au paradis*
396. Jean Amila — *Jusqu'à plus soif*
397. Georges Simenon — *L'évadé*
398. Georges Simenon — *Les sept minutes*
399. Leif Davidsen — *La femme de Bratislava*
400. Batya Gour — *Meurtre sur la route de Bethléem*
401. Lamaison-Sophocle — *Œdipe roi*

402. Chantal Pelletier — *Éros et Thalasso*
403. Didier Daeninckx — *Je tue il...*
404. Thierry Jonquet — *Du passé faisons table rase*
405. Patrick Pécherot — *Les brouillards de la Butte*
406. Romain Slocombe — *Un été japonais*
407. Joe R. Lansdale — *Les marécages*
408. William Lashner — *Vice de forme*
409. Gunnar Staalesen — *La femme dans le frigo*
410. Franz-Olivier Giesbert — *L'abatteur*
411. James Crumley — *Le dernier baiser*
412. Chuck Palahniuk — *Berceuse*
413. Christine Adamo — *Requiem pour un poisson*
414. James Crumley — *Fausse piste*
415. Cesare Battisti — *Les habits d'ombre*
416. Cesare Battisti — *Buena onda*
417. Ken Bruen — *Delirium tremens*
418. Jo Nesbø — *Les cafards*
419. Batya Gour — *Meurtre au Kibboutz*
420. Jean-Claude Izzo — *La trilogie Fabio Montale*
421. Douglas Kennedy — *Cul-de-sac*
422. Franco Mimmi — *Notre agent en Judée*
423. Caryl Férey — *Plutôt crever*
424. Carlene Thompson — *Si elle devait mourir*
425. Laurent Martin — *L'ivresse des dieux*
426. Georges Simenon — *Quartier nègre*
427. Jean Vautrin — *À bulletins rouges*
428. René Fregni — *Lettre à mes tueurs*
429. Lalie Walker — *Portées disparues*
430. John Farris — *Pouvoir*
431. Graham Hurley — *Les anges brisés de Somerstown*
432. Christopher Moore — *Le lézard lubrique de Melancholy Cove*
433. Dan Simmons — *Une balle dans la tête*
434. Franz Bartelt — *Le jardin du Bossu*
435. Reiner Sowa — *L'ombre de la Napola*
436. Giorgio Todde — *La peur et la chair*
437. Boston Teran — *Discovery Bay*
438. Bernhard Schlink — *Le nœud gordien*
439. Joseph Bialot — *Route Story*
440. Martina Cole — *Sans visage*
441. Thomas Sanchez — *American Zazou*

442. Georges Simenon	*Les clients d'Avrenos*
443. Georges Simenon	*La maison des sept jeunes filles*
444. J.-P. Manchette & B.-J. Sussman	*L'homme au boulet rouge*
445. Gerald Petievich	*La sentinelle*
446. Didier Daeninckx	*Nazis dans le métro*
447. Batya Gour	*Le meurtre du samedi matin*
448. Gunnar Staalesen	*La nuit, tous les loups sont gris*
449. Matilde Asensi	*Le salon d'ambre*
450. Jo Nesbø	*Rouge-gorge*
451. Olen Steinhauer	*Cher camarade*
452. Pete Dexter	*Deadwood*
454. Keith Ablow	*Psychopathe*
455. Batya Gour	*Meurtre à l'université*
456. Adrian McKinty	*À l'automne, je serai peut-être mort*
457. Chuck Palahniuk	*Monstres invisibles*
458. Bernard Mathieu	*Otelo*
459. James Crumley	*Folie douce*
460. Henry Porter	*Empire State*
461. James Hadley Chase	*Pas d'orchidées pour Miss Blandish*
462. James Hadley Chase	*La chair de l'orchidée*
463. James Hadley Chase	*Eva*
464. Arkadi et Gueorgui Vaïner	*38, rue Petrovka*
465. Ken Bruen	*Toxic Blues*
466. Larry Beinhart	*Le bibliothécaire*
467. Caryl Férey	*La jambe gauche de Joe Strummer*
468. Jim Thompson	*Deuil dans le coton*
469. Jim Thompson	*Monsieur Zéro*
470. Jim Thompson	*Éliminatoires*
471. Jim Thompson	*Un chouette petit lot*
472. Lalie Walker	*N'oublie pas*
473. Joe R. Lansdale	*Juillet de sang*
474. Batya Gour	*Meurtre au Philharmonique*
475. Carlene Thompson	*Les secrets sont éternels*
476. Harry Crews	*Le Roi du K.O.*
477. Georges Simenon	*Malempin*
478. Georges Simenon	*Les rescapés du Télémaque*

Composition Nord Compo
Impression Novoprint
le 10 novembre 2008
Dépôt légal : novembre 2008

ISBN 978-2-07-035956-1/Imprimé en Espagne.

161256